Tête-à-tête sous la neige

*

L'enfant d'une nuit

*

Séduite par vengeance

SHARON KENDRICK

Tête-à-tête sous la neige

Traduction française de
ANNE-LAURE PRIEUR

AZUR

HARLEQUIN

Collection : Azur
Titre original :
THE ITALIAN'S CHRISTMAS SECRET

Ce roman a déjà été publié en 2018

HARPERCOLLINS FRANCE
83-85, boulevard Vincent-Auriol, 75646 PARIS CEDEX 13
Service Lectrices — Tél. : 01 45 82 47 47 - www.harlequin.fr
ISBN 978-2-2804-8942-3 — ISSN 0993-4448

Composé et édité par HarperCollins France.
Imprimé en octobre 2023 par CPI Black Print (Barcelone)
en utilisant 100% d'électricité renouvelable.
Dépôt légal : novembre 2023.

FSC www.fsc.org
MIXTE
Papier issu de sources responsables
FSC® C159065

Pour limiter l'empreinte environnementale de ses livres, HarperCollins France s'engage à n'utiliser que du papier fabriqué à partir de bois provenant de forêts gérées durablement et de manière responsable.

1

— Monsieur Valenti ?

La douce voix de son chauffeur s'insinua dans ses pensées, et Matteo s'adossa contre le siège en cuir sans cacher son exaspération. Il songeait à son père. Mettrait-il vraiment à exécution l'impensable menace qu'il lui avait lancée juste avant son départ de Rome ? Si oui, comment la contourner ? Matteo poussa un soupir. Il fallait que les liens du sang comptent pour qu'il tolère pareil ultimatum. S'ils n'avaient pas été parents… Mais on ne tournait pas si facilement le dos à sa famille, n'est-ce pas ? *Sauf si c'était elle qui vous quittait.*

— Monsieur Valenti ?

Matteo claqua la langue avec irritation, et pas seulement parce qu'il détestait qu'on lui parle quand il était évident qu'il ne souhaitait pas être dérangé. Rien dans ce fichu voyage ne se déroulait comme prévu. Non seulement il n'avait repéré aucun hôtel à acquérir, mais le minuscule bout de femme lui servant de chauffeur l'agaçait au plus haut point.

— *Cos'hai ?*

Le silence qui suivit lui rappela que cette dernière ne parlait pas un mot d'italien. Il se trouvait loin de chez lui, perdu dans l'enfer de la campagne anglaise avec une femme au volant.

Il fronça les sourcils. Avoir une femme pour chauffeur était une première, pour lui. Devant sa silhouette fragile et ses grands yeux bleus étonnés, il avait failli exiger un remplaçant, du genre costaud et… masculin, avant de se rappeler qu'une plainte pour discrimination sexuelle était la dernière chose dont il avait besoin. Il leva des yeux agacés vers le rétroviseur et croisa son regard.

— Qu'avez-vous dit ? répéta-t-il en anglais.

La jeune femme s'éclaircit la gorge et ses frêles épaules se soulevèrent, contrairement à la casquette ridicule qu'elle portait sur ses cheveux courts et qui, elle, resta fermement en place.

— Je disais que le temps commençait à se gâter.

Matteo tourna la tête vers la vitre. Dehors, la nuit tombante se fondait dans le violent tourbillon de flocons de neige. Perdu dans ses pensées, c'est à peine s'il avait prêté attention au paysage, désormais réduit à un épais brouillard blanc. Il se renfrogna.

— Mais ça ira, n'est-ce pas ?

— Je l'espère.

— Vous l'*espérez* ? Qu'est-ce que c'est que cette réponse ? J'ai un avion à prendre. Vous le savez, n'est-ce pas ?

— Oui, monsieur Valenti. Mais c'est un jet privé, il vous attendra.

— Je suis au courant, merci. J'en suis le propriétaire, répliqua-t-il avec humeur. Mais je suis attendu à une soirée à Rome et je n'ai aucune intention de m'y présenter en retard.

Au prix d'un effort colossal, Keira réprima un soupir, les yeux fixés sur la route enneigée devant elle. Elle devait à tout prix garder son sang-froid. Matteo Valenti était le client le plus prestigieux qu'elle ait jamais conduit, lui avait martelé son patron. Quoi qu'il arrive, rien dans son attitude ne devait trahir sa nervosité. Conduire un client de ce calibre était une expérience nouvelle, pour elle. Seule femme de l'équipe et chauffeur le moins expérimenté, elle recevait généralement des missions plus basiques, comme livrer des paquets urgents ou déposer des gamins pourris gâtés chez leur nourrice dans l'une des nombreuses demeures huppées disséminées autour de Londres. Mais même ces riches clients londoniens faisaient pâle figure à côté de Matteo Valenti et son immense fortune.

C'était la première fois que le milliardaire italien requérait les services de leur société, avait souligné son patron. Il était donc de son devoir de faire en sorte que ce ne soit pas la dernière. Keira s'était réjouie qu'un homme si influent ait choisi Luxury Limos, mais elle n'était pas stupide. Il s'était adressé à eux uniquement parce que le voyage avait été décidé à la dernière minute, c'était évident. Tout comme le fait qu'on ne lui avait confié cette mission que parce qu'il n'y avait aucun autre chauffeur disponible à quelques jours de Noël. D'après son patron, leur client était un puissant magnat de l'hôtellerie désireux d'acheter un site à développer en Angleterre afin d'étendre son empire. Ces derniers jours, ils avaient donc sillonné le Kent, le Sussex et le Dorset, laissant pour la fin la région plus reculée du Devon. Un choix peu judicieux, étant donné la circulation en période de Noël. Mais on ne l'avait pas engagée pour organiser son emploi du temps, n'est-ce pas ? Elle n'était là que pour le conduire sans encombre d'un point A à un point B.

Ses yeux ne quittaient pas le tumultueux ballet de flocons devant elle. Étrange… Elle travaillait *avec* des hommes, *pour* des hommes, et connaissait par cœur leurs travers. Elle avait appris que pour se faire accepter, mieux valait se fondre dans la masse, raison pour laquelle elle portait les cheveux courts. C'était aussi pour cela qu'elle ne se maquillait pas et évitait les tenues trop féminines. Le style garçon manqué lui convenait, car les hommes semblaient plus à l'aise quand ils oubliaient sa présence. Hélas, cette règle ne semblait pas s'appliquer à Matteo Valenti. Il était l'homme le moins détendu qu'elle ait jamais croisé !

Mais il y avait une autre raison à sa propre nervosité. Elle avait beau le nier, n'avait-elle pas été éblouie par son puissant charisme dès leur première rencontre ? La sensation était troublante, à la fois excitante et effrayante. Ces millions de violons qui se mettaient à jouer dans sa tête dès qu'elle croisait son regard… Rien de tel ne lui était jamais arrivé avant. Elle avait cru se noyer dans les deux puits sans fond qu'étaient ses yeux. Elle s'était même surprise à étudier ses épaisses boucles noires en se demandant quel effet cela ferait d'y plonger les doigts. Oh ! une relation semi-amicale lui aurait suffi, mais aucune chance que cela arrive. Pas avec un homme aussi abrupt et étroit d'esprit.

Elle avait surpris son expression lorsqu'on l'avait assignée à lui. Son regard d'ébène l'avait détaillée avec une incrédulité à peine masquée. Il avait même eu le culot de lui demander si elle se sentirait *sûre d'elle* au volant d'une si puissante voiture. « Absolument, merci », avait-elle failli rétorquer avec froideur. Tout comme elle était *sûre d'elle* quand il s'agissait de se glisser sous le capot pour démonter un moteur. Et voilà qu'il aboyait sur elle sans chercher à cacher son exaspération. Comme si elle avait le pouvoir de dissiper par magie la tempête qui s'était abattue sur eux !

Elle jeta un coup d'œil nerveux au ciel menaçant et croisa le regard ombrageux de Matteo Valenti dans le rétroviseur. Une nouvelle bouffée d'anxiété l'assaillit.

— Où sommes-nous ? demanda-t-il.

Keira consulta le GPS.

— Dans le Dartmoor, je pense.

— Vous pensez ? répéta-t-il d'un ton sarcastique.

Elle s'humecta les lèvres, soulagée de le voir tourner les yeux vers la vitre et rompre le contact visuel. Soulagée aussi qu'il ne sache rien des battements paniqués de son cœur.

— Le GPS a perdu le signal à plusieurs reprises.

— Et vous n'avez pas jugé bon de m'en informer ?

Elle se retint de répliquer qu'il n'était sans doute pas un expert de la campagne anglaise, étant donné qu'il avait lui-même admis rarement visiter le pays. À moins que sa puissante virilité ne suffise à compenser son absence totale de connaissance de la région ?

— Vous étiez au téléphone. Je ne voulais pas vous interrompre, se justifia-t-elle. Et puis, vous avez dit...

— Dit quoi ?

Elle haussa les épaules.

— Vous avez parlé de voyager par les petites routes.

Matteo fronça les sourcils. Avait-il vraiment dit cela ? C'est vrai qu'il avait été distrait, préoccupé par l'ultimatum de son père. Pour autant, il ne se souvenait pas avoir donné son accord à une visite guidée d'une région qui, décidément, n'était pas pour lui, ni pour ses hôtels. Se pouvait-il qu'il ait simplement accepté sa timide suggestion d'un itinéraire alternatif en vue d'éviter l'autoroute embouteillée en cette période de Noël ? Auquel cas, elle aurait dû prévoir que ce genre d'incident pouvait se produire.

— Et cette tempête de neige semble s'être levée de nulle part, ajouta-t-elle.

Matteo se força à ravaler sa mauvaise humeur. La sermonner ne résoudrait rien. Il savait combien les femmes pouvaient se montrer imprévisibles, *émotives* — au travail comme en dehors — et il avait toujours détesté les effusions. Elle éclaterait en sanglots s'il la réprimandait, pour ensuite lever vers lui ses grands yeux rougis en reniflant dans son mouchoir froissé en boule. Or il mettait un point d'honneur à éviter de telles scènes. Les drames et les larmes, très peu pour lui. Il menait sa vie selon ses propres termes.

L'espace d'une seconde, il songea à Donatella, qui l'attendait à une soirée à laquelle il ne se présenterait jamais. À la déception dans ses yeux verts lorsqu'elle réaliserait que plusieurs semaines de chastes rendez-vous ne se concluraient pas dans une chambre d'hôtel huppée de Rome, comme prévu. Sa bouche se durcit. Il l'avait fait mariner avant d'accepter de coucher avec elle, conscient de l'intense frustration de la jeune femme. Eh bien, il lui faudrait patienter encore un peu.

— Tâchez au moins de nous ramener à Londres, grogna-t-il en refermant la sacoche de son ordinateur. Ce ne sera pas la fin du monde si je manque la soirée, tant que je reviens entier pour Noël. C'est dans vos cordes, ça, n'est-ce pas ?

Keira hocha la tête, mais son cœur battait à cent à l'heure — bien trop vite pour une personne immobile derrière un volant. Le fait est qu'ils étaient dans la panade. Jusqu'au cou. Ses essuie-glaces avaient beau fonctionner à plein régime, ils n'avaient pas plus tôt balayé une couche de flocons qu'une autre plus épaisse encore la remplaçait. La visibilité n'avait jamais été aussi mauvaise. Pourquoi diable n'avait-elle pas pris le risque d'affronter la circulation et emprunté l'itinéraire le plus direct ? Sans doute par crainte d'encourir la colère de son client milliardaire, jamais très loin sous la surface. Matteo Valenti n'était pas le genre d'homme qu'elle imaginait coincé dans un embouteillage pare-chocs contre pare-chocs, répondant aux enfants qui s'amusaient à faire des grimaces à travers les vitres. À vrai dire, elle s'était attendue à ce qu'il se déplace en hélicoptère, avant qu'il ne l'informe qu'on se faisait une meilleure idée de la configuration naturelle du terrain en voiture.

Ce n'était pas la seule *information* dont il lui avait fait part. Par exemple, il détestait le café des stations-service et préférait se passer de repas plutôt qu'en consommer un de « qualité inférieure ». Il préférait aussi le silence à l'infinie succession de chants de Noël à la radio. Toutefois, il n'avait émis aucune objection lorsqu'elle avait changé la station pour de la musique classique, ce qui l'avait troublée. Elle l'avait aperçu dans le rétroviseur, paupières closes et lèvres légèrement entrouvertes. Son cœur s'était brusquement affolé lors de cet épisode.

Keira ralentit comme ils dépassaient une petite maison sur laquelle un Père Noël illuminé conduisait son traîneau au-dessus d'un panneau criard proclamant « Meilleur Bed & Breakfast du Dartmoor ! ». Le problème était qu'elle n'avait pas l'habitude des hommes comme Matteo Valenti. Et sans doute n'était-elle pas la seule. Elle avait remarqué la réaction des gens chaque fois qu'il sortait de sa limousine pour inspecter un énième hôtel à vendre. Surtout celle des femmes, instinctivement attirées par son physique d'athlète. Leurs yeux s'arrondissaient, comme si elles peinaient à croire qu'un seul homme puisse réunir en lui une telle perfection, des traits aristocratiques à la mâchoire volontaire en passant par ces lèvres sensuelles. Mais, au cours de ces quelques jours, Keira avait perçu une part d'ombre sous la surface. Une aura de danger. Et le danger n'excitait-il pas les femmes ? Ses doigts se resserrèrent sur le volant. Était-ce là le secret de son indéniable charisme ?

Mais le moment était mal choisi pour spéculer sur Matteo Valenti. Le blizzard empirait de seconde en seconde, et elle était en train de perdre le contrôle de la berline. Elle sentait les pneus pousser contre le poids de la neige accumulée sur la route, légèrement en pente à cet endroit. La sueur se mit à perler à son front. Le lourd véhicule perdait en puissance. Si elle n'y prenait garde...

Soudain, la voiture dérapa, avant de s'immobiliser. Keira se crispa comme le moteur calait. Il n'y avait aucun feu arrière visible devant eux, ni aucun phare derrière. Elle croisa le regard noir de son client dans le rétroviseur.

— Que se passe-t-il ? questionna Matteo.

Son ton fit courir un frisson le long de son échine.

— Nous sommes arrêtés, répondit-elle.

Elle mit le contact et pria pour qu'ils redémarrent. La voiture ne bougea pas d'un centimètre.

— Je le vois bien. Ma question était : *pourquoi* sommes-nous arrêtés ?

Keira déglutit. Il devait bien avoir compris, non ? Attendait-il qu'elle le dise tout haut pour mieux l'accabler de reproches ?

— La voiture est peu maniable et la neige, plus épaisse que je ne l'avais anticipé. Nous sommes en pente et...

— Et ?

Affronte les faits, s'exhorta-t-elle. *Tu peux le faire. C'est une situation difficile, mais pas la fin du monde.* Elle tourna la clé de contact et tenta d'avancer. Mais malgré ses prières, la voiture refusa obstinément de bouger. À contrecœur, elle lâcha le volant et se retourna.

— Nous sommes bloqués, admit-elle.

Matteo ravala le juron qui lui brûlait la langue. Il se targuait de toujours garder son sang-froid en cas d'urgence. Et Dieu sait qu'il avait assez d'expérience dans ce domaine pour être désormais un expert en gestion de crise. Ce n'était pas le moment de regretter de ne pas avoir suivi son instinct en exigeant un chauffeur masculin. Cette femme n'avait même pas la force de maîtriser un vélo, alors une voiture de ce calibre... Mais les récriminations viendraient plus tard. Oh oui ! D'abord, ils devaient se sortir de ce pétrin. Et pour cela, il avait besoin de garder les idées claires.

— Où sommes-nous exactement ? articula-t-il lentement, comme s'il s'adressait à une enfant.

La jeune femme consulta le GPS. Après quelques secondes de silence, elle releva les yeux.

— Pas de signal. Quelque part dans le Dartmoor, je dirais.

— Proche de la civilisation ?

— Non, c'est le problème. Nous sommes à des kilomètres de tout.

Elle se mordit la lèvre.

— Et il n'y a pas de connexion wi-fi, acheva-t-elle.

Matteo se retint de taper du poing contre la vitre. Il était grand temps qu'il prenne les choses en main.

— Poussez-vous, ordonna-t-il sans ménagement en détachant sa ceinture.

Elle cligna des yeux.

— Me pousser ? Où ça ?

— Sur le siège passager.

Il ouvrit la porte en se préparant à affronter un mur de flocons.

— Je prends le contrôle.

Il était quasi recouvert de neige lorsqu'il se glissa derrière le volant en claquant la portière. Une sensation agréable l'accueillit, celle de la chaleur du siège là où les fesses de la jeune femme s'étaient imprimées. Comme si c'était le moment de penser à cela ! se tança-t-il. Irrité contre lui-même, il tendit la main vers la clé de contact.

— N'appuyez pas trop fort sur l'accélérateur. Vous risquez de faire patiner les pneus...

— Je n'ai pas de leçon de conduite à recevoir d'une personne aussi incompétente que vous, rétorqua-t-il.

Il démarra et tenta d'avancer. Sans résultat. Il essaya encore, jusqu'à devoir se rendre à l'évidence : ils étaient bel et bien bloqués. La voiture n'irait nulle part. Il se tourna vers la femme assise à ses côtés, qui le regardait nerveusement par-dessous sa casquette.

— Eh bien, bravo ! s'exclama-t-il, incapable de contenir plus longtemps sa colère. Vous avez réussi à nous coincer dans l'un des endroits les plus inhospitaliers du pays, à deux jours de Noël. Bel exploit !

— Je suis désolée.

— Vos excuses ne nous avancent à rien.

— Je vais sans doute être virée, murmura-t-elle.

— C'est même une certitude. Si vous ne mourez pas de froid avant... Mais les répercussions sur votre carrière sont le cadet de mes soucis. Si ça ne tenait qu'à moi, vous n'auriez jamais été engagée. Décidons plutôt d'un plan d'action.

La jeune femme chercha son portable dans la boîte à gants. Sans surprise, il la vit grimacer devant l'écran.

— Pas de réseau, l'informa-t-elle.

— Oh ! vraiment ?

Un coup d'œil par la vitre confirma ses craintes : le blizzard ne montrait aucun signe d'affaiblissement.

— Je suppose qu'il n'y a aucun village à proximité ?

La jeune femme secoua la tête.

— Non. Mais nous sommes passés devant un B & B tout à

l'heure. Vous savez, un de ces endroits qui proposent un lit pour la nuit ainsi que le petit déjeuner.

— Je suis dans l'hôtellerie. Je sais ce qu'est un B & B, merci. Est-il loin d'ici ?

Elle haussa les épaules.

— Je dirais à moins de deux kilomètres. Mais avec ce temps, ce ne sera pas facile de l'atteindre.

— Vous croyez ?

Matteo étudia la chape blanche qui s'épaississait au-dehors. Les battements de son cœur s'accélérèrent. Leur situation était plus dangereuse qu'il n'y paraissait. Il ne s'agissait plus seulement de manquer une soirée ni de décevoir une femme désireuse de faire de lui son amant. C'était désormais une question de survie. S'aventurer dehors dans ces conditions serait risqué. La seule alternative consistait à se barricader dans la voiture pour la nuit en attendant les secours. Il y avait sûrement des couvertures dans le coffre et ils laisseraient le chauffage allumé. Et puis, la méthode traditionnelle pour se réchauffer ne consistait-elle pas à se serrer l'un contre l'autre ? Il chassa cette idée, et pas seulement parce que sa compagne, fluette comme elle l'était, n'était sûrement pas en mesure de dispenser la moindre chaleur corporelle. Non. Rester sans bouger alors que la neige s'accumulait à cette vitesse serait de la folie, car rien ne garantissait qu'on les trouve au petit matin.

Son regard enregistra l'uniforme que portait la jeune femme, composé d'un pantalon bleu marine et d'une veste assortie à sa casquette. Le tissu épousait l'arrondi léger de ses seins autant que le galbe de ses cuisses. Pas vraiment idéal pour affronter les éléments déchaînés. Il poussa un soupir. Il ne lui restait plus qu'à lui prêter son manteau et mourir de froid lui-même.

— J'imagine que vous n'avez aucun vêtement plus chaud avec vous ?

Le visage de la jeune femme s'illumina.

— J'ai un anorak dans le coffre.

— Un anorak ?

— Une veste imperméable. Avec une capuche.

Elle ôta sa casquette et passa une main dans ses courts cheveux noirs. Sans qu'il ne s'explique pourquoi, le bref sourire qui avait éclairé ses traits l'irrita. S'attendait-elle à être félicitée pour avoir eu le bon sens d'emporter un manteau ?

— Allez le chercher et enfilez-le, aboya-t-il. Et ensuite, filons d'ici.

2

Keira peinait à suivre Matteo, dont le corps d'athlète lui permettait d'avancer plus vite à travers l'épaisse couche de neige. Et il avait même emporté sa valise ! De son côté, elle se demandait si elle ne rêvait pas la petite demeure éclairée au loin, sorte d'oasis en version hivernale. Des flocons glacés lui entraient dans les yeux et la bouche, et ses doigts semblaient avoir gelé malgré la chaude paire de gants en cuir que Matteo lui avait prêtée.

Une exclamation de soulagement lui échappa lorsqu'ils atteignirent enfin la petite maison. Dieu merci, elle n'était pas le fruit de son imagination ! Elle préférait ne pas songer à la réaction de Matteo Valenti si elle l'avait emmené courir après un mirage. Même lorsqu'il avait insisté pour lui prêter ses gants, il l'avait fait avec sa brusquerie habituelle. La mine sévère, il dégagea d'un coup de pied l'amas de neige bloquant le portail et elle le suivit d'un pas trébuchant dans l'allée. Debout sous le panneau illuminé rouge et or du B & B, elle grelottait de froid tandis qu'il appuyait sur la sonnette.

— Et... et... et si... s'il n'y avait personne ? bégaya-t-elle en claquant des dents.

— Il y a de la lumière, grogna-t-il avec impatience. Bien sûr qu'il y a quelqu'un.

— Ils... ils sont peut-être partis pour les fêtes en laissant un minuteur allumé afin de dissuader les cambrioleurs.

— Comme si quelqu'un allait cambrioler un endroit pareil...

Leur échange fut interrompu par le bruit d'un pas pesant à

l'intérieur. La porte s'ouvrit sur une femme replète entre deux âges, en tablier à fleurs maculé de farine.

— Doux Jésus ! s'exclama-t-elle, plissant les yeux pour mieux voir dans la pénombre. Vous n'êtes pas des chanteurs de Noël, n'est-ce pas ?

— Non, en effet, répondit Matteo. Seulement des voyageurs bloqués par la neige.

— Mon Dieu, quelle terrible soirée pour se retrouver dehors ! Venez, entrez donc !

Keira en aurait pleuré de gratitude tandis que la main de Matteo se posait dans le creux de son dos pour la propulser dans le vestibule brillamment éclairé. Durant ce trajet interminable, elle s'était persuadée qu'ils n'arriveraient nulle part. Que leurs deux silhouettes congelées seraient découvertes le lendemain, ou le surlendemain. Et elle n'avait pu s'empêcher de se poser cette question : y aurait-il quelqu'un que sa mort attristerait ?

À présent, ils dégouttaient dans un minuscule vestibule surchargé de branches de houx et de décorations scintillantes. Des guirlandes aux couleurs de l'arc-en-ciel clignotaient sur un sapin artificiel, dont le vert rappelait l'énorme grappe de gui suspendue au plafonnier. Keira eut le regard attiré par une fascinante rangée de petits bonhommes de neige qui se dandinaient en une ligne parfaite sur une étagère. Son attention n'en fut distraite que par la vue des flaques d'eau s'étalant sous ses pieds. Combien de fois, quand elle était enfant, lui avait-on répété de ne rien salir, surtout si elle n'était pas chez elle ? Déjà qu'elle et son irascible client italien s'incrustaient dans le Noël de parfaits inconnus...

— Mon Dieu, regardez ! s'exclama-t-elle. Nous sommes en train de ruiner votre sol !

— Oh ! ne vous inquiétez pas, ma petite. Ce sera vite nettoyé, la rassura la femme avec son chaleureux accent de l'Ouest.

— Nous aimerions utiliser votre téléphone, si vous le permettez, intervint Matteo, que ce dialogue semblait avoir confondu.

La femme se tourna vers lui. Keira vit sa bouche s'ouvrir et se refermer presque comiquement, comme si elle venait tout juste de réaliser qu'un mètre quatre-vingt-dix de radiante virilité se tenait dans son vestibule, sous ce manteau en cachemire dégoulinant de neige fondue.

— Et pourquoi donc, mon petit ? s'enquit-elle avec bonhomie.

Matteo frémit devant tant de familiarité. Il méprisait les termes d'affection de la part d'inconnus — ou de n'importe qui, d'ailleurs. Peut-être parce qu'il n'y était pas habitué. Cette situation frôlait l'intolérable. Réprimant une bouffée de colère, il se résolut à faire contre mauvaise fortune bon cœur. À lui de formuler calmement leurs besoins, puisque son chauffeur semblait dépourvu de la moindre compétence.

— Notre voiture s'est enlisée dans la neige non loin d'ici, expliqua-t-il avec un regard accusateur vers sa compagne. Nous n'aurions jamais dû emprunter cet itinéraire, étant donné la météo. Mais ce qui est fait est fait. Nous devons repartir le plus tôt possible, c'est pourquoi j'aurais besoin de passer un coup de fil.

La femme secoua la tête sans se départir de son sourire.

— Je ne crois pas que ce soit possible, mon petit. Aucune dépanneuse ne viendra vous chercher ce soir. Personne ne peut braver une telle tempête !

Ainsi, ses pires craintes se confirmaient. Il était tenté de laisser exploser sa colère. Mais à quoi bon, sinon insulter la femme qui les avait si gentiment accueillis sous son toit ? D'ailleurs, elle avait raison. Qui arriverait jusqu'à eux par un temps pareil ? Autant regarder la réalité en face : il était coincé ici, au milieu de nulle part, avec son chauffeur incompétent. Un chauffeur qui le fixait de ses grands yeux bleus, très sombres dans son visage pâle. Il fronça les sourcils.

De toutes les femmes au monde, il avait fallu qu'il tombe sur quelqu'un comme elle ! Une fois de plus, ses pensées s'égarèrent vers la somptueuse soirée qu'il allait manquer. Il prit une grande inspiration et se força à exprimer l'inimaginable.

— Il semble que nous n'ayons d'autre choix que de rester. Je suppose que vous avez des chambres à louer ?

Le large sourire de la femme s'estompa.

— En décembre ? Impensable ! Toutes mes chambres sont réservées, ajouta-t-elle fièrement. Nous sommes complets toute l'année, mais surtout pendant les fêtes. Rien de tel qu'un Noël romantique dans le Dartmoor.

— Il nous faut pourtant bien loger quelque part, osa Keira. Au moins jusqu'à demain. Avec un peu de chance, la neige aura cessé de tomber et nous pourrons repartir dans la matinée.

La femme hocha la tête, tout en accrochant à une patère l'anorak mouillé que Keira venait d'enlever.

— Eh bien, je ne vais pas vous jeter dehors par une nuit pareille, n'est-ce pas ? Surtout à cette période de l'année. Nous allons bien vous trouver de la place quelque part. Tenez, dans l'ancienne chambre de ma fille, au fond du couloir. C'est le seul espace que j'ai de libre. Mais le restaurant est complet, je crains donc de ne pouvoir vous servir à dîner.

— Peu importe, répondit Matteo. Si vous pouviez simplement nous envoyer quelque chose quand vous aurez un moment...

Keira suivit la propriétaire, qui se présenta sous le nom de Mary, dans un escalier branlant à l'arrière de la maison. Elle se sentait complètement engourdie, même lorsque Mary ouvrit une porte d'un geste théâtral.

— Vous serez à l'aise, ici. La salle de bains est un peu plus loin dans le couloir, mais il ne reste plus beaucoup d'eau chaude. Si vous voulez prendre un bain, il faudra partager. Je descends lancer la bouilloire. Faites comme chez vous.

Mary referma la porte derrière elle. Keira sentit son cœur s'affoler. Elle était seule dans un espace confiné avec Matteo Valenti. Comment étaient-ils censés faire comme chez eux dans une chambre de cette taille ? Et meublée *d'un seul lit* ?

Un frisson la traversa.

— Pourquoi ne pas lui avoir dit que nous n'étions pas ensemble ?

Matteo lui lança un regard agacé.

— Nous sommes deux, elle n'a qu'une chambre de libre. Faites le calcul. Qu'aurais-je dû lui dire ?

Il n'avait pas tort. Mary n'allait pas faire apparaître une deuxième chambre par magie, n'est-ce pas ? Elle regarda autour d'elle. C'était le genre de pièce pas vraiment assez grande pour le mobilier qu'elle contenait. Comme ce lit double, qui semblait y avoir été casé de force. Il dominait l'espace avec son couvre-lit en patchwork fait main et ses taies d'oreillers si délavées qu'on distinguait à peine les personnages Disney dessus, dont Cendrillon.

Noël n'était pas parvenu jusqu'ici, mais sur chaque surface plane se trouvait un cadre. Des photos de Mary, reconnaissable bien que nettement plus jeune, différents bébés dans les bras, bébés que l'on retrouvait ensuite enfants, puis adolescents. Suivaient alors les inévitables photos de mariage un peu guindées, et celles d'autres bébés. Keira sentit son cœur se serrer. C'était toute une vie qui se déroulait dans cette série d'instantanés. Une vie simple mais heureuse, à en juger par le sourire jamais loin des lèvres de Mary. Keira aussi avait connu ce genre d'espaces exigus, encombrés de bric-à-brac, mais elle ne s'y était jamais sentie chez elle, et elle ne put réprimer une violente bouffée d'envie.

Son regard croisa celui, implacable, de Matteo.

— Je suis désolée, murmura-t-elle.

— Épargnez-moi vos platitudes, la rabroua-t-il.

Il sortit son portable de sa poche de pantalon sans cacher son pessimisme.

— Pas de réseau, évidemment. Et pas de wi-fi non plus.

— La propriétaire a dit que vous pouviez utiliser la ligne fixe...

— Je sais. J'appellerai mon assistante quand j'aurai ôté ces vêtements trempés.

Il dénoua sa cravate grise, qu'il jeta sur le dossier d'une chaise où elle pendit telle une spirale de métal. Un pli incrédule durcit sa bouche comme il regardait autour de lui.

— *Per amor del cielo!* Qui peut vivre dans un endroit pareil ? Nous n'avons même pas notre propre salle de bains !

— Mary a dit que nous pouvions utiliser celle du couloir.

— Elle a dit aussi que nous devrions prendre un bain à deux car il n'y avait plus assez d'eau chaude ! s'emporta-t-il. Mais dans quel siècle vit-elle ?

Keira haussa les épaules. Bien sûr, Matteo Valenti n'était pas habitué aux excentricités des petits propriétaires de B & B, ni à ces endroits où logeait le commun des mortels. D'après son patron, il possédait des hôtels de luxe à travers toute l'Italie, et même quelques-uns aux États-Unis, à Hawaï et à la Barbade. Il n'avait jamais eu à se hâter le long d'un couloir glacial pour rejoindre une salle de bains qui, comme le reste de la maison, n'avait certainement pas été modernisée depuis des décennies.

— C'est une spécificité anglaise. Ça fait partie du charme des lieux.

— Le charme, je m'en passe, répliqua-t-il d'un ton acerbe. Rien ne vaut de bonnes canalisations.

Ignorait-il volontairement un détail bien plus gênant que la salle de bains vétuste ? s'interrogea Keira. Ou était-ce elle qui y accordait trop d'importance ? Elle passa une main embarrassée dans ses cheveux en épis. Y avait-elle quelque chose chez elle qui la différenciait des autres femmes ? La première fois qu'elle avait dormi avec un homme, il était soûl et inconscient. Et celui avec qui elle s'apprêtait à partager un lit pour la seconde fois la toisait avec une irritation non dissimulée.

Il hocha la tête, comme si elle avait parlé tout haut.

— Je sais, dit-il d'un air sombre. C'est un cauchemar pour moi aussi. Partager un lit trop petit avec une employée ne figurait pas vraiment sur ma liste au Père Noël.

Reste calme, s'exhorta Keira. *Ne le prends pas personnellement et feins l'indifférence.*

— Nous survivrons, dit-elle avec détachement.

Prise de frissons, elle se frotta les bras à travers sa veste fine. Matteo promena sur elle un regard spéculatif.

— Vous grelottez, observa-t-il d'une voix où perçait une note de prévenance inattendue.

Ses yeux s'attardèrent une fraction de trop sur ses cuisses.

— Votre pantalon est trempé.

— Vous croyez ? railla-t-elle, sur la défensive.

Elle n'avait jamais su comment réagir quand on se montrait gentil avec elle.

— Vous n'avez rien d'autre à porter ? insista-t-il.

Les joues en feu, elle se réfugia derrière une ironie mordante pour cacher son embarras :

— Bien sûr que si. Quel chauffeur n'emporte pas une tenue de rechange pour un trajet d'une journée ?

— Faites-moi grâce de vos sarcasmes, maugréa Matteo. Et allez prendre un bain chaud. Je vais vous prêter quelque chose.

Keira le dévisagea avec suspicion. Son offre était-elle sérieuse ? Sans son manteau en cachemire, il était à tomber dans un costume gris anthracite, taillé sur mesure, semblait-il, même à son œil non exercé. Aucun costume standard ne conviendrait à un homme doté d'épaules aussi larges, ni de jambes aussi longues. Que pouvait bien avoir Matteo Valenti dans sa valise qui lui aille, à *elle* ?

— Vous voyagez toujours avec des vêtements de femme dans vos bagages ?

Le sourire qui retroussa le coin de ses lèvres la prit de court. Son cœur s'emballa. Peut-être valait-il mieux qu'il ne sourie pas trop souvent, tout compte fait…

— Bizarrement, non, répondit-il, pince-sans-rire, en ouvrant sa valise. Mais j'ai un pull qui devrait faire l'affaire. Et une savonnette. Tenez, prenez-les.

Keira s'empara des deux objets, envahie par un élan de gratitude.

— Merci. C'est… c'est très gentil.

— *Basta !* Épargnez-moi vos bégaiements. Je ne le fais pas par gentillesse.

Sa bouche se durcit.

— Cette journée a été un désastre. Il ne manquerait plus que vous attrapiez une pneumonie et que je me retrouve inculpé pour homicide involontaire.

— Eh bien, je vais tâcher de ne pas tomber malade, rétorqua-t-elle. Je m'en voudrais de vous mettre dans le pétrin.

Elle sortit en trombe de la chambre et gagna la salle de bains, tout en s'efforçant de tempérer sa colère grandissante. Il était vraiment la personne la plus détestable qu'elle ait jamais rencontrée. Et elle allait devoir supporter une nuit entière avec lui !

Le pull suspendu à la patère de la porte, elle évalua d'un coup d'œil l'équipement à disposition et sourit pour la première fois de la journée. Elle, contrairement à Matteo, avait l'habitude de la simplicité. Le lavabo et la baignoire couleur avocat n'avaient rien qui sorte de l'ordinaire, à ses yeux. Mais Dieu seul savait ce que M. Cynique en penserait ! Enfant, elle avait vécu dans des endroits autrement plus sommaires. À vrai dire, cette salle de bains désuète la rendait nostalgique. Elle lui rappelait d'autres temps, avant le décès de sa mère. Des temps plus durs, certes, mais les seuls qui lui aient apporté une réelle stabilité affective.

Accroupie dans la minuscule baignoire, elle dirigea au-dessus de sa tête le pommeau de douche fuyant et s'aspergea d'eau tiède, puis se mit à se frotter à l'aide de la savonnette de Matteo. C'est alors qu'une chose étrange se passa. Elle sentit ses tétons durcir sous ses doigts et, les yeux fermés, imagina son riche client en train de la caresser là… Elle écarta vivement ses mains d'un geste horrifié. Bon sang, qu'est-ce qui n'allait pas chez elle ?

Laissant la bonde *in situ*, elle sortit de la baignoire et se sécha avec vigueur. La situation était déjà assez pénible sans qu'elle se mette à fantasmer sur un homme qui n'hésiterait pas à la faire renvoyer sitôt de retour à la civilisation !

Elle enfila son soutien-gorge, remit sa culotte sur l'envers et fit glisser le pull gris de Matteo par-dessus sa tête. Il était chaud et très doux. Dommage qu'il ne lui arrive qu'à mi-cuisses, même en tirant très fort sur l'ourlet. Elle s'examina dans le miroir. Et alors, qu'est-ce que cela pouvait bien faire ? Le magnat italien ne risquait pas de prêter attention à ce qu'elle portait. Vu son attitude envers elle jusque-là, elle pourrait danser nue devant lui sans qu'il ne batte un seul de ses longs cils ravageurs.

Pourtant, lorsqu'elle réapparut dans la chambre, Matteo détourna le visage de la fenêtre. Impossible d'ignorer son léger sursaut lorsqu'il la vit. Ses yeux se plissèrent, étrangement voilés, et un subtil changement s'opéra dans l'air. Jamais elle n'avait suscité une telle réaction en entrant dans une pièce. C'était nouveau pour elle, mais la sensation était agréable, elle devait le reconnaître. À moins qu'elle n'ait, une fois de plus, totalement mal jaugé la situation ?

— Tout va bien ? demanda-t-elle d'une voix hésitante.

Matteo hocha la tête, conscient du pouls qui battait sous sa tempe. Après avoir parlé à son assistante au téléphone, il s'était abîmé dans ses pensées, le regard perdu vers la campagne désolée. Il se trouvait coupé du monde. Inatteignable. Cette brusque prise de conscience lui avait procuré une étrange sensation de paix. Un peu plus tôt, il avait regardé son chauffeur filer à la salle de bains dans son uniforme peu flatteur, et à présent…

Il ravala la boule qui lui montait à la gorge. Quel tour de passe-passe avait-elle opéré ?

Ses courts cheveux noirs étaient encore humides et l'éclat rosé de ses joues faisait ressortir le bleu lumineux de ses yeux. Mais c'était à son propre pull qu'il devait ce brusque réveil de sa libido dont il se serait bien passé. Un pull en cachemire ordinaire, qui avait l'air d'un tout autre vêtement sur elle. Elle était si fluette qu'elle nageait dedans. Mais il suggérait les hanches étroites en dessous, tout en dévoilant les jambes les plus parfaites qu'il eût jamais vues. Elle était...

Sexy, admit-il à contrecœur. Le désir fusa entre ses jambes. Était-ce une invitation à l'allonger sur le lit et la couvrir de baisers ? Elle semblait l'aguicher en l'obligeant à se demander si elle portait ou non une culotte. Et il était très tenté de lui faire ramasser un objet imaginaire sur la moquette pour s'en assurer de visu. La colère le gagna. Bon sang, était-il retombé en adolescence ? La situation était déjà assez inconfortable sans qu'il s'impose de longues heures de frustration à rêver d'une femme inaccessible, même pour une aventure d'un soir — ce qui allait à l'encontre de tous ses principes.

— *Sì*, tout va bien. *Fantastico*, répondit-il, sarcastique. Je viens d'appeler mon assistante pour la prier de m'excuser à la réception de ce soir. Elle m'a demandé si j'avais d'autres projets plus excitants. J'ai dû lui dire que non, que j'étais bloqué dans une lande enneigée au milieu de nulle part.

La jeune femme ignora sa diatribe.

— Je vous ai laissé de l'eau chaude, l'informa-t-elle d'un ton rigide.

— Mon Dieu, comment vais-je réussir à contenir mon exultation ?

Il s'empara des vêtements qu'il avait sélectionnés dans sa valise et sortit en claquant la porte.

Lorsqu'il revint, en jean et pull tout simples, il s'était un peu calmé. Il trouva Keira occupée à servir le thé sur un plateau, entre une sélection de sandwichs et de tartelettes. Elle leva vers lui un regard interrogateur.

— Avez-vous faim ? demanda-t-elle.

Difficile de ne pas baisser les yeux vers ses jambes, tant la question de ce qu'elle portait ou non sous son pull l'obsédait. Il haussa les épaules.

— On peut dire ça.

— Voulez-vous un sandwich ?

— Comment refuser ?

— C'est très gentil de la part de Mary d'avoir pris le temps de nous en préparer alors qu'elle doit cuisiner un repas de fêtes pour huit, le sermonna-t-elle. La moindre des choses serait de lui en être reconnaissant.

— Je suppose.

Keira maintint son sourire poli en lui tendant une tasse de thé et un sandwich au fromage. Elle n'avait rien à gagner à devenir aussi grossière que cet homme. Au contraire, une dispute était le pire scénario possible. C'était elle qui était en tort, elle qui risquait de perdre son travail. Si elle persistait dans son insolence, qui sait s'il n'appellerait pas son patron pour dénoncer en termes virulents l'incompétence de son chauffeur ? Mais en s'attirant ses bonnes grâces, peut-être le persuaderait-elle de ne pas monter la situation en épingle, voire même d'oublier toute l'histoire. Elle adorait son travail, et ce qui lui tenait à cœur dans la vie se comptait sur les doigts d'une main. Elle ne renoncerait pas sans se battre.

Elle remarqua qu'il ne faisait aucun commentaire en mangeant. Son expression suggérait qu'il le faisait par nécessité, sans y prendre le moindre plaisir. Keira, elle, n'avait plus faim. Elle ne manquait pourtant pas d'appétit, d'habitude, ce qui étonnait les gens étant donné sa silhouette menue. Mais, ce soir, manger était le cadet de ses soucis. Elle rompit la croûte d'une tartelette et se força à la mâcher. Le sucre la requinqua un peu, sans pour autant dissiper son unique préoccupation : comment diable allaient-ils passer le temps, dans cette chambre qui ne disposait même pas d'une radio — encore moins d'une télé ? La lumière de la lampe éclairait de biais le visage de Matteo, dont les traits anguleux contrastaient avec la courbe sensuelle de ses lèvres. Keira se surprit à se demander quel effet cela ferait d'être embrassée par un homme comme lui…

Arrête, se sermonna-t-elle aussitôt. *Arrête tout de suite.* Elle n'avait même pas su entretenir la flamme de ce mécanicien stagiaire avec qui elle était sortie au garage. Alors quelle chance avait-elle avec un milliardaire italien ? Elle devait absolument trouver une distraction. Une note désespérée perçait dans sa voix lorsqu'elle suggéra :

— Et si je descendais demander à Mary des jeux auxquels nous pourrions jouer ?

Ses yeux se plissèrent.

— Pardon ?

— Oui, vous savez... Jeux de cartes, Scrabble, Monopoly. N'importe quoi. On ne va pas passer la soirée à se regarder dans le blanc des yeux en redoutant la nuit à venir, si ?

Il arqua un sourcil.

— Vous redoutez la nuit à venir, Keira ?

La note d'amusement dans sa voix l'avait rendue plus grave encore. Non seulement c'était la première fois qu'il l'appelait par son prénom, réalisa Keira, mais il l'avait prononcé comme personne ne l'avait jamais fait avant. Le rouge afflua à ses joues. *Et zut.* Elle allait encore passer pour une idiote ingénue !

— Pas vous ? le défia-t-elle. Ne me dites pas que ça ne vous a pas dépité d'apprendre que nous allions devoir passer la nuit ici.

Matteo réfléchit à sa question. Quelques minutes plus tôt, il en aurait convenu. Mais quelque chose chez cette fille aux cheveux en épis l'incitait à réviser son jugement. C'était une situation inédite pour lui. Et il avait été trop souvent déçu dans ses désirs masculins pour que cette nouveauté suffise à le divertir. Keira, ou quel que soit son nom, n'était pas quelqu'un d'ordinaire. Elle ne se conduisait pas comme les autres femmes l'auraient fait dans de telles circonstances. Elle avait proposé de jouer à un jeu avec sincérité, sans accentuer le mot « jouer » d'un ton qui n'aurait laissé aucun doute quant à la façon dont elle voyait ce « jeu » évoluer : lui sur elle, pilonnant son corps avide. Les gens le disaient arrogant. Il se considérait plutôt comme réaliste. Il ne sous-estimait jamais ses atouts, et l'un d'eux était de pouvoir faire fondre le sexe opposé sans même le vouloir.

Il étudia la jeune femme, amusé par la lueur compétitive dans ses yeux bleus. Elle était bel et bien sérieuse.

— Pourquoi pas ? lança-t-il. Jouons à des jeux.

Elle ramassa le plateau et descendit au rez-de-chaussée. Quelques minutes plus tard, elle réapparut avec une pile de jeux, deux verres et une bouteille de vin.

— Ne faites pas votre snob, le réprimanda-t-elle comme il fronçait les sourcils devant l'étiquette. Mary est adorable de nous offrir de quoi trinquer pour les fêtes. Moi, en tout cas, j'en prendrai un verre. Je ne conduis pas ce soir et je ne voudrais pas la vexer.

Sans mot dire, Matteo déboucha la bouteille et emplit leurs deux verres. Il but le sien d'une traite en s'installant dans le fauteuil le plus inconfortable au monde. Keira s'assit face à lui, en tailleur sur le lit, une couverture pudiquement étalée sur ses cuisses.

— Prêt ? questionna-t-elle.

— Autant qu'on puisse l'être.

Ils firent une partie de Monopoly que, naturellement, il remporta. Son métier consistait à acheter des biens immobiliers, et il avait appris très tôt que rien n'avait plus de valeur qu'un terrain. Mais il fut surpris par la proposition de Keira de jouer au poker, et plus encore par son habileté aux cartes.

Peut-être avait-il été distrait par ses jambes qu'il savait nues sous la couverture, ou par ses longs cils noirs vierges de tout mascara. Chaque minute qui passait augmentait sa fascination pour son chauffeur miniature. La jeune femme étudiait ses cartes, le visage impassible, et il se sentit pris de l'envie inexplicable d'embrasser ses lèvres sévères.

Il déglutit. Avait-elle conscience que son indifférence attisait en lui un désir de plus en plus dévorant ? Quoi qu'il en soit, la bouteille n'était pas finie qu'elle l'avait battu à plate couture, une expérience inédite pour lui.

Il plissa les yeux.

— Qui vous a appris à jouer ainsi ?

Elle haussa les épaules.

— Avant de devenir chauffeur, j'ai travaillé comme mécanicienne. Essentiellement avec des hommes, ajouta-t-elle d'un ton léger. Ils aimaient bien jouer aux cartes dans les moments de calme au garage.

— Vous avez travaillé comme *mécanicienne* ?

— Vous semblez surpris.

— Je le suis. Êtes-vous vraiment assez forte pour démonter une voiture ?

— Les apparences sont parfois trompeuses.

— En effet.

Il vida le fond de la bouteille dans leurs deux verres et remarqua ses doigts tremblants en lui tendant le sien. La sentait-elle aussi, cette électricité presque tangible au frôlement de leurs mains ? Il croisa les jambes pour cacher son érection, tout en s'efforçant — en vain — de penser à autre chose que ses lèvres sur le corps de son chauffeur.

— Monsieur Valenti…

— Matteo, corrigea-t-il d'une voix caressante. Je croyais que nous avions convenu de nous appeler par nos prénoms, étant donné les circonstances… inhabituelles.

— Oui, c'est vrai, mais…

Ses mots moururent sur ses lèvres sous le regard interrogateur de Matteo. Elle ne savait pas comment exprimer sa pensée. L'alcool l'avait rendue téméraire, tout à l'heure, et elle n'avait pas hésité à s'en servir durant leur partie de cartes. Gagner contre Matteo Valenti n'était sans doute pas très judicieux, mais elle avait eu envie de lui prouver qu'elle n'était pas aussi incompétente qu'il semblait le penser. Sauf que cette témérité fondait à présent comme neige au soleil. Et comment ignorer la tension sexuelle palpable dans l'air depuis qu'il était revenu de la salle de bains ?

Avait-il conscience que ses seins la picotaient ? Que sa culotte retournée était humide ? Peut-être avait-il l'habitude que les femmes réagissent ainsi en sa présence, mais *elle* n'était pas l'une de ces femmes. On l'avait même souvent qualifiée de frigide, alors qu'elle avait simplement peur. Peur de ce contre quoi sa mère l'avait mise en garde. Mais cela n'avait jamais été un problème jusque-là, car l'intimité avec le sexe opposé la laissait de marbre. La seule fois où elle avait fini au lit avec un homme, il était si alcoolisé qu'il s'était évanoui avant même que sa tête ne touche l'oreiller. Alors comment faisait Matteo pour la mettre dans cet état, comme si chaque pore de sa peau le suppliait de la toucher ?

Elle déglutit.

— Nous n'avons pas encore décidé de qui dort où et comment…

— Qu'aviez-vous en tête ?

— Eh bien, il semble que nous ayons à partager un lit. Certains compromis s'imposent.

Elle prit une profonde inspiration.

— J'avais pensé que nous pourrions dormir tête-bêche.

— Tête-bêche ? répéta-t-il.

— Oui, vous savez.

— Si je le savais, je ne poserais pas la question, s'impatienta-t-il.

Elle tortilla les épaules, mal à l'aise.

— C'est simple. Je dors avec ma tête à une extrémité du lit et vous, avec la vôtre de l'autre côté. C'est ce qu'on faisait quand j'étais scout. Certaines personnes mettent des oreillers entre elles pour ne pas empiéter sur l'espace de l'autre...

Plus elle persistait dans son explication, plus le regard de Matteo devenait incrédule.

— À moins que vous ne soyez prêt à passer la nuit dans ce fauteuil ?

Matteo remua sur le siège, conscient de sa dureté tout à coup. Il avait l'impression d'être assis sur des ressorts en métal.

— Vous croyez vraiment que je vais passer la nuit dans ce fichu fauteuil ?

Elle lui lança un regard incertain.

— Vous voulez que *moi*, je prenne le fauteuil ?

— Pour que vous m'empêchiez de fermer l'œil en remuant sans cesse à la recherche d'une position confortable ? Non, merci. Voilà ce que nous allons faire, *cara mia*. Nous allons partager ce lit, comme la gentille propriétaire nous l'a suggéré. Exceptionnellement, je ne dormirai pas nu et vous garderez mon pull. *Capisci ?* Soyez assurée de la pureté de mes intentions : je ne vous trouve absolument pas attirante.

Ce qui était faux. Mais pourquoi rendre la situation encore plus pénible qu'elle n'était ?

Il se leva et commença à déboucler sa ceinture. Les lèvres de la jeune femme s'entrouvrirent.

— Fermez donc les yeux, lança-t-il, non sans amusement en la voyant pâlir. Au moins jusqu'à ce que je sois sous les couvertures.

3

Keira se tenait allongée dans le noir, les lèvres aussi sèches que si elle venait de courir un marathon. Elle avait tout essayé : respirer profondément, compter à l'envers depuis mille, détendre ses muscles en partant des orteils… Rien n'y faisait. Toutes ses pensées restaient tendues vers l'homme au lit à côté d'elle. *Matteo Valenti. Au lit à côté d'elle.* Elle devait se le répéter, encore et encore, tant cette situation lui semblait irréelle. À l'inverse de la tentation qui lui électrisait la peau, bien réelle, elle.

Une chaleur purement animale émanait de ce corps puissant, et suscitait en elle une étrange frustration. Malgré son agitation, elle se forçait à rester parfaitement immobile, terrifiée à l'idée de le réveiller. Elle était debout depuis 6 heures du matin. Elle aurait dû tomber de fatigue ! Pourtant, plus elle cherchait le sommeil, plus il lui échappait.

Était-ce parce que cet aperçu involontaire de ce corps au moment où il se couchait avait renforcé tous ses fantasmes ? Des fantasmes qu'elle avait désespérément tenté de tuer dans l'œuf. D'accord, il s'était couvert d'un T-shirt et d'un boxer, mais ils ne suffisaient pas à faire oublier ses tablettes de chocolat, ni ses jambes incroyablement viriles. Chaque fois qu'elle fermait les yeux, elle revoyait cette image, et le désir qui l'étreignait lui coupait le souffle.

Les bruits parvenant du rez-de-chaussée n'arrangeaient rien. Le dîner de Mary battait son plein et remuait en elle des émotions qu'elle aurait préféré garder enfouies. C'était les cris d'excitation dominant les bavardages, ou encore ces voix d'enfants chantant en chœur des chants de Noël. Elle les imaginait, tous réunis devant une cheminée ornée de bougies rouges, comme sur les cartes de vœux dans les magasins. Une vague de mélancolie la submergea, car elle-même n'avait jamais connu cela.

— Vous n'arrivez pas à dormir ?

La voix caressante de l'Italien pénétra ses pensées. Elle sentit le matelas bouger, signe qu'il avait tourné la tête pour lui parler.

Keira déglutit. Devait-elle faire semblant de dormir ? À quoi bon ? Sa ruse ne le tromperait pas plus d'une seconde. Et puis, n'était-ce pas un soulagement de pouvoir enfin remuer ?

— Non, admit-elle. Vous non plus ?

Il eut un petit rire.

— Ça n'a rien d'étonnant.

— Pour quelle raison ?

Sa voix se fit plus grave.

— Vous devez bien le savoir, non ? C'est inhabituel, pour moi, de devoir me comporter de manière si chaste alors que je partage le lit d'une femme attirante.

Keira remercia l'obscurité qui masquait son rougissement de plaisir. Le très arrogant Matteo Valenti venait-il de la qualifier d'« attirante » ? Et insinuait-il vraiment qu'il peinait à résister à la tentation de la toucher ? Peut-être disait-il seulement cela pour être poli. Mais il n'avait pas franchement été un modèle de politesse jusque-là, n'est-ce pas ?

— Vous avez dit que vous ne me trouviez *pas* attirante…

— Parce que j'essayais de m'en convaincre.

Keira sourit dans le noir.

— Je pourrais descendre nous refaire du thé ?

— Pitié, plus de thé, grogna-t-il.

— Dans ce cas, nous n'avons plus qu'à nous résigner à passer une nuit blanche.

Elle tapota son oreiller et se laissa retomber dessus avec un soupir.

— À moins que vous n'ayez une meilleure idée ?

Matteo sourit, non sans une certaine frustration car sa question était innocente. Elle ne la posait pas en suggérant qu'il l'embrasse en guise de réponse. Pas plus qu'elle n'effleurait accidentellement sa jambe de la sienne pour l'aguicher. Il déglutit. Son attitude vertueuse n'y changeait rien. Il était déjà excité en se glissant sous les couvertures, dur comme le roc à présent. Pour une femme à la coupe de cheveux douteuse, et à l'incompétence de laquelle il devait d'être coincé dans ce trou à rats ! Un autre genre de frustration l'envahit alors que le matelas bosselé lui rentrait dans le dos. Mais à quoi bon distribuer les mauvais points ? Cela ne l'avancerait à rien.

— Nous pourrions discuter, soupira-t-il.

— De quoi ?

— De quoi les femmes aiment-elles discuter ? répliqua-t-il, sardonique. Tenez, parlez-moi de vous.

— Pour quoi faire ?

— Ça devrait m'aider à dormir.

La jeune femme eut un petit rire dédaigneux.

— Vous êtes vraiment un mufle, monsieur Valenti.

— Je plaide coupable. Et appelez-moi Matteo. Au moins tant que nous sommes au lit ensemble.

Il sourit en l'entendant étouffer une exclamation indignée.

— Racontez-moi donc vos projets pour Noël. N'est-ce pas ce qu'on demande, à cette période de l'année ?

Sous la couette, Keira serra les poings. De toutes les questions possibles, il avait fallu qu'il choisisse celle-là. Pourquoi ne l'interrogeait-il pas sur les voitures ? Elle l'éblouirait avec ses connaissances en mécanique ou évoquerait son rêve de restaurer un jour de belles voitures vintage. Même si, d'un point de vue réaliste, ce rêve ne se réaliserait sans doute jamais.

— Je passe les fêtes avec ma tante et ma cousine Shelley, répondit-elle à contrecœur.

— Ça n'a pas l'air de vous enchanter.

— C'est évident à ce point ?

— J'en ai peur. Votre voix manquait, comment dire… d'enthousiasme.

Une formule des plus diplomatiques, pensa-t-elle.

— Non, en effet, ça ne m'enchante pas.

— Alors pourquoi ne pas passer Noël ailleurs ?

Keira soupira. Dans l'obscurité, c'était facile d'abandonner l'air détaché qu'elle adoptait toujours face aux questions trop personnelles. Elle en disait le minimum, c'était plus simple ainsi.

Lorsqu'on manifestait clairement sa réticence à parler d'un sujet, les gens finissaient par comprendre le message.

Avec Matteo, c'était différent. Elle ne le reverrait jamais. Ne serait-ce pas un soulagement de parler à cœur ouvert, pour une fois, au lieu de réciter ce qu'on attendait d'elle ? Oui, elle avait eu de la chance que sa tante la recueille après le décès de sa mère, renversée par un chauffard alors qu'elle rentrait du travail avec le chien en peluche acheté pour son anniversaire. Elle avait eu de la chance de ne pas finir en famille d'accueil ou, pire, dans une institution sinistre. Elle le savait. Mais savoir les choses n'empêchait pas d'avoir son propre ressenti. Sur le fait d'être traitée comme un fardeau. De devoir constamment être reconnaissante du toit au-dessus de sa tête. D'essuyer les piques de sa tante parce qu'elle était plus jolie que sa cousine Shelley. C'était pour cette raison qu'elle s'était fait couper les cheveux en premier lieu. Tous les moyens étaient bons pour maintenir la paix.

— Parce que Noël est une fête familiale et que c'est la seule famille qui me reste, répondit-elle.

— Vous n'avez plus vos parents ?

— Non.

Comme il semblait avoir ouvert une porte, elle continua :

— Je n'ai jamais su qui était mon père et ma tante m'a élevée après la mort de ma mère. Je lui dois beaucoup.

— Mais vous ne l'aimez pas.

— Je n'ai pas dit ça.

— Ce n'est pas un crime de l'admettre, Keira. Vous n'êtes pas obligée d'aimer quelqu'un simplement parce qu'il s'est montré généreux avec vous. Même si c'est un parent.

— Elle a fait de son mieux, ça n'a pas dû être facile. Nous ne roulions pas sur l'or, expliqua Keira. Et maintenant que mon oncle est décédé, elle et Shelley ne sont plus que toutes les deux et je crois qu'elle se sent seule, d'une certaine façon. Alors je passerai Noël là-bas, à lancer des cotillons et à faire semblant de me régaler de sa dinde trop sèche. Comme tout le monde, finalement.

Il y eut une pause, si longue qu'elle se demanda si Matteo ne s'était pas bel et bien endormi. Le son de sa voix la fit sursauter.

— Qu'aimeriez-vous *vraiment* faire pour Noël ? questionna-t-il avec douceur. Si l'argent n'était pas un problème et que vous n'aviez pas à le passer avec votre tante ?

Keira tira la couette sur son menton.

— De combien d'argent parle-t-on ? Assez pour s'envoler aux Caraïbes en jet privé ?

— Si c'est ce qui vous fait envie...

— Pas spécialement.

Elle capta du coin de l'œil le faible éclat d'un cadre photo luisant dans la pénombre. Depuis combien de temps n'avait-elle plus joué à faire un vœu ? Depuis combien de temps n'avait-elle plus *osé* ?

— Je me prendrais une chambre dans l'hôtel le plus luxueux que je puisse trouver et regarderais la télé, murmura-t-elle. Vous savez, sur une de ces télés presque aussi larges qu'un écran de cinéma. Je n'ai jamais eu de télé dans ma chambre. Toutes les comédies romantiques de Noël jamais réalisées y seraient diffusées et je resterais devant à pleurer comme une madeleine, en m'empiffrant de pop-corn et de glace.

Sous la couette, Matteo se raidit. Il y avait de la mélancolie dans la voix de la jeune femme. Mais surtout, il y avait bien longtemps qu'il n'avait pas reçu de réponse aussi sincère de qui que ce soit. Sa candeur avait quelque chose de rafraîchissant. Aussi rafraîchissant que son corps de liane et ses yeux *profondo blu* — la couleur des fonds marins — quand on les regardait de près. Les battements de son cœur s'accélérèrent et il sentit palpiter une nouvelle érection contre son ventre. Soudain, l'obscurité devenait un danger car elle le plongeait dans l'anonymat. Elle lui faisait oublier qui il était, qui *elle* était, et éveillait en lui des tentations auxquelles il n'aurait jamais dû songer. Sans lumière, ils n'étaient plus que deux corps allongés côte à côte, à la merci de leurs sens. Et ses sens à lui étaient en ébullition.

D'un geste brusque, il alluma la lampe de chevet. Une douce lueur inonda aussitôt la petite chambre. Keira, la couette remontée sur son menton, cligna des yeux.

— Pourquoi avez-vous rallumé ?

— Disons que... l'obscurité me troublait.

— Je ne comprends pas.

Il haussa un sourcil.

— En êtes-vous sûre ?

Il y eut une pause. Matteo lut la méfiance dans ses yeux bleus, mais aussi l'ombre d'autre chose qui fit battre son cœur encore plus vite. Fraterniser avec le personnel était une mauvaise idée. Tout le monde le savait. Mais savoir une chose n'empêchait pas d'avoir son propre ressenti. Ni son corps de se tendre de désir, tel un arc juste avant que ne parte la flèche.

— Non, dit-elle enfin. Vraiment pas.

— Il vaut mieux que j'aille dormir dans ce fichu fauteuil, tout compte fait. Si je reste une minute de plus ici, je vais vous embrasser.

Keira croisa son regard moqueur avec stupéfaction. Matteo Valenti venait-il vraiment de dire qu'il mourait d'envie de l'embrasser ? Elle resta un instant à savourer la sensation d'être l'objet de l'attirance d'un homme aussi séduisant, tandis que ses sens et sa raison se livraient une bataille féroce.

Il avait évoqué le fauteuil, mais n'avait pas bougé pour autant. Comme si une question tacite flottait dans l'air. Quelque part dans la maison, une horloge sonna l'heure. *L'heure du crime*, songea-t-elle, bien qu'il ne fût pas minuit. L'heure où tout pouvait arriver, si elle se l'autorisait. Si elle écoutait ses désirs plutôt que la voix de la prudence, cette éternelle présence dans sa vie. Elle ne savait que trop bien ce qui arrivait aux femmes qui s'entichaient de l'homme qu'il ne fallait pas, et tout en Matteo Valenti suggérait qu'il était ce genre d'homme. Dangereux, sexy, riche à millions. Beaucoup trop bien pour elle. Le mieux était encore de lui tourner le dos en répondant que oui, il n'avait qu'à prendre le fauteuil.

Mais ce n'est pas ce qu'elle fit. Ses yeux restèrent rivés à lui, comme aimantés, tandis que le bout de sa langue courait le long de sa lèvre inférieure. Un magma en fusion bouillonnait au creux de son ventre. C'était à la fois choquant et terriblement excitant. Elle songea aux vacances qui l'attendaient. Au repas de Noël guindé avec sa tante, qui sourirait à Shelley en vantant sa profession d'esthéticienne, avant de se demander tout haut comment son unique nièce avait pu finir mécanicienne.

Keira ferma brièvement les yeux. Elle avait passé sa vie à être sage et où cela l'avait-il menée ? On ne recevait pas de médailles parce qu'on était quelqu'un de bien. Elle avait surmonté au mieux sa dyslexie et capitalisé sur le fait qu'elle était douée de ses mains, capable de démonter et remonter un moteur comme personne. Elle avait trouvé du travail qui lui permettait tout juste de joindre les deux bouts, mais n'avait jamais eu de relation durable. Encore moins couché avec quelqu'un. À ce rythme, elle finirait vieille fille, rongée de regrets au souvenir de cette nuit enneigée dans le Dartmoor où Matteo Valenti avait voulu l'embrasser.

Elle le regarda droit dans les yeux.

— Alors allez-y, murmura-t-elle. Embrassez-moi.

Si elle s'imaginait qu'il allait hésiter, elle se trompait. La seconde d'après, il encadrait son visage de ses mains, sans lui demander si elle en était vraiment sûre. Ses lèvres effleurèrent les siennes et les dés furent jetés. Impossible de faire marche arrière. Il l'embrassa à l'étourdir de plaisir. Son désir était tel qu'elle se mit à onduler entre ses bras pour provoquer l'étape suivante, par crainte qu'à tout instant il ne devine son inexpérience et ne la repousse. Elle l'entendit grogner doucement quand ses doigts, se faufilant sous son pull, se heurtèrent au soutien-gorge qui moulait ses seins.

— Trop de tissu, susurra-t-il.

Sa main glissa dans son dos et il dégrafa le sous-vêtement, qui tomba au sol. Combien de fois avait-il exécuté ce même geste ? songea-t-elle. Peut-être devrait-elle lui avouer qu'elle était vierge ? Mais, déjà, ses pouces caressaient doucement ses tétons et le moment passa. L'excitation s'insinua entre ses reins tel du miel liquide. Elle poussa un petit cri tant la sensation menaçait de la submerger.

— *Sta'zitto*, la pressa-t-il en tirant le pull par-dessus sa tête, avant de le jeter de côté.

Son propre T-shirt et son boxer suivirent le même chemin.

— Chut, répéta-t-il en anglais. Il ne faudrait pas réveiller le reste de la maisonnée, n'est-ce pas ?

Keira fit non de la tête, incapable de parler car il faisait maintenant glisser sa culotte le long de ses jambes, et le désir se répandait en elle comme une traînée de poudre.

— Matteo...

Ses doigts parcouraient son ventre, exploraient sa chair en fusion. Il attisait le feu en elle avec une délicatesse qui confinait au supplice. Chaque caresse la poussait un peu plus loin dans un monde nouveau, profondément intime et pourtant étrangement familier. C'était comme si elle savait exactement quoi faire, bien que novice en la matière. Lui avait-il demandé d'écarter les cuisses ou s'étaient-elles ouvertes de leur propre accord ? Elle l'ignorait. Tout ce qu'elle savait, c'est que lorsqu'il se mit à caresser du bout des doigts ses tendres plis humides, elle crut défaillir de plaisir.

— Oh ! souffla-t-elle dans une note d'émerveillement.

— « Oh » quoi ?

— C'est... incroyable.

— Je sais. Maintenant, touchez-moi, lui intima-t-il contre ses lèvres.

Keira déglutit. Oserait-elle ? Son sexe se dressait fièrement devant elle, d'une taille impressionnante. Elle ne savait pas vraiment comment s'y prendre. Ravalant sa nervosité, elle le saisit entre le pouce et l'index et commença à le caresser de haut en bas, d'un geste plus léger qu'une plume qui le fit s'écrier :

— *Madonna mia !* Où avez-vous appris *ça* ?

Elle craignit de rompre le charme en lui expliquant que les mécaniciens étaient souvent dotés d'un toucher naturellement sensible. Aussi éluda-t-elle, d'une voix rauque qu'elle ne se connaissait pas :

— Vous aimez ça ?

— Si j'aime ça ? dit-il en avalant sa salive. À votre avis ? Vous me rendez fou !

Alors pourquoi venait-il d'arrêter son geste d'une poigne ferme, s'il aimait tellement cela ? Pourquoi tâtonnait-il frénétiquement à la recherche de son portefeuille sur la table de nuit ? Il en sortit un petit paquet en aluminium, et Keira frissonna en comprenant son intention. C'était la chose la plus folle et la plus audacieuse qu'elle ait jamais faite mais, au moins, elle serait protégée.

À peine enfilait-il le préservatif qu'elle noua les bras autour de son cou, surprise de ne pas avoir peur. Parce que c'était lui. Pas à cause de sa fortune et de sa puissance, ni même de son physique à se damner, mais parce que quelque chose chez lui avait touché son cœur. Peut-être était-ce la façon dont sa voix s'était adoucie lorsqu'il l'avait questionnée à propos de Noël. Comme si cela lui importait. Il y avait bien longtemps qu'on ne s'était plus intéressé à elle de cette façon. Était-elle à ce point en manque d'affection pour s'offrir corps et âme à un homme qu'elle connaissait à peine ? Pas sûr. Tout ce qu'elle savait, c'est qu'elle le désirait plus qu'elle n'avait jamais rien désiré dans sa vie.

— Matteo, murmura-t-elle comme il l'enlaçait.

Ses yeux plantés dans les siens étincelaient.

— Vous avez changé d'avis ?

Sa prévenance décupla encore son envie de lui.

— Non. Pas du tout, chuchota-t-elle en faisant voleter ses doigts dans son cou.

Il reprit sa bouche et, comme plus tôt, elle fondit jusqu'au point d'ébullition. L'ombre mangeait le visage de son amant lorsqu'il se positionna pour la chevaucher. Il la pénétra d'une première poussée et se mit à bouger. Un éclair de douleur la déchira, fulgurant mais bref. Elle vit le front de Matteo s'assombrir et le sentit s'immobiliser avant de changer de rythme. Ses mouvements se firent plus lents. Il noua ses deux jambes autour de sa taille, de sorte que chacun de ses coups de reins semblait l'emplir tout entière.

Keira sentait son corps se relaxer afin de l'accueillir. L'excitation la gagna. Centimètre par centimètre, Matteo s'enfonçait en elle, puis se retirait pour mieux réitérer la même exquise friction, encore et encore. Sa peau était en feu, toutes ses terminaisons nerveuses tendues d'anticipation. Le plaisir enflait au creux de ses reins, inexorable, au point qu'elle n'était pas sûre de le supporter encore longtemps. Soudain, une digue lâcha et un tsunami d'intenses sensations déferla en elle. Elle vola en éclats, comme s'il avait fallu qu'elle se désagrège avant de pouvoir être une à nouveau. Comme à travers un brouillard, elle sentit Matteo jouir à son tour, tremblant au-dessus d'elle. Les larmes qui lui piquèrent les yeux la prirent de court.

Il se retira et se laissa retomber contre l'oreiller, le souffle saccadé. Keira lui lança un regard en coin, prise d'un accès de timidité. Les paupières de Matteo étaient closes, son visage fermé. Elle se sentait exclue, tout à coup, écartée de cet univers à part où il semblait s'être abîmé. La pièce était silencieuse et elle n'osait parler. Qu'était-on censé dire dans un moment pareil ?

Finalement, il se tourna vers elle, un sourcil levé. Son expression était indéchiffrable.

— Alors ?

Que n'aurait-elle donné pour prolonger le plaisir le plus longtemps possible ! Elle n'avait pas envie de le voir s'évaporer à la lumière crue de ses explications. Mais Matteo semblait bel et bien en attendre une.

Elle leva vers lui un regard timide.

— Vous êtes fâché ?

— Pourquoi le serais-je ? dit-il avec un haussement d'épaules.

— Parce que je ne vous ai pas dit que...

— Que vous étiez vierge ?

Il eut un étrange petit rire.

— Je suis content que vous ne l'ayez pas fait. Ça aurait cassé l'ambiance.

Elle glissa une mèche de cheveux derrière son oreille.

— N'allez-vous pas me demander pourquoi ?

— Pourquoi vous m'avez choisi, *moi*, comme premier amant ?

Son sourire s'était teinté d'un soupçon d'arrogance.

— Je pourrais vous féliciter pour votre excellent jugement. Mais, au fond, ce ne sont pas vraiment mes affaires, n'est-ce pas ?

Pour une raison inexplicable, ces mots la blessèrent. Mais elle n'en laisserait rien paraître. Avait-elle été assez naïve pour s'imaginer qu'il afficherait une certaine fierté à ce qu'elle l'ait choisi lui plutôt qu'un autre ?

— Non, en effet, répondit-elle.

Ses orteils remuaient à tâtons sous la couette, cherchant désespérément à localiser son unique petite culotte.

— J'espère ne pas vous avoir déçue, ajouta-t-il.

— Vous savez bien que non.

Il écarta quelques mèches folles tombées sur son front, la mine radoucie.

— *Sì*. Sachez que ç'a a été incroyable pour moi aussi. Je n'avais jamais couché avec une femme vierge avant, mais c'est rare que ce soit aussi bon la première fois. Vous pouvez être satisfaite de vous.

Il lui caressa doucement les cheveux.

— Vous êtes fatiguée.

— Non.

— Si, insista-t-il avec fermeté. Vous avez besoin de sommeil. Allongez-vous et laissez-vous sombrer.

Ses mots étaient apaisants, mais Keira n'avait pas envie de dormir. Elle voulait parler. L'interroger sur lui, sur sa vie. Sur ce qui se passerait ensuite. Mais quelque chose dans la voix de Matteo indiquait clairement qu'il ne partageait pas cette envie. Et puis, une telle conversation ne risquait-elle pas de détruire ce délicieux sentiment de plénitude qui l'enveloppait, déjà si fragile — comme une bulle prête à éclater à tout instant ? Alors elle hocha docilement la tête et ferma les yeux. Quelques secondes plus tard, elle sombrait dans le sommeil.

Matteo attendit que sa respiration se stabilise avant de retirer son bras d'autour de ses épaules. Elle remua à ce geste, mais ne se réveilla pas. C'est à cet instant qu'il prit la pleine mesure de son acte.

Il venait de séduire une de ses employées. Pire encore, il lui avait ravi sa virginité !

Il jura en silence. Il venait de briser deux règles fondamentales de la plus spectaculaire des façons. Un étau lui serrait la poitrine lorsqu'il éteignit la lumière, et son esprit tournait à cent à l'heure. Ignorer la femme nue endormie à ses côtés était plus facile à dire qu'à faire. Il n'avait qu'un désir, enfouir son érection grandissante dans le fourreau étroit de son corps. Sa priorité, cependant, était de limiter les dégâts autant que possible, pour elle comme pour lui.

Il poussa un soupir, les yeux levés vers le plafond noyé d'ombres. La blesser était la dernière chose qu'il souhaitait. Il blessait si facilement les femmes, sans le vouloir, simplement parce qu'il était incapable d'aimer. Incapable d'émotions. Du moins était-ce ce dont on l'avait accusé à maintes reprises. Keira ne méritait pas cela. Elle s'était offerte à lui avec une candeur qui lui avait coupé le souffle, sans rien exiger en retour.

Mais cela ne changeait rien à la réalité de leur situation. Ils appartenaient à deux mondes diamétralement opposés, entrés en collision dans cette petite chambre aux confins enneigés du Devon. Le temps d'une parenthèse, ils s'étaient oubliés dans un plaisir aveugle. Mais ils n'en restaient pas moins deux étrangers mal assortis, poussés dans les bras l'un de l'autre par le désir. En

Italie, il avait reçu un ultimatum qu'il ne pouvait ignorer. Quelle était la part de vérité derrière les mots de son père ?

« Donne-moi un héritier, Matteo. Perpétue le nom des Valenti et j'exaucerai tous tes désirs. Refuse, et je lègue le domaine à mon beau-fils et son enfant. »

Matteo serra les poings. Il lui fallait décider combien il était prêt à sacrifier pour maintenir son lien avec le passé. Il devait retourner dans son monde, et Keira dans le sien.

Sa mâchoire se crispa. Se serait-il arrêté s'il avait su qu'il était son premier ? Peut-être en aurait-il eu l'intention, mais son instinct lui soufflait que rien n'aurait pu se dresser entre lui et ce corps de liane. Sa gorge s'assécha à ce souvenir. Lorsqu'il l'avait pénétrée, elle lui avait paru si étroite. Mais elle l'avait attiré tout entier, comme si leurs deux corps avaient été conçus pour s'emboîter à la perfection. Et sa façon de le toucher, à la fois timide et sûre d'elle... Il avait failli perdre tout contrôle. Était-ce la nouveauté de l'expérience qui avait provoqué sa réponse extatique, et ses larmes contre son épaule, discrètement essuyées ?

Soudain, il comprenait l'attrait d'une femme vierge, mais aussi la responsabilité que cela représentait. Keira avait encore des rêves, car l'expérience ne les avait pas encore détruits. S'attendait-elle à ce qu'il prenne son numéro ? À ce qu'il l'emmène à Rome pour un week-end de sulfureuse passion, histoire de voir où cela les menait ? Espérait-elle qu'ils déambulent main dans la main dans le Trastevere, ce quartier connu pour être le plus romantique de Rome ? Ses poings se crispèrent. Aucune chance. Ce serait lui donner de faux espoirs.

Il l'entendit murmurer dans son sommeil. Sa conscience lui pesait tandis qu'il considérait ses options. Comment agir au mieux pour Keira, son chauffeur sexy aux lèvres les plus douces qu'il ait jamais connues ? Un coup d'œil au cadran phosphorescent du radio-réveil lui apprit qu'il était bientôt minuit. La maison était devenue silencieuse. Prendrait-il le risque d'utiliser le téléphone fixe sans réveiller personne ? S'extirpant du lit encore imprégné de l'odeur de leurs ébats, il enfila un jean et un T-shirt et descendit au rez-de-chaussée.

Il passa son appel sans problème. Étrangement, il avait le moral à zéro en remontant dans la chambre. Keira dormait toujours, le visage appuyé sur son coude replié. Un léger sourire incurvait ses lèvres, qu'il mourait d'envie d'embrasser. La tentation était grande de la prendre dans ses bras pour la faire sienne encore une fois. Mais il ne pouvait pas. Plus exactement, il ne *devait* pas.

Il se remit au lit, en ayant soin de ne pas la toucher. Mais comment oublier son corps nu, à quelques centimètres et pourtant hors d'atteinte ? La nuit s'annonçait longue…

4

Keira fut réveillée par la pâle lumière du jour. Elle resta immobile un instant, la tête sur un oreiller bosselé, à essayer de se rappeler où elle était. Puis tout lui revint. Elle se trouvait dans une chambre inconnue, quelque part dans le Dartmoor, et venait de perdre sa virginité dans les bras du puissant milliardaire qu'elle conduisait depuis trois jours !

Un doux élancement se fit sentir entre ses cuisses et ses tétons la picotaient délicieusement. Tournant la tête, elle constata que l'autre moitié du lit était vide. Son pouls s'accéléra. Matteo devait être à la salle de bains. Vivement, elle s'assit dans le lit et passa une main dans ses cheveux afin de se donner une contenance avant son retour.

Le rai de lumière filtrant entre les rideaux montrait que la neige était toujours bien présente. Un sourire d'anticipation incurva ses lèvres. Et s'ils restaient encore coincés ici aujourd'hui ? Peut-être referaient-ils l'amour... Elle croisa les bras sur sa poitrine nue, inondée par un flot d'endorphines. Naturellement, elle devrait le rassurer. Lui expliquer que, bien qu'inexpérimentée, elle n'était pas naïve et connaissait la chanson. Elle avait assez entendu les gars au garage pour savoir ce qu'ils aimaient et détestaient chez les femmes. Elle se montrerait très adulte vis-à-vis de ce qui s'était passé, très claire quant au fait qu'elle n'attendait rien de lui. Sauf si, bien sûr, il souhaitait la revoir une fois la neige dégagée...

C'est là qu'elle remarqua la table de nuit — ou plutôt, ce qu'il y avait dessus. Elle cligna des yeux. Mais non, elle ne rêvait pas : c'était bien une énorme liasse de billets qu'elle fixait avec une horreur grandissante. Soudain, elle avait l'impression de participer à son insu à une émission de télé-réalité. Qui sait si l'argent n'allait pas se désintégrer si elle le touchait, ou si Matteo n'allait pas surgir à tout instant de sa cachette ? Elle regarda autour d'elle. Il n'y avait nulle part où se cacher dans la minuscule chambre.

— Matteo ? appela-t-elle d'une voix incertaine.

Personne. Évidemment. C'est alors qu'elle aperçut la feuille de papier sous la pile de billets. Il lui fallut plusieurs secondes pour se décider à la lire, et plus elle lisait, plus elle peinait à en croire ses yeux.

« Keira », avait-il écrit. Pas « Chère Keira ». Mais sans doute devrait-elle s'estimer heureuse qu'il ait orthographié son nom correctement, car les noms irlandais étaient connus pour être compliqués.

Je tenais à vous dire combien j'ai apprécié la nuit dernière, en espérant que ce soit réciproque. Vous dormiez si paisiblement ce matin que je n'ai pas voulu vous réveiller. En ce qui me concerne, je dois rentrer en Italie le plus tôt possible.

Vous m'avez confié que votre rêve était de passer Noël dans un hôtel de luxe. J'aimerais l'exaucer simplement, c'est pourquoi j'espère que vous accepterez ce modeste présent dans l'esprit dans lequel il vous est fait.

Si nous avions joué au poker pour de l'argent, vous m'auriez plumé de beaucoup plus !

Je vous souhaite le plus beau des avenirs.

Buon Natale.

Matteo

Ses doigts se crispèrent sur la feuille. Elle fixait l'argent, il y avait là plus qu'elle n'en avait jamais vu, et sa confusion se mua en indignation. Après quelques instants, elle se décida à sortir du lit. Dans le miroir, le reflet de son corps nu semblait la narguer en lui rappelant ce qu'elle et l'Italien avaient fait dans la nuit. Sa colère retombée, il ne lui restait que sa peine et sa désillusion. S'était-elle vraiment imaginé que Matteo allait revenir de la salle de bains et la serrer dans ses bras ? Quelle idiote ! La réalité était qu'il n'avait pu se résoudre à lui faire face.

Une fois douchée et habillée, elle descendit à la cuisine, où elle refusa poliment le petit déjeuner offert par Mary, mais accepta le mug de thé fort qu'elle lui tendait. Celle-ci se fit un plaisir de lui rapporter tout ce qui s'était passé pendant qu'elle dormait :

— Ce matin, à la première heure, on frappe à la porte. C'était un homme dans un de ces énormes 4x4...

— Il a réussi à se frayer un chemin dans la neige ? s'étonna Keira.

— Oh ! oui. M. Valenti avait requis un véhicule muni d'un chasse-neige. Apparemment, il avait tout organisé par téléphone dans la nuit, pendant que tout le monde dormait. Il a dû être très discret, car personne ne l'a entendu.

Très discret, en effet, pensa Keira. Terrifié à l'idée qu'elle se réveille et l'implore de l'emmener avec lui, sans doute.

— Il a ordonné à des hommes de dégager votre voiture, car il ne voulait pas que vous restiez coincée ici, ajouta Mary. Ils sont arrivés il y a environ une heure. Il ne devrait plus y en avoir pour très longtemps.

Keira hocha la tête.

— Combien vous dois-je ?

Le visage de Mary s'éclaira.

— Oh ! inutile. Votre M. Valenti s'est montré plus que généreux.

Keira se crispa. Elle avait envie de hurler qu'il n'était pas « son » quoi que ce soit. L'argent sur la table de nuit n'était pas pour régler le B & B ou un moyen de rentrer chez elle, puisqu'il avait déjà tout arrangé. Cela ne laissait donc qu'une raison possible. Comment avait-elle pu être aussi stupide ? Sa lettre douceâtre ne laissait aucune place au doute. Mentionner la partie de poker et son rêve de s'offrir une nuit dans un hôtel de luxe n'était qu'un moyen poli de déguiser l'évidence. Une vague de nausée la submergea.

Matteo Valenti l'avait payée pour coucher avec elle.

Encore hébétée, elle regagna sa voiture à présent dégagée et roula prudemment jusqu'à Londres, où elle déposa le véhicule chez Luxury Limos avant de rentrer à Brixton. La liasse de billets semblait peser une tonne dans sa poche. Elle avait songé à l'« oublier » chez Mary. Mais la gentille propriétaire n'aurait-elle pas cherché à la lui retourner, ce qui n'aurait fait qu'empirer les choses ? Et comment expliquer la présence de cet argent sur la table de nuit ? Mais son poids dans sa poche la hantait, rappel tangible de ce que l'Italien pensait vraiment d'elle.

Le quartier de Brixton où elle logeait, auparavant peu prisé, connaissait depuis peu un regain de popularité. À deux jours de Noël, une ambiance festive frôlant l'hystérie régnait dans les rues, bien que les lourdes chutes de neige aient épargné la capitale. Des guirlandes brillaient de mille feux et, partout où elle regardait, ses yeux tombaient sur un sapin illuminé ou un Père Noël en costume écarlate. À un coin de rue, un orchestre de l'Armée du Salut jouait *Douce Nuit*. La mélodie familière avait quelque chose de poignant qui lui vrilla le cœur. Bêtement, elle se prit à songer à tous les Noëls qu'elle et sa mère ne partageraient jamais. Dieu ce qu'elle lui manquait ! Des larmes s'amoncelèrent au coin de ses yeux et elle frissonna dans son anorak. Jamais elle ne s'était sentie aussi seule.

Mais s'apitoyer sur son sort ne l'avancerait à rien. Elle était une battante, non ? Elle surmonterait cela, comme elle avait surmonté tout le reste. Esquivant la foule, elle prit le chemin de chez elle, qui passait devant de nombreuses boutiques solidaires. Une idée lui traversa l'esprit. Sur une impulsion, elle poussa la porte de l'une d'elles. À l'intérieur se pressait une foule de gens en quête de tenues pour leurs réveillons de Noël et du nouvel an, attirés par les boas à plumes et les robes à paillettes. L'ambiance était au désordre et à la gaieté, mais Keira faisait grise mine en s'approchant de la caisse. Elle sortit de sa poche la liasse de billets, qu'elle jeta sur le comptoir devant une caissière éberluée.

— Tenez, dit-elle d'une voix éraillée. Et joyeux Noël.

La femme leva une main vers elle.

— Hé, attendez ! Où avez-vous...

Mais Keira franchissait déjà la porte de la boutique. L'air glacial sécha les larmes qui s'étaient mises à ruisseler sur ses joues. Sa vision se brouilla et elle trébucha. Sans doute serait-elle tombée si une main sûre ne l'avait retenue par le coude.

— Vous allez bien ? s'enquit une voix féminine.

Si elle allait bien ? Pas vraiment, non.

Keira leva les yeux sur une femme à la chevelure blond platine, emmitouflée dans un manteau à motifs léopard.

— Oui, ça va. J'ai juste envie de rentrer chez moi, murmura-t-elle.

— Vous n'irez nulle part dans cet état, décréta la femme avec fermeté. Laissez-moi vous offrir un verre. Vous avez besoin d'un remontant.

Encore secouée, Keira se laissa entraîner dans un bar non loin. La salle était brillamment éclairée et de la musique jouait en fond. Une odeur de vin chaud lui emplit aussitôt les narines. La femme s'approcha du bar et revint deux minutes plus tard avec un verre d'une mixture brune évoquant un médicament, qu'elle posa devant elle sur la table rayée.

— Qu'est-ce que c'est ? marmonna Keira, que l'arôme du breuvage avait fait reculer.

— Un brandy.

— Je n'aime pas le brandy.

— Buvez. Vous avez l'air d'avoir subi un choc.

C'était on ne peut plus vrai. Keira avala une large gorgée qui lui brûla la gorge. Et en effet, elle se sentit mieux. Désorientée, mais mieux.

— Alors dites-moi, d'où venait l'argent ? questionna la femme. Vous n'avez pas cambriolé une banque, au moins ? Très généreux, votre geste, je dois l'admettre. Surtout à cette période de l'année.

Lui aurait-elle raconté toute l'histoire sans ce brandy ? Sans doute pas, songerait Keira par la suite. Les mots se bousculèrent sur ses lèvres, sans que rien ne puisse les arrêter. Pas plus que les larmes qui les avaient précédés. Mais lorsqu'elle en arriva à la chute, quand Matteo filait à l'anglaise en lui laissant la liasse de billets, elle vit les yeux de la femme s'arrondir et perçut un changement dans l'air.

— Alors il s'est simplement volatilisé ? Sans un mot ? demanda la femme.

— Il a laissé un message.

— Puis-je le voir ?

Keira posa le verre sur la table d'un geste sec.

— Non.

Il y eut une pause.

— Il doit être très riche, observa la blonde. Pour avoir autant de liquide sur lui…

Keira haussa les épaules.

— En effet.

— Et séduisant, j'imagine ?

— Quel rapport avec le reste ? répliqua-t-elle, sur la défensive.

La femme plissa ses yeux très maquillés.

— Les milliardaires italiens sexy paient rarement pour coucher.

L'entendre dans la bouche de quelqu'un d'autre la démoralisa encore plus, si c'était possible. Elle se leva d'un pas chancelant, prise d'un haut-le-cœur.

— Je… je vais rentrer, balbutia-t-elle. S'il vous plaît, oubliez ce que je vous ai dit. Et… merci pour le brandy.

Par miracle, elle arriva chez elle indemne. Les fêtes imminentes n'avaient pas pénétré dans son petit studio vide et froid. Elle avait été si occupée qu'elle n'avait même pas acheté de sapin. Mais c'était le cadet de ses soucis, à présent. Elle écouta son répondeur et découvrit un message laconique de sa tante, qui lui demandait à quelle heure elle arrivait pour Noël et lui rappelait de ne pas oublier le pudding.

Le pudding ! Oh non, elle allait devoir ressortir affronter la foule dans les magasins… Elle ferma les yeux et songea aux vacances déprimantes qui l'attendaient. Comment allait-elle survivre à tout un repas de Noël avec le secret honteux qu'elle gardait en elle ?

Son portable sonna. Un numéro inconnu. Du démarchage téléphonique, certainement. Au moins, cela la distrairait, pensa-t-elle en décrochant. Une pause infinitésimale suivit son timide « Allô ? » avant que ne résonne une voix masculine :

— Keira ?

Cette voix, elle la connaissait depuis peu, mais le riche accent italien resterait à jamais gravé dans sa mémoire. Grave, velouté, il caressait sa peau exactement comme les doigts de Matteo l'avaient fait. *Matteo.* En dépit de tout — la liasse de billets, la lettre insipide, sa fuite sans même un au revoir… N'était-ce pas une lueur d'espoir qui venait de s'allumer dans son cœur naïf ? Elle revit ses cheveux ébouriffés et ses yeux sombres posés sur elle, brillants de passion. Elle se remémora la façon dont il avait écrasé ses lèvres avides sur les siennes, et ce moment de pure félicité lorsqu'il l'avait pénétrée pour la première fois.

— Matteo ?

Nouveau silence, chargé de menace.

— Alors dites-moi, combien vous a-t-elle payée ? questionna-t-il.

— Payée ?

Keira cilla, stupéfaite. Parler d'argent n'était pas la meilleure façon d'entamer une conversation, surtout après ce qui s'était passé.

— De quoi parlez-vous ?

— Je viens de recevoir un appel de... d'une *journaliste.*

Il cracha ce mot comme s'il s'agissait d'un poison.

— Elle m'a demandé si c'était une habitude, chez moi, de payer des femmes pour coucher avec elles.

Keira sentit sa confusion redoubler.

— Je ne...

Soudain, la lumière se fit dans son esprit et le sang afflua à ses joues.

— S'appelait-elle Hester ?

— Alors vous lui avez bel et bien parlé ?

Un souffle saccadé lui parvint.

— Qu'était-ce, Keira ? Une interview arrangée à la va-vite pour voir si vous réussiriez à me soutirer davantage ?

— Je n'ai rien arrangé du tout ! C'est arrivé comme ça.

— Oh ! vraiment ?

— Oui, vraiment. J'étais furieuse à cause de l'argent que vous m'avez laissé !

— Pourquoi ? Ce n'était pas assez ? rétorqua-t-il. Vous pensiez peut-être en extorquer plus ?

Keira s'affala sur la chaise la plus proche, car ses jambes menaçaient de la lâcher.

— Pauvre type, murmura-t-elle.

— Votre colère ne m'atteint pas, dit-il froidement. Vous ne signifiez rien pour moi. Je n'aurais jamais dû avoir une aventure d'un soir avec vous, ce n'est pas mon genre. Je n'avais pas les idées claires. Mais ce qui est fait est fait. Je ne peux m'en prendre qu'à moi-même.

Il y eut un silence. Lorsqu'il reprit la parole, sa voix avait pris une intonation sèche, implacable, qui avait quelque chose de plus menaçant encore que sa colère :

— J'ai dit à votre amie journaliste que si elle publiait une seule ligne sur moi, je la poursuivrais en justice, elle et son fichu journal. Je ne suis pas quelqu'un à qui l'on fait du chantage. Seulement un homme qui s'est laissé aveugler par son désir. J'en ai tiré une leçon que je ne suis pas près d'oublier.

Il eut un rire amer.

— Alors adieu, Keira. Je vous souhaite une belle vie.

5

Dix mois plus tard

— J'espère que ce bébé ne va pas pleurer pendant tout le repas, Keira. Ce serait agréable de manger en paix, pour une fois.

Keira hocha la tête sous le regard accusateur de sa tante, le petit Santino calé dans le creux de son bras. Elle serait sortie se promener avec lui si le temps n'avait pas été aussi exécrable en cette fin d'octobre. Et il était encore trop petit pour une longue balade en bus, qui l'aurait peut-être bercé. En l'état, elle était coincée à la maison avec une femme visiblement résolue à critiquer chacune de ses actions, et elle était fatiguée. Tellement fatiguée. Une fatigue qui semblait s'être infiltrée jusque dans ses os pour y élire résidence.

— Je vais essayer de le coucher pour sa sieste avant le repas, promit-elle.

Une moue tordit les lèvres de tante Ida, accentuant les plis de mécontentement qui durcissaient son mince visage.

— Ce serait une première. Pauvre Shelley ! Elle n'a pas eu une seule vraie nuit de sommeil depuis que tu es revenue ici. Ce bébé doit être perturbé pour pleurer autant. Il serait tant que tu reviennes à la raison et envisages l'adoption.

Keira se mordit la lèvre, comme si on venait de lui enfoncer une épine sous la peau.

Adoption.

Une violente nausée l'envahit, mais elle fit de son mieux pour rester impassible. Resserrant son étreinte autour de Santino, elle sentit son cœur déborder d'un amour farouche. Ignorer les remarques méprisantes et se concentrer sur ce qui était important, voilà ce qu'elle devait faire. Un seul être comptait désormais, et c'était son bébé.

Tout ce que tu fais, c'est pour lui, se répéta-t-elle. À quoi bon ruminer le fait d'avoir donné l'argent de Matteo ? Il lui aurait été si utile, mais elle ignorait, alors, qu'elle était enceinte. Comment aurait-elle pu le soupçonner ? Elle s'était débarrassée de cette liasse comme si l'argent poussait sur les arbres ! À elle, désormais, d'affronter la situation telle qu'elle était, et non telle qu'elle aurait pu être. Elle avait perdu son travail, puis son logement, et s'était retrouvée contrainte de demander la charité à une femme qui l'avait toujours désapprouvée. Elle n'avait pas eu le choix. Comment s'en seraient-ils sortis, sinon, elle et son fils, dans ce monde hostile ?

Tu sais très bien comment, lui souffla la voix de sa conscience. Keira la chassa de son esprit. Jamais elle n'aurait demandé de l'aide à Matteo. Pas après la façon dont il l'avait traitée, comme si elle n'était qu'une vulgaire prostituée. D'ailleurs, il s'était montré très clair sur le fait qu'il ne voulait plus jamais entendre parler d'elle.

— As-tu déclaré la naissance de l'enfant ? demanda tante Ida.

— Pas encore, répondit Keira. Je dois le faire dans les six premières semaines.

— Alors il faudrait peut-être te dépêcher.

Keira attendit, sachant que le pire était à venir. Sa tante eut un sourire sournois.

— Je me demandais si tu comptais mentionner le nom du père sur l'acte de naissance... À moins que, comme ta pauvre mère, tu en ignores l'identité ?

Keira sentait son sang-froid lui échapper. Par peur de dire quelque chose qu'elle risquait de regretter, elle tourna les talons et quitta le salon sans un mot. Une chance qu'elle eût Santino dans les bras, ou elle aurait sûrement fracassé contre le mur un de ces horribles vases en porcelaine de sa tante. Les critiques à son encontre, elle les tolérait. Mais elle ne supportait pas de voir le nom de sa mère sali de la sorte.

Sa colère s'était évaporée lorsqu'elle entra dans la minuscule chambre qu'elle partageait avec Santino. Délicatement, elle déposa le bébé dans son berceau, borda la couverture autour de lui et contempla son visage endormi. Ses cils paraissaient si longs et si noirs contre son teint olivâtre. Et soudain, toutes ses peurs, toute cette culpabilité qui la rongeait de l'intérieur, explosèrent en une certitude aussi absolue que douloureuse.

Elle ne pouvait pas continuer ainsi. Santino méritait mieux qu'une mère épuisée, contrainte de marcher sur des œufs dans une maison exiguë où elle n'était pas la bienvenue. Elle ferma les yeux et songea à quelqu'un qui, lui non plus, ne l'accueillerait pas à bras ouverts. Mais, au moins, il ne pincerait pas les lèvres en une grimace intolérante chaque fois que le bébé se mettait à pleurer. Car c'était aussi *son* bébé. Et tous les parents n'aimaient-ils pas leur enfant d'un amour inconditionnel ?

Une image très nette se dessina dans son esprit, celle d'un homme dont les traits lui revenaient sans le moindre effort. Elle savait ce qu'il lui restait à faire. Il ne s'était pas passé un jour depuis la naissance de Santino, ni un seul durant les neuf mois qui l'avaient précédée, sans qu'elle envisage cette possibilité. Matteo avait déclaré d'un ton sans appel qu'il ne souhaitait plus jamais croiser sa route. Eh bien, peut-être devrait-il revoir sa position.

Ses doigts tremblaient tandis qu'elle faisait dérouler sa liste de contacts sur son portable. Elle retrouva le numéro, qu'elle avait enregistré, bien que l'appelant lui eût raccroché au nez la dernière fois qu'elle lui avait parlé. Le cœur battant, elle composa le numéro. Et attendit.

Une pluie diluvienne battait le pare-brise de la limousine, qui venait de s'engager dans une rue étroite de banlieue aux maisons toutes identiques. Tant bien que mal, Matteo s'efforçait d'absorber ce qu'il venait d'apprendre suite à l'appel d'une femme qu'il n'aurait jamais cru revoir un jour. Ses pensées tourbillonnaient dans son esprit, à l'instar des feuilles mortes sur le trottoir.

Il était père.

Il avait un enfant. Un fils.

Les battements de son cœur s'accélérèrent. Un coup du sort lui offrait exactement ce dont il avait besoin, à défaut de ce qu'il désirait, et il était à présent en mesure de présenter à son père le petit-fils dont il se languissait tant.

Matteo ordonna à son chauffeur de s'arrêter. Il avait besoin d'un moment pour contenir le flot d'émotions qui le submergeait. Et plus encore sa colère grandissante contre la façon dont Keira avait gardé le secret. Comment avait-elle osé lui cacher l'existence de son fils et jouer ainsi avec son avenir ? Mû par une détermination d'acier, il descendit de voiture et claqua la portière derrière lui. Il était là, désormais. Il rectifierait le tir — à son avantage. Son but était de récupérer son fils et tous les moyens étaient bons pour y parvenir.

Il n'avait pas averti Keira de sa venue. Pas question de lui donner l'occasion de s'esquiver. Il voulait la surprendre autant qu'elle l'avait surpris, sans lui laisser le temps de se prémunir contre lui. Vulnérable et prise de court, elle lui faciliterait sa mission, qui consistait à récupérer son héritier légitime. Il remonta l'allée étroite et actionna un petit heurtoir de bronze en forme de tête de lion. Quelques minutes plus tard, la porte s'ouvrit sur une femme aux traits revêches, encadrés de cheveux bouclés.

— Oui ? dit-elle sèchement. Nous n'achetons rien auprès de démarcheurs.

— Bonjour, répondit Matteo avec une courtoisie forcée, qu'il ponctua d'un sourire. Je ne suis pas là pour vendre quoi que ce soit. J'aimerais voir Keira.

— Et vous êtes ?

— Mon nom est Matteo Valenti. Je suis le père de son enfant.

La femme étouffa une exclamation de surprise et le détailla de la tête aux pieds. Il vit ses yeux perçants enregistrer son manteau en cachemire, ses chaussures italiennes cousues main, avant de s'égarer vers la luxueuse limousine garée derrière lui, incongrue parmi les autres voitures de la rue. Avait-il rêvé ou une expression calculatrice venait-elle de durcir son regard ? Non, sans doute pas.

— Vous êtes le père ? répéta-t-elle.

— En effet, confirma-t-il, toujours de ce ton calme qui ne trahissait rien de son exaspération.

— J'ignorais que…

Elle déglutit.

— Je vais voir si elle accepte de vous voir.

— Non, l'interrompit Matteo, résistant à l'impulsion de coincer son pied dans la porte. *J'exige* de voir Keira et mon bébé. Si nous pouvions éviter une scène en public...

Il jeta un coup d'œil derrière lui et remarqua le frémissement de plusieurs rideaux de l'autre côté de la rue, avant de reporter son attention sur la femme, un sourire plaisant aux lèvres.

— Ce serait préférable pour tout le monde, vous ne croyez pas ?

Après une hésitation, la femme hocha la tête. Elle aussi semblait vouloir éviter tout esclandre.

— Très bien. Entrez donc.

Elle s'éclaircit la gorge.

— Je vais prévenir Keira que vous êtes là.

Il se vit conduire dans une petite pièce envahie de bibelots en porcelaine. Mais c'est à peine s'il y prêta attention car, presque aussitôt, il entendit un cliquètement et ses yeux se fixèrent sur la porte. Un soupir de frustration et d'incrédulité lui échappa à la vue de Keira. De frustration car elle était seule. D'incrédulité car la femme devant lui n'avait plus rien à voir avec celle avec qui il avait partagé un lit, moins d'un an plus tôt. Mais s'il peinait à la reconnaître, son corps, lui, réagit au quart de tour.

Disparus, les cheveux courts en épis, ils étaient remplacés par un rideau soyeux qui balayait ses épaules. Et son corps ! Il déglutit. Que lui était-il arrivé ? La silhouette svelte et angulaire s'était envolée. La jeune femme avait des hanches, à présent, et l'on devinait l'arrondi d'un ventre et d'une jolie poitrine sous le pull. Ces nouvelles courbes l'adoucissaient, nota-t-il. Mais si cette femme avait la moindre douceur en elle, jamais elle n'aurait agi comme elle l'avait fait.

— Matteo, dit-elle d'une voix tendue.

C'est alors qu'il remarqua sa pâleur et les cernes sous ses yeux. Dans ces deux océans sans fond se lisait la vulnérabilité qu'il avait espérée et, pourtant, il éprouvait soudain quelque chose qui ressemblait à de la compassion. Jusqu'à ce qu'il se rappelle ce qu'elle avait fait.

— Lui-même, répondit-il. Contente de me voir ?

— Je...

Elle tenta un sourire, qui se solda par un échec spectaculaire.

— Je ne m'attendais pas à cette visite. Du moins, pas comme ça, sans préavis.

— Vraiment ? Et à quoi t'attendais-tu, Keira ? À ce que j'encaisse sans broncher la nouvelle que tu as enfin jugé bon de m'apprendre ? à ce que j'attende tes instructions ?

Il s'approcha de la fenêtre, et aperçut un groupe de petits garçons admiratifs entourant sa limousine. Il se retourna et croisa le regard de Keira.

— Peut-être es-tu ennuyée de me voir. Espérais-tu que je joue les bienfaiteurs providentiels tout en restant dans l'ombre ?

— Pas du tout !

— Ah non ?

Ses narines se dilatèrent.

— Alors pourquoi me révéler l'existence de mon fils ? Pourquoi maintenant, après des mois de cachotteries ?

Keira fit de son mieux pour ne pas fléchir sous son regard accusateur. C'était déjà assez pénible de le revoir et de sentir son corps se liquéfier instantanément sans avoir en plus à subir ses foudres.

Souviens-toi de sa lettre, se dit-elle pour se donner du courage. Mais les mots qui l'avaient tant blessée semblaient s'être effacés de sa mémoire. Tout ce qu'elle voyait était le père de Santino devant elle. Et le moins qu'on puisse dire était que les chats ne faisaient pas des chiens.

Sous ses yeux se tenait la version adulte du bébé qu'elle venait de bercer et mettre au lit, juste avant que la sonnette ne retentisse. Santino était le portrait craché de son père avec son teint olivâtre et ses boucles noires. La sage-femme elle-même n'avait-elle pas prédit que son fils deviendrait un bourreau des cœurs en grandissant ? Keira déglutit.

Pas facile d'admettre que son corps tremblait et que ses sens semblaient brusquement être revenus à la vie. Les cheveux de Matteo étaient encore plus noirs que dans son souvenir, ses yeux encore plus ténébreux. Jamais elle n'avait eu autant envie d'embrasser ses lèvres sensuelles. Comme si c'était le moment de penser à cela ! se tança-t-elle. Elle devait se concentrer sur des questions pratiques, pas se laisser distraire par un stupide retour de flamme. Elle se décevait. La nature était-elle à ce point perverse pour pousser une femme à désirer le père de son enfant, même lorsqu'il la toisait avec mépris ?

Si au moins il l'avait prévenue… Elle aurait pu se laver les cheveux et s'arranger un peu. Avoir un bébé avait accentué ses courbes et elle avait conscience que ses nouvelles hanches tendaient son vieux jean. Sans parler de son haut extra-large peu flatteur. Depuis la naissance de Santino, son apparence était le cadet de ses soucis. Elle connaissait l'état de sa garde-robe, mais n'avait pas vraiment eu l'occasion d'y remédier, et pas seulement par manque d'argent.

Comment aller faire les magasins avec un nouveau-né ? Demander à sa tante de garder Santino n'était pas une option. Ida lui rappelait assez que c'était à sa générosité qu'elle et son enfant illégitime devaient d'avoir un toit, et que ce même enfant semait le chaos dans leurs vies. Mais surtout, Keira préférait dépenser son peu d'argent dans des affaires pour Santino plutôt que dans des vêtements neufs pour elle. Voilà pourquoi elle était si mal habillée. Matteo Valenti devait se demander ce qu'il lui avait jamais trouvé. Face à lui, si sophistiqué dans son costume sur mesure, elle se faisait l'effet d'une délinquante traînée devant le juge d'un tribunal.

Elle força un sourire poli sur ses lèvres.

— Veux-tu t'asseoir ?

— Non, je ne veux pas m'asseoir. Je veux des réponses, gronda-t-il. Pourquoi m'avoir contacté pour m'annoncer que j'étais père ? Pourquoi maintenant ?

Keira s'empourpra jusqu'au front.

— Parce que la loi m'oblige à déclarer la naissance. C'est ce qui m'a ouvert les yeux. J'ai compris que je ne pouvais pas continuer à vivre ainsi. J'ai eu tort de le croire. Je suis… reconnaissante à ma tante et à ma cousine de nous avoir accueillis, mais nous sommes trop à l'étroit, ici. Elles ne veulent pas vraiment de moi, ce que je peux comprendre.

Elle croisa son regard.

— Je ne veux pas que Santino grandisse dans ce genre d'atmosphère.

Santino.

À la mention de ce nom, une étrange sensation l'étreignit. Une sensation dont il n'avait jamais fait l'expérience et qu'il ne parvenait pas à identifier. Son cœur se contracta dans sa poitrine.

— Santino ? répéta-t-il.

Peut-être avait-il mal entendu. Il la dévisagea, le front plissé.

— Tu lui as donné un prénom italien ?

— Oui.

— Pourquoi ?

— Parce que, en le regardant...

Sa voix faiblit. Elle passa une main dans ses cheveux et leva vers lui ses grands yeux saphir.

— J'ai su que je ne pouvais lui donner qu'un nom italien.

— Alors même que tu comptais le priver de son héritage en me dissimulant son existence ?

Elle déglutit.

— Tu as été très clair, Matteo. Tu ne voulais plus jamais me revoir.

— J'ignorais, alors, que tu étais enceinte.

— Moi aussi ! répliqua-t-elle.

— Mais tu l'as appris par la suite.

— Oui...

Comment lui expliquer ce sentiment d'aliénation qu'elle avait ressenti, pas seulement vis-à-vis de lui, mais du monde entier ? Tout lui avait paru si *irréel*, tout à coup, si radicalement différent. Le patron de Luxury Limos l'avait dissuadée de continuer à conduire, au prétexte que le moindre nid-de-poule lui donnait la nausée. Et même si elle n'avait jamais été malade, pas une seule fois, et se savait en droit d'exiger de garder sa place, elle n'avait pas eu l'énergie de se battre. Qu'aurait-elle dû faire ? Saisir la juridiction du travail ?

Elle avait eu bien trop peur que son patron ne découvre qui était le père de son enfant. Coucher avec son plus prestigieux client était une faute grave, un motif de licenciement. Il lui avait proposé de reprendre son travail au garage. Mais l'idée de s'aplatir sous des voitures et de plonger les mains dans le cambouis alors qu'un petit être précieux grandissait en elle l'avait répugnée. Elle avait fini par accepter un poste ennuyeux à mourir à la réception, pour un salaire qui, très vite, lui était apparu insuffisant pour payer une nourrice. Elle avait donc économisé chaque centime en adoptant un mode de vie frugal. Mais, peu à peu, ses économies avaient fondu et elle se trouvait à bout de ressources.

— Oui, reprit-elle lentement. Tout comme je savais qu'il fallait que je t'annonce que tu allais être père. Mais chaque fois que je décrochais mon téléphone, quelque chose me retenait. Ne peux-tu pas comprendre ça ?

— En toute franchise, non.

Elle le regarda droit dans les yeux.

— Tu pensais que tes mots cruels ne compteraient pas ? Que tu pouvais me blesser gratuitement sans qu'il n'y ait de conséquences ?

Matteo durcit le ton :

— Je ne suis pas venu ici pour débattre du bien-fondé de ton attitude, mais pour voir mon fils.

— Il dort.

— Je ne le réveillerai pas. Tu m'as assez tenu à l'écart. Ça suffit, maintenant. Je veux voir mon fils, Keira. Et si je dois fouiller chaque pièce de la maison pour le trouver, je le ferai.

C'était un ordre, et il ne souffrait aucun refus. Elle ne doutait pas une seconde qu'il mette sa menace à exécution. Une vague de culpabilité l'avait envahie lorsqu'elle avait mentionné Santino et vu ses traits se crisper. Ne connaissait-elle pas mieux que personne ce vide que l'absence d'un père laissait dans la vie d'un enfant ? Un vide que rien ne pouvait combler. Et pourtant, elle avait failli priver du sien son propre fils.

— Suis-moi, souffla-t-elle.

Sa présence derrière elle dans l'escalier étroit l'enveloppait telle une chape. Impossible de l'ignorer, même quand on lui tournait le dos, songea-t-elle avec désarroi. Elle sentait la chaleur émanant de son corps et cette subtile odeur de bois de santal qui n'appartenait qu'à lui. Une odeur qui lui avait collé à la peau, cette nuit-là, après qu'il lui eut fait l'amour. Son cœur battait à tout rompre lorsqu'elle poussa la porte de la petite chambre qu'elle partageait avec Santino. Elle retint son souffle. Matteo resta un instant paralysé, avant de s'avancer sans bruit vers le berceau, les épaules raides de tension. Son silence prolongé commençait à la rendre nerveuse.

— Matteo ?

Matteo ne répondit pas. C'était une telle pagaille dans sa tête qu'il ne se sentait pas en état de parler. Il baissa les yeux sur le bébé, dans l'attente de cette vague d'amour instinctive que tous les hommes disaient ressentir, la première fois qu'ils posaient les yeux sur la chair de leur chair. Mais rien ne vint. Il étudia l'amas de boucles noires, les longs cils sombres caressant les joues olivâtres, les petits poings serrés. Il se surprit à compter chaque doigt et eut un hochement de tête satisfait. Il avait l'impression de s'observer de l'extérieur, détaché de ses réactions. C'était un sentiment de possession qu'il éprouvait, pas de l'amour, réalisa-t-il. Ce petit être — son fils — lui appartenait comme personne avant lui. Il déglutit.

Son fils.

Lorsqu'il se tourna vers Keira, ses yeux bleus s'agrandirent, comme si elle avait lu quelque chose sur ses traits qu'elle aurait préféré ne pas voir.

— En me tenant à l'écart, tu as joué avec nos destins à tous, observa-t-il doucement.

La méfiance s'insinua dans le regard de la jeune femme.

— Tu m'as payée pour avoir couché avec toi.

— Pas du tout, grinça-t-il. Je t'ai expliqué mes motivations dans ma lettre. Tu m'as parlé d'un luxe auquel tu n'étais pas habituée et j'ai voulu exaucer ton vœu. Est-ce mal de ma part ?

— Évidemment ! explosa-t-elle. Me donner de l'argent était insultant. N'importe quel homme le comprendrait.

— Est-ce pour cette raison que tu as essayé de vendre ton histoire à une journaliste ? Parce que tu te sentais « insultée » ?

— Je n'ai rien vendu à qui que ce soit. Mets-toi à ma place. C'était ma première fois et, à mon réveil, tu étais parti, en me laissant cette fichue liasse de billets ! J'ai tout donné à une boutique solidaire parce que… eh bien, parce que je me sentais sale, si tu veux tout savoir.

Il se figea sur place.

— Tu as donné l'argent ?

— Oui, à une association d'aide aux orphelins. J'ignorais, alors, que j'étais enceinte et en aurais moi-même besoin. La journaliste, c'est toi qui m'a appris que c'en était une, se trouvait dans le magasin et a assisté à la scène, alors bien sûr, ça l'a intéressée. Elle m'a offert un verre. J'avais l'estomac vide et…

Elle haussa les épaules.

— J'ai dû lui en dire un peu trop.

Matteo plissa les yeux. Si elle disait vrai, alors cela signifiait qu'elle n'avait pas cherché à se faire de la publicité sur le dos de leur liaison d'un soir. *Si elle disait vrai.* Au reste, qu'est-ce que cela changeait ? Il n'était là que parce qu'elle se retrouvait dos au mur, avec personne d'autre vers qui se tourner. Son regard erra sur le pull informe, le jean trop serré. Et c'était *elle*, la mère de son enfant ? Une grimace de dégoût lui tordit les lèvres.

C'est le moment que choisit Santino pour se mettre à gémir. Keira le sortit de son lit et le berça contre elle, les lèvres pressées contre ses cheveux, jusqu'à ce qu'il se calme. Elle croisa son regard par-dessus la tête du bébé.

— Veux-tu... le prendre dans tes bras ?

Matteo se raidit. Il savait qu'il aurait dû le vouloir. Mais il ne ressentait rien de tel. Il contemplait son fils, sans parvenir à surmonter cet étrange détachement. Comme si un bloc de glace s'était substitué à son cœur.

Son manque d'empathie émotionnelle n'avait jamais été un problème avant, si ce n'est pour ses amantes qui en concevaient une vive frustration. Cela n'avait jamais suffi à le faire changer. Mais, aujourd'hui, il se faisait l'effet de quelqu'un ayant accidentellement posé le pied sur des sables mouvants. Tout semblait échapper à son contrôle.

Il devait à tout prix se ressaisir. C'était lui qui dictait les règles, toujours.

Bien sûr qu'il prendrait son fils dans ses bras — quand il aurait enfin digéré le fait d'en avoir un. Et dans des conditions qui leur seraient favorables à tous les deux. Pas dans cette chambre minuscule, avec Keira qui le fixait de ses immenses yeux bleus.

— Pas maintenant, dit-il avec brusquerie. Nous n'avons pas le temps. Prépare tes valises pendant que je passe quelques coups de fil pour organiser ton arrivée en Italie.

— *Quoi ?*

— Tu m'as entendu. Il ne reste pas ici. Et puisqu'un enfant a besoin de sa mère, ça veut dire que tu l'accompagnes.

— De quoi parles-tu ?

Elle serra le bébé contre son sein.

— Je sais que ce n'est pas idéal, ici. Mais je ne peux pas partir comme ça, sans rien de prévu. Encore moins en Italie !

— Tu m'as appelé à l'aide et me voilà. Accepte les conséquences, assena-t-il. Tu as laissé entendre que l'atmosphère ici était délétère. Je t'offre une alternative, la seule qui soit raisonnable.

Il sortit son portable de la poche de son manteau et consulta sa liste de contacts.

— En premier lieu, tu as besoin d'une nourrice pour t'aider.

— Pas question, protesta Keira. Les femmes comme moi n'ont pas de nourrices. Elles s'occupent elles-mêmes de leur bébé.

— T'es-tu regardée dans un miroir, récemment ?

Aïe. C'était un coup bas, d'autant qu'elle était déjà assez complexée par son apparence. Le rouge lui monta aux joues.

— Toutes mes excuses. Si tu m'avais prévenue, je me serais mise sur mon trente et un.

Matteo secoua la tête.

— Ce n'est pas ce que je voulais dire. Tu as l'air de quelqu'un qui n'a pas dormi depuis des semaines. Ce sera l'occasion de te reposer.

Il se forçait à se montrer prévenant, même si son instinct le poussait à des méthodes plus expéditives. Mais devant sa pâleur, il éprouvait un étrange élan de compassion.

— De deux choses l'une, reprit-il. Soit tu t'opposes à moi, soit tu fais contre mauvaise fortune bon cœur et me suis de ton plein gré.

Ses lèvres se pincèrent.

— Mais si tu choisis la première option, sache que c'est perdu d'avance. Ce que je veux, Keira, je l'obtiens, quoi qu'il en coûte. Tu me crois ?

Un éclair de rébellion traversa ses yeux bleus. Elle finit par hocher la tête.

— Oui, marmonna-t-elle. Je te crois.

— Alors fais tes valises. Je t'attends en bas.

Il tourna les talons, mais la voix de Keira l'arrêta :

— Et après, Matteo ? Qu'est-ce qui nous attend, là-bas ? Quel avenir pour Santino ?

Elle marqua une pause.

— Et pour nous ?

Il ne se retourna pas. Il n'avait pas le cœur de lui dire en face qu'il n'y avait pas de « nous ».

— Je ne suis pas devin, grogna-t-il. Nous aviserons au fur et à mesure. Fais tes valises.

Il descendit au rez-de-chaussée. Ce n'était qu'un problème de plus à résoudre, voilà tout, se persuada-t-il. Alors d'où venait cet étau qui lui compressait la poitrine ? Par chance, des années de pratique lui avaient appris à se ressaisir en un temps record. Lorsqu'il traversa le vestibule pour émerger dans la rue venteuse, son visage avait retrouvé la dureté du granite.

6

Le soleil dansait sur ses paupières fermées et réchauffait agréablement sa peau. Keira se lova dans son confortable transat. Les seuls sons lui parvenant étaient le gazouillis des oiseaux, le bourdonnement des abeilles et, au loin, le chant d'un coq, bien qu'on fût en milieu de journée. Difficile de croire qu'elle avait abandonné l'automne pluvieux de Londres pour un pays où il faisait assez chaud en octobre pour se prélasser dehors. Et plus incroyable encore était d'habiter le domaine de Matteo Valenti en Ombrie, avec ses hectares d'oliveraie, de vignobles, et ses vues à couper le souffle sur le lac et les montagnes. Durant le vol, il lui avait annoncé qu'il l'installait ici, dans sa propriété de vacances, afin qu'elle « s'acclimate » avant qu'il ne lui fasse découvrir sa vraie vie à Rome. Elle s'était demandé ce qu'il entendait par là, mais était trop épuisée pour soulever la moindre objection. Elle était là depuis une semaine, qu'elle avait passée à dormir et à veiller au bien-être de Santino. Elle avait l'impression d'avoir été transplantée dans un spa de luxe astucieusement aménagé dans un décor rustique, avec d'innombrables employés travaillant dans l'ombre à faire tourner le domaine.

Au début, elle avait été trop préoccupée par les détails pratiques de son installation pour se soucier des répercussions émotionnelles de sa présence ici. Elle s'était inquiétée de petites choses, comme la réaction de Matteo lorsqu'il apprendrait qu'elle n'allaitait pas Santino. La critiquerait-il, comme il semblait de bon ton de critiquer les femmes qui ne donnaient pas le sein ? Peut-être était-ce pour cette raison que, dans un rare moment de sincérité, elle lui avait raconté comment elle était tombée malade après la naissance, ce qui avait rendu impossible l'allaitement. Les traits de Matteo, lui avait-il semblé, s'étaient brièvement adoucis, avant de se figer de nouveau en un masque implacable.

— Ça simplifiera la tâche à la nourrice, avait-il dit avec un haussement d'épaules.

Était-il possible d'être plus froid ? s'était-elle désespérée. Toutefois, il avait eu raison. Malgré sa réticence initiale, elle appréciait grandement, à présent, l'aide de la nourrice qu'ils avaient engagée. Le jour même de leur arrivée, il lui avait présenté trois candidates. Trois nourrices de premier ordre, diplômées du plus prestigieux établissement d'Italie et parlant couramment l'anglais. Après leur avoir posé à chacune un million de questions, et surtout observé la façon dont elles interagissaient avec le bébé, Keira avait porté son choix sur Claudia, une femme posée dans la trentaine qui avait immédiatement eu sa confiance. Désormais, elle profitait des meilleurs moments de la maternité — baigner et câliner son fils et se promener avec lui à travers le domaine — tandis que Claudia prenait le relais pour le redoutable biberon de 3 heures du matin.

Enfin, elle pouvait rattraper son sommeil en retard. Elle s'était fait l'effet d'un zombie à son arrivée, entre la fatigue et l'expérience déroutante qu'elle venait de vivre : s'envoler pour l'Italie dans le jet privé de Matteo, puis voyager dans le genre de limousine dont à peine un an plus tôt elle aurait été le chauffeur. Le trajet jusqu'à la propriété d'Ombrie s'était passé comme à travers un brouillard. La seule fois où la voix de Matteo s'était animée était lorsqu'ils avaient franchi un portail ancien et qu'il s'était mis à lui désigner des lieux vieux de plusieurs siècles avec une fierté mêlée d'affection.

Elle avait presque regretté que Santino ne soit pas plus âgé pour admirer l'ondoiement des oliviers chargés de fruits, prêts à la récolte, et les grenades dorées suspendues aux branches comme autant de boules de Noël. Elle se souvenait de son accueil par une gouvernante affable du nom de Paola et du délicieux bain chaud qu'elle avait pris une fois le bébé couché. Mais le bonheur suprême avait été de se glisser entre des draps frais, poser la tête sur un oreiller en plumes d'oie et dormir sans interruption jusqu'au matin, pour la première fois depuis la naissance de Santino. En sept jours de ce régime, elle avait senti ses forces et sa vitalité lui revenir avec chaque heure qui passait.

— Tu souris, lui lança une voix à l'accent suave au-dessus d'elle, en même temps qu'une ombre éclipsait le soleil.

Une main en visière sur son front, elle leva les yeux vers Matteo, qui la dominait de toute sa hauteur. Son cœur s'affola et un feu insidieux se réveilla au creux de son ventre. Elle maudit en silence la réaction instinctive de son corps. Car si ses forces lui étaient revenues, son désir pour Matteo aussi, cet homme dont elle ne savait s'il était son geôlier ou son sauveur — ou les deux.

Leurs chemins ne s'étaient guère croisés jusque-là, car il passait le plus clair de son temps à travailler dans une aile reculée de l'immense ferme. À croire qu'il avait inconsciemment délimité deux territoires distincts, séparés par des lignes de démarcation précises à ne pas franchir. Mais ce qui l'avait surtout frappée, c'était la façon dont il avait évité la nursery, alléguant que son fils avait d'abord besoin de temps pour s'habituer à son nouvel environnement. Un prétexte, elle en était certaine. Une fausse raison pour ne pas approcher ce fils qu'il avait pourtant insisté pour faire venir en Italie.

Oh ! elle l'avait bien aperçu de temps en temps. De loin, en passant. Musclé et ténébreux, tantôt en chemise et jean délavé tandis qu'il arpentait le domaine et échangeait avec ses employés dans un italien fluide, tantôt en costume anthracite ultra-élégant lorsqu'il partait à Rome pour la journée, d'où il ne revenait que bien après qu'elle se fut couchée.

Une autre image demeurait gravée dans sa mémoire. Un matin où elle ne s'était pas réveillée, elle s'était précipitée à la nursery et avait trouvé Claudia devant la fenêtre, Santino dans les bras, lui montrant « papa » qui remontait l'allée. *Papa.* C'était un mot éloquent. Il soulignait l'importance de Matteo dans leur vie, mais lui rappelait aussi à quel point elle en savait peu sur ce milliardaire au cœur froid. Ce qui n'avait pas empêché son propre cœur de manquer un battement en le voyant s'éloigner dans sa voiture de sport rouge écarlate.

— Je me suis aperçu que je te voyais rarement sourire, observa Matteo, sa silhouette découpée à contre-jour au-dessus d'elle.

— Sans doute parce qu'on se voit rarement tout court, répondit Keira.

Elle baissa sur ses yeux les lunettes de soleil perchées sur son front. Ce n'était pas la première fois qu'elle se trouvait incapable de regarder avec impartialité l'homme devant elle, aussi se réfugia-t-elle derrière cet accessoire qui masquait efficacement son expression.

— Et puis, ça te va bien de me dire ça. On ne peut pas dire que tu te promènes avec un sourire jusqu'aux oreilles...

— Peut-être notre séjour imminent à Rome nous redonnera-t-il le sourire à tous les deux, suggéra-t-il d'une voix onctueuse.

Ah, oui, le séjour à Rome. Elle s'humecta les lèvres.

— Justement, je voulais t'en parler. Devons-nous vraiment y aller ?

Il s'appuya contre le mur baigné de soleil, dans un mouvement qui captiva son regard en soulignant le relief de ses hanches étroites.

— Nous nous étions mis d'accord, Keira. Il faut que tu te familiarises avec l'autre versant de ma vie, pas seulement cette existence rurale idyllique. La plupart du temps, je vis à Rome.

— Quelle différence ?

— C'est une ville très animée, rien à voir avec le calme d'ici. Je vais au restaurant, au théâtre. J'y ai des amis et suis invité à des soirées. Tu es la mère de mon enfant, il est normal que tu m'y accompagnes.

Elle se redressa dans son transat, le cœur battant de nervosité.

— Pourquoi te donner tant de peine ? Pourquoi ne pas me laisser en arrière-plan et consacrer tes efforts à tisser un lien avec ton fils ?

— Je crois que nous devons envisager toutes les options, dit-il avec circonspection. Notre priorité est d'établir si nous sommes capables d'avoir une vie commune.

Il arqua un sourcil.

— Ça simplifierait les choses, non ?

— Tu insinues que je n'y mettrais pas du mien, c'est ça ?

Il haussa les épaules avec une nonchalance peu convaincante.

— Nous savons tous les deux que tu n'as pas la garde-robe adéquate pour ce style de vie. Tu ne peux pas toujours porter des jeans, et Paola a mentionné que tu ne semblais posséder qu'une seule paire de chaussures.

— Oh ! alors Paola m'espionne ?

Keira était déçue que la si gentille gouvernante se fût permise de faire l'inventaire de ses affaires dans son dos.

— Ne sois pas absurde, s'impatienta Matteo. Elle voulait les nettoyer, mais n'a pas trouvé d'autres paires que tu puisses porter en attendant.

Keira se leva du transat et le dévisagea. Mais de quelle planète venait-il ? D'un monde où les femmes possédaient toutes des chaussures de chaque couleur de l'arc-en-ciel ?

— Alors ne m'emmène pas, dit-elle avec légèreté. Laisse-moi ici pendant que tu écumes les soirées à la mode avec tes amis ; moi, je resterai à la maison à m'occuper de Santino dans ma pauvre paire de bottines usées.

Un sourire fugace souleva le coin de ses lèvres, envolé aussi vite qu'il était apparu.

— Je crains que ce ne soit pas une option. Il va bien falloir que tu rencontres mon entourage. Pas seulement mes amis et mes employés, mais aussi mon père, ma belle-mère Luciana... et son fils, ajouta-t-il avec une grimace.

Il la fixa de son regard d'ébène.

— Telle que tu es pour l'instant, tu ne t'intégreras nulle part, continua-t-il sans ménagement. Et des rumeurs commenceront à circuler si tu te comportes en ermite, ce qui compliquera encore les choses. Mais surtout, nous devons apprendre à nous connaître.

Il hésita.

— Nous sommes parents. Nous devons penser à notre enfant. Comme discuter de l'avenir si nous demeurons des étrangers l'un pour l'autre ?

— Tu n'as pas daigné m'approcher depuis que nous sommes ici, remarqua Keira. Tu gardais tes distances, n'est-ce pas ?

— Est-ce un reproche ? Tu étais au bord de l'épuisement, à notre arrivée.

Il promena les yeux sur elle.

— Tu as l'air d'une autre personne, à présent.

La réaction de son corps sous ce regard appréciateur la choqua. Comment parvenait-il à lui faire un tel effet rien qu'en la regardant ? Son pouvoir de persuasion était dangereux. Elle devait à tout prix s'en protéger. Dans ces circonstances, était-il prudent de le suivre dans cette escapade faussement intime à Rome ?

— Je te l'ai dit. Je ne veux pas quitter le bébé, s'obstina-t-elle.

— C'est ça, ton va-tout ? Me faire passer pour un tyran qui arrache une mère à son enfant ?

— Il est encore si petit ! protesta-t-elle.

Elle leva le menton.

— Enfin, tu le saurais, si tu daignais aller le voir…

Matteo perçut la note de défi dans sa voix. Une sueur froide lui glaça la peau, malgré la chaleur de cet après-midi d'octobre. Quel culot de lui reprocher son attitude quand sa conduite à elle avait été tout sauf exemplaire ! Parce qu'elle lui avait caché l'existence de Santino, il s'était retrouvé avec un bébé du jour au lendemain, sans avoir pu profiter de plusieurs mois pour s'habituer à l'idée d'être père.

Mais sa pique avait touché une corde sensible. Il avait bel et bien gardé ses distances avec Santino, se persuadant qu'on ne devait pas précipiter ce genre de choses, qu'il avait besoin de temps. Elle n'avait aucun droit d'exiger quoi que ce soit de lui. Il agirait selon ses propres objectifs, pas parce qu'elle le lui demandait.

— Rome n'est pas loin, dit-il sèchement. À deux cents kilomètres exactement. Et j'ai toujours une voiture prête au cas où.

— Ah oui, ça, je m'en souviens. Tes chauffeurs sont à ta disposition vingt-quatre heures sur vingt-quatre.

— Donc tu sais qu'il n'y a pas de problème, repartit-il. D'autant que mon chauffeur est une personne fiable, cette fois, qui évite d'aller se perdre au milieu de nulle part par temps défavorable.

— Très drôle.

— Nous pouvons être revenus en une heure et demie, si besoin. Nous partirons demain matin à 10 heures et serons de retour tôt le lendemain. Ça nous laisse moins de vingt-quatre heures dans la Cité éternelle.

Il eut un petit rire cynique.

— D'habitude, les femmes se pâment à l'idée de disposer d'un budget illimité pour faire du shopping.

— Certaines, peut-être. Pas moi.

Mais si Keira s'entêtait ainsi, ce n'était pas seulement parce qu'elle refusait de devenir la Barbie d'un milliardaire. Elle n'y connaissait strictement *rien* en matière de mode. Dieu seul sait ce que Matteo attendait d'elle ! Si elle avait été moins garçon manqué, peut-être aurait-elle feuilleté des magazines, comme les autres filles de son âge. Elle aurait une idée de ce qui lui allait ou non et alors, oui, sans doute serait-elle excitée au lieu de redouter ce qui s'annonçait comme une épreuve. Baissant ses lunettes de soleil, elle lui lança un regard noir, teinté de défi.

— Tu es l'homme le plus autoritaire que j'aie jamais rencontré, déclara-t-elle en rejetant ses cheveux en arrière.

— Et toi, la femme la plus insupportable que je connaisse, rétorqua-t-il. Tu y gagnerais à te montrer un peu plus reconnaissante.

Reconnaissante de quoi ? De son intransigeance ? De ce qu'il lui faisait ressentir malgré elle ? Une bouffée de frustration l'envahit.

— Je serai prête à 10 heures, grinça-t-elle, avant d'aller retrouver Santino.

Elle déposa le bébé dans sa nouvelle poussette dernier cri et partit pour une promenade à travers le domaine. Le temps, nota-t-elle, était en train de changer. L'air devenait lourd, suffocant, et d'épais nuages s'amoncelaient à l'horizon comme autant de troupes se préparant à l'assaut. De retour à la ferme, Santino mit longtemps à s'endormir, et Keira se sentait d'humeur agitée quand Paola vint lui demander si elle se joindrait au *signor* Valenti pour le dîner.

C'était la première fois qu'elle recevait une telle invitation. Après une seconde d'hésitation, elle déclina. Depuis son arrivée, elle dînait seule ou avec Claudia et ne voyait aucune raison de modifier ses habitudes. Elle allait se retrouver coincée avec Matteo à Rome, où d'importantes décisions les attendaient. Alors pourquoi jouer la comédie ce soir autour d'un dîner pour lequel elle n'avait aucun appétit, surtout dans cette atmosphère étouffante ?

Au loin, depuis la fenêtre de sa chambre, elle crut distinguer un éclair à travers l'épais rideau de nuages. Elle ferma le volet et alla prendre une douche, mais sa peau restait moite de sueur. Au lit, le sommeil s'obstinait à lui échapper. Si seulement ce fichu orage voulait bien éclater pour de bon ! Cela apaiserait un peu la tension dans l'air. Elle sombrait dans un sommeil troublé quand son vœu se réalisa. Un coup de tonnerre fracassant se répercuta contre les murs, suivi par le vacarme d'une pluie battante contre les volets. Elle se redressa comme un ressort dans son lit et se rua dans la chambre de Santino. À sa surprise, celui-ci dormait à poings fermés.

Chanceux! pensa-t-elle avec envie. Elle se sentait encore plus réveillée qu'avant. Avec un soupir, elle retourna au lit. Mais les minutes se succédaient, sans qu'elle puisse penser à rien d'autre qu'à la tête qu'elle aurait le lendemain avec son visage bouffi et ses cernes sous les yeux. Un nouveau coup de tonnerre la décida : une boisson chaude l'aiderait à se relaxer. N'avait-elle pas justement aperçu une large sélection de tisanes dans la cuisine ?

Une cuisine de style rustique, avec sa rangée de marmites en cuivre à l'ancienne suspendues au mur. Réglant la lumière sur « tamisée », elle apprécia une fois de plus l'atmosphère chaleureuse des lieux, si différents de l'image que renvoyait le très urbain Matteo Valenti.

Elle venait de finir sa tisane quand un bruit derrière elle la fit tressaillir. Son cœur battait aussi violemment que la pluie contre les fenêtres lorsqu'elle se retourna. Matteo se découpait dans l'embrasure de la porte, seulement vêtu d'un jean délavé épousant presque avec indécence ses longues cuisses musclées. Il ne souriait pas, mais l'étincelle dans ses yeux de jais fit courir un frisson brûlant sur sa peau. Frisson qui se mua en tremblements incontrôlables tandis que les murs semblaient se refermer sur elle...

7

Keira déglutit. Elle se trouvait seule dans la cuisine avec Matteo à demi nu. D'une main tremblante, elle reposa sa tasse, le regard irrésistiblement attiré par les cuisses sculptées sous le jean. Il avait dû l'enfiler à la hâte car le bouton supérieur était défait, laissant entrevoir un duvet noir qui pointait, telle une provocation, vers le bas. Ses yeux remontèrent vers les tablettes de chocolat bien dessinées, les larges épaules caressées par la lumière pâle...

Elle s'aperçut dans un sursaut qu'elle n'avait encore jamais vu son torse nu. Plus exactement, elle n'y avait pas prêté attention. Elle avait été si chavirée lorsqu'ils avaient fait l'amour que son regard ne s'était focalisé sur rien. Mais elle le découvrait à présent dans toute sa ténébreuse splendeur. Et malgré ce qui s'était passé entre eux, malgré leur dernière prise de bec à peine quelques heures plus tôt, elle sentit, impuissante, ses seins s'alourdir sous sa nuisette et ses tétons se hérisser. Une tension brûlante lui nouait le bas-ventre, si intense qu'elle se mit à danser d'un pied sur l'autre. Elle ouvrit la bouche pour dire quelque chose, mais rien ne lui vint.

Matteo la dévisageait, un demi-sourire narquois aux lèvres, comme s'il devinait exactement ce qui lui arrivait.

— Qu'y a-t-il, Keira ? Tu n'arrives pas à dormir ? s'enquit-il d'un ton doucereux.

Elle s'obligea à adopter une attitude normale. Celle d'une femme qui buvait une tisane et ne se languissait en aucun cas de la main de cet homme entre ses cuisses.

— L'orage m'empêche de fermer l'œil.

Elle se força à sourire.

— Toi aussi, apparemment.

— J'ai entendu quelqu'un se déplacer dans la cuisine. Je suis venu faire mon enquête.

Son regard se posa sur la tasse vide.

— Est-ce que la tisane fonctionne ?

Un nouveau coup de tonnerre retentit dehors.

— Pas vraiment, admit Keira. Je suis toujours aussi réveillée et je doute de réussir à dormir avec cet orage.

Il y eut une pause et Matteo en profita pour étudier la jeune femme. Elle semblait si fragile dans sa fine nuisette qui caressait ses cuisses nues, ses longs cheveux noirs cascadant sur ses épaules. Ce mélange de vulnérabilité et de promesse était la combinaison la plus sexy qu'il ait jamais vue. Elle avait beau essayer de lui résister, la lueur dans ses yeux bleus suggérait que son désir était largement réciproque. Alors à quoi bon repousser l'inévitable ? Il savait ce qu'il allait faire, quoi qu'en dise sa conscience. Keira avait besoin de se détendre — pour leur bien à tous.

— Que dirais-tu d'essayer une technique de relaxation ? suggéra-t-il.

Un pli méfiant barra son front.

— Quel genre de technique ?

— Viens voir la vue depuis mon bureau. Elle est spectaculaire, surtout par temps d'orage.

Keira hésita. Pourquoi avait-elle l'impression qu'on l'attirait dans la tanière du fauve ? Enfin, tout valait mieux que rester à se morfondre au fond de son lit. Et puis, ils partaient pour Rome le lendemain. Quel mal y avait-il à baisser un peu sa garde ? Il était grand temps qu'ils commencent à devenir amis.

— Pourquoi pas ? dit-elle avec un haussement d'épaules.

Le bureau de Matteo se trouvait dans une autre aile de la maison, qui n'avait pas figuré dans la visite guidée à laquelle elle avait eu droit en début de semaine. Situé à l'étage, il occupait l'extrémité d'un vaste salon aux poutres apparentes et aux murs recouverts de livres. Ses réflexions furent immédiatement interrompues par le spectacle son et lumière qui se jouait derrière l'immense fenêtre. Bouche bée, Keira admira le ciel déchiré de zigzags aveuglants qui, l'espace d'une fraction de seconde, découpaient la silhouette sombre des montagnes environnantes. Chaque éclair se reflétait sur la surface du lac au loin, dans un effet miroir à couper le souffle.

— C'est magnifique, souffla-t-elle.

— N'est-ce pas ?

Il était venu se positionner à côté d'elle, si près qu'il la touchait presque. Keira retint sa respiration. Elle *voulait* qu'il la touche, priait même pour que cela arrive. Était-ce parce qu'il l'avait deviné qu'il passa un bras autour de ses épaules et se mit à masser du bout des doigts ses muscles tendus ?

Elle croisa son regard, surprise par le feu qui y brillait.

— Et si nous arrêtions, Keira ? murmura-t-il. Nous savons tous les deux que ce n'est pas ce stupide orage qui nous empêche de dormir. C'est notre désir mutuel. Deux personnes seules dans leur lit vide, poussées l'une vers l'autre…

Sa main avait glissé le long de son bras. Soudain, tout se brouilla devant ses yeux. Elle devait à tout prix se dégager, trouver refuge dans sa chambre. Pourtant, son corps refusait obstinément d'obéir. Elle ne songeait qu'à ses lèvres, et à quel point c'était agréable d'être touchée ainsi. C'était la première fois qu'elle se retrouvait seule avec un homme à demi dévêtu dans une pièce zébrée d'éclairs, elle-même complètement nue sous sa vieille nuisette en coton. Mais elle savait exactement ce qui allait se passer. Elle le sentait. Le flairait. Ce désir qui bombardait ses sens, elle pouvait presque le *goûter*. Tout ce qu'elle entendait par-dessus le fracas du déluge, c'étaient les battements effrénés de son cœur.

— J'ai raison, n'est-ce pas ? continua-t-il en écartant ses cheveux de son visage.

Dans le même geste, il caressa du pouce ses lèvres tremblantes.

— Tu veux que je t'embrasse, pas vrai ? Tu en meurs d'envie.

Son arrogance déplut à Keira, mais pas assez pour lui faire nier la vérité.

— Oui, souffla-t-elle.

Cet assentiment murmuré aiguisa encore le désir de Matteo. Sans plus de façon, il la pressa contre lui et écrasa sa bouche sur la sienne. Dieu qu'elle était exquise ! Plus encore que dans son souvenir. Peut-être parce que leur baiser s'était attardé dans sa mémoire bien plus longtemps qu'il n'aurait dû. Il se promit d'y aller en douceur, mais sa patience habituelle le déserta à la seconde où ses mains se réapproprièrent ce corps miniature. Elle était si menue, avant. Il se rappelait encore les hanches étroites et le relief des côtes sous ses doigts. Mais tout cela avait disparu sous d'appétissantes rondeurs qui ne demandaient qu'à être léchées avec gourmandise.

Elle renversa la tête en arrière comme il retroussait sa nuisette. Ses mains se frayèrent un chemin sous le coton froissé jusqu'à ce qu'il ait dénudé sa poitrine. Alors il pencha la tête pour aspirer entre ses lèvres un téton dressé et sentit les doigts de la jeune femme s'enfoncer dans ses épaules. Il se mit à mordiller du bout des dents l'aréole sensible. Déjà, il se sentait sur le point d'exploser. Il mourrait s'il ne l'empalait pas dans l'instant. Était-ce parce qu'elle avait porté son enfant qu'il ressentait pour elle un désir si intense, presque primitif ? Et que ses mains tremblaient si fort ?

— Si tu savais à quel point j'avais envie de faire ça, susurra-t-il en moulant de ses paumes ses seins satinés. Chaque seconde de chaque jour...

Sa réponse fut un gémissement étouffé contre ses lèvres.

— Est-ce pour ça que tu m'évitais ?

— Exactement.

Ses doigts se promenèrent le long de son ventre, toujours plus bas. Il l'entendit retenir son souffle.

— Tu avais besoin de repos. J'essayais de me comporter en gentleman.

— Et là, tu te conduis toujours en... *oh !*

Les mots de la jeune femme moururent sur ses lèvres au moment où il glissait une main entre ses jambes. Il écarta le doux duvet en quête de la moiteur brûlante qui se cachait en dessous.

— Tu disais ? la taquina-t-il, humidifiant un doigt entre ses plis intimes, avant de caresser son clitoris déjà si sensible.

Il l'entendit déglutir.

— Matteo, c'est... tu...

Il n'avait pas besoin d'en savoir plus. Au rythme où il la stimulait, elle ne tarderait pas à basculer dans l'extase. Et si cela l'excitait de la voir si proche de l'abîme, lui-même était au bord de l'implosion. Avec toute la prudence nécessaire dans son état, il baissa sa braguette sur sa douloureuse érection. Un soupir d'aise lui échappa lorsque, enfin, elle jaillit à l'air libre. Son jean tomba en accordéon sur ses chevilles, mais il s'en moquait. Tant pis pour la correction qui exigeait qu'il l'enlève complètement. Il ne pouvait attendre une minute de plus.

D'un geste impatient, il plaqua la jeune femme contre son bureau, balayant son ordinateur portable et ses dossiers avec une fébrilité qui ne lui ressemblait pas. À peine l'extrémité humide de son pénis l'effleura-t-elle que Keira se mit à labourer sauvagement son dos, toute retenue envolée. Jamais se contrôler n'avait exigé de lui une telle concentration. À travers le brouillard de son désir, il se rappela le préservatif caché dans un tiroir de son bureau. Le temps de le mettre en place, il était plus excité qu'un adolescent.

Tel un sacrifice, elle attendait, offerte sur son bureau, les bras étendus avec indolence au-dessus de la tête. Il se pencha sur elle et la pénétra d'un puissant coup de reins. Cette fois, il n'y eut ni douleur ni hésitation, rien d'autre qu'un cri de plaisir lorsqu'il l'emplit tout entière. Avide, il s'enfonça plus profondément encore et se mit à la chevaucher. Même le fracas d'un objet tombé de son bureau ne suffit pas à refréner sa cadence. À moins que ce ne fut un autre coup de tonnerre ? Quelle importance ? Il la chevaucha jusqu'à ce que l'orgasme l'emporte, une fraction de seconde avant le sien, et leurs corps convulsèrent un temps dans une parfaite harmonie. Avec un grognement haché, il finit par s'affaler sur elle, les bras de la jeune femme toujours noués autour de son dos.

D'abord, il ne dit rien, par peur de rompre cette étrange paix qu'il n'avait jamais ressentie avant. Il se sentait vidé, comme si on avait aspiré toute son énergie. Il aurait pu s'endormir là, sur le bureau, malgré la dureté de sa surface. Il se força à ouvrir les yeux, à se rappeler où ils se trouvaient. Et si une femme de ménage les découvrait là au petit matin ? Ou Paola ? Ses employés avaient déjà été assez surpris de le voir ramener une femme au domaine, et plus encore d'apprendre qu'il avait un bébé. *Un fils qu'il avait à peine vu.*

La culpabilité lui noua la poitrine et l'arracha à sa léthargie. Se dégageant des bras de Keira, il s'éloigna du bureau et remonta son jean dont il ferma la braguette. Alors seulement, il se tourna vers la jeune femme, allongée là, les yeux clos, parmi le désordre de son bureau. Sa nuisette retroussée sur ses seins magnifiques et ses jambes, pliées en une position d'abandon. La vue séduisante entre ses cuisses ouvertes ravivait déjà son désir, mais il le combattit. Plus question de perdre le contrôle. Il se rapprocherait de son fils en temps voulu — bien sûr qu'il le ferait. Mais dans l'immédiat, sa priorité était de s'assurer que Santino continue à faire partie de sa vie. Et pour cela, il avait besoin de Keira.

C'est là qu'entrait en jeu leur puissante alchimie sexuelle, une monnaie d'échange plus efficace encore que son immense fortune. Pourquoi ne pas la tenter avec un avant-goût de ce qui pourrait être sien, si elle se montrait raisonnable ? Keira Ryan était une femme imprévisible, fière et obstinée, bien qu'elle eût dépendu toute sa vie de la charité d'autrui. Il n'avait aucun moyen d'être sûr qu'elle se conforme à son plan. Aussi était-il temps de lui rappeler qui dictait les règles. D'un geste leste, il la souleva dans ses bras et la pressa contre son torse.

— Que fais-tu ? demanda-t-elle d'une voix ensommeillée.

— Je te ramène dans ta chambre.

Elle bâilla.

— On ne peut pas rester ici ?

Il secoua la tête d'un air catégorique.

— Non.

Keira ferma les yeux. Elle avait envie de capturer ce moment pour toujours. Ce qu'elle éprouvait allait bien au-delà de la satisfaction sexuelle, si incroyable qu'ait été cet aspect-là. Elle s'était sentie si proche de Matteo lorsqu'il était en elle. Une proximité qui l'avait terrifiée, presque comme s'ils formaient les deux moitiés d'une seule et même personne. L'avait-il ressenti aussi ? Un espoir naquit dans son cœur. Qui sait s'ils n'étaient pas capables de nouer une vraie relation, malgré tout ce qui s'était passé entre eux ?

La tête posée contre son torse, elle se laissa porter jusqu'à sa chambre. Il prit même le temps de rabattre la couette pour la déposer dans son lit. Alors seulement, elle rouvrit les yeux. Son cœur s'emballa devant son torse luisant et sa silhouette athlétique. Elle le regarda, dans l'expectative. Allait-il enlever son jean et la rejoindre au lit, où elle se loverait contre lui en lui caressant les cheveux, comme elle en mourait d'envie ?

Elle attendit tandis qu'il promenait sur elle un regard empreint de désir. N'était-ce pas à lui de lui demander la permission de rester ? Elle n'y connaissait rien en bonnes manières d'alcôve, mais son instinct le lui soufflait. Elle s'était laissé faire telle une marionnette, dans le bureau. Cette fois, il devrait le mériter.

— Eh bien ? fit-il.

Elle lui adressa un sourire qu'elle espérait engageant.

— Ah, voilà qui est mieux, reprit-il. Tu ne souris pas assez.

Il se pencha sur elle et dessina de l'index la courbe de ses lèvres.

— Envolée, la mauvaise humeur de cet après-midi. Et de la plus exquise des façons, n'est-ce pas ?

Son doigt descendit caresser un mamelon déjà tendu sous sa nuisette.

— Est-ce ce dont tu avais besoin depuis le début, Keira ?

Elle mit quelques secondes à comprendre ce qu'il était en train de lui dire. Une vague d'humiliation la submergea. Alors ce n'était que cela ? Il lui avait fait l'amour pour apaiser ses craintes et la rendre plus malléable ? Elle serra les dents. Comment un type aussi abject se supportait-il lui-même ? avait-elle envie de lui cracher au visage. Mais elle garda le silence. C'était la seule façon de préserver le peu de dignité qui lui restait. Pourquoi lui donner la satisfaction de savoir qu'il l'avait blessée ? S'il était incapable de considération, alors il ne méritait pas la sienne. Au fond, cela n'avait rien d'étonnant. Il n'avait pas témoigné le moindre intérêt pour son fils depuis leur arrivée. Matteo Valenti n'était qu'un sale type, manipulateur et sans cœur.

Elle ferma les yeux après avoir tiré la couette sur son menton.

— Je suis fatiguée, Matteo. Tu veux bien éteindre la lumière en partant ?

Et sur un bâillement exagéré, elle lui tourna le dos.

8

Keira était silencieuse dans la voiture qui l'emmenait à Rome. Elle n'avait pas adressé un mot à Matteo depuis son réveil. Le violent orage de la veille avait allégé l'air, et l'aube s'était levée sur un beau ciel bleu. Mais l'atmosphère dans l'habitacle était pesante et saturée de tension. Se séparer de Santino avait été un déchirement, même s'il semblait parfaitement heureux dans les bras de Claudia au moment des au revoir. Keira avait le cœur lourd. Son bébé lui manquait déjà. Mais ce n'était pas la seule raison. Ce qui s'était passé la veille avec Matteo lui laissait un goût amer.

Elle s'était réveillée en sursaut peu après l'aube, en proie à un étrange malaise. Peu à peu, elle avait pris conscience d'une certaine langueur dans ses muscles, d'un tiraillement entre ses jambes. Elle s'était sentie… *utilisée.*

Oui, c'était exactement cela. Utilisée.

Des images de ce qui s'était passé pendant l'orage défilèrent dans sa tête. Matteo, baissant sa braguette en la couchant sur le bureau. Retroussant sa nuisette pour la prendre là, et elle criant de plaisir. Pas franchement le conte de fées. Frémissante sous son corps trempé de sueur, elle s'était bêtement raccrochée à de faux espoirs romantiques. Il était grand temps de regarder la réalité en face.

Et la réalité était qu'il l'avait séduite de sang-froid, après des jours à faire comme si elle n'existait pas. Il lui avait proposé de venir admirer l'orage depuis le meilleur point de vue de la maison. Comment avait-elle pu accepter une invitation aussi ringarde ? Pire, elle l'avait suivi en trottinant derrière lui comme un petit chien et s'était donnée à lui — une fois de plus ! Keira se revit, horrifiée, lui griffer le dos telle une tigresse enragée. Son inexpérience était-elle la cause de ce désir féroce qui l'avait consumée au point de la rendre impuissante à résister à ses avances ? Ou Matteo Valenti n'avait-il simplement qu'à la toucher pour qu'elle se liquéfie dans ses bras ?

Ce voyage à Rome qu'elle redoutait tant s'annonçait encore plus pénible, à présent. À commencer par ce trajet. Elle avait toujours rêvé, du temps où elle était mécanicienne, de conduire une telle voiture. Mais ce n'était pas elle qui était au volant. Matteo, de son côté, devait se sentir victorieux, ce matin. Il n'avait même pas daigné passer la nuit avec elle ! Non, il s'était contenté de la déposer dans son lit tel un paquet indésirable, comme si ce qui s'était passé entre eux était purement théapeutique. Une sorte de démangeaison qui avait besoin d'être soulagée. Était-ce ainsi qu'il la voyait ? se demanda-t-elle avec amertume. Comme un simple corps et non comme une personne ?

— Tu comptes passer les prochaines vingt-quatre heures à m'ignorer ?

La voix de Matteo court-circuita ses pensées. Elle aurait préféré faire la sourde oreille. Mais ce n'était pas ainsi qu'ils iraient de l'avant, n'est-ce pas ? Si la situation actuelle lui déplaisait, ce n'était pas une raison pour s'aplatir et accepter passivement les choses. À moins qu'elle ne compte se comporter en victime, en laissant Matteo la manipuler à sa guise sans qu'elle n'ait son mot à dire ? Non. Finie, l'autoflagellation. Le moment était venu pour elle de s'affirmer. Ils avaient couché ensemble en tant qu'adultes consentants. Cela les mettait sur un pied d'égalité, non ?

Alors réagis ! Exige des réponses !

Elle se tourna vers lui, frappée par la perfection de son profil, du nez aquilin à la courbe volontaire de la mâchoire ombrée d'une barbe de trois jours. Le bouton de son col de chemise était ouvert, découvrant un triangle de peau bronzée. Tout en lui exsudait une aura de saine vitalité. Un frisson courut sur sa peau, et c'est tout juste si elle ne se trémoussa pas sur son luxueux siège en cuir.

Elle mourait d'envie qu'il la touche de nouveau. Et lorsqu'il la touchait...

Chassant ce fantasme de son esprit, elle s'éclaircit la gorge.

— Pourquoi ce voyage, Matteo ?

Il y eut une pause.

— Nous en avons déjà discuté. Pour faire du shopping et t'acheter de jolis vêtements, répondit-il.

Non, mais quel paternalisme ! Était-ce intentionnel ? Une façon de lui rappeler qu'elle n'aurait pu être plus éloignée de son idéal féminin ?

— Ce n'est pas ce que je voulais dire, insista-t-elle. Pourquoi m'avoir emmenée en Italie en premier lieu ? Ça, nous n'en avons jamais discuté. Tu vas agiter ta baguette magique et me transformer en princesse. Et après ? Quel est le programme ? Me réexpédier en Angleterre et faire comme si tout ça n'avait été qu'un mauvais rêve ?

Les lèvres de Matteo formèrent une ligne implacable.

— Ce n'est pas une option.

— Alors quelles sont-elles, nos options ? répliqua-t-elle calmement.

Matteo appuya sur l'accélérateur et sentit le puissant moteur lui répondre. C'était une question raisonnable, à laquelle il n'était pourtant guère disposé à répondre. Mais il ne pouvait continuer à repousser cette discussion simplement parce qu'il se méfiait de ce qui risquait d'en ressortir.

— Il faut que nous sachions si nous sommes capables de former un couple.

— Un *couple* ?

Il vit la jeune femme se frapper la cuisse dans un geste de frustration.

— En habitant chacun une aile différente de la même maison ? Quel genre de couple vit ainsi ? C'est à peine si on s'est *vus*, Matteo. Et la seule fois où ça a été le cas, on ne peut pas dire qu'on ait vraiment discuté !

— Nous travaillerons sur ce point, répondit-il prudemment.

— Alors commençons tout de suite. Deux étrangers ne forment pas un couple, et c'est ce que nous sommes. En tout cas, tu en es un pour moi. Je t'ai confié beaucoup de choses, la nuit où...

Sa voix tremblait lorsqu'elle reprit :

— La nuit que nous avons passée ensemble dans le Devon. Mais, toi, Matteo, je ne te connais pas. Je ne sais presque rien de toi.

Matteo fixait la route devant lui. Les femmes... Il fallait toujours qu'elles posent ce genre de question. En temps normal, il coupait court à la conversation en manifestant clairement qu'il ne tolérerait pas ce genre d'interrogatoire. Il n'avait pas envie qu'on essaie de le « comprendre ». Mais c'était différent avec Keira. Leur *situation* était différente. Elle était la mère de son enfant. La femme qui avait mis au monde son héritier. Pas une opportuniste avide de s'élever socialement en se faisant passer la bague au doigt. Il lui devait bien cela.

— Que veux-tu savoir ? questionna-t-il.

Elle haussa les épaules.

— Les trucs habituels. Sur tes parents, tes frères et sœurs si tu en as… Ce genre de choses.

— J'ai un père et une belle-mère. Pas de frères et sœurs, répondit-il d'une voix qui s'était instantanément durcie. À part le fils de ma belle-mère, qui est marié et a un enfant.

Il sentit le regard de Keira se poser sur lui.

— Tes parents sont divorcés ?

— Non. Ma mère est décédée.

— Comme la mienne, murmura-t-elle pensivement.

Il hocha la tête sans répondre, toute son attention fixée sur la route devant lui. Il ne voulait pas penser au vide que cette perte avait laissé en lui.

— Parle-moi de ton père, reprit-elle. Tu t'entends bien avec lui ?

Il dépassa un camion et attendit d'avoir terminé sa manœuvre avant de répondre. Devait-il lui livrer la version officielle de sa vie et entretenir ainsi le mythe de la famille idéale ? Mais si elle restait, elle ne tarderait pas à percevoir les tensions sous-jacentes au sein du puissant clan Valenti.

— Non, nous ne sommes pas proches. Nous nous voyons de temps en temps, plus par devoir qu'autre chose.

— Tu as parlé d'une belle-mère…

— La dernière en date, tu veux dire ? précisa-t-il avec cynisme. La quatrième d'une longue série de femmes censées remplacer celle qu'il a perdue.

— Mais aucune n'a réussi ?

— Tout dépend de ta définition de la réussite. Je suis sûr que chacune a su lui apporter le réconfort physique dont la plupart des hommes ont besoin. Mais tous ses mariages se sont mal finis et lui ont énormément coûté sur le plan financier. C'est la vie, j'imagine.

Ses doigts se crispèrent sur le volant.

— Mais bon, difficile de succéder à ma mère, à en croire ceux qui l'ont connue.

— Comment était-elle ? demanda Keira d'une voix infiniment douce.

Il garda le silence un long moment, car c'était une question qu'on ne lui posait jamais. Une mère décédée, c'était de l'histoire ancienne. Un chapitre clos de sa vie. Personne d'autre ne s'était jamais intéressé à sa courte existence. Son cœur se serra.

— C'était une belle personne, dit-il enfin. D'une beauté autant physique qu'intérieure. Elle suivait des études de médecine quand elle a rencontré mon père. Elle était la fille unique d'une famille très traditionnelle d'Ombrie qui possédait un immense domaine dans la région.

— La ferme où nous habitons ? Est-ce là qu'elle...

Il hocha la tête.

— Là qu'elle a grandi, *sì*.

Keira commençait peu à peu à comprendre. Ses yeux s'égarèrent vers l'étendue bleue du ciel derrière la vitre. Était-ce pour cette raison que Matteo semblait si attaché au domaine ? Parce qu'il représentait son dernier lien avec sa mère ?

— Ton père sait-il, pour Santino ? questionna-t-elle.

— Non, répondit-il avec dureté. Et personne ne saura rien tant que nous n'aurons pas pris une décision concernant l'avenir.

— Mais un bébé n'est pas quelque chose que l'on peut garder secret. Un employé de la ferme l'aura peut-être mis au courant.

Il secoua la tête.

— La discrétion est une qualité essentielle chez mon personnel. Sa loyauté m'est tout acquise. D'ailleurs, mon père ne s'intéresse pas au domaine, sinon comme...

— Comme quoi ? l'encouragea-t-elle, sa curiosité piquée par la note âpre dans sa voix.

— Rien. Ça n'a pas d'importance. Et ça fait assez de questions pour aujourd'hui, tu ne crois pas ?

Il lui désigna la route.

— Nous longeons Rome, à présent. Bientôt, tu devrais apercevoir le lac de Nemi.

Keira suivit des yeux la direction qu'indiquait son doigt.

— Et c'est là que tu vis ?

— C'est là que je vis, confirma-t-il.

Le reste du trajet se passa en silence. Mais, au moins, Keira avait l'impression d'en savoir un peu plus sur lui, même s'il demeurait une énigme à ses yeux. Il y avait quelque chose en lui, un secret inavoué qui se dressait entre eux. Derrière la façade sexy et forte se cachait un homme brisé, réalisa-t-elle alors que la voiture s'engageait dans une vallée ombragée, laissant apercevoir le lac. Son cœur vola immédiatement vers Matteo. Étaient-ils capables de former un couple ? L'espérer faisait-il d'elle quelqu'un de stupide ?

Peut-être, mais c'était bien ce qu'elle voulait. Pour le bien de Santino, afin qu'il jouisse de la stabilité dont elle-même avait toujours rêvé. Vivre avec Matteo Valenti en tant qu'amante et mère de son enfant… Serait-ce vraiment si terrible ?

Sa rêverie fut interrompue par son premier aperçu de la villa de Matteo. La maison de deux étages couleur abricot surplombait le lac de Nemi, avec de grandes fenêtres en arc donnant sur des hectares de jardins impeccablement entretenus. Peut-être s'était-elle un peu emballée en s'imaginant capable d'y trouver sa place. L'intérieur, découvrit-elle, comptait d'innombrables pièces, dont une salle-à-manger dallée de marbre et une salle de bal au somptueux plafond peint à la main. Elle avait plus l'impression de visiter un musée qu'une maison. Jamais son manteau ne lui avait paru plus élimé que lorsqu'un majordome du nom de Roberto s'approcha pour l'en débarrasser. Derrière son air impassible ne se demandait-il pas secrètement pourquoi son riche employeur ouvrait son palais à une femme aussi négligée ? Elle-même se posait la même question.

Après avoir appelé Claudia, qui la rassura en l'informant que Santino dormait comme un bienheureux dans sa poussette, Keira accepta le dé à coudre d'expresso que lui servit une domestique en uniforme et s'installa dans un fauteuil aussi élégant qu'inconfortable pour le déguster. Matteo, debout près de la cheminée, la fixait attentivement. Mal à l'aise, elle songea à l'atmosphère décontractée de la ferme, à son fils. Sa maman lui manquait-elle ? se demanda-t-elle avec un pincement au cœur. Tout en buvant son café, elle inspecta la pièce où elle se trouvait, splendide mais caverneuse. Un frisson la traversa. Elle n'osait imaginer le budget nécessaire pour chauffer une maison de cette superficie.

— Pourquoi vis-tu ici ? questionna-t-elle à brûle-pourpoint.

Matteo plissa les yeux.

— Pourquoi pas ? Le climat est plus doux qu'en ville, surtout l'été où l'air devient étouffant. C'est aussi un bien immobilier d'une grande valeur.

— Je n'en doute pas.

Elle s'humecta les lèvres.

— Mais cette villa est immense pour une seule personne. Tu ne t'ennuies pas trop ?

— Je ne vis pas totalement en ermite, Keira. Il m'arrive de travailler ici. Et, bien sûr, je reçois.

— Des ribambelles de femmes, j'imagine ?

La question lui avait échappé avant qu'elle puisse la retenir. Matteo lui lança un regard moqueur.

— Tu voudrais que je prétende avoir vécu dans l'abstinence, toutes ces années ? Est-ce par jalousie que tu me demandes ça ?

— Pas du tout ! protesta-t-elle, furieuse contre elle-même.

Qu'est-ce qui lui avait pris de poser une telle question ? Évidemment que Matteo avait vu défiler des centaines de femmes entre ces murs. D'ailleurs, il n'était pas son petit ami, n'est-ce pas ? Il ne l'avait jamais été. Il était juste un homme capable de l'envoûter d'un seul regard, quelle que soit sa résistance. Un homme qui l'avait mise enceinte par accident et l'observait à présent avec un sourire en coin, comme s'il lisait dans ses pensées. Devinait-il que, sous son vieux pull démodé, ses seins n'attendaient que la caresse sensuelle de sa bouche ? Elle sentit ses joues s'empourprer. Au même moment, le portable de Matteo sonna. Il décrocha et se mit à parler dans un italien rapide. L'appel terminé, il la détailla de la tête aux pieds.

— La voiture t'attend dehors pour t'emmener en ville, annonça-t-il. Tu rencontreras la styliste sur place.

— Une styliste ? répéta-t-elle avec un regard hésitant vers ses bottines râpées.

— Une styliste célèbre, même, qui te guidera dans tes achats.

Il haussa les épaules.

— J'ai pensé que tu aurais besoin d'un peu d'aide.

Sa condescendance ne fit qu'accentuer l'impression qu'avait Keira de détonner dans le décor. Elle le fusilla du regard.

— Au cas où j'opterais pour quelque chose d'inapproprié ?

— Il ne faut pas le prendre ainsi, dit-il d'une voix égale. Je parie que tu n'as jamais disposé d'une carte de crédit avec budget illimité.

Quelque chose dans son intonation la fit bouillir de plus belle.

— Bizarrement, non !

— Alors quel est le problème ?

— C'est *toi*, le problème. Tu adores ça, pas vrai ? l'accusa-t-elle. Étaler ta fortune te donne-t-elle un sentiment de toute-puissance, Matteo ?

Il arqua un sourcil.

— Je pensais que ça te ferait plaisir. Pourquoi ne pas monter à l'étage te refaire une beauté avant que mon chauffeur ne t'emmène en ville ?

Keira posa sa tasse vide sur une table filigranée d'or et se leva.

— Très bien, dit-elle avec raideur.

Il lui fit signe de la précéder.

— Au fait, ajouta-t-il, j'ai remarqué que tu n'avais fait aucune remarque sur ma conduite, ce matin.

— J'ai préféré me taire, vu les circonstances.

— Mais en tant que professionnelle, tu m'as évalué favorablement, j'espère ?

Elle fit la moue.

— Ça allait. La main un peu dure sur l'embrayage, peut-être... Mais c'est une voiture fantastique.

La lueur amusée dans son regard lui fit plaisir, malgré tout. Elle le suivit dans un majestueux escalier jusqu'à une chambre décorée d'opulents velours et brocarts, où il la laissa seule. Dans la salle de bains d'une taille démesurée, où l'eau coulait de robinets d'or, elle se brossa rapidement les cheveux. Qu'allait donc penser la styliste face à un mannequin aussi peu prometteur ?

Mais la jeune femme se révéla aussi enjouée qu'amicale lorsqu'elle pénétra, intimidée, dans le luxueux magasin de la Via dei Condotti. Keira n'était jamais entrée dans une boutique aussi huppée avant. Elle se contentait de patienter devant en attendant ses riches clientes, du temps où elle était encore chauffeur. La styliste, du nom de Leola, s'avança vers elle, svelte et élégante dans une robe ivoire accessoirisée de bijoux en or et d'une paire d'escarpins en cuir verni. Bien que semblant tout droit descendre d'un podium de défilé, elle ne se décontenança pas le moins du monde devant son apparence et l'entraîna dans les rayons en faisant courir ses doigts sur les portants.

Dans le salon d'essayage, elle enroula un mètre autour de ses courbes toutes neuves.

— Vous avez une silhouette fantastique ! s'extasia-t-elle. Il faut la mettre en valeur !

— Je préfère éviter, si ça ne vous ennuie pas, tempéra Keira. Je n'aime pas qu'on me regarde.

Leola haussa un sourcil dessiné au pochoir.

— Vous sortez avec l'un des célibataires les plus en vue de la ville, observa-t-elle. Matteo s'attend à ce qu'on vous regarde.

Non sans nervosité, Keira passa une robe en cachemire bleue par-dessus sa tête, qu'elle compléta d'une paire de bottes en daim. Que répondre à cela ? Que penserait Leola si elle savait qu'elle et Matteo ne sortaient pas ensemble, mais étaient simplement parents d'un adorable petit garçon ? Même cela n'était pas l'exacte vérité. Comment qualifier de parent un homme qui manifestait à l'égard de son enfant la méfiance d'un démineur devant une bombe ?

Laisse-toi porter, pensa-t-elle. *Sois docile et fais ce qu'on te suggère.* Et une fois qu'elle aurait été entièrement rhabillée en sapin de Noël, peut-être pourrait-elle s'asseoir avec Matteo et avoir une vraie discussion au sujet de leur avenir.

Elle essaya donc des jupes moulantes et des chemisiers vaporeux, des petites robes de jour sexy et de longues robes de soirée ondoyantes. Elle était sur les rotules lorsque Leola en eut fini avec elle. Il y avait peu de chances qu'elle porte le moindre de ces articles. Elle et Matteo n'avaient même pas encore évoqué la durée de son séjour. Mais à quoi bon protester ? Leola avait de toute évidence reçu des ordres, et il n'était pas difficile de deviner de qui ils provenaient.

— Je ferai expédier en Ombrie d'autres chaussures ainsi que de la lingerie neuve, conclut la styliste. J'ai cru comprendre que vous y retourniez demain. Mais vous avez déjà amplement de quoi faire pour l'instant. Si je puis me permettre, vous devriez porter la robe rouge, ce soir. Matteo trouve que les couleurs vives rehaussent votre beauté. Ah, et une maquilleuse passera chez vous en fin d'après-midi. C'est elle aussi qui vous coiffera.

— Je peux me coiffer toute seule, marmonna Keira, sur la défensive.

Était-ce une habitude, chez Matteo, de s'habiller sur son trente et un pour dîner à la maison en milieu de semaine ? Son regard se posa sur la robe de satin de soie suspendue au doigt de Leola.

— Et pas question de porter ça. C'est beaucoup trop court et décolleté.

— Oh ! mais il le faut. Vous êtes magnifique dans cette robe, décréta Leola avec fermeté.

Sa voix se radoucit légèrement.

— Matteo doit beaucoup tenir à vous pour se donner autant de peine. À votre tour de lui faire plaisir.

C'était un conseil sincère, mais aussi un avertissement. À cheval donné, on ne regarde pas les dents, disait le proverbe. Keira avait de plus en plus l'impression d'être une poupée qu'on s'amusait à habiller. Elle se voyait moulée pour un rôle dans la vie du milliardaire qu'elle n'était pas sûre d'être en mesure d'assumer. Le cœur anxieux, elle serra la main de la styliste et regagna la voiture à l'extérieur.

Et n'eut-elle pas honte de la facilité avec laquelle elle laissa le chauffeur lui ouvrir la portière pour retrouver le confort de la luxueuse berline ? Comme si elle se métamorphosait déjà en une personne qu'elle ne reconnaissait pas.

9

L'horloge sonna 7 heures du soir. Matteo arpentait le salon avec impatience. Bon sang, où était-elle passée ? Il détestait attendre. La moindre des choses était qu'elle se montre ponctuelle, non ? Et reconnaissante de la générosité qu'il lui témoignait. Combien de temps lui avait-il fallu avant de prendre plaisir à essayer des tenues de créateur ? Et de réaliser combien était sexy un homme prêt à vous acheter une garde-robe complète, sans regarder à la dépense ? Il s'apprêtait à envoyer Roberto lui rappeler l'heure quand la porte s'ouvrit sur la jeune femme, qui s'avança d'un pas incertain.

Matteo sentit son cœur cogner sourdement dans sa poitrine. Elle était... Il cligna des yeux, mais l'image resta la même. Elle était méconnaissable. Un flot de boucles noires cascadait sur ses frêles épaules tandis que le mascara et l'eyeliner agrandissaient encore ses yeux. L'incarnat de ses lèvres rappelait sa robe, et il brûlait d'envie d'effacer d'un baiser ce rouge à lèvres inhabituel. Mais c'est son corps qui captiva le plus son attention. *Santo cielo !* Quelle silhouette ! Le satin de soie écarlate épousait la courbe sensuelle des seins, puis dessinait la vallée de la taille avant de s'évaser sur les hanches. Perchée sur des talons aiguilles, elle semblait beaucoup plus grande que d'habitude.

Il déglutit. La métamorphose dépassait toutes ses espérances. Devant lui se tenait une femme qui, à son bras, ferait tourner les têtes, et pour les bonnes raisons. Une certaine frustration s'insinua dans ses veines. Il était presque tenté d'appeler son hôte pour annuler et entraîner Keira dans sa chambre. Mais une telle action serait malavisée de sa part. Il avait moins de vingt-quatre heures pour persuader la jeune femme d'accepter sa proposition. Ce n'était pas en laissant son désir prendre le pas sur la raison qu'il y parviendrait.

— Tu es... magnifique, dit-il d'une voix hachée.

Les joues de la jeune femme rosirent à son compliment. Un rappel de plus de son innocence.

Elle tira sur sa robe comme pour essayer de l'allonger.

— Je ne me sens pas très habillée, pour être honnête.

Matteo secoua la tête.

— Si c'était le cas, je ne te laisserais pas quitter la maison.

— Quoi, tu veux dire que tu me retiendrais ici de force ? Captive du magnat italien ?

Il sourit.

— J'ai toujours pensé que la persuasion était plus efficace que la force. Je suppose que Leola t'a également fourni un manteau ?

— Un manteau ? répéta la jeune femme, les sourcils froncés.

— Nous sommes en novembre, Keira, et nous allons à une soirée en ville. Il fait plus chaud qu'en Angleterre, mais tu as quand même besoin de te couvrir.

Keira se crispa.

— Tu n'as jamais parlé d'une soirée...

— Ah non ? Eh bien, maintenant, c'est chose faite.

Elle tira de nouveau sur sa robe.

— Une soirée chez qui ?

— Un de mes vieux amis, Salvatore Di Luca. C'est son anniversaire. L'occasion parfaite pour toi de rencontrer du monde. Ce serait dommage que personne ne te voie, sublime comme tu es.

Son regard erra sur elle.

— Alors va chercher ton manteau, tu veux bien ? La voiture nous attend.

Keira se sentait de plus en plus nerveuse. Elle aurait préféré rester manger un *panino* devant la cheminée où crépitait un bon feu plutôt qu'affronter une foule d'inconnus. Mais avouer cela à Matteo ne la ferait-il pas passer pour une asociale ? Était-ce une sorte de test qu'il lui faisait passer, afin de s'assurer qu'elle était bien apte à devenir sa partenaire ? À elle de prouver qu'elle était capable de converser avec ses riches amis et de survivre à une soirée entière sans renverser un canapé sur sa robe.

Elle serra autour d'elle son manteau noir coupe trapèze doublé de cachemire tandis que le chauffeur lui ouvrait la portière de la limousine. Son cœur manqua un battement lorsque Matteo se glissa à son tour sur la banquette arrière. Sa puissante virilité lui faisait tourner la tête. Dans un smoking noir qui mettait en valeur son corps sculpté, il avait tout d'une star de cinéma en route pour une cérémonie de remises de prix.

— Tu ne conduis pas ? observa-t-elle.

— Pas ce soir. J'ai quelques appels à passer.

Ses prunelles noires étincelèrent.

— Après quoi, je suis tout à toi.

La façon dont il avait prononcé ces mots fit courir un frisson d'excitation sur sa peau. Était-ce intentionnel ? Mais à l'excitation se mêlait une certaine appréhension, car elle n'était pas sûre de savoir faire face à son attention pleine et entière. Surtout quand il se montrait aussi… *gentil* avec elle.

Elle le soupçonnait d'avoir une idée derrière la tête, et de bien se comporter dans l'unique but de l'y rallier. Il n'avait témoigné aucune marque d'amour à leur fils, ni manifesté le moindre désir d'agir en parent. Mais son instinct lui soufflait qu'il considérait Santino comme sa possession. Et pour cette seule raison, il ne la laisserait pas filer si facilement. Le pire était qu'elle n'avait aucune envie de filer. À vrai dire, elle se sentait complètement dépassée par les événements. Il était un riche magnat de l'hôtellerie et, elle, une ancienne mécanicienne. Pour ne rien arranger, elle n'avait aucune expérience en matière de relations. Comment était-elle censée réagir face à lui ? Une part d'elle aurait préféré être encore derrière le volant, à dompter la route avec ce professionnalisme dont elle était si fière avant de ruiner sa carrière dans les bras de l'homme assis à ses côtés, les jambes étendues nonchalamment devant lui.

Elle se força à détourner les yeux de ces cuisses athlétiques. Au moins, le paysage offrait largement de quoi la distraire. Entre les lumières de la ville et l'époustouflante architecture romaine, elle avait l'impression d'avoir atterri tout droit entre les pages d'un guide.

L'appartement de Salvatore Di Luca, un penthouse situé non loin de la Via del Corso, offrait une vue imprenable sur le centre-ville. Une domestique la débarrassa de son manteau et un serveur poussa un verre entre ses doigts tandis qu'une foule de gens évoluaient autour d'elle. Avec horreur, elle s'aperçut que toutes les femmes étaient vêtues de noir. Dans sa robe écarlate, elle avait l'air d'un sapin de Noël. Et ce n'était pas seulement la couleur. Elle n'avait pas l'habitude de porter un tel décolleté, ni une robe montant si haut au-dessus du genou. Elle se faisait l'effet d'un imposteur, avec ses cheveux cascadant sur ses épaules. Jamais sa vieille casquette de chauffeur ne lui avait autant manqué !

Elle sentit le regard de quelques hommes s'attarder sur elle avec insistance. À moins que ce ne fût un réflexe chez les Italiens ? Matteo, en tout cas, ne la quittait pas des yeux tandis qu'il la présentait à une multitude d'amis. Et difficile de nier le frisson que suscitaient en elle ces yeux noirs attachés au moindre de ses mouvements.

Keira fit de son mieux pour discuter avec animation. Par chance, presque tout le monde parlait couramment l'anglais. Mais la conversation lui venait difficilement. Elle avait conscience de tout faire pour éviter l'unique sujet qui occupait son cœur : Santino. Quand Matteo comptait-il annoncer qu'il était père ? Et qu'arriverait-il lorsqu'il s'y déciderait enfin ? Ses amis avaient-ils des enfants ? Cet appartement n'en donnait pas l'impression. Elle ne pouvait imaginer un bébé rampant avec ses doigts collants sur ces tapis hors de prix.

Fuyant le volume sonore grandissant, Keira se réfugia aux toilettes. Elle en profita pour aller jeter un coup d'œil aux autres pièces, celles dont la porte était entrouverte. Et ce qu'elle découvrit fut une enfilade de pièces décorées de fresques semblables à celles de la villa de Matteo. Une villa pas davantage pensée pour accueillir des enfants...

Sa pièce préférée était un petit salon dont les murs disparaissaient derrière des rangées de livres. Pas parce qu'elle était une grande lectrice, mais parce que la porte-fenêtre donnait sur un ravissant balcon envahi par les plantes en pots, offrant une vue spectaculaire sur la ville et ses lumières. Elle se tenait là, appuyée contre la balustrade, quand un claquement de talons se fit entendre derrière elle. Elle se retourna pour découvrir une grande femme à la chevelure flamboyante qu'elle n'avait pas remarquée jusque-là. Sans doute était-elle arrivée plus tard, car ce n'était pas le genre de femme que l'on oubliait. Ses prunelles brillaient d'un éclat plus inquisiteur qu'amical, et Keira peinait à ne pas être éblouie par le rang d'émeraudes qui étincelaient à son cou, parfaitement assorties à la couleur de ses yeux.

— Alors c'est *vous*, la femme qui nous a volé Matteo ? dit-elle avec un accent italien des plus sensuels.

Keira quitta le balcon et rentra dans la pièce, un sourire engageant aux lèvres.

— Bonsoir, je m'appelle Keira, se présenta-t-elle. Et vous êtes ?

— Donatella.

Elle plissa ses yeux verts, l'air surpris que Keira ne le sache pas déjà.

— Votre robe est magnifique.

— Merci.

Le regard de Donatella erra sur elle de haut en bas.

— Tout le monde se demande comment vous avez réussi à ferrer le célibataire le plus insaisissable d'Italie...

— Oh ! Matteo n'est pas un poisson, plaisanta Keira.

Donatella ne saisit pas son trait d'humour, ou peut-être ne le trouva-t-elle pas amusant, car elle ne sourit pas.

— Quand vous êtes-vous rencontrés pour la première fois, tous les deux ?

Keira tressaillit. Elle se sentait intimidée, tout à coup. Comme acculée dos au mur, sans savoir pourquoi.

— Il y a un peu moins d'un an, répondit-elle.

— Quand exactement ? insista la jolie rousse.

Keira n'y connaissait rien en matière d'étiquette, mais elle savait que la jeune femme dépassait les bornes.

— Quelle importance ?

— Je suis curieuse, c'est tout. Ce ne serait pas arrivé, disons, deux jours avant Noël ?

Cette date était si profondément gravée dans la mémoire de Keira que la réponse jaillit de ses lèvres :

— Oui, c'est bien ça. Comment le savez-vous ?

— Parce qu'il était censé être avec moi, cette nuit-là, révéla Donatella avec un sourire en coin. J'ai reçu un appel de son assistante m'informant que son jet ne pouvait décoller en raison d'une tempête de neige.

— C'est la vérité. La météo était épouvantable, confirma Keira.

— Puis à son retour... plus rien. Silence radio. D'après la rumeur, il n'y avait pourtant personne d'autre.

Elle plissa des yeux pensifs.

— Intéressant. Je ne vous imaginais pas ainsi.

Keira se sentit prise de nausée. Une seule pensée tournait en boucle dans sa tête : une autre femme attendait Matteo pendant qu'il était au lit avec elle. Il avait dû demander à son assistante d'appeler Donatella quand elle prenait son bain, avant de décider de la séduire. Autrement dit... n'importe quelle femme aurait fait l'affaire ? Il avait prévu de passer la nuit avec quelqu'un et tenait coûte que coûte à assouvir son désir ? Tout ce blabla sur le fait qu'il ne la trouvait pas attirante n'était donc qu'un moyen de tromper sa vigilance avant de pouvoir se jeter sur elle. Elle déglutit. Avait-il imaginé que c'était Donatella dans ses bras au lieu d'elle ?

— Vous savez ce qu'on dit, tous les goûts sont dans la nature, dit-elle avec un sourire forcé. Ce fut un plaisir, Donatella.

Elle tremblait lorsqu'elle localisa Matteo dans la salle, entouré d'un groupe d'hommes et de femmes suspendus à ses lèvres. Sans doute décela-t-il quelque chose sur son visage car il se libéra aussitôt pour la rejoindre.

— Tout va bien ? s'enquit-il.

— Oui, absolument, assura-t-elle au cas où quelqu'un les écoutait. Mais j'aimerais y aller, si ça ne t'ennuie pas. Je suis fatiguée.

— *Certamente.* Viens, éclipsons-nous, *cara.*

La désinvolture avec laquelle ce terme affectueux lui échappa ne donna que plus de poids aux mots de Donatella. Dans la voiture, Keira s'assit le plus loin possible de lui. Elle secoua la tête, un doigt sur les lèvres, lorsqu'il tenta de lui parler. Elle était au bord des larmes, mais pas question de craquer devant le chauffeur. Elle était bien placée pour savoir combien ce genre de scènes pouvait animer un travail parfois routinier, le chauffeur étant aux premières loges lorsque cela se produisait. Ce n'est que de retour à la villa, où un feu de bois avait été entretenu à leur intention dans le salon, qu'elle se tourna vers Matteo.

— J'ai rencontré Donatella, l'informa-t-elle, une note d'hystérie dans la voix.

— Je me demandais si vous vous croiseriez. Elle est arrivée tard...

— Je me fiche de savoir quand elle est arrivée !

Elle jeta sa pochette rouge à sequins sur un canapé tapissé de brocart, où il rebondit contre un coussin.

— Elle m'a dit que vous étiez censés passer la nuit ensemble, le soir où nous nous sommes retrouvés bloqués par la neige !

— C'est la vérité.

Et il disait cela le plus naturellement du monde ! Keira manqua s'étrangler.

— Alors tu avais une relation avec une autre femme quand tu m'as séduite ?

Il secoua la tête.

— Non. Je la fréquentais depuis quelques semaines. Nous sommes allés au restaurant et à l'opéra. Mais ça n'a jamais dépassé ce stade.

— Et tu voudrais que je te croie ?

— Pourquoi ne me croirais-tu pas, Keira ?

— Parce que...

— Parce que tu n'as pas l'air d'être le genre d'homme à courtiser chastement une femme.

— C'est pourtant ainsi que je procède.

— Sauf avec moi, pointa-t-elle avec amertume. Peut-être que je ne vaux pas la peine d'être invitée à dîner ?

La peine et l'humiliation voilaient ses yeux saphir. Matteo se surprit à culpabiliser. Bien sûr, il lui devait une explication. Mais, avec elle, les choses allaient bien au-delà de tout ce dont il avait eu à se justifier par le passé, et une part de lui se rebellait contre l'idée de devoir se mettre à nu. Hélas, il n'avait pas le choix. Keira Ryan lui était peut-être facilement tombée dans les bras, mais elle n'était pas du genre à se laisser mener à la baguette.

— Oh ! tu en vaux la peine, dit-il avec douceur. Nous n'avons pas suivi le schéma classique, c'est vrai. Mais ça ne change rien au fait que cette nuit reste la plus inoubliable de toute ma vie.

— Ne me raconte pas de mensonges !

— Ce n'est pas un mensonge, Keira. C'était fantastique. Nous le savons tous les deux.

Il décela l'ombre d'une lutte dans ses yeux, comme si elle s'efforçait de contenir ses émotions.

— Et après ? ajouta-t-elle en avalant sa salive. À ton retour, Donatella dit que tu ne l'as plus revue.

— C'est aussi la vérité.

— Pourquoi ? Rien ne t'en empêchait. Surtout après m'avoir envoyée paître comme tu l'as fait.

S'il était surpris par son insistance, Matteo n'en laissa rien paraître. Il ne savait jusqu'où aller dans ses explications. Admettre que son imprudence l'avait choqué au point de l'inciter à s'éloigner un temps des femmes ne serait-il pas trop brutal ? En lui avouant n'avoir jamais eu d'aventures d'un soir car cela allait à l'encontre de tout ce en quoi il croyait, ne la blesserait-il pas inutilement ? Il ne croyait pas en l'amour. Pas pour lui-même. Mais il croyait en la passion et, d'après son expérience, l'attente en valait toujours la peine. Elle augmentait la libido et rendait plus agréable encore le processus de séduction. Et puis, repousser son propre plaisir le confortait dans la certitude qu'il contrôlait la situation.

Pourtant, sa patience habituelle l'avait déserté, cette nuit-là, lorsqu'il s'était retrouvé au lit avec son charmant chauffeur. Ce qui s'était passé avait continué à le travailler longtemps après son retour en Italie. Ce n'était pas un aveu qu'il était enclin à faire, mais son instinct lui soufflait qu'il y avait tout intérêt. Cela lui rapporterait quelques bons points, comment on disait.

— Je n'ai couché avec personne depuis la nuit que nous avons passée ensemble, admit-il. Enfin, jusqu'à hier soir.

Les yeux de la jeune femme s'agrandirent. L'espace d'un instant, seul le tic-tac de l'horloge vint troubler le silence de la pièce, rompu par un seul mot :

— Pourquoi ?

Il jeta une bûche dans la cheminée avant d'affronter Keira et son regard assombri par l'incrédulité. Il avait essayé de se persuader que c'était par dégoût de lui-même qu'il s'était replié dans sa coquille depuis son retour à Rome. Mais, au fond, il savait qu'il y avait plus que cela.

— Parce que, à mon grand désarroi, je n'ai pas réussi à te chasser de mon esprit, répondit-il d'une voix rauque. Et avant que tu ne mettes en doute ma sincérité, laisse-moi t'assurer que je dis la vérité.

— Mais pourquoi ? persista-t-elle. Pourquoi moi ?

Il marqua une pause, assez longue pour lui signifier qu'il s'était posé la même question.

— Qui peut décrypter l'alchimie subtile qui gouverne ces choses ?

Il haussa les épaules, tout en dévorant des yeux ses courbes charnelles.

— Peut-être parce que tu étais différente. Tu me parlais comme personne d'autre ne le faisait. Ou peut-être parce que, de façon subliminale, j'avais deviné que tu étais vierge et cela me plaisait. Pourquoi me regardes-tu ainsi, Keira ? Tu crois que ça ne compte pas ? Qu'un homme n'éprouve pas un plaisir incomparable à découvrir qu'il est le premier ? Eh bien, tu as tort.

Les jambes en coton, Keira se laissa choir sur le canapé, à côté de sa pochette jetée là plus tôt. Les mots de Matteo étaient incroyablement vieux jeu, mais cela n'enlevait rien à leur impact. Jamais elle ne s'était sentie aussi désirée qu'en cet instant, alors qu'il la déshabillait d'un regard qui en disait long sur ses intentions.

Ses lèvres s'étaient-elles entrouvertes d'elles-mêmes ou avait-il orchestré sa réaction depuis sa place près de la cheminée, tel un marionnettiste tirant d'invisibles ficelles ? Ses yeux sur elle brillaient d'un éclat adamantin. En quelques enjambées, il couvrit la distance qui les séparait et la tira debout.

— Je crois que la discussion est close, dit-il d'une voix éraillée. N'ai-je pas répondu à toutes tes questions ? Je t'ai dit tout ce que tu avais besoin de savoir, non ?

— Matteo, je...

— Maintenant, je vais te faire l'amour, continua-t-il, coupant court à ses objections. Mais, cette fois, ce sera dans un lit, et ça durera toute la nuit. Et inutile de faire semblant d'être scandalisée. Tes yeux parlent pour toi.

— Peut-être cherches-tu seulement à m'amadouer, comme la nuit dernière ? le défia-t-elle.

— La nuit dernière, il y avait de l'orage et je n'avais pas les idées claires. Ce soir, si.

Sur ces mots, il la souleva dans ses bras et l'emporta hors de la pièce. Jamais elle n'aurait résisté à une opération séduction aussi magistrale, même s'il lui avait donné le choix, songea Keira. En cet instant, elle se sentait une femme réellement désirée. Une femme que n'appelait rien d'autre que le plaisir. L'oreille pressée contre son torse, elle écoutait les cognements sourds de son cœur. Comme dans un film, il gravit l'escalier de marbre et ferma la porte de la chambre derrière eux d'un coup de pied. Tout cela avait quelque chose d'irréel, autant que l'excitation qui irradiait son corps. Était-ce mal de s'abandonner à cette vague de désir tandis que Matteo baissait la fermeture de sa robe, qui tomba négligemment sur le tapis de soie ? Ou de lui murmurer des mots d'encouragement, les lèvres enflées sous la pression de ses baisers ?

Son soutien-gorge céda à son tour, et elle poussa un cri de protestation ravie lorsqu'il déchira sa petite culotte sans autre forme de procès. Seigneur, c'était si excitant ! Avec la même absence de scrupules, il arracha ses propres vêtements comme si le diable était à ses trousses. Mais lorsqu'ils se retrouvèrent tous deux nus sur le lit, il ralentit la cadence.

— Ces courbes, murmura-t-il d'une voix saccadée, en dessinant du bout des doigts ses seins et ses hanches.

— Tu n'aimes pas ?

— D'où te vient cette idée ? Je t'ai aimée svelte et je t'aime pulpeuse. Tu es parfaite telle que tu es, Keira.

Lentement, il promena l'index le long de son cou, de son ventre, puis plus bas encore, entre ses cuisses, où sa caresse se fit plus nonchalante contre les pétales moites de son intimité. Elle frémit, étouffant une plainte de frustration lorsqu'il retira sa main. Mais sa bouche prit le relais, et elle retint son souffle. D'abord, ses lèvres explorèrent longuement la douce toison à cet endroit, puis il enfouit la tête entre ses jambes et laissa sa langue s'exprimer contre sa chair embrasée.

— Matteo ! haleta-t-elle, manquant tomber du lit de plaisir. Que… que fais-tu ?

Il releva la tête. Une expression de pure malice brillait dans ses yeux d'ébène.

— Je vais te dévorer, *cara mia*, susurra-t-il avant de reprendre ses caresses.

Keira laissa sa tête retomber sur l'oreiller, initiée avec maestria à des délices insoupçonnés. Dieu que c'était bon ! Elle adorait la façon dont il avait emprisonné ses hanches d'une poigne ferme lorsqu'elle avait commencé à se tortiller. L'orgasme la prit par surprise, tout comme la rapidité avec laquelle il se repositionna pour plonger dans sa chair encore vibrante de plaisir. Elle s'agrippa à ses épaules tandis qu'il allait et venait en elle, à un rythme sûr qui mit ses sens en ébullition.

Soudain, ses traits se crispèrent et il s'immobilisa.

— Combien de temps crois-tu que je puisse me retenir de jouir ? chuchota-t-il.

— As-tu...

Elle peinait à parler dans l'état où elle se trouvait.

— As-tu vraiment besoin de te retenir ?

— Si tu as un second orgasme, oui. Et c'est mon intention. Je vais te faire jouir si souvent qu'au matin tu en auras perdu le compte.

— Oh ! Matteo...

Elle ferma les yeux tandis qu'il se hissait sur ses genoux et s'enfonçait plus loin encore. Un gémissement lui échappa. Un doigt s'était faufilé entre leurs corps unis pour se poser sur le bourgeon sensible entre ses cuisses. Matteo la caressait à cet endroit précis tout en l'emplissant tout entière. Plaisir et pression se combinèrent en une force irrésistible, jusqu'à ce que le monde vole en éclats autour d'elle. Elle entendit Matteo pousser un grognement, son corps pris de convulsions. Il retomba sur elle, la tête sur son épaule, le souffle haletant contre son cou.

Ses bras musclés se resserrèrent autour de sa taille. Keira flottait sur un nuage. Lui avait-il vraiment dit qu'il n'avait plus couché avec personne parce qu'il ne pensait qu'à elle ? Oui, il avait bel et bien prononcé ces mots. Avec un soupir de satisfaction, elle pressa sa joue contre son épaule et l'entendit murmurer quelque chose en italien en réponse.

Elle resta éveillée longtemps après que Matteo se fut endormi. Le sexe, songeait-elle, avait un formidable pouvoir d'aveuglement. Il vous étourdissait au point de vous détourner de la réalité. Matteo avait salué ses nouvelles courbes, les avait admirées de ses mains, sans jamais évoquer la raison de cette transformation. Son corps s'était arrondi parce qu'elle avait porté leur fils et l'avait mis au monde ! Cela, il semblait n'avoir aucun mal à l'oublier. Elle se mordit la lèvre. Au fond, peu importait l'incroyable intimité qu'ils venaient de partager. Matteo restait un étranger pour elle, aussi distant qu'au premier jour.

10

Keira tourna la tête vers l'homme endormi à ses côtés. Le lit était immense, et tant mieux car le corps nu de Matteo en occupait quasi tout l'espace. La lumière du matin entrait à flot par les deux fenêtres, dont ils ne s'étaient pas donné la peine de fermer les volets avant de basculer sur le lit, la veille au soir. Derrière la vitre s'étendait un paysage verdoyant et, au-dessus de lui, l'azur infini d'un ciel sans nuages. C'était une matinée parfaite, succédant à la plus parfaite des nuits. Et pourtant...

Il fallait qu'elle parle. Absolument. Elle ne pouvait continuer ainsi, alors qu'un million de questions sans réponses fourmillaient dans sa tête.

Elle serra ses bras autour d'elle. Jamais elle n'aurait cru ressentir un jour ce que Matteo lui avait fait ressentir. Mais les jours passaient et le moment était venu d'affronter la réalité. Elle n'allait pas persister à prétendre que tout allait pour le mieux dans le meilleur des mondes juste parce qu'ils avaient passé une nuit incroyable ensemble. Il affirmait vouloir explorer la possibilité de former un couple. Or un couple, c'était plus que du sexe, si fabuleux soit-il. Comment ignorer plus longtemps le non-dit au cœur de leur relation que ni lui ni elle n'avait abordé ? Lui pour des raisons inconnues, et elle...

Elle reporta son attention sur le visage endormi de Matteo. Avait-elle peur de lui poser la question ? Était-ce cela, la raison ?

Ce qui aurait dû compter le plus entre eux était totalement occulté et cette situation semblait empirer de jour en jour. Matteo agissait comme si Santino n'existait pas. *Comme s'il n'avait pas de fils.* L'avait-il seulement serré dans ses bras ? C'est à peine s'il prenait de ses nouvelles ! Peu importait que Matteo satisfasse à de nombreux autres critères. Jamais elle ne soumettrait Santino à un tel traitement. Et compenser par son propre amour le manque d'intérêt de son père ne suffirait pas. Elle avait grandi dans une maison où on la considérait comme un fardeau. Hors de question d'imposer cela à son fils.

Ce qui ne lui laissait que deux choix : continuer à jouer l'autruche, ou mettre Matteo au pied du mur en l'obligeant à aborder le sujet. Bien sûr, elle ne porterait ni accusations ni jugement. Quoi qu'il lui dise, elle essaierait de comprendre. Son instinct lui soufflait que c'était très important.

Sans bruit, elle se glissa hors des draps et alla faire sa toilette. Lorsqu'elle revint dans la chambre, dents et cheveux brossés, Matteo était réveillé. Son regard de jais s'attacha à ses pas comme elle regagnait le lit.

— Salut, dit-elle timidement.

— C'est le moment où je te demande si tu as bien dormi et où tu me réponds « pas vraiment », non ?

Rougissant comme une écolière, elle se glissa en hâte sous la couette, pressée de soustraire son corps nu à l'érotisme troublant de son regard. C'était une chose d'être désinhibée dans l'obscurité. Mais, à la lumière du jour, elle se sentait beaucoup plus vulnérable. D'autant que Matteo, pressentait-elle, n'apprécierait pas du tout ce qu'elle s'apprêtait à lui demander. Même lorsqu'il l'attira dans ses bras, elle ne lui accorda qu'un bref baiser avant de reculer ses lèvres. Il avait besoin d'entendre ce qu'elle avait à dire, et le plus tôt serait le mieux.

— Matteo…

Son front se plissa.

— Pourquoi ai-je un mauvais pressentiment quand tu prononces mon nom ainsi ? demanda-t-il doucement.

Elle déglutit.

— Tu sais que nous devons rentrer en Ombrie tout à l'heure ?

— Raison de plus pour ne pas gâcher une seule seconde du temps qu'il nous reste.

Déjà, son pouce avait trouvé un mamelon, qui se hérissa docilement sous cette caresse sensuelle. Keira repoussa sa main.

— Il faut qu'on parle, dit-elle avec fermeté.

— Voilà d'où venait mon mauvais pressentiment...

Il se laissa retomber contre les oreillers, le regard méfiant.

— Pourquoi les femmes veulent-elles toujours parler au lieu de faire l'amour ?

— Parce que certaines choses ont besoin d'être dites.

Elle prit une profonde inspiration.

— J'aimerais te parler de mon enfance.

L'expression de Matteo fut plus qu'éloquente : ce n'était ni le moment ni l'endroit pour les confidences.

— J'ai rencontré ta tante, dit-il avec impatience. Tutrice ultra-sévère, maison exiguë, cousine jalouse... J'ai compris. Tu n'as pas eu une enfance joyeuse.

Keira secoua la tête. Elle devait se montrer entièrement honnête. Sinon, comment attendre de lui la même sincérité ? Mais ce qu'elle s'apprêtait à lui avouer n'était pas facile. Elle n'avait jamais raconté cette histoire à qui que ce soit. Pas même à sa tante. Surtout pas à sa tante.

— Ma mère n'était pas mariée et j'ignore qui est mon père, tu le sais, reprit-elle. Ce que je ne t'ai pas dit, c'est qu'elle aussi l'ignorait.

Le regard de Matteo se fit aussitôt attentif.

— De quoi parles-tu ?

Keira s'empourpra jusqu'au front. Elle se rappelait la honte de sa mère lorsqu'elle avait fini par tout lui déballer, incapable d'esquiver plus longtemps les questions curieuses de sa fille.

— Ma mère était en école d'infirmière, commença-t-elle. Elle était venue étudier à Londres, très loin de la ferme où elle avait grandi en Irlande. Elle était timide et très naïve, mais elle avait cette beauté typique des Irlandaises. Tu sais, les cheveux noirs, les yeux bleus...

— Comme les tiens ? intervint-il.

Elle secoua la tête.

— Oh ! non. Elle était beaucoup plus jolie que moi. Les hommes l'invitaient sans cesse à sortir. Mais elle préférait rester à la résidence à regarder la télévision. Jusqu'au jour où elle a accepté d'aller à une soirée avec un groupe d'infirmières. Ce n'était pas du tout son genre de fête. Tout le monde buvait trop et elle a voulu rentrer. Mais c'était trop tard. Quelqu'un avait déjà…

Les mots s'étranglèrent dans sa gorge.

— Déjà quoi ? l'encouragea Matteo, d'une voix si douce qu'elle en eut les larmes aux yeux.

— Quelqu'un avait drogué son verre, acheva-t-elle avec difficulté.

Aujourd'hui encore, ce passage sordide continuait à la répugner.

— Elle s'est réveillée seule dans un lit inconnu, avec une douleur entre les jambes. Quelque temps après, elle a découvert qu'elle était enceinte de moi.

Matteo lâcha un juron. Mais alors qu'elle s'attendait à ce qu'il se détourne d'elle avec dégoût, à sa surprise il tendit la main pour écarter une mèche tombée sur ses joues, puis l'enlaça étroitement contre lui.

— *Bastardo*, siffla-t-il entre ses dents, avant de le répéter avec plus de force.

Alors, enfin, elle libéra les sanglots qui lui brûlaient la gorge, comme jamais elle ne l'avait fait avant.

— Elle ne savait pas combien d'hommes avaient abusé d'elle, hoqueta-t-elle. Elle a dû aller à l'hôpital vérifier qu'elle n'avait pas attrapé de maladies. Bien sûr, on lui a proposé de…

Elle ravala ses larmes. À la façon dont Matteo avait crispé la mâchoire, elle comprit qu'elle n'avait pas besoin d'être plus explicite.

— Mais elle a refusé. Elle me voulait, acheva-t-elle simplement. Elle n'a jamais eu le moindre doute à ce sujet.

Il attendit qu'elle ait essuyé ses larmes avant de reprendre la parole.

— Pourquoi me raconter tout ça, Keira ? Et pourquoi maintenant ?

— Parce que j'ai grandi sans père, sans avoir d'autre choix. Ce n'est pas ce que je veux pour Santino.

Sa voix faiblit. L'expression de Matteo en aurait intimidé plus d'un, mais elle continua.

— Matteo, tu… tu ne sembles rien éprouver du tout pour ton fils.

Elle prit une grande inspiration.

— C'est à peine si tu l'as déjà touché, comme si tu ne supportais pas de l'approcher. J'aimerais comprendre pourquoi.

Matteo lâcha la jeune femme, tendu à l'extrême. Elle n'avait aucun droit de l'interroger. Et lui n'avait pas à répondre à ses questions indiscrètes. De quoi se mêlait-elle ? Il se rapprocherait de son fils quand il se sentirait prêt, pas avant. Ce n'était pas parce qu'elle lui avait déballé des détails de son passé qu'il devait en faire autant, si ? Mais dans ses yeux bleu saphir se lisait une profonde compassion, et son instinct lui soufflait qu'ils ne pourraient avancer tant qu'elle ne comprendrait pas ce qui avait fait de lui l'homme qu'il était.

Un goût amer lui tapissait la gorge. Tout le monde ne gardait-il pas enfoui en soi ses secrets les plus douloureux ? Qui sait s'il ne s'agissait pas d'un mécanisme de défense naturel contre certains événements trop sombres pour être exhumés au grand jour ?

— Ma mère est morte en me mettant au monde, annonça-t-il à brûle-pourpoint.

Les yeux de la jeune femme s'agrandirent.

— Oh ! Matteo, c'est terrible, murmura-t-elle.

Par chance, il disposait d'une réponse toute prête pour couper court à ce genre d'élan de compassion.

— Ce qu'on n'a jamais eu ne peut pas nous manquer, n'est-ce pas ? Et puis, j'ai eu trente-quatre ans pour m'y habituer.

— Mais…

Elle allait protester, puis parut se raviser et garda le silence, ce qui lui laissa le champ libre pour conclure sa tirade bien rôdée :

— Mourir en couches est rare, de nos jours. Ma mère n'a simplement pas eu de chance.

— Je suis désolée.

— Oui, j'ai cru comprendre.

Il choisit ses mots avec soin.

— Je n'ai jamais approché de bébé de ma vie. Alors, en prendre un dans mes bras… Mais tu as raison. Ce n'est pas seulement le manque d'expérience qui me rend si distant.

Sa mâchoire se crispa.

— C'est parce que j'ai mauvaise conscience.

— Mauvaise conscience ? répéta-t-elle avec surprise.

Il déglutit, et les mots mirent longtemps à sortir.

— Tout le monde affirme avoir aimé son enfant au premier

regard. Ce n'est pas ce qui s'est passé pour moi, avec Santino. Oh ! j'ai compté ses doigts et ses orteils et j'ai été soulagé de voir qu'il était en bonne santé. Mais je n'ai rien ressenti.

Il se frappa la poitrine du poing, à l'emplacement du cœur. La phrase suivante tomba comme un couperet :

— Et je ne suis pas sûr d'en être capable.

Keira accusa le coup. Tout s'expliquait. Et notamment sa colère lorsqu'elle lui avait caché sa grossesse. Et si l'histoire s'était tristement répétée ? Si elle était morte en couches comme sa mère ? Personne ne savait qui était le père de son bébé, dont elle avait gardé l'identité secrète. Santino aurait-il été adopté par sa tante et sa cousine, grandissant sans rien connaître de ses racines ?

La douleur dans les yeux de Matteo lui vrilla le cœur. Quelle enfance avait-il eue, ce puissant magnat privé de tant de choses ? Il n'avait jamais connu l'amour d'une mère, ni senti l'étreinte des bras maternels lors de ses quelques heures cruciales après la naissance où se tissait le lien mère-enfant. Qui avait bercé le petit Matteo pendant qu'on préparait le corps de sa mère pour son dernier voyage au lieu de se réjouir de son arrivée ? Pas étonnant qu'il ait si peu cherché à se rapprocher de son fils. Il ignorait comment s'y prendre.

— Ton père n'a-t-il pas tout fait pour compenser l'absence de ta mère ?

Il eut un rire jaune.

— Chacun fait face à sa manière. Certains n'y arrivent pas. Il m'a confié aux soins d'une ribambelle de jeunes nounous. Comme il couchait avec la plupart d'entre elles, elles ne restaient jamais très longtemps. Ou alors, c'est ma nouvelle belle-mère qui les congédiait. Mais il avait beau collectionner les maîtresses et enchaîner les remariages, il ne s'est jamais vraiment remis de la mort de ma mère. Elle a laissé un vide dans sa vie que rien n'a jamais su combler.

Keira ne pouvait détourner les yeux de son visage ravagé par la peine. Son père avait-il inconsciemment blâmé le nouveau-né de la mort tragique de sa femme bien-aimée ? Était-ce pour cette raison qu'ils n'étaient pas proches ? Et Matteo en avait-il voulu à son père de chercher à remplacer sa mère ? Qui sait si ses belles-mères successives n'avaient pas vu en lui le reflet omniprésent d'une femme contre laquelle elles n'avaient aucune chance de gagner ?

Une litanie de reproches était la dernière chose dont il avait besoin, réalisa-t-elle. Aujourd'hui pas plus qu'à l'époque. Ce qu'il lui fallait, c'était de la compréhension et de l'amour — à condition qu'il y soit réceptif. Elle posa une main sur ses biceps tendus, qui restèrent durs comme la pierre sous sa paume. Sans se laisser décourager, elle entreprit de les masser du bout des doigts.

— Alors, que faisons-nous, maintenant que tous les squelettes ont été exhumés des placards ? questionna-t-elle. Où allons-nous, Matteo ?

Il posa sur elle un regard franc, en dégageant son bras comme pour lui signifier que cette décision ne pouvait se prendre que loin de la distraction des sens.

— Ça dépend. Où veux-tu aller ?

Visiblement, il était ouvert à la négociation, ce qui, soupçonnait-elle, n'était pas habituel chez lui dans une relation. Car ils avaient bel et bien une relation. Et elle s'était renforcée malgré leur méfiance mutuelle, leurs blessures secrètes et un début peu prometteur. Cette relation avait le potentiel d'aller plus loin encore, à condition qu'elle, Keira, trouve le courage de prodiguer à Matteo l'affection dont il avait besoin, sans rien attendre en retour. Elle ne pouvait *exiger* qu'il apprenne à aimer son fils, seulement prier pour que cela arrive.

— J'irai n'importe où, souffla-t-elle. Tant que c'est avec Santino... et toi.

Elle se pencha pour l'embrasser.

Matteo n'avait jamais été embrassé ainsi de sa vie. C'était un baiser dénué de désir sexuel, uniquement empreint d'une promesse, celle de quelque chose d'inconnu qui faisait frémir ses sens. Il eut un murmure d'objection lorsqu'elle recula la tête, ses yeux *profondo blu* parfaitement sérieux. Au moins, quand elle ne l'embrassait pas, il retrouvait sa clarté d'esprit. Il ne comprenait pas ce qu'elle lui faisait ressentir, mais était-ce si important ? Dans la vie, on devait parfois sa réussite à son instinct autant qu'à son intelligence. N'avait-il pas acheté contre l'avis de tous certains hôtels devenus d'éclatants succès, simplement parce que, au fond de lui, il avait pressenti l'investissement gagnant ? N'était-ce pas un peu la même situation ?

— J'apprendrai à interagir avec mon fils, déclara-t-il.

— C'est un début.

La déception transparaissait dans l'expression de la jeune femme. De toute évidence, sa réponse n'était pas à la hauteur de ses attentes. Mais hors de question de lui promettre quoi que ce soit. Et s'il échouait ? Si rien ne parvenait à briser la glace qui emprisonnait son cœur ?

— Et je veux t'épouser, ajouta-t-il sans crier gare.

Cette fois, c'est la surprise qui se peignit sur ses traits, rapidement chassée par la méfiance, comme si elle avait mal entendu.

— M'épouser ? répéta-t-elle.

Il hocha la tête.

— Oui. Santino jouira ainsi de la sécurité que tu n'as jamais eue, même si notre relation ne dure pas. Il sera protégé par ma fortune, dont il héritera un jour. N'est-ce pas la solution idéale ?

Il la vit ciller frénétiquement pour refouler les larmes qui lui étaient montées aux yeux. Mais très vite, elle se ressaisit et acquiesça.

— C'est vrai, le mariage est l'option la plus raisonnable étant donné les circonstances, répondit-elle.

— Alors tu seras ma femme ?

— Oui. Mais si j'accepte, c'est uniquement pour Santino, afin de lui donner la légitimité qu'il mérite. Tu le comprends, n'est-ce pas, Matteo ?

Elle soutint son regard avec défi, comme si leur propre relation n'avait aucune importance. L'espace d'une seconde, il se demanda si l'un comme l'autre se montrait réellement sincère dans cet échange.

— Bien sûr, *cara mia*.

Sa voix se fit très basse.

— Je comprends parfaitement.

11

Keira se retourna en entendant des pas derrière elle. C'était Claudia, dans une jolie robe à fleurs au lieu de l'uniforme bleu qu'elle portait durant ses heures de travail.

— Tout va bien avec Santino ? s'enquit-elle aussitôt.

Plus par habitude que par crainte. Moins d'une heure plus tôt, elle avait elle-même habillé son fils pour le mariage qui s'apprêtait à avoir lieu.

Claudia sourit.

— Il va très bien, *signorina*. Son père joue avec lui en ce moment et lui apprend quelques mots en italien. Il est certain qu'il s'en souviendra quand il commencera à parler.

Keira sourit et se tourna vers le miroir pour un dernier ajustement à sa coiffure. Non que sa tenue de mariée eût la moindre importance, puisque cette union était purement pour la forme. Mais le père et la belle-mère de Matteo assisteraient à la brève cérémonie, aussi s'était-elle fait un devoir de soigner son apparence. Ne serait-ce que pour atténuer leur choc en découvrant la femme très ordinaire qu'épousait Matteo.

— Quel genre de mariage désires-tu ? lui avait-il demandé sur le trajet de retour de Rome.

— Et toi ? avait-elle éludé, préférant jouer la précaution.

Le rire cynique de Matteo lui avait donné raison.

— Une cérémonie intime, sans chichis. Je ne suis pas un grand fan des mariages.

Naturellement, elle était tombée d'accord avec lui, même si, au fond, ce n'était pas du tout ce qu'elle voulait. Toute femme ne rêvait-elle pas du grand jeu avec robe de princesse, fleurs et confettis ? Ou peut-être était-ce juste elle ? Le mariage lui avait toujours semblé paré d'une aura d'idéal, enfant. Peut-être à cause de cette photo trônant sur le buffet de sa tante, de cette jeune mariée avec son bouquet à la main, la toisant année après année. Elle se rappelait ses visites le dimanche après-midi, quand sa mère était encore en vie, où l'on s'extasiait invariablement sur la belle robe blanche de tante Ida et son voile amidonné.

— N'aurais-tu pas aimé un beau mariage comme le mien, Bridie ? soupirait Ida.

Sa mère répondait qu'elle n'avait que faire d'une cérémonie en grande pompe.

Keira avait cru penser de même… jusqu'à ce qu'elle accepte d'épouser Matteo. Et qu'elle réalise avec un pincement au cœur que ce mariage n'en était pas vraiment un. Il se réduisait à un simple contrat légal dans l'intérêt de leur fils. Rien qui ne soit inspiré par l'amour, le dévouement ou le désir de passer le reste de sa vie auprès d'une seule personne. Cela ne comptait pas vraiment. En tout cas, pas pour Matteo.

Et pour elle ?

Elle lissa sa veste avec un soupir. Le plus troublant n'était pas son désir soudain de porter une longue robe blanche avec un joli bouquet entre les mains. Non. C'était l'évolution de ses sentiments pour Matteo. Était-ce parce qu'elle le comprenait un peu mieux, désormais ? Parce qu'il lui avait laissé entrevoir la vulnérabilité qui se cachait derrière la façade implacable qu'il présentait au monde ? Peut-être. Mais elle s'interdisait les faux espoirs. Pas question de perdre son temps en attentes irréalistes. L'important était d'être une bonne partenaire. De donner à Matteo l'affection dont il avait besoin, en toute discrétion. Et qui sait si la glace entourant son cœur ne fondrait pas un peu, juste assez pour lui livrer passage ?

Matteo faisait de son mieux pour changer, elle le savait. Dans les jours qui avaient suivi leur retour de Rome, il avait méticuleusement accordé à son fils toute l'attention dont il l'avait privé jusque-là. Parfois, c'est lui qui se levait la nuit quand Santino se réveillait, coupant court d'un baiser à ses protestations ensommeillées. Il lui arrivait de lui donner un biberon, et il avait même changé sa couche une fois, non sans marmonner que cette tâche était davantage dans les cordes d'une femme.

Mais en l'observant dans son rôle paternel, Keira n'avait pu que se rendre à l'évidence. Ces gestes, il les accomplissait mécaniquement. Il était un bon père comme il était un bon amant, parce qu'il excellait en tout. C'était le sens du devoir qui le motivait. Le cœur n'y était pas, cela crevait les yeux.

Tant qu'elle l'accepterait, elle survivrait.

Elle se détourna du miroir, en se demandant si elle n'avait rien oublié. Le père de Matteo, Massimo, et sa femme Luciana étaient arrivés tardivement en raison des embouteillages à Rome. La cérémonie à la mairie étant fixée à midi, Keira avait tout juste eu le temps d'échanger quelques politesses avec eux et de leur présenter leur petit-fils. Elle était stressée, bien sûr. Qui ne l'était pas à la perspective de rencontrer ses futurs beaux-parents, surtout le matin même de son mariage ?

Massimo affichait une carrure d'ours, plus imposante encore que celle de Matteo, mais la ressemblance dans les yeux était frappante. Sa future belle-mère, Luciana, était une femme élégante d'une cinquantaine d'années, passionnée de chirurgie esthétique à en juger par son apparence un peu trop juvénile.

Keira ramassa sa pochette et descendit au rez-de-chaussée. Son cœur battait à tout rompre tant elle se sentait nerveuse. Était-ce parce qu'elle avait surpris le regard incrédule de Luciana lorsqu'elles avaient été présentées ? Se demandait-elle comment cette petite Anglaise sortie de nulle part avait réussi à mettre le grappin sur un magnat italien ?

Mais l'expression de Matteo comme elle s'avançait dans le vestibule fit voleter des papillons dans son ventre. Ses yeux s'assombrirent et un sourire appréciateur incurva ses lèvres. Il prit sa main dans la sienne et y déposa un baiser.

— *Sei bella, mia cara. Molta bella.*

Il disait cela parce que ce genre de compliment était attendu de la part du marié, se persuada Keira. Un frisson de plaisir lui remonta pourtant l'échine. Elle avait envie que Matteo la regarde et la trouve belle, bien sûr. Elle n'était pas stupide. Son désir ne lui était pas acquis. Une fille comme elle devrait toujours redoubler d'efforts pour entretenir la flamme. Leola, la styliste, était venue de Rome avec une sélection de tenues de mariage, et Keira avait choisi la plus appropriée à l'événement. Écartant fermement les robes blanches de princesse, elle avait opté pour un style fonctionnel. Le tissu gris argenté de la robe et de la veste évoquait le givre d'un matin d'hiver, mais seyait à merveille à son teint et ses cheveux noirs. Seuls les escarpins turquoise et la pochette assortie apportaient une touche de couleur, car elle avait refusé de porter un bouquet, malgré l'insistance de Leola.

Au moins, Massimo Valenti semblait sous le charme de son petit-fils. Dans la voiture qui les emmenait à la mairie, il passa le trajet tout sourire à babiller avec le bébé. Keira s'étonnait qu'il n'ait pas été plus proche de son propre fils. Mais ce n'était pas le moment de se poser ce genre de question. Ils étaient arrivés et Matteo attendait pour la présenter à l'interprète, ainsi que l'exigeait la loi italienne.

Vingt minutes plus tard, elle ressortait de l'édifice mariée. Sur le seuil de la mairie, Matteo l'attira dans ses bras, les deux mains sur sa taille. Ce simple contact suffit pour qu'elle se liquéfie de désir.

— Alors, qu'est-ce que ça fait d'être la *signora* Valenti ? lui susurra-t-il.

Les yeux dans ceux de Matteo, Keira sentit son cœur s'emballer.

— Repose-moi la question dans une semaine, souffla-t-elle, la gorge nouée. Pour l'instant, c'est encore un peu irréel.

— Ceci t'aidera peut-être à réaliser, *mia sposa*...

Et là, sous le drapeau italien claquant au vent, il captura ses lèvres dans un baiser qui ne laissait aucun doute quant à son regret de ne pas se trouver dans un lieu plus intime, de préférence nu et en position horizontale. Keira sentit son désir s'allumer au diapason du sien. Il semblait ne jamais se lasser d'elle, à sa stupéfaction. Ne le lui prouvait-il pas tous les soirs en couvrant du sien son corps frémissant ? Et n'était-ce pas suffisant, au fond ? Durant tout le trajet de retour, elle garda les yeux fixés sur son alliance, qui luisait à son annulaire à chacun de ses gestes. Était-ce sa nature profondément circonspecte qui l'incitait à se demander si leur relation était aussi superficielle que le glaçage en sucre de leur gâteau de mariage ?

Pourtant, lorsqu'il la souleva dans ses bras pour franchir le seuil, tout avait l'air si réel. Et, dans l'ombre du vestibule, il pressa une pressa une main sur son cœur tambourinant. Keira s'humecta les lèvres en sentant ses tétons se durcir instantanément.

— Tu n'as jamais rêvé d'avoir une baguette magique pour faire disparaître tout le monde ? murmura-t-il.

La caresse sur son mamelon se fit plus insistante. Un frisson la traversa.

— N'est-ce pas un peu... antisocial, comme attitude ?

— Je me sens très antisocial, là, tout de suite.

Sa bouche effleura la courbe de sa mâchoire pour venir taquiner ses lèvres.

— J'ai envie d'être seul avec ma femme...

Elle lui rendit son baiser, le cœur empli d'espoir à ses mots. Avait-elle tort d'espérer, le jour de son mariage ?

— N'est-ce pas toi qui, un jour, m'as vanté les vertus de l'attente ? le taquina-t-elle. Voilà l'occasion de mettre ta théorie à l'épreuve.

Matteo la libéra en riant. La flamme dans ses yeux bleus contredisait indubitablement sa moue sévère. Il secoua la tête. Quel sort lui avait-elle jeté ? Il était rompu aux ruses féminines, mais Keira n'en usait d'aucune. Elle n'agissait pas de façon délibérément provocante, ni ne possédait cette aura de vanité des femmes sûres de leur emprise sexuelle. Au contraire, en public, elle se montrait modeste, réservée. Au lit, elle devenait un volcan. Et il aimait cela. Elle l'envoûtait autant qu'elle le déstabilisait. Il voulait toujours plus. Mais *quoi* ? C'était la réponse qui lui manquait. Elle était comme un breuvage qui apaisait sa gorge sèche sans jamais étancher sa soif.

À l'abri des regards sous l'escalier, il caressa son ventre. Difficile de croire qu'un enfant avait grandi sous cette chair lisse et ferme.

— Je veux que tu saches que tu es une mère incroyable, souffla-t-il. Santino a beaucoup de chance.

Il lut la surprise derrière le soudain éclat de ses yeux. Elle semblait remuée.

— Ne dis pas des choses comme ça, murmura-t-elle. Je dois retourner faire la conversation à ton père et ta belle-mère, je te signale. Quelle impression vais-je leur faire si tu me fais pleurer ?

Il ignora sa protestation. Il avait quelque chose à lui dire, quelque chose qui était peu à peu devenu une certitude. Il lui devait au moins cela.

— Je n'aurais pas dû t'emmener à Rome comme je l'ai fait, en t'obligeant à te séparer du bébé, admit-il. Même si nous avons une excellente nourrice. C'était beaucoup demander à une jeune mère déjà loin de son pays.

Il crut qu'elle allait se mettre à pleurer en la voyant se mordre la lèvre. Mais elle sourit, et son sourire l'enveloppa de sa douce chaleur malgré le froid de cette journée hivernale.

— Merci, dit-elle, un léger trémolo dans la voix. C'est parce que tu es capable de ce genre de confession que je t'aime.

Il se figea.

— Vraiment ?

Une expression horrifiée passa sur ses traits.

— Oh ! non, je ne voulais pas dire...

— Ah, murmura-t-il. Dommage.

Keira se persuada qu'il ne faisait que la taquiner en le suivant dans le salon. Mais elle flottait sur un nuage. Elle reprit un Santino grognon des bras de Massimo et le berça distraitement contre sa poitrine. Matteo venait-il vraiment d'admettre qu'il avait eu tort et qu'elle était une bonne mère ? C'était moins l'aveu qui la touchait que sa volonté d'accepter le fait que tout le monde puisse se tromper. C'était un grand pas en avant.

Et elle ? Ne venait-elle pas de baisser sa garde au point de lui dire qu'elle l'aimait ? Oh ! pas dans une grande déclaration, ni dans l'attente d'une réponse réciproque. Elle l'avait dit avec affection, car Matteo avait besoin d'entendre ces mots. Combien de fois lui avait-on dit « je t'aime » quand il était enfant ? Trop peu, soupçonnait-elle.

Encore étourdie par leur conversation, elle refusa la coupe de champagne qu'on lui tendait au profit d'une boisson douce-amère à l'orange. Santino continuait à pleurnicher dans ses bras, ce qui ne lui ressemblait pas. L'excitation de la journée, sans doute. Discrètement, elle s'éclipsa dans la nursery pour le changer, lui donner son biberon et le bercer jusqu'à ce qu'il s'endorme, puis enfin le coucher avec précaution dans son berceau.

Elle allait sortir quand la vue de Luciana la fit sursauter. Elle s'était brusquement matérialisée sur le seuil de la nursery, précédée par un nuage de parfum coûteux. S'était-elle perdue ou espérait-elle faire un câlin à Santino ? Un frisson d'appréhension traversa Keira car un étrange sourire flottait sur les lèvres de sa belle-mère.

— Tout va bien, Luciana ? s'enquit-elle avec la courtoisie de rigueur.

Luciana haussa les épaules.

— À vrai dire, je suis un peu déçue que mon fils et sa famille n'aient pas été invités aujourd'hui.

— Oh. C'est-à-dire… Vous voyez ce qu'il en est.

Elle eut un sourire nerveux, car Matteo avait laissé entendre que lui et son demi-frère, Emilio, se méprisaient cordialement.

— Nous souhaitions un mariage en tout petit comité.

— *Sì.*

Luciana souleva une photo de Santino dans son cadre d'argent, qu'elle se mit à étudier avec attention.

— Naturellement, ça aurait été très difficile pour Emilio…

— Difficile ?

Elle reposa la photo.

— Au vu des circonstances.

Keira cilla sans comprendre.

— Quelles circonstances ?

— La clause dans le testament de mon mari, bien sûr, répondit Luciana en arquant un sourcil parfaitement dessiné.

L'appréhension de Keira monta d'un cran. Son cœur battait à tout rompre lorsqu'elle demanda :

— Quelle clause ?

— Matteo ne vous en a pas parlé ? Oh ! ce n'est guère étonnant. Il a toujours été si secret…

Son expression se fit sournoise.

— Vous êtes au courant que cette maison appartenait à la première épouse de Massimo, n'est-ce pas ?

— À la mère de Matteo ? Oui, bien sûr, répondit Keira avec raideur. C'est ici qu'elle est née et qu'elle a grandi. Matteo y est très attaché pour cette raison.

Luciana haussa les épaules.

— Depuis que Matteo a dix-huit ans, Massimo l'autorise

généreusement à utiliser le domaine comme s'il était le sien. C'est un peu son second chez-lui.

Elle marqua une pause.

— Mais les hommes, en vieillissant, ressentent souvent l'envie de laisser quelque chose d'eux derrière eux. Je parle bien sûr de perpétuer le nom des Valenti, expliqua-t-elle, le regard brillant de malice. Je suis moi-même grand-mère. Je comprends très bien ce désir.

Keira grimaça.

— Pour être honnête, je ne vois pas du tout où vous voulez en venir, Luciana.

— Ah, je constate que vous n'êtes au courant de rien. C'est très simple, continua-t-elle avec un sourire froid. Matteo aime cette maison pour des raisons évidentes, mais elle ne lui appartient pas. Et Massimo l'a menacé de léguer le domaine à mon fils s'il ne produisait pas un héritier portant le nom des Valenti.

Elle eut un nouveau haussement d'épaules.

— Je me demandais s'il serait prêt à sacrifier sa liberté pour un enfant. Il a toujours manifesté un certain… *dédain* pour les femmes. Et pourtant, vous voilà. Une charmante petite Anglaise fraîchement débarquée avec son bébé dans les bras, et récompensée de sa contribution par une bague au doigt. La solution idéale à tous les problèmes de Matteo !

— Vous voulez dire que Matteo aurait perdu la maison sans un héritier ?

— Exactement. Tant mieux pour lui, tant pis pour mon fils. C'est la vie, conclut-elle avec un énième haussement d'épaules.

Keira avait les membres en coton tant elle était sous le choc. Elle s'obligea à se ressaisir. Sa priorité était d'esquiver la compagnie toxique de Luciana avant de dire ou faire quelque chose qu'elle risquait de regretter.

— Je vous prie de m'excuser. Je dois retourner à la réception, balbutia-t-elle.

Était-ce son imagination ou Luciana paraissait-elle déçue ? Aucune importance. Elle survivrait à cette journée avec sa dignité intacte. Matteo l'avait épousée afin de mettre la main sur le domaine. Eh bien, qu'il savoure sa victoire. Elle serait de courte durée. Mais à quoi bon faire une scène le jour de son mariage ?

Tant bien que mal, elle surmonta ce long après-midi, un sourire crispé aux lèvres en réponse au regard interrogateur de Matteo, tandis que chacun sauf elle se délectait du somptueux repas de mariage. Était-ce parce qu'il pressentait que quelque chose n'allait pas qu'il ne la quittait pas des yeux ?

C'est avec soulagement qu'elle vit Massimo et Luciana prendre congé. Une boule lui monta à la gorge lorsque Massimo la serra affectueusement dans ses bras. Laissant à Matteo le soin de libérer Paola et le reste du personnel, elle s'empressa d'aller coucher Santino pour la nuit, en mettant beaucoup plus de temps que nécessaire.

Enfin, elle se décida à quitter la nursery pour regagner la chambre et retirer sa robe de mariée, les mains moites de stress. Encouragée par Leola, elle avait prévu de surprendre Matteo avec la robe de soirée la plus courte qu'elle ait jamais portée. Une robe lui arrivant juste en dessous des fesses, pour le plaisir de ses yeux seuls, comme un ultime adieu au garçon manqué qu'elle avait été. Elle imaginait déjà son regard appréciateur lorsqu'il la découvrirait ainsi… Mais c'est un jean et un sweat qu'elle enfila à la place. Pourquoi faire un effort alors qu'elle se sentait si *laide*, maintenant qu'elle connaissait la vraie raison de leur mariage ?

Elle n'avait qu'une envie : se réfugier dans son lit et se pelotonner sous sa couette, coupée du reste du monde. Mais bien sûr, ce n'était pas possible. Une seule ligne de conduite s'offrait à elle, et jamais elle ne s'était sentie aussi nerveuse qu'en se dirigeant vers le salon à l'arrière de la maison donnant sur les jardins. Matteo l'attendait, debout près de la cheminée, sexy en diable dans son smoking anthracite. *Faites qu'il ne me touche pas*, pria-t-elle en silence, alors que son corps, lui, ne demandait que cela. Sans doute perçut-il le conflit qui l'agitait car il plissa les yeux sans chercher à l'approcher.

— Quelque chose ne va pas.

Ce n'était pas une question, mais une affirmation. Keira s'accorda quelques secondes avant de répondre. Avant que tout bascule. Quelques secondes durant lesquelles ils pouvaient encore être de jeunes mariés à l'aube d'un avenir empli de promesses.

— En effet. J'ai eu une conversation édifiante avec Luciana, tout à l'heure.

Elle prit une profonde inspiration. Soudain, les mots se bousculaient sur ses lèvres.

— Pourquoi ne pas m'avoir dit que tu ne m'épousais que pour mettre la main sur un héritage ? Que cette maison ne t'appartiendrait qu'à condition que tu produises un héritier légitime ? J'aurais compris, si tu avais eu les tripes de m'en parler.

Il l'enveloppa d'un regard d'acier, sans même ciller.

— Parce que l'héritage n'avait plus d'importance. Je t'ai épousée car je tiens à toi et à notre fils. Je veux que nous bâtissions un avenir tous ensemble.

Oh ! comme elle aurait voulu le croire ! La jeune fille qui avait rêvé d'une longue robe blanche et d'un énorme bouquet ne souhaitait rien tant que s'accrocher à cet espoir. Mais c'était impossible. Il lui était arrivé d'avoir l'impression que Matteo se contentait de lire un script. C'était exactement ce qui se passait maintenant.

« Je tiens à toi et à notre fils. »

Il avait prononcé ces mots comme un robot programmé pour énoncer la bonne réponse. Pas comme un homme s'exprimant avec le cœur. Mais son absence d'empathie n'était pas le problème. Keira était au courant depuis le début. Elle avait appris la raison qui l'avait rendu ainsi et, confiante en l'avenir, elle s'était préparée à faire des concessions. Et pendant tout ce temps, il l'avait utilisée comme un vulgaire pion dans l'unique but de récupérer son héritage !

— J'ai bien compris que tu n'étais pas homme à te livrer facilement, reprit-elle d'un ton accusateur. Mais combien d'autres personnes vont-elles surgir de l'ombre pour m'apprendre des choses que j'ignorais ? Peux-tu imaginer ce que j'ai ressenti en découvrant de la bouche de Luciana que tu m'avais amadouée pour me convaincre de t'épouser ? Je croyais que tu avais à cœur l'avenir de ton fils. Mais non ! Tu ne songeais qu'à récupérer un domaine dont tu estimes qu'il te revient de droit ! Tu ne veux pas vraiment une famille. Tu m'as utilisée comme… comme un vulgaire incubateur !

— Il y a un défaut de taille dans ton argumentation, grinça

Matteo. Si je tiens tant à hériter du domaine, pourquoi n'ai-je pas eu un enfant avec quelqu'un d'autre bien avant de te rencontrer ?

— Parce que je crois que tu n'aimes pas vraiment les femmes, articula-t-elle. Ou peut-être ne les comprends-tu simplement pas. Tu n'as jamais connu ta mère. C'est normal que tu l'aies idéalisée. Mais elle avait des défauts, comme nous toutes. Seulement, tu n'as pas eu l'occasion de t'en rendre compte. Aucune de nous ne lui serait jamais arrivée à la cheville et peut-être est-ce pour ça que tu fuis les relations sérieuses.

Elle inspira profondément.

— Puis je suis arrivée, et ce qui ne devait être qu'une aventure d'un soir t'a donné l'héritier qu'il te fallait. Plus besoin de te fatiguer à séduire une femme dont tu n'avais que faire, n'est-ce pas, Matteo ? Un véritable cadeau du ciel ! Et tu n'auras pas eu à fournir le moindre effort !

Matteo pâlit.

— Tu me crois donc à ce point sans cœur ?

Elle haussa les épaules.

— Je ne sais pas, Matteo. Peut-être est-ce vrai que tu tiens à nous. Mais ce n'est pas la question. Grandir sans père a été difficile pour moi, mais je savais au moins à quoi m'en tenir. Toi, tu n'as pas été honnête.

Elle déglutit.

— J'ai l'impression d'être reléguée dans l'ombre de ta vie, comme quelqu'un en coulisses observant l'action sur scène. Je vois comment tu es avec le bébé, avec moi. On croirait que tu donnes une représentation. Rien n'est réel. Ce qui se comprend si Santino et moi n'étions qu'un outil pour parvenir à tes fins.

Matteo accusa le coup. Personne ne lui avait jamais parlé avec une telle franchise.

— Pour un si petit bout de femme, tu ne retiens pas tes coups, n'est-ce pas, Keira ?

— La vérité est tout ce qui nous reste, répliqua-t-elle avec lassitude. Tu as obtenu ce que tu voulais, Matteo. Tu es marié. Ton fils a été légitimé. Le nom des Valenti sera perpétué, et tu hériteras du domaine. Tu n'as plus besoin de moi.

Matteo serra les dents. Son premier réflexe fut de lui dire qu'elle avait raison. Il n'avait besoin de personne. Il n'avait *jamais* eu besoin de qui que ce soit, car il n'avait eu personne sur qui compter en grandissant, personne avec qui tisser un lien fort. Pourquoi cela changerait-il maitenant ? Mais une émotion inconnue travaillait sa conscience et quelque chose au plus profond de son être lui soufflait que, cette fois, c'était différent.

— Et si je te disais que j'ai besoin de toi ? dit-il d'une voix éraillée.

Les yeux de la jeune femme s'agrandirent — deux océans *profondo blu* empreints de méfiance.

— Vraiment ?

Il n'en fallut pas plus à Matteo pour remettre les choses en perspective. Il n'avait pas le droit de lui faire de fausses promesses. Elle méritait mieux que cela. *Tiens-t'en aux faits*, s'exhorta-t-il. Les faits, cela le connaissait. Il n'avait qu'à lui exposer tous les avantages à rester ici, à ses côtés.

— Bien sûr, répondit-il. D'un point de vue logistique, c'est la meilleure option.

— D'un point de vue logistique ? répéta-t-elle d'une petite voix.

Il haussa les épaules.

— C'est mieux pour Santino si nous vivons tous ensemble sous le même toit, comme une famille. Ou préférerais-tu qu'il ne voie son père que pendant les vacances et les jours fériés ?

— Vu comme ça, convint-elle, le visage dénué d'expression.

— Et puis, je t'ai épousée, Keira. Avec mon nom et ton alliance, ton avenir est assuré. Tu n'auras plus jamais à t'inquiéter sur le plan financier.

— Tu crois que c'est de ça qu'il s'agit ? D'argent ? répliqua-t-elle, la voix tremblante.

— Pas uniquement, non. Mais ça compte pour beaucoup. Et nous avons d'autres raisons de préserver notre mariage.

Un sourire sensuel incurva ses lèvres.

— As-tu oublié cette incroyable alchimie sexuelle entre nous ? Tu es la femme la plus passionnée que j'aie jamais eue dans mon lit.

Elle le fixa comme s'il l'avait giflée. Comme si devant elle se tenait un parfait étranger.

— Tu ne comprends vraiment rien à rien, Matteo. Tu m'énumères toutes les raisons de rester avec toi, sans mentionner la seule qui compte réellement !

Ses yeux bleus jetaient des éclairs. Il se sentit blessé, mais aussi étrangement soulagé. C'était fini, il n'avait plus à essayer. Elle allait partir et emmener leur fils avec elle. Il lui faudrait apprendre à l'accepter. À quoi bon prolonger une relation qui le faisait souffrir ? Ne s'était-il pas juré de ne plus jamais laisser quiconque l'affecter de la sorte ?

Il leva les deux paumes en l'air en signe de reddition.

— Entendu, Keira. Que veux-tu ?

En voyant ses lèvres trembler, il se prit à espérer qu'elle fasse marche arrière et atténue le coup qu'elle venait de lui porter. Mais ses mots réduisirent instantanément cet espoir en fumée.

— Je veux que nous nous séparions.

C'était mieux ainsi, se persuada-t-il. Autant retourner à la vie qu'il connaissait, à la personne qu'il savait être, plutôt que courir après le rayon de soleil que Keira avait apporté à son existence.

— Dis-moi ce que tu comptes faire en termes pratiques, dit-il d'un ton impassible.

Il vit sa gorge se nouer.

— Je veux rentrer à Londres le plus tôt possible et louer quelque temps avant d'acheter, répondit-elle. Mais ne t'inquiète pas, Matteo, je me contenterai de subvenir à nos besoins. Je ne dilapiderai pas ta fortune.

Même ces mots lui firent mal, car il ne pouvait même pas l'accuser de cupidité. Son argent ne l'avait jamais intéressée, réalisa-t-il. La somme qu'il avait inconsidérément laissée sur la table de chevet, lors de leur première nuit, elle en avait fait don à une boutique solidaire. Et ne s'était-elle pas farouchement opposée à ce qu'il lui achète une nouvelle garde-robe ? Keira était une perle, rare et précieuse. Mais pour eux, c'était trop tard. Son expression froide et distante ne laissait aucun doute à ce sujet. *Alors laisse-la partir*, pensa-t-il. *Rends-lui sa liberté. C'est le moins que tu puisses faire.*

— Je vais arranger ça, déclara-t-il. En contrepartie, je veux que tu me promettes de ne pas m'empêcher de voir mon fils.

La surprise se peignit sur ses traits. S'était-elle secrètement attendue à ce qu'il coupe tout lien avec la chair de sa chair ?

— Bien sûr. Tu pourras voir Santino autant que tu le souhaites, dit-elle avec douceur. Jamais je ne te priverai de ton fils, Matteo. J'espère même que tu viendras souvent le voir, car il a besoin de toi. Tu es son père.

Une boule d'émotion lui nouait la gorge lorsqu'il s'écarta de la cheminée.

— J'aimerais aller lui dire bonne nuit, maintenant.

— Bien sûr.

Elle fit mine de le suivre.

— Seul, précisa-t-il.

Matteo avait le cœur lourd en entrant dans la nursery, que la veilleuse baignait d'une douce lumière rosée. Il contempla son fils endormi un long moment. Il se rappelait la première fois qu'il l'avait vu. Il avait compté mécaniquement ses doigts et ses orteils, sans rien ressentir. C'était différent, cette fois. Il distinguait à peine les contours du bébé, tant sa vision était brouillée. Trop tard, son cœur s'était dégelé, submergé par un flot d'émotions puissantes. La sensation était à la fois magique et incroyablement douloureuse. Dans son berceau, Santino remua tandis que ruisselaient sur sa couverture les larmes de son père.

12

Il pleuvait lorsque Keira rentra de sa promenade avec Charlie. Alors qu'elle détachait la laisse du chien, elle remarqua l'enveloppe sur la console du vestibule, où Claudia avait dû la poser. Elle fit la grimace. Une de plus.

L'enveloppe comportait un timbre italien et une étiquette « par avion » qui semblait lui faire de l'œil. Prestement, elle la glissa dans un tiroir avec toutes les autres. Elle ne pouvait se résoudre à les jeter. Mais pas question de les lire non plus, car elles provenaient toutes de Matteo. Elle avait reconnu son écriture. Pourquoi prendre le risque de creuser un peu plus l'abîme dans son cœur ? D'ailleurs, pourquoi lui écrivait-il alors qu'elle avait expressément requis que toute correspondance se fasse par avocats interposés ? Monsieur était-il trop arrogant pour se plier à sa demande ?

Comme si elle ne peinait pas déjà assez à se maintenir à flot… À refouler ses larmes, le soir, dans son lit vide, tant les bras chauds de son mari autour d'elle lui manquaient. Elle avait résolu de consacrer toute son énergie à être la meilleure mère possible pour Santino. Comment y arriver si elle empêchait la blessure de son cœur de se refermer en songeant sans cesse à Matteo ?

Elle s'était attendue à ce que sa détermination à rester en contact avec son fils faiblisse après son départ d'Ombrie. Mais à sa surprise, il n'en était rien. Il leur avait déjà rendu visite deux fois en seulement quinze jours. Les deux fois, elle s'était absentée de la maison en confiant le bébé à Claudia. Cette chère Claudia, qui n'avait pas hésité une seconde à l'accompagner dans ce difficile retour dans son Angleterre natale…

Peut-être était-ce lâche de sa part de ne pas faire face à l'homme avec qui elle n'avait même pas partagé une nuit de noces. Mais elle s'en fichait. Tout ce qui comptait était leur bien-être, à elle et à Santino. Un jour, elle espérait avoir la force de le recevoir avec la plus parfaite indifférence. Mais, pour l'instant, elle redoutait trop d'éclater en sanglots et de lui avouer combien il lui manquait.

Grâce à l'argent de la séparation, elle louait une jolie maison dotée d'un jardin et d'un porche d'entrée individuel. Le genre de maison de Notting Hill où elle déposait ses jeunes élèves de pensionnat huppés lorsqu'elle était chauffeur chez Luxury Limos. Elle avait aussi acheté un chien, une petite boule de poils hirsute avec une oreille de travers et les yeux les plus tristes au monde. Le personnel du refuge lui avait expliqué qu'il avait été battu et était devenu craintif. Mais à peine l'avait-il aperçue qu'il s'était précipité vers elle en poussant des jappements plaintifs. Charlie était la meilleure chose qui lui soit arrivée depuis son retour en Angleterre. L'adopter avait renforcé sa détermination à offrir à Santino la plus belle enfance possible, celle qu'elle n'avait jamais eue, avec une mère et un chien toujours là pour l'accueillir quand il rentrait de l'école.

Après avoir enlevé son manteau trempé de pluie, elle monta à la nursery, où Claudia était en train de coucher Santino. La nourrice se redressa à son arrivée, les joues étrangement roses. Keira se pencha sur le berceau. Devant le visage ensommeillé de son fils, elle sentit son cœur déborder d'amour.

— Il a l'air heureux, murmura-t-elle en plantant un baiser sur sa joue soyeuse.

— Il a de quoi, dit Claudia. Vous l'avez emmené faire une belle promenade, ce matin.

— J'ai bien fait. Au moins, on a évité la pluie.

Il y eut un silence tandis qu'elle tirait les rideaux.

— Cela vous ennuierait si je partais un peu plus tôt, aujourd'hui ? demanda Claudia.

— Non, pas du tout.

Keira sourit. Elle n'ignorait pas que Claudia s'était beaucoup rapprochée d'un certain homme rencontré à l'ambassade d'Italie.

— Un rendez-vous, peut-être ?

Claudia pressa un index sur ses lèvres en souriant. Keira était si occupée à ranger la nursery qu'elle ne s'aperçut pas que la nourrice avait quitté la pièce, mais elle entendit le claquement de la porte d'entrée. Elle éteignit la lumière et s'apprêtait à descendre quand son portable vibra dans sa poche. Elle fronça les sourcils en découvrant le nom sur l'écran. Matteo.

Une colère noire s'empara d'elle. Elle lui avait défendu de lui écrire et il passait outre. Et voilà qu'il l'appelait alors qu'elle le lui avait interdit aussi ! Pourquoi maintenant, alors qu'elle venait juste de recevoir une autre de ses lettres indésirables ? Elle décrocha.

— Il y a intérêt à ce que ce soit une urgence, l'avertit-elle.

— C'en est une.

Sa voix s'accompagnait d'un étrange écho qui la laissa perplexe.

— Eh bien ?

— J'ai besoin de te voir.

Elle aussi avait besoin de le voir, mais rien de bon ne sortirait d'une telle entrevue. Elle ne ferait que raviver son désir pour ce qu'elle ne pouvait avoir. Et un homme capable de persuader une femme de l'épouser dans le seul but d'hériter d'une maison était la dernière chose dont elle avait besoin.

— Je croyais que nous avions décidé que c'était une mauvaise idée.

— Non, Keira. C'est toi qui l'as décidé.

Toujours cet écho bizarre... Keira prit un temps de réflexion. Ne valait-il pas mieux accepter de le voir et régler cela une bonne fois pour toutes ? Endurcir son cœur le temps d'écouter ce qu'il avait à dire ?

— Très bien, dit-elle enfin. Fixons un rendez-vous...

— Non, la coupa-t-il. Tout de suite.

— Comment ça, tout de suite ?

— Je veux te voir maintenant.

— Matteo, tu es en Italie et je suis en Angleterre. Alors à moins que tu n'aies découvert le secret de la téléportation, ça risque d'être difficile.

— Je suis en bas.

Elle se figea.

— Pardon ?

— Je suis en bas. Je monte.

L'écho se fit plus fort. Keira se rua hors de la nursery, le cœur battant. Là, dans l'escalier, apparut Matteo, son portable collé à l'oreille. Il coupa la communication et rangea l'appareil dans sa poche, l'air plus sérieux que jamais.

— Salut.

Cette approche décontractée ne parvenait pas à masquer sa tension, visible sur ses traits. Elle avait envie de se jeter sur lui pour marteler son torse de ses poings, encore et encore. Mais surtout, elle avait envie d'attirer son visage vers le sien pour l'embrasser à en perdre le souffle.

— Que fais-tu ici ? questionna-t-elle.

— J'ai besoin de te parler.

— Et tu avais besoin d'être si théâtral ? Tu m'as flanqué une de ces trouilles !

Elle plissa des yeux soupçonneux.

— Tu n'as pas la clé, il me semble.

— Non.

— Alors comment es-tu entré ?

— Claudia m'a fait entrer avant de partir.

— *Claudia ?* répéta-t-elle, furieuse. Pourquoi ferait-elle une chose pareille ?

— Parce que je le lui ai demandé.

— Et parce que tu l'as payée, je parie ?

— Non.

Il prit une vive inspiration.

— Elle a accepté parce que j'ai le cœur brisé.

Keira crut avoir mal entendu. Matteo ne pouvait avoir prononcé ces mots. Elle était trop occupée à essayer de s'éloigner de la nursery afin de ne pas réveiller Santino pour avoir vraiment prêté attention à ce qu'il disait.

— Suis-moi, lui intima-t-elle.

Matteo suivit le mouvement chaloupé de ses fesses dans l'escalier. À chacun de ses pas décidés, sa longue queue-de-cheval noire se balançait dans son dos. Son langage corporel n'augurait rien de bon, pas plus que son attitude. À quoi s'attendait-il ? À ce qu'elle saute de joie en le voyant et le serre chaleureusement dans ses bras, comme si aucune trahison n'avait jamais eu lieu ? Sa gorge se serra. Il s'était promis d'y aller en douceur, en jouant selon ses règles à *elle*. Mais elle n'hésiterait pas à l'écarter à jamais de sa vie s'il lui en donnait l'occasion.

Il ne pouvait pas se le permettre.

Ils entrèrent dans un joli salon haut de plafond, dominé par un immense sapin de Noël qui scintillait de mille feux devant l'une des hautes fenêtres. Il embaumait l'air de sa fragrance boisée, ses branches vertes décorées de lumières et de minuscules étoiles tandis qu'à sa cime se déployait un ange aux fines ailes de tulle. Des cadeaux ornés de rubans colorés s'amoncelaient à son pied, comme une invitation à se réunir pour les déballer en famille. Mais lui n'avait pas sa place dans cette scène. Il était encore l'étranger. L'enfant sans mère qui ne s'était jamais senti concerné par Noël.

Alors que vas-tu faire pour changer ça, Valenti ?

Keira s'était tournée vers lui. Pendant un instant, ils se mesurèrent du regard tels deux combattants dans l'arène.

— Tu voulais me parler ? Alors parle, le pressa-t-elle. Pourquoi t'es-tu introduit chez moi ?

— Tu n'as pas répondu à mes lettres.

Elle hocha la tête et sa queue-de-cheval dansa sur ses épaules.

— Je t'avais prévenu que toute correspondance se ferait par avocats interposés.

— Tu crois vraiment que ça intéresse mon avocat de savoir que je t'aime ? répliqua-t-il d'une voix grave.

Les lèvres de la jeune femme s'entrouvrirent, mais elle les referma aussitôt.

— Et que tu me manques plus que je ne l'aurais jamais cru possible ? continua-t-il avec feu. Que ma vie me paraît vide sans toi ?

— Ne me fais pas perdre mon temps avec tes mensonges, Matteo.

— Ce ne sont pas des mensonges. C'est la vérité.

— Je ne te crois pas.

— Je m'en doutais.

Il inspira profondément.

— C'est pour cette raison que je t'ai écrit ces lettres.

— Ah, les lettres...

— Je sais que tu les as reçues, car j'ai demandé à Claudia.

Qu'en as-tu fait, Keira ? Les as-tu jetées ? Y as-tu mis le feu pour les regarder partir en fumée ?

Elle secoua la tête.

— Non. Je les ai toutes gardées.

— Pourrais-tu aller les chercher ?

Au mot « chercher », Charlie déboula dans la pièce en agitant la queue, les yeux emplis de curiosité devant ce nouveau venu. Matteo s'accroupit et tendit la main vers le petit chien, qui s'en approcha prudemment, au grand agacement de Keira. Revoir Matteo lui avait fait un choc. En sa présence, ses défenses déjà fragiles s'affaiblissaient dangereusement. Elle accepta donc sa requête, ne serait-ce que pour sortir de la pièce un moment, le temps de se ressaisir et calmer les battements furieux de son cœur.

Elle revint quelques minutes plus tard, la pile d'enveloppes entre les mains, et trouva Matteo occupé à caresser le terrier. Charlie émit un gémissement de protestation lorsqu'il se redressa. Comment diable avait-il réussi à amadouer si vite ce chiot si peureux ? Peut-être parce que Charlie avait été découvert gigotant dans un sac au bord de la route, seul survivant de sa portée. Lui aussi avait grandi sans mère, songea-t-elle, une boule d'émotion dans la gorge.

— Voilà, dit-elle en lui tendant les lettres.

— Tu n'as pas envie de les ouvrir ?

— Pas spécialement, non.

— Dans ce cas, je vais te dire de quoi elles parlent, continua-t-il en prenant la pile, sans la quitter des yeux une seule seconde. Ce sont toutes des lettres d'amour, sauf une.

L'ombre d'un soupçon vint voiler ses yeux saphir.

— Qu'est-ce que c'est, alors ? Une lettre d'insultes ? plaisanta-t-elle.

— Je suis sérieux, Keira.

— Moi aussi. N'importe qui peut griffonner sur un bout de papier des mots qu'il ne pense pas.

— Alors laisse-moi te résumer leur contenu en quelques mots, persista-t-il. Quatre, pour être exact. Je t'aime, Keira. Je vais les répéter afin de dissiper tout malentendu. Je t'aime. J'ai été un idiot. *Uno scemo !* J'aurais dû me montrer sincère avec toi dès le début...

Il inspira et expira profondément.

— Tout garder en moi est la seule façon d'être que je connais.

Mais, crois-moi, Keira, quand je t'ai demandé de m'épouser, je ne pensais plus à la maison. Je ne songeais qu'à toi. Et c'est toujours le cas. Je n'arrive pas à te sortir de ma tête. S'il te plaît, Keira, donne-moi une autre chance. Donne-*nous* une autre chance, à toi, moi et Santino. C'est tout ce que je te demande.

Elle garda le silence un long moment. Lorsqu'elle reprit la parole, elle le fit en secouant la tête, comme s'il lui demandait l'impossible.

— *C'est tout ?* souffla-t-elle. Après tout ce qui s'est passé ? Te rends-tu compte de ce que tu me demandes ?

— Absolument. Je veux que tu sois ma femme pour de vrai, et que nous soyons totalement sincères l'un envers l'autre, dorénavant. C'est ce que je désire le plus au monde.

Sa voix se fit plus grave.

— Mais, pour ça, il faut que mes sentiments soient réciproques. Le jour de notre mariage, dans l'ombre d'un escalier, tu m'as murmuré que tu m'aimais. Le pensais-tu ?

Keira pinça les lèvres tant elles tremblaient. Évidemment qu'elle le pensait ! La question était : et lui ? L'aimait-il réellement ou s'agissait d'une nouvelle ruse ? Celle d'un homme manipulateur résolu à ramener dans sa vie son héritier légitime, ou trop fier pour laisser une femme le quitter ? Quelque chose au fond d'elle refusait de croire qu'il soit venu aujourd'hui pour un motif aussi sordide. Le désarroi qu'elle lisait dans ses yeux était bien réel. Mais n'était-il pas trop tard pour eux ? Auquel cas, Matteo disparaîtrait à jamais de sa vie, libre de refaire la sienne avec une autre femme pendant qu'elle se morfondrait, incapable de l'oublier…

Non, pas question de laisser cela se produire. Comment ignorer la flamme dans son cœur, et l'étincelle d'espoir qui venait de s'y rallumer ?

— J'ai essayé de ne pas t'aimer, admit-elle. Mais c'est impossible. Je pense à toi tout le temps. Tu me manques tellement… Je t'aime, Matteo. Et je serai ta femme, à une condition.

Elle le vit se raidir.

— Tout ce que tu veux.

Elle allait lui faire promettre de ne plus jamais la blesser, puis se ravisa. Les peines et les obstacles n'étaient-elles pas le prix à payer pour le véritable amour ? On s'efforçait de les surmonter ensemble, en faisant front commun. À quoi bon ressasser le passé et son lot d'amertume ? Ce n'était pas ainsi qu'on allait de l'avant. Alors au lieu de lui demander l'impossible, elle lui caressa doucement la joue.

— Je veux que tu me fasses l'amour, murmura-t-elle, des larmes de joie dans les yeux. Et convaincs-moi que c'est réel, cette fois.

— Tu veux dire, là, tout de suite ?

Elle hocha la tête.

— Immédiatement, même.

Il encadra son visage de ses mains et la contempla un long moment avant de parler.

— À la femme qui m'a tout donné car, sans toi, je ne suis rien. *Ti amo, mi sposa.* La plus belle épouse dont un homme puisse rêver...

L'instant d'après, ses lèvres s'écrasaient sur les siennes dans un baiser passionné.

Épilogue

Derrière la fenêtre, le ciel saupoudrait de nouveaux flocons l'éblouissant tapis blanc qui recouvrait déjà les jardins. Keira poussa un soupir rêveur. C'était rare que la neige tienne dans cette partie de l'Ombrie. Elle n'avait jamais rien vu d'aussi magique. Enfin, sauf peut-être une fois...

Elle déposait quelques paquets au pied du sapin de Noël lorsque Matteo entra dans la pièce, ses cheveux noirs parsemés de flocons. Il revenait du jardin, où il avait apporté la dernière touche à un bonhomme de neige, qui serait la première chose que verrait Santino en regardant par la fenêtre le lendemain matin. Le premier vrai Noël de leur fils, s'émerveilla Keira. L'année précédente, il était trop jeune pour comprendre, et elle...

À vrai dire, elle non plus ne se souvenait guère de son dernier Noël. Elle et Matteo avaient été trop occupés à se redécouvrir l'un l'autre. Tout était différent, maintenant que les masques du passé étaient tombés. Ils étaient désormais libres d'exprimer tout haut ce que leur soufflait leur cœur.

Matteo lui avait donné le choix entre vivre à Londres, Rome ou en Ombrie. Keira avait opté pour le chaleureux domaine ayant appartenu à sa mère. C'était plus sain pour Santino de grandir à la campagne. D'autant qu'ils avaient adopté un adorable chat noir nommé Luca qui, contre toute attente, était devenu pour le terrier Charlie un compagnon dévoué.

Mais ce n'était pas la seule raison de son choix. Ce domaine était le lien rattachant Matteo à ses racines. Il représentait continuité et stabilité, deux choses qui avaient cruellement manqué à leurs vies respectives jusque-là. Qui sait si, un jour, Santino n'entendrait pas l'appel de ses ancêtres ? Peut-être déciderait-il de développer la ferme en cultivant ses innombrables hectares de terres fertiles plutôt que de faire carrière dans les affaires comme son père. Et dire que ce magnifique endroit avait failli disparaître de la famille...

Keira avait découvert que la première lettre que lui avait envoyée Matteo durant leur séparation contenait le descriptif de la maison réalisée par une agence immobilière. Matteo avait mis le domaine en vente afin de lui prouver qu'il ne signifiait rien pour lui si elle n'était pas à ses côtés. Naturellement, ils avaient aussitôt retiré l'annonce malgré la pluie de propositions reçues, avant de décider d'en faire leur adresse permanente.

— Pourquoi souris-tu ? demanda Matteo en la tirant debout.

— Ai-je besoin d'une raison ? répliqua-t-elle sans se départir de son sourire.

Elle soupira.

— Je suis heureuse, Matteo. Plus heureuse que je ne l'aurais jamais cru possible.

— Quelle coïncidence. Je ressens exactement la même chose.

Il se mit à lui masser doucement les épaules, une caresse qui ne manquait jamais de l'émoustiller.

— T'ai-je dit récemment que je t'aimais, *signora* Valenti ?

Elle fit mine de réfléchir.

— Mmh, il se pourrait que tu l'aies mentionné avant de sortir construire ton bonhomme de neige. Pour information, je t'aime aussi. Passionnément.

Il pencha la tête et l'embrassa avec fougue. Après un moment, elle détacha ses lèvres des siennes pour les presser contre son menton rugueux.

— As-tu parlé à ton père ? s'enquit-elle.

— Oui. Il est impatient de venir déjeuner demain. Il arrivera un peu après 11 heures, avec sa nouvelle compagne. Il a ajouté que nous devions nous préparer à une certaine différence d'âge...

Keira gloussa en posant la tête sur son épaule. Massimo avait divorcé de Luciana au printemps et elle mentirait si elle disait s'en être attristée. Non seulement son ex-belle-mère avait été une fauteuse de troubles, mais elle s'était également révélée infidèle. Un soir, quelques jours après le jugement conditionnel du divorce et alors que Matteo était en voyage d'affaires, Keira et son beau-père avaient dîné ensemble à Rome. Il lui avait avoué que ce n'était pas par manipulation qu'il avait menacé Matteo de le déshériter s'il ne produisait pas un héritier, mais par crainte de le voir se replier sur lui-même et finir seul avec ses millions.

— Puis tu es arrivée et tu l'as sauvé. Tu l'as rendu heureux. Je ne t'en remercierai jamais assez, Keira, avait-il conclu, une fêlure dans la voix. Je sais que je n'ai pas été un bon père quand il était enfant...

Il était devenu silencieux un moment, le regard perdu dans le vague.

— Sa mère me manquait atrocement, et lui... eh bien, il lui ressemblait tellement que ça me faisait mal, parfois, de le regarder.

— Le lui avez-vous dit, Massimo ? avait-elle murmuré en posant une main amicale sur la sienne. Je crois que vous le devriez.

C'est ce qu'il avait fait. Le père et le fils avaient eu l'échange à cœur ouvert qu'ils auraient dû avoir des années plus tôt. Depuis, ils s'étaient beaucoup rapprochés.

Keira revint au présent en sentant la main de Matteo s'égarer vers ses fesses. Il salua le fait qu'elle porte si souvent des robes, désormais. C'est vrai qu'elle aimait cela, même si elle n'avait aucun mal à ressusciter le garçon manqué en elle. Et nul doute qu'elle en aurait besoin, si Santino jouait au football autant que Matteo l'espérait !

— Veux-tu ton cadeau de Noël ce soir ? susurra-t-elle en se lovant contre lui.

— C'est une offre qui ne se refuse pas, je me trompe ?

— Disons que je le porte sous cette robe et qu'il va falloir le déballer pour... Hé !

Elle gloussa comme il l'entraînait déjà vers la chambre.

— Je ne voulais pas dire tout de suite !

— Dommage, fit Matteo sans ralentir le pas. Moi aussi, j'ai un cadeau pour toi et il ne peut pas attendre.

À vrai dire, c'étaient *deux* cadeaux qu'il avait pour elle. Le premier attendait dans le garage, entouré d'un énorme nœud rouge : une Ferrari de course Spider 1948 laissée à l'abandon, qu'il avait traquée avec difficulté et acquise pour une petite fortune, car

Keira lui avait un jour fait part de son rêve de restaurer de belles voitures vintage. Et rien ne lui tenait plus à cœur qu'exaucer les rêves de sa femme.

Quant au second... Eh bien, il lui fallut d'abord venir à bout d'un très affriolant ensemble string et corset, qu'il déchira dans sa hâte à le dégrafer. Mais dès qu'elle fut nue, il se fit un devoir de lui offrir le plus inoubliable des réveillons de Noël.

Il attrapa ensuite son jean par terre et, la gorge nouée par l'émotion, sortit de sa poche un petit écrin qu'il ouvrit. Sur le coussin de velours étincelait comme une étoile un magnifique solitaire blanc.

— Qu'est-ce que c'est ? balbutia-t-elle au milieu des draps froissés.

Il souleva sa main gauche et glissa le solitaire à son annulaire, juste au-dessus de l'alliance.

— Je ne t'ai jamais offert de bague de fiançailles, n'est-ce pas ? Ni un mariage de rêve, d'ailleurs. Une cérémonie civile à la mairie, ce n'est pas ce que nous aurons envie de raconter à nos petits-enfants.

Il déposa un baiser sur chacun de ses doigts.

— Alors je me demandais si tu accepterais que nous renouvelions nos vœux dans mon église favorite de Rome. Tu porterais une robe blanche de princesse et nous donnerions une grande réception. Sauf si tu n'en as pas envie... C'est comme tu préfères. Ce que je veux dire, c'est... Keira Valenti, veux-tu m'épouser de nouveau ?

Keira n'avait que faire d'une cérémonie en grande pompe. C'est ce qu'elle allait répondre, avant de changer d'avis. Ce n'était pas la vérité. Et Matteo et elle ne s'étaient-ils pas promis de toujours être sincères l'un avec l'autre, désormais ? Et puis, un mariage n'était-il pas l'occasion de se réconcilier et d'oublier ses vieilles rancunes ? Devenir mère l'avait changée. Adoucie. Elle réalisait aujourd'hui que si sa tante s'était montrée stricte quand elle était enfant, elle lui avait aussi évité l'orphelinat en lui offrant le foyer dont elle avait tant besoin. Pour cette seule raison, ne devait-elle pas beaucoup à sa tante Ida ? Peut-être le moment était-il venu de les inviter en Italie, elle et Shelley, afin de partager avec elles son bonheur, et faire découvrir à Santino ses racines maternelles.

Elle noua les bras autour du cou de Matteo, le cœur serré par l'émotion.

— Oui, Matteo, souffla-t-elle. Je serai fière de t'épouser et de prononcer devant nos familles et amis ces trois mots dont je ne me lasserai jamais : je t'aime.

Des larmes de bonheur lui embuèrent les yeux.

— Et je t'aimerai pour le restant de mes jours.

RACHAEL THOMAS

L'enfant d'une nuit

Traduction française de
ÉLISA MARTREUIL

AZUR
HARLEQUIN

Titre original :
A CHILD CLAIMED BY GOLD

Ce roman a déjà été publié en 2018.

1

Le visage fouetté par le vent glacial de son pays natal, Nikolaï Cunningham attendait sur le quai de la gare l'arrivée d'Emma Sanders. C'était à cause de la photographe qu'il était de retour en Russie alors qu'il avait fui la région il y a longtemps.

Le ciel, d'un gris de plomb annonciateur de nouvelles chutes de neige, semblait refléter la colère qui le consumait. Une parfaite inconnue l'avait obligé à revenir vers une famille qu'il avait depuis longtemps rayée de sa vie.

Lorsqu'il avait appris que sa grand-mère paternelle Marya comptait accorder une interview à la journaliste du magazine *Le Monde en photos*, son sang n'avait fait qu'un tour.

Il avait alors décidé de revenir dans la ville de Vladimir, qu'il avait quittée quand il n'avait que dix ans pour s'installer à New York avec sa mère Anna.

Si de l'eau avait coulé sous les ponts depuis, l'ombre des événements qui avaient précédé leur départ planait toujours au-dessus d'eux. Et il n'était pas question pour lui de laisser cette Emma Sanders déterrer des secrets de famille pour les étaler sur la place publique.

S'il était là aujourd'hui, c'était pour protéger sa mère contre les éventuelles révélations que Marya pourrait faire au sujet de sa bru, qu'elle n'avait jamais aimée. Il se préparait donc à quelques jours pénibles.

Dans un grondement métallique, le train en provenance de Moscou entra en gare. De son poste d'observation un peu à l'écart, il scruta les passagers qui descendaient des wagons en tentant de reconnaître Mlle Sanders d'après la photo qu'il avait vue d'elle sur Internet. Soudain, il la repéra. Emmitouflée comme elle l'était, avec seulement ses yeux et son front visibles entre une chapka en fausse fourrure et une grosse écharpe, elle aurait pu passer pour une Russe. Mais les regards inquiets qu'elle jetait autour d'elle et sa main gantée crispée sur la poignée de sa petite valise la signalaient comme étrangère à Vladimir.

S'armant de courage, il resserra le col de son manteau et se dirigea vers la visiteuse, résolu à se débarrasser le plus vite possible de cette épreuve.

— Mademoiselle Sanders ? dit-il en s'arrêtant devant elle.

— Monsieur Petrouchov ?

À l'étonnement de Nikolaï, la voix de cette inconnue lui rappela l'air frais et cristallin d'une matinée d'hiver en Russie, le vert de ses yeux, les profondeurs des forêts russes en été. Dérouté par cette apparition, il ne prit conscience qu'au bout de quelques secondes de la façon dont elle s'était adressée à lui.

Son irritation monta d'un cran. Certes, cette Mlle Sanders avait de beaux yeux, mais elle ne s'était pas bien renseignée. Cela faisait dix-sept ans qu'il avait abandonné le patronyme honni de Petrouchov pour adopter celui de son beau-père : Cunningham.

— Nikolaï Cunningham, rectifia-t-il. Vous avez fait bon voyage ?

— Oh ! pardon ! Et oui, tout s'est très bien passé, merci, monsieur Cunningham.

Bien qu'elle affiche un air perplexe, il s'abstint de lui expliquer pourquoi lui, un Russe pure souche, portait un nom de famille anglo-saxon. Cela ne la regardait en aucune façon.

Elle était grande et dotée d'yeux envoûtants, mais sa beauté ne suffirait pas à dissiper son agacement.

— Vous êtes la photographe du *Monde en photos*, je suppose ?

La femme qui, à l'instigation de sa grand-mère, venait fouiner dans leur histoire familiale, sans nul doute pour servir sa carrière.

— Appelez-moi Emma, je vous en prie, fit-elle en lui tendant une main gantée.

Sans répondre à son geste, il plongea son regard dans le vert chatoyant de ses yeux. De quelle couleur étaient ses cheveux, cachés sous son bonnet en fourrure ? Une chose était sûre : la photo sur Internet ne lui avait pas rendu justice. En réalité, Emma Sanders était superbe.

À l'irritation de Nikolaï contre cette journaliste se mêla de la colère contre lui-même. Il n'allait tout de même pas succomber aux charmes d'une femme qui détenait le pouvoir de bouleverser sa vie et de nuire à sa mère ! Si Emma Sanders ignorait probablement à quel point elle pourrait leur faire du tort, c'était à lui de s'assurer qu'elle ne le découvre jamais. Il avait donc prévu quelques sorties, et comptait sur la beauté de l'hiver russe pour détourner Emma de son projet de rencontre avec Marya.

Il s'arracha à la contemplation de la jeune femme. La couleur de ses yeux réveillait bien trop de souvenirs de ses étés à Vladimir.

— Mettons-nous à l'abri du vent, dit-il. Je me suis permis de réserver une chambre dans le même hôtel que vous, de façon à vous être aussi utile que possible.

Ses motivations réelles étaient bien sûr nettement moins chevaleresques : il cherchait à contrecarrer la tentative de sa grand-mère de déshonorer sa famille. Grâce à l'atmosphère intime et presque romantique de l'hôtel, il espérait gagner la confiance de la photographe.

— Merci. C'est très gentil de votre part.

Ravi de son stratagème, il lui rendit son sourire. Encore quelques jours de cette situation absurde, puis il rentrerait à New York et oublierait cet épisode.

— L'hôtel dispose d'un salon très confortable. Vous pourrez m'exposer là-bas les renseignements dont vous avez besoin pour votre article.

— Excellente idée.

Au-dessus de l'écharpe qui lui masquait le bas du visage, des étincelles jaillirent dans les yeux d'Emma, et Nikolaï se figura qu'elle lui souriait. Une image qui suscita en lui des émotions très différentes de la colère qui couvait depuis qu'il avait appris l'initiative de Marya auprès du *Monde en photos*.

— Vous permettez ? dit-il en se saisissant des bagages d'Emma.

Une simple petite valise et une sacoche de photographe. Ouf ! Elle ne projetait donc pas de prolonger son séjour au-delà des trois jours prévus par le magazine pour rencontrer sa famille.

Enfin… Sa famille… Quelle plaisanterie !

— Merci.

Comme elle écartait son écharpe, Nikolaï découvrit son sourire… et ses lèvres. L'envie foudroyante de les embrasser le traversa. Il la réprima aussitôt. Ce n'était pas le moment de se laisser dominer par ses pulsions, surtout avec cette femme.

— Par ici, mademoiselle Sanders, dit-il en se refusant à l'appeler par son prénom comme elle l'y avait invité.

Là-dessus, il partit d'un pas rapide vers l'hôtel sans plus se soucier d'elle.

— Contrairement à vous, je ne suis pas habituée à des températures aussi basses, fit-elle quand ils pénétrèrent dans le salon où flambait un feu réconfortant.

— Je vis à New York, mademoiselle Sanders.

— Oh ! pardon. J'avais supposé que vous habitiez ici avec votre grand-mère.

Il l'observa tandis qu'elle enlevait son écharpe, puis sa chapka qui avait emprisonné de longs cheveux noirs. L'espace d'un instant, de nouveau submergé par le désir, il oublia le danger que représentait cette reporter. Mais il se reprit bien vite. Il ne devait pas toucher à cette femme. Tant pis pour sa réputation — justifiée — de don Juan.

— Un conseil, mademoiselle Sanders : ne supposez jamais rien. Ne prenez rien pour acquis.

Malgré lui, il avait parlé sur un ton beaucoup plus cassant qu'il ne l'aurait souhaité. Elle leva vers lui des yeux intrigués.

— Je sais, monsieur Petrouchov. La vie s'est chargée de me l'apprendre.

— Cunningham, la corrigea-t-il sèchement une nouvelle fois.

Mais, devant le ton résigné d'Emma et l'éclair de peur qui avait traversé son beau visage, Nikolaï, pris de scrupules, se reprocha son agressivité. Et cela d'autant plus qu'il valait mieux pour lui jouer la carte du charme, s'il voulait dissuader Emma Sanders de s'intéresser de trop près à l'histoire des Petrouchov.

Qu'avait-elle voulu dire exactement par sa remarque ? Que la vie ne s'était pas toujours montrée tendre avec elle ? Intrigué, il se garda cependant de lui poser la question, de peur de l'entraîner dans une conversation trop intime, susceptible de l'amener lui-même à des révélations personnelles.

— Dans ce cas, nous nous comprenons, se contenta-t-il de commenter.

Comme il l'aidait à enlever son manteau, ses doigts frôlèrent accidentellement les siens, et ce contact lui fit l'effet d'une délicieuse caresse. De surprise, Emma retira vivement sa main, et ses lèvres pulpeuses joliment maquillées s'entrouvrirent. Nikolaï ne pensa plus alors qu'à l'embrasser, à lui offrir un vrai baiser. De ceux qui mènent inéluctablement à d'autres étreintes.

Que lui arrivait-il, bon sang ?

Elle s'écarta. Son visage au teint pâle s'était soudain empourpré, le vert de ses yeux avait foncé, évoquant maintenant la couleur de la mer. Aucun doute : elle aussi avait senti passer entre eux ce fluide magnétique. Avec n'importe quelle autre femme, Nikolaï aurait cédé à la tentation sans l'ombre d'une hésitation. Mais cette Emma Sanders était une épée de Damoclès au-dessus de la tête de sa mère et de la sienne. Alors, il devait garder ses distances avec elle !

— Oui. Oui. Absolument. Nous... nous comprenons.

Elle était troublée. C'était certain. Pourquoi ne pas utiliser cette indéniable attirance pour la détourner de son projet initial ?

Quelle imbécile ! s'invectiva Emma. Quasiment incapable d'aligner deux mots ! Dès qu'elle avait vu Nikolaï Cunningham, elle s'était sentie inexplicablement attirée par lui et avait perdu ses moyens, malgré la froideur initiale qu'il avait affichée. Mais quelque chose venait de changer entre eux. Un courant était passé.

Elle pensa à Richard, l'homme dont elle avait espéré qu'il deviendrait davantage qu'un ami, et le compara à ce parangon de masculinité. Richard était d'une beauté incontestable mais rassurante. Nikolaï, lui, n'était pas seulement doté d'un physique avantageux, il respirait la sensualité et la puissance. Il paraissait occuper la totalité de la pièce, pourtant spacieuse. Son seul regard éveillait chez elle des sensations entièrement nouvelles. Mais elle devait garder la tête froide et ne pas oublier que la réussite de sa mission dépendait de lui.

Les quelques jours à venir détermineraient sa carrière de photographe et, plus important encore, l'obtention d'un poste au *Monde en photos*. Elle avait besoin de ce travail qui lui assurerait le salaire régulier indispensable pour que Jess, sa sœur cadette, réalise le rêve de sa vie : devenir danseuse. Après une existence chaotique où elles avaient été ballottées de famille d'accueil en famille d'accueil, elles méritaient toutes les deux de trouver le bonheur. Et si Jess était heureuse, alors Emma le serait aussi.

— Je vous accompagnerai chez Marya Petrouchov, ma grand-mère. Mais d'abord, je vous emmènerai prendre des photos dans la région.

À la façon dont Nikolaï avait prononcé le nom de sa grand-mère, Emma devina aussitôt l'existence de tensions entre eux. Avaient-ils souvent l'occasion de se voir, malgré leur éloignement géographique ?

— J'ai aussi besoin de clichés de votre grand-mère et vous, monsieur Petrouchov, précisa-t-elle en le regardant droit dans les yeux. Ainsi que d'autres membres de la famille, si possible.

Selon les instructions de son employeur, elle devait pénétrer au cœur de cette famille russe pour étudier comment ces gens avaient réussi à bâtir une fortune en quelques dizaines d'années seulement. Si elle échouait, elle pouvait dire adieu à son poste et à tout espoir de payer à Jess sa formation dans l'une des meilleures écoles de danse de Russie. Elle avait pourtant vu comme un signe favorable du destin le fait que cette école se situe à seulement une nuit de train de Vladimir.

Mais à présent, en écoutant Nikolaï dicter ses règles et prendre les manettes, elle était saisie de doutes.

Sans compter qu'il l'intimidait. Oh ! bien sûr, elle ne le lui montrerait pas ! Trop dangereux avec un homme manifestement habitué à commander. Elle devrait au contraire s'imposer, si elle voulait mener à bien sa tâche.

— Il ne reste personne d'autre de la famille, mademoiselle Sanders, dit-il en l'escortant vers de confortables fauteuils disposés devant la cheminée.

Que n'aurait-elle donné pour lire dans ses pensées ! Malheureusement son regard noir qui la troublait de façon si inexplicable demeurait indéchiffrable.

— Une photo de votre grand-mère et vous…

Sa phrase mourut d'elle-même quand il se pencha vers elle dans une proximité qui la déstabilisa.

— Non, asséna-t-il avec une colère contenue qui se réverbéra dans la pièce telle la détonation d'un pétard.

Puis, comme s'il avait soudain pris conscience de la dureté de sa fin de non-recevoir, il se cala dans son fauteuil pour s'expliquer :

— Cela fait des années que je n'ai pas vu ma grand-mère, mademoiselle Sanders. Alors, oubliez votre idée de tirer le portrait d'une famille soudée et aimante.

La situation prenait mauvaise tournure. Le regard déterminé et soupçonneux de Nikolaï ne laissait aucun doute : il ne plaisantait pas.

— Écoutez, monsieur Petrouchov… Pardon, Cunningham, reprit-elle en remarquant la crispation de la mâchoire de Nikolaï.

Une nouvelle erreur qui n'allait pas l'aider à entrer dans ses petits papiers. Elle devait à tout prix faire plus attention, si elle voulait boucler rapidement son article pour aller rendre visite à sa sœur à Perm.

— Je ne comprends pas ce qui vous gêne dans ma démarche, poursuivit-elle vaillamment en affrontant Nikolaï du regard. Je suis venue ici pour faire mon travail. Votre grand-mère a donné son accord au *Monde en photos* pour être interviewée et photographiée, et je suis payée pour ça.

Pourquoi donc avait-elle accepté de s'occuper de l'interview, au lieu de s'en tenir à son rôle de photographe ? La réponse était simple : pour aider sa sœur.

Nikolaï la dévisageait à présent, s'attardant un peu trop longtemps sur ses lèvres. L'air semblait crépiter entre eux, et Emma n'avait conscience de rien d'autre que de leur proximité troublante.

Que lui arrivait-il ? Ce n'était vraiment pas le moment de se laisser séduire par un homme, et encore moins par celui-là.

Pendant toute son adolescence, elle avait obstinément respecté la promesse qu'elle s'était faite de résister à toute tentation d'aventure amoureuse. Puis elle avait rencontré Richard, un collègue photographe et le premier homme à lui prêter un tant soit peu d'attention. Pendant deux ans, elle avait espéré que leur relation dépasserait le stade de l'amitié. En vain. Dépitée, elle était restée sur le bord du chemin à le regarder sortir avec d'autres femmes.

— Et il est de mon devoir de m'assurer que votre irruption dans notre vie ne perturbera pas ma famille, mademoiselle Sanders.

— Je vous assure que je ne cherche à perturber personne.

Le regard noir et implacable de Nikolaï rappela à Emma la leçon qu'elle avait apprise auprès de sa mère, avant d'être placée avec sa sœur en famille d'accueil : « on ne combat pas le feu par le feu ». Mieux valait donc ne pas attaquer Nikolaï de front, si elle voulait écrire son article.

— Je vous présente mes excuses, dit-elle, tête baissée. Pouvons-nous repartir de zéro ?

Comment pouvait-elle passer d'une seconde à l'autre d'une indignation farouche — et très excitante — à cette docilité ? s'étonna Nikolaï, mis sur ses gardes par la brusquerie de ce revirement.

— Vous voulez que nous sortions dans le froid pour nous serrer de nouveau la main ? ne put-il s'empêcher de demander.

Il fut récompensé de sa plaisanterie par les joues rosies d'Emma et le pétillement de ses yeux. Son regard lui évoquait maintenant les rayons de soleil printaniers qui pénètrent dans l'épaisseur de la forêt pour ricocher sur le vert tendre des feuilles.

— Je n'y tiens pas, non, répondit-elle en riant. Mais nous pourrions reprendre notre conversation au début. Commandons une boisson chaude et essayons de voir comment nous pourrions nous être mutuellement utiles.

Elle manigançait quelque chose, pressentit Nikolaï. Elle essayait de le manipuler pour parvenir à ses fins. Comme son ex-fiancée, avec qui il avait rompu lorsqu'il avait compris qu'elle ne s'intéressait à lui que pour son argent.

— Je ne vois pas en quoi vous pourriez m'être utile, mademoiselle Sanders. Cela dit, d'accord. Buvons quelque chose de chaud pendant que je vous donnerai le programme des prochains jours.

Sans lui laisser le temps de protester, il appela un serveur et commanda du thé. Une boisson qu'il ne consommait plus depuis son départ à New York, mais que ses souvenirs d'enfance lui faisaient désirer aujourd'hui. Voyant une lueur de surprise dans les yeux d'Emma, il se rendit compte qu'il venait même d'utiliser spontanément sa langue maternelle, celle qu'il avait parlée avant que le secret de sa mère ne vienne faire voler son monde en éclats !

Un secret qui l'obsédait. Le même qu'il soupçonnait sa grand-mère de vouloir divulguer au magazine. Aussi retorse et sadique que son fils Fedor — son père à lui —, Marya s'était arrangée pour l'obliger à revenir en Russie, afin qu'il assiste à la scène.

— Je vous en prie, appelez-moi Emma, répéta-t-elle en se calant dans son fauteuil. Et moi, me permettez-vous de vous appeler Nikolaï ?

— Oui, répondit-il sèchement.

Il était furieux contre lui-même de sa fascination pour les longues jambes d'Emma, mises en valeur par son jean moulant.

— J'ai la nette impression que cet entretien avec votre grand-mère vous dérange, Nikolaï. Pourtant, c'est elle qui a pris contact avec *Le Monde en photos*. Craindriez-vous ce qu'elle pourrait révéler ?

— Quelle perspicacité !

Dire qu'il avait cru pouvoir la manipuler en usant de son charme ! De toute évidence, il l'avait largement sous-estimée. Elle avait joué les candides et les timides. Exactement comme son ex-fiancée, Emma était capable de se faire passer pour une femme qu'elle n'était pas, afin d'atteindre son objectif.

— Peut-être pourrions-nous parvenir à un compromis qui me permettrait de recueillir de la matière pour mon article sans trahir un secret familial.

À ces mots, elle le considéra avec un haussement de sourcils satisfait. Elle croyait avoir gagné ? Grand bien lui fasse ! Mais elle ne perdait rien pour attendre...

— À une condition, dit-il en portant sa tasse de thé à ses lèvres.

Il crut déceler dans ses yeux une lueur d'appréhension. De la peur, même.

— Laquelle ?

— Je voudrais que vous m'expliquiez pourquoi mon travail représente autant pour vous. Je voudrais comprendre pourquoi vous avez fait le voyage de Londres à Vladimir pour écouter les radotages d'une vieille femme.

Il ignorait si sa grand-mère radotait. Il ne l'avait pas vue depuis presque vingt-trois ans, depuis les obsèques de son père. Il n'était qu'un gamin de dix ans à l'époque, et il n'avait rien compris à ce qui se passait. Sa grand-mère les avait jetés à la rue, sa mère et lui, sans qu'il sache pourquoi. Il n'avait appris la triste vérité que six années plus tard et s'était alors juré d'épargner toute nouvelle souffrance à sa mère. Un serment qu'il ne comptait certainement pas renier aujourd'hui.

— La réponse est simple : ce reportage me permettait de venir en Russie.

Elle lui expliqua alors le rêve de sa sœur et l'occasion qui s'était offerte à elle de lui rendre visite à Perm. Comme ses beaux yeux verts étincelaient d'excitation, un sentiment familier d'injustice serra le cœur de Nikolaï. Emma avait vécu une enfance heureuse et avait tissé des liens solides avec sa cadette. Ce qui lui avait été dénié à cause du comportement inqualifiable d'un homme qu'il refusait de reconnaître comme son père.

— Votre sœur vit ici ? En Russie ?

Une information inattendue qui lui avait totalement échappé lorsqu'il avait enquêté sur Emma Sanders, afin de trouver une faille sur laquelle jouer pour tourner la situation à son avantage. Il avait seulement appris qu'elle était endettée et quasiment inconnue dans le milieu de la photographie.

— Oui. Elle n'a que seize ans. Grâce à cette mission, nous allons nous voir plus tôt que prévu, dit-elle, le visage rayonnant de fierté et d'amour.

Quelle différence avec la femme qu'il avait rencontrée un peu plus tôt ! songea Nikolaï, rassuré sur les raisons de la venue d'Emma.

En revanche, ses inquiétudes sur les motivations de sa grand-mère demeuraient. Que cherchait-elle exactement en provoquant cette rencontre ? Et, plus alarmant encore, jusqu'où Emma était-elle prête à aller pour impressionner *Le Monde en photos* et lancer sa carrière ?

— Effectivement, nous pouvons nous aider mutuellement,

Emma. Je peux vous emmener dans des lieux liés à l'histoire de ma famille où vous pourrez prendre toutes les photos que vous désirez.

Pourquoi avait-il conclu sa phrase par ce verbe ? Parce qu'il correspondait à ce qu'elle éveillait en lui ? Avait-elle conscience de l'attirance sexuelle réciproque qui naissait entre eux ?

— Et je pourrai rencontrer votre grand-mère ? Lui poser quelques questions ? demanda-t-elle d'une voix brusquement un peu rauque, en se mordillant les lèvres.

Nikolaï ne s'appesantit pas sur ce changement de tonalité. Son unique préoccupation était de rester maître de la situation et de déjouer toute nouvelle entreprise malveillante de sa grand-mère.

— Commençons par les visites dont j'ai parlé tout à l'heure. J'ai déjà tout organisé pour demain.

Elle semblait ravie, comme s'il venait de lui donner carte blanche.

— Dans ces conditions, je me réjouis de passer quelques jours en votre compagnie.

Le plus agaçant dans l'histoire était que lui aussi se réjouissait à cette perspective. Dire qu'il était attiré par la femme qu'il avait résolu de détester !

2

Le lendemain matin, Emma ne tenait plus en place. Grâce à Nikolaï Cunningham, elle allait boucler son article rapidement et donc rendre visite à sa sœur plus tôt que prévu !

Mais avant cela, elle allait le revoir… L'après-midi passée avec lui la veille l'avait convaincue qu'il était d'un commerce plus agréable que son accueil revêche ne l'avait laissé penser de prime abord. Elle regrettait d'ailleurs de ne pas l'avoir immortalisé quand, debout devant elle, il l'avait fusillée du regard, image formidable de puissance et d'autorité !

Loin de se dissiper, son excitation augmenta encore quand il l'escorta jusqu'à sa voiture — ce qu'elle ne s'expliquait pas. Après des années perdues à soupirer pour le beau Richard, elle n'allait tout de même pas succomber aux charmes d'un autre homme et, surtout, d'un homme aussi inaccessible que Nikolaï Cunningham.

— Où allons-nous ?

La grosse voiture noire glissait en silence à travers le paysage entièrement blanc, et Emma se serait volontiers arrêtée pour prendre des photos. À titre personnel et non professionnel.

— Dans les faubourgs de Vladimir, à l'endroit qui me servait de « chez moi » jusqu'à mes dix ans, répondit-il, la mine butée.

Pourquoi l'emmenait-il là-bas, s'il y allait à contrecœur ? se demanda Emma en l'observant. Certainement pas pour lui complaire, ce n'était pas son genre.

— Et qui y habite actuellement ? Votre grand-mère ?

Elle s'était risquée à poser la question pour satisfaire aux directives du magazine qui lui avait prescrit de présenter l'histoire des

Petrouchov comme un conte de fées. Or, elle doutait que le roman familial soit si beau, même si Nikolaï avait connu une réussite florissante avec l'établissement financier qu'il avait monté, en complément de l'activité de son beau-père dans l'immobilier de luxe !

Comme Nikolaï se murait dans le silence, Emma porta son attention à la route devant elle. Quelques instants plus tard, la voiture s'engageait dans un chemin enneigé, vierge de toutes traces de passage récent. La maison était-elle inoccupée ?

Nikolaï lâcha un juron en russe. Suivant son regard, Emma découvrit la façade dégradée et les tours surmontées de dômes lépreux d'une demeure qui avait dû être somptueuse, à une autre époque. Tels des yeux, les trous noirs qu'avaient laissés les fenêtres semblaient les observer.

Emma sentit son cœur se serrer tandis qu'elle essayait de reconstituer la situation à partir du peu qu'elle savait de Nikolaï. En vain. Une chose était sûre malgré tout : il avait été surpris de trouver cette ruine. Par décence, elle renonça à le photographier.

Nikolaï sortit de la voiture. Il avait apparemment oublié la présence d'Emma. Elle resta un moment sur son siège à regarder cette grande silhouette austère vêtue de noir, qui se détachait sur le blanc du paysage, devant ce bâtiment délabré. Mais bientôt son instinct de photographe l'emporta sur ses scrupules. Elle descendit discrètement de voiture et commença à mitrailler Nikolaï sans qu'il paraisse entendre le cliquetis de l'obturateur. Elle garderait ces clichés pour elle seule, décida-t-elle, car l'histoire de souffrance et de deuil qu'ils racontaient n'intéresserait pas le magazine.

— C'est ici que ma famille habitait avant la mort de Fedor, mon père, dit-il soudain.

Il continuait à lui tourner le dos. De peur de trahir ses émotions et d'apparaître vulnérable ?

— C'est la première fois que j'y reviens, depuis que ma mère et moi sommes partis pour une nouvelle vie à New York, quand j'avais dix ans.

— Ça a dû être dur pour vous, hasarda-t-elle.

Le regard glacial qu'il lui lança en pivotant enfin vers elle la dissuada d'en dire plus. Elle avait seulement voulu lui témoigner sa sympathie, car elle comprenait, pour l'avoir éprouvée, la tristesse insondable qui vous envahit lorsque la vie vous arrache à votre environnement, lorsque vous ne savez plus qui vous êtes vraiment.

— Dur ? répéta-t-il d'un ton hargneux.

Nikolaï maîtrisait difficilement sa colère. Une colère dirigée contre cette femme qui ressuscitait les événements de son enfance qu'il croyait enterrés à jamais, mais aussi contre sa grand-mère, responsable de sa présence ici.

— Vous n'imaginez même pas à quel point.

Contre toute attente, elle ne se rebiffa pas. Elle haussa seulement les épaules et alla sortir sa sacoche de la voiture. Il la regarda installer son pied et commencer à photographier la maison. À chaque « clic » de l'appareil, une nouvelle image du passé surgissait dans l'esprit de Nikolaï.

— Avez-vous gardé de bons souvenirs d'ici ?

La beauté éclatante d'Emma dans ce décor de neige ne suffit pas à étouffer la terreur qui s'insinua en lui, lorsqu'il se vit à huit ans, réfugié sous la table de style que Fedor avait pu se payer depuis qu'il était devenu riche. Le petit Nikolaï, certain que son père, même en colère, ne se risquerait pas à abîmer un bien dont il était si fier, s'y était cru en sécurité. Hélas ! Malgré les supplications de sa mère, son père l'avait tiré de sa cachette et soulevé de terre. Nikolaï s'était débattu comme un fou, poussant des hurlements, se tortillant, donnant des coups de pied pour tenter de s'échapper. Mais s'il y était parvenu, son père se serait vengé sur Anna. Aussi, dans l'espoir d'épargner une raclée de plus à sa mère, il avait déchargé verbalement sur son père toute la haine que ce dernier lui inspirait. Ce qui s'était passé ensuite, il ne se le rappelait pas. Et il ne voulait pas se le rappeler. À quoi bon analyser ses souvenirs ? Cela ne servirait à personne et encore moins à lui-même.

— D'ici, aucun.

Il s'avança vers Emma, dont le parfum floral lui évoquait des images plus joyeuses.

— C'est en été que j'étais le plus heureux. Lorsque nous allions dans ma famille maternelle.

Pourquoi donnait-il du grain à moudre à cette journaliste ? se reprocha-t-il avant qu'une idée ne germe dans son esprit. La propriété de ses grands-parents maternels ! Voilà le lieu idéal où emmener Emma ! Dans une troïka qu'il louerait. Quelle femme résisterait au romantisme d'un traîneau glissant à travers un paysage enneigé ? Quelle meilleure diversion pour éloigner Emma du drame familial qu'il devait à tout prix cacher ?

— C'est loin ?

Elle se jetait d'elle-même dans la gueule du loup !

— Non, répondit-il dans un souffle.

Il se sentait comme paralysé devant cette femme rayonnante, à la fois belle et fragile.

— Pouvons-nous y aller ? demanda-t-elle timidement.

Son sourire ingénu et le rosissement de ses joues produisaient sur Nikolaï des effets indescriptibles.

Et inexplicables. Car il avait toujours été attiré par les femmes effrontées, voire libertines. Le contraire d'Emma, vraisemblablement très fleur bleue. Elle n'était définitivement pas faite pour lui.

— Demain, promit-il en s'arrachant à l'attraction qu'exerçait sur lui la journaliste.

Le lendemain matin, Emma attendait Nikolaï à la réception de l'hôtel, toute impatience. La veille dans l'après-midi, il l'avait emmenée prendre des photos dans des endroits superbes et, au cours de cette promenade, ils s'étaient rapprochés. Au point qu'elle en était même venue à le trouver sympathique. Un peu trop même. Contre toute raison, il l'attirait comme aucun homme auparavant, pas même Richard.

— Prête ? demanda-t-il en la rejoignant.

Elle lui répondit par un sourire brillant d'excitation, comme une petite fille le matin de Noël. Il était rasé de frais et s'était emmitouflé lui aussi, mais les épaisseurs de vêtements n'empêchèrent pas le courant électrique de passer instantanément entre eux. Le sourire de Nikolaï lui éclairait aujourd'hui tout le visage, et il la dévorait littéralement des yeux. Elle sentit son cœur s'affoler.

— Oui, je suis prête. Allons-nous à la maison dont vous m'avez parlé hier ?

— Oui. Celle où je passais l'été avec ma mère et ses parents.

Elle fut tentée de demander si son père les y avait accompagnés mais, pressentant que la brusque saute d'humeur de Nikolaï devant la maison de son enfance avait été liée à ce Fedor, elle s'en abstint. Elle préférait ne pas gâcher les bonnes dispositions dans lesquelles il semblait se trouver aujourd'hui.

— Il y en a pour longtemps ?

— Non, un peu de route et, ensuite, je vous ai préparé une surprise.

Là-dessus, il lui saisit la main pour l'entraîner dehors, ce qui la mit aussitôt en émoi.

Après quelques kilomètres en voiture, Emma manqua défaillir en découvrant la surprise annoncée : un traîneau tiré par trois magnifiques chevaux. Son euphorie redoubla quand, pour se prémunir du froid, ils se blottirent tous deux sous une épaisse couverture.

Distraite par le contact de la cuisse de Nikolaï contre la sienne, brûlant malgré les couches de vêtements, elle écouta à peine ses explications au sujet des courses de troïka, une tradition vieille de plus de cent ans.

Un peu plus tard, comme le cocher arrêtait son attelage, Nikolaï riva sur elle un regard ardent.

— Merci, murmura-t-elle, son haleine se mêlant dans l'air frais à celle de Nikolaï en une troublante intimité.

— Tout le plaisir est pour moi, Emma.

Il l'avait appelée par son prénom ! s'émut-elle en frissonnant.

— Vous avez froid ?

— Non, pas du tout, lui assura-t-elle timidement en feignant une curiosité soudaine pour le tissage de la couverture.

Il lui releva le menton de sa main gantée, la forçant à le regarder. Ce qu'elle lut alors dans la profondeur de ses yeux d'encre la terrorisa et la ravit à la fois.

— Vous êtes très belle, Emma.

Elle avala sa salive, incapable de détacher sa jambe de la sienne sous la couverture.

— Ne dites pas de bêtises, dit-elle d'une voix rauque qu'elle ne reconnut pas.

Des tréfonds de son être où elle les avait depuis toujours enfouies, jaillirent de ridicules pensées romantiques. Son cœur cognait si fort dans sa poitrine que Nikolaï devait certainement l'entendre. Elle manquait totalement d'expérience avec les hommes, mais elle s'était laissé dire que certains — Richard n'en faisait pas partie — avaient le pouvoir de faire perdre la tête aux femmes. La trouvait-il vraiment belle ? Avait-il envie de l'embrasser ? Et alors, quel goût aurait son baiser ?

— C'est pourtant la stricte vérité.

Elle le scruta, cherchant sur son visage une trace d'ironie, mais n'y vit rien que de la sincérité. Nul doute qu'ils étaient envoûtés par la magie du lieu. S'ils étaient assis devant la cheminée du salon à l'hôtel, aurait-il prononcé ces mots ?

— Je ne suis pas venue ici pour entamer une relation.

Elle était tiraillée entre l'appel de son corps, qui l'incitait à se lancer dans l'inconnu, et la voix de la raison qui lui commandait de garder les pieds sur terre.

— Une relation ? demanda-t-il d'une voix grave et caressante. Est-ce bien nécessaire ?

Le regard perdu sur la vaste étendue blanche, elle se posa la même question. Si elle acceptait le baiser qu'il voulait sans aucun doute lui donner, cela changerait-il quelque chose entre eux ? Non, parce qu'une fois son reportage terminé, elle tournerait la page.

— Non, peut-être pas.

Elle s'efforça de jouer à la femme blasée. En réalité, jamais aucun homme ne l'avait regardée avec des yeux aussi ardents. Jamais elle n'avait autant aspiré à ce qu'un homme s'empare de sa bouche.

Quand il se rapprocha d'elle et posa doucement ses lèvres sur les siennes, saisie de fièvre, elle répondit en gémissant…

Avant de s'écarter d'un coup, rouge de honte. Mais que lui arrivait-il ?

Alors qu'elle essayait de reprendre ses esprits, les chevaux se mirent à s'agiter, et le cocher adressa quelques mots à Nikolaï.

— La neige ne va pas tarder, et le cocher nous conseille de rentrer dès que nous aurons fini ici.

L'intention première de Nikolaï avait seulement consisté à distraire la journaliste avec une promenade féerique dans la neige. Et puis, il avait goûté à ses lèvres… Des lèvres exquises…

— Oui, bien sûr, dit-elle nerveusement en ouvrant l'étui de son appareil photo. Je prends juste quelques clichés et, ensuite, nous nous dépêcherons d'aller nous mettre au chaud.

« Aller nous mettre au chaud... » Il repoussa la scène qui se présentait à lui pour se concentrer sur son objectif immédiat : détourner cette Emma Sanders de la véritable histoire de sa famille, en lui montrant la façade derrière laquelle ils avaient caché leur secret.

— C'est là que ma mère et moi passions l'été jusqu'à notre départ de Russie, dit-il en l'aidant à descendre de la troïka.

Il n'avait pas pensé à ces mois d'été depuis une éternité, refoulant délibérément leur souvenir avec le passé qu'il voulait oublier. Mais il s'aperçut finalement qu'ils étaient moins pénibles à ressusciter qu'il ne l'avait craint.

— Si j'ai bien compris, c'est la maison de famille du côté de votre mère ? demanda-t-elle en photographiant le seul endroit où, enfant, il avait connu des jours heureux.

— Oui. Mais je ne l'avais jamais vue sous la neige. Nous venions toujours en été. Je gambadais dans le jardin avec les chiens. J'appréciais cette liberté.

Il avait goûté au plaisir de s'ébattre au grand air bien sûr, mais aussi de ne plus subir la terreur que lui inspirait son père. Là, il n'avait plus à se cacher pour échapper à ses crises. Il n'avait pas à s'inquiéter pour sa mère, quand il entendait son père hurler. Bref, il pouvait vivre, et voir sa mère vivre, sans souffrir.

Il s'était aperçu, beaucoup plus tard, que ses grands-parents maternels avaient vraisemblablement su quel calvaire enduraient leur fille et leur petit-fils et qu'ils avaient voulu leur offrir un répit en les accueillant l'été. Mais pourquoi sa mère ne s'était-elle pas installée définitivement avec eux ? Cela, il ne le comprenait toujours pas.

— Et nous pouvons aller parler à votre grand-mère maintenant ? demanda Emma, pleine d'espoir.

— Mes grands-parents maternels sont morts depuis longtemps. Quant à Marya Petrouchov, celle qui a écrit au *Monde en photos*, c'est ma grand-mère paternelle, et elle habite à Vladimir.

— Nous pouvons donc la rencontrer ? insista-t-elle en rangeant son appareil, visiblement satisfaite de ses clichés.

Heureusement qu'elle ne voyait pas son visage ! songea Nikolaï, car il était déformé par la rage et le mépris pour cette Marya qui avait toujours trouvé des excuses à son fils. Cela, Nikolaï ne pourrait jamais le lui pardonner.

— Demain. Pour le moment, il vaut mieux rentrer à l'hôtel.

Malheureusement, il ne pourrait pas repousser éternellement cette entrevue avec Marya Petrouchov. Peut-être vivrait-il plus facilement ces retrouvailles, avec Emma près de lui ? À moins que ce retour à Vladimir ne s'avère la pire décision de sa vie.

3

Le soir, par la fenêtre du bar de l'hôtel, Nikolaï regardait la neige tomber de plus en plus dru… et s'en réjouissait ! À ce rythme, les conditions météorologiques les empêcheraient de se rendre chez Marya avant le départ d'Emma.

— C'est une véritable tempête de neige, murmura la jeune femme d'une voix douce mais un peu anxieuse en s'asseyant en face de Nikolaï.

— Ce temps n'a rien d'exceptionnel dans la région, rassurez-vous.

Nikolaï ne pouvait détacher son regard de cette femme, splendide dans sa robe noire moulante. Elle enleva sa veste, révélant ses épaules et ses bras graciles, puis elle croisa les jambes d'une façon qui mettait en valeur leur galbe élégant. À cette vue, il sentit le désir l'envahir. Cherchait-elle à l'aguicher pour qu'il baisse la garde ?

— Merci de m'avoir montré la maison de votre enfance.

Elle s'était maquillée, et ses yeux paraissaient encore plus verts. Quelle teinte prendraient-ils, enfiévrés de passion ?

— Ça a dû vous déchirer le cœur de la trouver en ruines, ajouta-t-elle avec compassion.

La sincérité dans sa voix piqua la curiosité de Nikolaï. Il se rappela alors son commentaire peu après son arrivée : « La vie s'est chargée de me l'apprendre, monsieur Petrouchov ». Quelle enfance avait-elle connue ? Avait-elle souffert, elle aussi ?

— Et qu'en est-il de votre propre maison familiale, Emma ?

Ah ! cette crispation de la mâchoire. Il connaissait bien ce signe. Manifestement, il n'était pas le seul à être prisonnier de secrets.

— Je n'ai pas eu la chance d'en avoir une. Ma sœur et moi avons été très tôt placées dans des familles d'accueil.

Elle détourna la tête, l'air soudain oppressé. Et Nikolaï serait allé la réconforter, s'il n'avait douté de sa capacité à s'en tenir là.

— Je suis désolé. Je ne voulais pas ressusciter de mauvais souvenirs.

Alors qu'il se penchait vers elle, son parfum l'enveloppa, exacerbant un désir défendu.

— Je regrette pour ma part de vous avoir imposé cette épreuve, hier, poursuivit-elle en baissant la tête d'un air contrit, les mains croisées sur ses genoux.

Nikolaï n'y tint plus. Il tendit le bras vers elle et lui leva le menton. Quand leurs regards se croisèrent, la force magnétique qui les attirait l'un vers l'autre depuis qu'Emma était descendue du train devint irrésistible.

Il posa son pouce sur la lèvre inférieure d'Emma et sut alors qu'il avait atteint le point de non-retour. Son seul espoir à présent : qu'elle proteste pour arrêter cette folie. Mais elle ne bougea pas et, lorsqu'il caressa de nouveau son visage à la peau si douce, elle ferma ses yeux magnifiques bordés de longs cils noirs.

Avait-elle la moindre idée de l'effet qu'elle produisait sur lui ?

— Nous devrions dîner, suggéra-t-elle d'une voix rauque en ouvrant ses paupières sur des yeux pleins d'ardeur.

Nikolaï pensait à tout autre chose qu'à manger, dans l'immédiat ! Hélas, cette femme si séduisante, si adorable, lui était interdite.

Mais comment était-il censé garder son sang-froid quand il voyait les yeux d'Emma brûler du même appétit charnel ? Il n'existait qu'une seule façon d'éteindre l'incendie qui les dévorait.

— Ce n'est pas un repas qui me tente, Emma.

Était-il devenu fou ? Déjà, il plaquait ses lèvres sur celles d'Emma, ne laissant à cette dernière aucun doute sur l'objet de sa tentation.

Peut-être l'était-il, mais il n'était plus en état de s'en soucier. Si sa raison lui soufflait qu'il commettait une grave erreur, son corps, lui, approuvait sans réserve son initiative.

Impossible pour Emma de ne pas saisir le message dans le regard de Nikolaï : il la désirait. Comment le savait-elle, elle dont l'expérience avec les hommes se bornait à quelques baisers ? Elle se fiait simplement à un instinct primitif qu'elle avait d'ailleurs ignoré posséder.

Oui, elle lisait de la convoitise dans les yeux d'encre de cet homme viril et dominateur. Il la désirait, elle qui s'était pourtant toujours crue incapable de susciter le moindre intérêt chez les hommes ! Tout aussi incroyable, elle aussi voulait goûter les lèvres de Nikolaï, sentir l'étreinte de ses bras, être acceptée pour ce qu'elle était. Rien d'autre n'importait.

Elle comprit soudain qu'elle n'avait jamais éprouvé pour Richard que de l'amitié. Ce qui l'attirait vers Nikolaï était autrement plus intense... et dangereux.

« Profite de l'instant présent », lui avait répété la mère de sa dernière famille d'accueil. Un excellent conseil, en vérité ! Elle ne devait plus se gâcher la vie en ressassant les propos odieux et humiliants que lui avait lancés son père lors de leur seule et unique rencontre.

Embrasse-le, songea-t-elle. *Blottis-toi entre ses bras. Profite de l'instant présent.*

— Ce n'est pas un repas qui me tente non plus, murmura-t-elle d'une voix à peine audible.

Aussitôt, il plaqua ses lèvres contre les siennes. Elle s'enflamma. Aucun doute : plus qu'un baiser, c'était le prélude à ce qu'elle n'avait jamais fait auparavant. Stimulée par cette idée et par l'envie de devenir enfin une vraie femme, elle sourit à Nikolaï.

— Montons, susurra-t-elle sous le regard scrutateur de Nikolaï.

Pourvu qu'il ne devine pas qu'elle faisait ses premières armes ! Car un homme comme lui, certainement un grand séducteur, ne voudrait pas d'une vierge effarouchée.

Certes, elle ne pouvait rien changer à son inexpérience, mais elle pouvait au moins tenter de vaincre sa timidité. Il lui fallait à tout prix lâcher prise pour profiter de ce moment.

— Il ne peut s'agir que de l'aventure d'une nuit, la prévint Nikolaï. Je ne veux pas m'engager dans une vraie relation. Je ne cherche pas l'amour et le bonheur.

— L'amour et le bonheur ? répéta-t-elle un peu trop sèchement. Ça n'existe pas, Nikolaï. Je ne suis pas idiote. Dans trois jours, nos chemins se sépareront, et ce sera comme si cette nuit n'avait jamais eu lieu.

D'où était sorti ce discours ? La fièvre lui avait-elle brouillé l'esprit ? Elle venait d'accepter de passer une nuit avec un quasi-inconnu et d'en rester là, alors qu'elle s'était toujours promis d'attendre le prince charmant. Cela dit, tout au fond d'elle, elle n'avait jamais cru aux contes de fées. En raison de son enfance malheureuse, elle avait vite compris que l'amour est une illusion ou, du moins, qu'il ne survit pas, une fois les premières ardeurs émoussées.

Sans rien dire, Nikolaï prit Emma par la main pour l'entraîner à travers le salon. Enhardie par la perspective de devenir femme, elle ne résista pas. Bientôt serait effacé le complexe que le rejet de son père avait enraciné en elle.

Nikolaï percevait-il l'impatience qui la consumait ? s'inquiéta-t-elle tandis qu'ils parcouraient les couloirs du chalet. Peu importait, au fond. Il n'y aurait pas d'autre témoin de ses émotions.

Quand ils s'arrêtèrent enfin devant la chambre de Nikolaï, elle sentit ses jambes vaciller et dut s'appuyer contre le mur.

— Êtes-vous certaine de ne pas avoir changé d'avis ? demanda-t-il dans un murmure enroué de désir.

— Oui, répondit-elle avec fermeté.

Pour le prouver, elle posa ses mains à plat sur la poitrine de Nikolaï qui la serra aussitôt dans ses bras, son membre dur plaqué contre elle. Gênée, mais grisée par ce contact, elle lui enlaça le cou, ses doigts enfouis dans l'épaisseur de sa chevelure de jais.

Il s'empara alors de sa bouche, attisant le brasier qu'il avait allumé et qui, elle le savait, la consumerait tout entière. Bientôt, il lia sa langue à la sienne en un baiser exigeant. Gagnée par une multitude de sensations inédites, Emma était résolue à profiter de cette seule et unique nuit. Pour une fois, elle penserait d'abord à elle. Pour une fois, elle croirait en elle et à sa capacité à combler un homme.

— Porte-moi jusqu'à ton lit, chuchota-t-elle comme elle s'écartait pour reprendre son souffle.

Elle était surprise par cette femme inconnue d'elle qui osait exprimer sa volonté.

— C'est bien mon intention, Emma Sanders. Ne t'inquiète pas.

Mais au lieu de s'exécuter, il reprit son baiser, une main dans le dos d'Emma, l'autre se mettant à jouer avec son téton dressé. Des ondes de plaisir la parcourent, menaçant de l'emporter.

Il dut remarquer son trouble, car il s'arrêta le temps d'ouvrir la porte.

Était-ce bien elle qui allait pénétrer dans la chambre de cet homme et se donner à lui ? Malgré ses doutes, elle s'avança vers Nikolaï, un sourire enjôleur aux lèvres. Ce soir, elle n'était plus l'Emma Sanders raisonnable et responsable. Elle était simplement une femme de chair et de sang.

Avec une douceur qui la surprit après le baiser fougueux qui lui avait meurtri les lèvres, il la prit par la main pour l'emmener dans l'épaisse pénombre de sa chambre.

Nikolaï hésita un instant : allait-il rester dans le noir ou allumer la lumière pour savourer la beauté d'Emma ?

Il était un peu déconcerté par cette femme tantôt provocante et aguicheuse, tantôt candide et timide. Une chose était sûre, cependant : elle respirait la passion. Plus important encore : comme lui, elle considérait l'amour et le bonheur comme le privilège de quelques chanceux dont ils ne faisaient pas partie.

— Tu es superbe, Emma.

Ses yeux si expressifs s'agrandirent, décuplant le désir de Nikolaï. Jamais une femme ne l'avait autant attiré. Aussi comptait-il ne pas perdre une seconde du temps qu'il passerait avec elle. Une parenthèse d'autant plus savoureuse qu'ils avaient tous deux convenu qu'elle ne durerait qu'une seule nuit.

— Nikolaï…

— Ce n'est pas le moment de parler, mais de prendre du plaisir, l'interrompit-il avec douceur avant de l'embrasser.

Il devait contenir sa fougue, ne rien précipiter, savourer chaque seconde. Ce qui n'avait rien d'aisé, alors qu'Emma entrouvrait les lèvres et enroulait timidement sa langue autour de la sienne.

D'un geste adroit et expérimenté, il fit descendre la fermeture Éclair dans le dos de sa robe. Elle intensifia son baiser, les yeux fiévreux presque fermés, et il dut l'écarter de lui pour reprendre son sang-froid.

Quelques instants plus tard, il faisait lentement glisser les bretelles du vêtement sur les épaules d'Emma, puis sur ses bras. La robe tomba autour de ses pieds la laissant en sous-vêtements noirs. Elle demeura parfaitement immobile. Seule sa voluptueuse poitrine se soulevait et s'abaissait au rythme de sa respiration.

Les yeux écarquillés, elle incarnait de nouveau l'innocence. Puis soudain elle sourit, et la tentatrice effrontée apparut.

Elle enleva son soutien-gorge, et la vue de ses seins ronds et pleins mit un peu plus à l'épreuve la capacité de Nikolaï à se contrôler. Lentement, sans le quitter des yeux, elle se débarrassa de sa culotte en dentelle.

Le mettait-elle au défi de lui résister ou bien de la faire sienne ? hésita Nikolaï, tandis qu'elle se tenait en tenue d'Ève devant lui, un sourire provocateur aux lèvres.

— Tu es encore plus belle ainsi… Je veux goûter chaque parcelle de ton corps, murmura-t-il, subjugué.

— Je ne demande que ça, dit-elle dans un souffle en lui effleurant la joue de ses doigts.

Il lui saisit le poignet pour arrêter cette caresse grisante qui risquait de faire voler en éclats sa résolution de ne rien hâter. Elle le regarda un instant, surprise apparemment, mais se reprit aussitôt et se colla lascivement contre lui. Il lui lâcha la main pour promener nonchalamment les doigts sur son avant-bras avant de remonter vers son sein, où il traça des cercles autour de son mamelon. Elle n'était pas la seule à pouvoir jouer de sa séduction.

— Je vais donc m'exécuter, dit-il en lui léchant les tétons.

Puis il s'agenouilla devant elle et, lui maintenant fermement les hanches, il déposa une traînée de baisers de son ventre vers le cœur de sa féminité. Dans un hoquet de plaisir, elle s'agrippa à ses cheveux.

— Je ne… savais pas que… ça pouvait être… aussi bien… aussi…

Il leva les yeux vers elle, fou de désir.

— On dirait que tu n'as jamais fait l'amour.

— Et ça poserait un problème ?

Il fronça les sourcils, un peu perturbé. Était-ce pour cela qu'elle passait d'une seconde à l'autre de la séductrice à l'ingénue ? Manquait-elle d'expérience ? Se pouvait-il qu'elle soit vierge, même ? Après la façon dont elle venait de se comporter avec lui, il peinait à le croire. Pourtant...

— Pourquoi cette question ?

— Eh bien, parce que je n'ai jamais... Je suis...

Elle s'empourpra, incapable d'achever sa phrase.

— Tu es vierge ?

La stupéfaction de Nikolaï céda très vite la place à une tout autre émotion. Ainsi, elle lui offrait sa virginité ?

— Oui, avoua-t-elle dans un souffle sensuel et empreint d'appréhension. Et je veux que tu sois celui qui m'initie à l'amour.

Il se redressa et lui prit les mains, tandis qu'elle se tenait nue debout devant lui. Il ne s'estimait pas digne d'être celui qui lui révélerait les plaisirs du sexe. En même temps, il aspirait de toute son âme et de tous ses sens à être cet homme-là.

— Ça ne change rien, Emma, d'accord ? Je ne peux rien t'offrir d'autre qu'une aventure d'une nuit. Je n'ai aucune intention de me ranger dans l'immédiat.

— Je ne cherche rien d'autre que de vivre le moment présent, assura-t-elle en effleurant de ses doigts ses joues mal rasées.

Dans un regain de fièvre, il l'attira contre lui, enivré par la douceur de sa peau nue. Il l'embrassa délicatement, déterminé à rendre cette nuit inoubliable. Pour elle comme pour lui.

Il la souleva prestement de terre et alla l'allonger sur le grand lit dans lequel il couchait seul depuis deux nuits. Puis il commença à se dévêtir sous le regard attentif d'Emma.

— Je suppose que tu n'utilises aucune contraception ? demanda-t-il gentiment en prenant un préservatif dans la table de nuit.

— Non, murmura-t-elle, son sourire mutin soudain envolé.

— Bien. Ce problème étant réglé, revenons aux choses sérieuses.

S'allongeant au-dessus d'elle, il l'embrassa. Tout en s'abandonnant à son baiser, elle lui caressa savamment le dos et lui enserra la taille de ses jambes. Une prise qu'elle accompagna de mouvements experts du bassin. Jamais Nikolaï n'aurait deviné que c'était sa première fois !

Incapable de se contrôler plus longtemps, il la pénétra, aussi lentement que le lui permettait son désir dévorant. Les ongles enfoncés dans son dos, Emma murmura son nom, l'incitant à plonger plus profondément en elle, jusqu'au moment où tous deux parvinrent à l'extase.

4

Les premières lueurs de l'aube filtraient à peine à travers les stores lorsqu'Emma se réveilla, après sa merveilleuse nuit d'amour avec Nikolaï. Un mouvement près de la fenêtre attira son attention. Il se tenait là, de dos, en partie dans l'ombre. Vêtu de son seul jean, les rais de lumière sculptant les muscles de son torse, il était splendide. L'image ressemblait à une photo en noir et blanc et, avec son œil de photographe, elle l'imprima dans son cerveau.

Le front près de la vitre, perdu dans ses pensées, il regardait dehors. Il avait les mâchoires serrées, les sourcils froncés. À quoi pensait-il ? Regrettait-il d'avoir fait l'amour à une femme sans expérience ? L'avait-elle déçu malgré ses efforts ?

Pour sa part, elle avait découvert entre les bras de Nikolaï une plénitude inattendue, comme s'ils étaient faits l'un pour l'autre. Son côté fleur bleue aspirait à bien davantage, mais la femme réaliste que la vie lui avait appris à devenir gardait la tête sur les épaules.

Tout s'arrêterait quand elle quitterait Vladimir. Pour Nikolaï, il ne s'agissait que d'une aventure, une façon d'occuper le temps pendant une nuit d'intempéries. Peut-être même n'était-ce pour lui qu'une manœuvre pour la détourner de son objectif initial. Si cette pensée la perturbait, elle refusait de s'y attarder. Après tout, difficile de nier la réalité de l'attirance physique qui s'était exercée entre eux dès leur premier contact.

— Il neige encore ? demanda-t-elle pour briser un silence qui commençait à lui peser.

Si, comme elle l'espérait, les conditions météorologiques les empêchaient de suivre le programme prévu par Nikolaï, peut-être reviendrait-il se coucher…

Il ne semblait pas l'avoir entendue. Mais alors qu'elle s'apprêtait à réitérer sa question, il lâcha un « oui » laconique.

Elle sentit sa gorge se nouer, désemparée par cette brusque sécheresse. Mais à quoi s'était-elle attendue ? Une déclaration d'amour éternel, parce qu'elle lui avait offert sa virginité ? Même elle n'était pas assez naïve pour croire à ce genre de choses.

— Nous n'allons pas pouvoir rencontrer ta grand-mère, alors ? demanda-t-elle avec autant de détachement que possible.

Un pouce dans un passant de sa ceinture, il se retourna très lentement pour la dévisager longuement, avec une méfiance ostensible. Aurait-elle commis un impair ?

— Ça t'embêterait ? finit-il par lancer.

À son grand étonnement, elle s'en moquait bien, en réalité. Tout ce qu'elle souhaitait à cette heure, c'était de rester ici pour se perdre à nouveau entre les bras de Nikolaï. Elle voulait connaître encore cette étreinte qui avait donné vie à une femme passionnée dont elle avait ignoré l'existence jusque-là. Elle désirait vivre pleinement avant que le jour ne la ramène à la froide réalité.

— Non, répondit-elle dans un souffle. Ne pensons qu'à nous, pour le moment.

Comme par miracle, l'atmosphère se détendit.

— Comment pourrais-je penser à autre chose qu'à toi, quand je te vois ? répliqua-t-il en enlevant son jean.

À peine se fut-il glissé dans le lit à côté d'elle qu'Emma s'enflamma. Quand elle était montée dans l'avion pour Moscou, elle était loin de se douter qu'elle allait connaître une expérience qui changerait sa vie à tout jamais !

— Je veux t'appartenir jusqu'au lever du jour, susurra-t-elle en se collant contre le corps vigoureux de Nikolaï.

— Marché conclu, dit-il en la dévorant de baisers brûlants.

Et il tint largement sa promesse…

Nikolaï se réveilla à côté d'Emma, plusieurs heures plus tard. De peur de rompre la magie de ce qu'il venait de vivre, il ne bougea pas. Jamais auparavant, il n'avait laissé le moindre sentiment entrer dans sa chambre à coucher. Il avait toujours limité ses relations avec les femmes à des rapports sexuels et avait pensé qu'il en irait de même avec Emma. Mais à l'instant où il était devenu son premier amant, quelque chose avait changé en lui.

Songeur, il effleura des lèvres les cheveux soyeux d'Emma, qui leva aussitôt la tête vers lui avec un sourire timide.

— Pourquoi ne me raconterais-tu pas l'histoire de ta famille ici, plutôt que de me conduire chez ta grand-mère ?

— Je risque de te garder ici à tout jamais dans ce cas, murmura Nikolaï.

Il se sentait étrangement joyeux. L'avait-il jamais été à ce point ?

— Des promesses, toujours des promesses, pouffa-t-elle.

Et son rire sensuel le plongea dans un monde encore plus irréel.

— Tu connais les grandes lignes de mon histoire, dit-il en fermant les yeux pour savourer les baisers qu'elle éparpillait sur sa poitrine. J'ai grandi en Russie et, à la mort de mon père, ma mère et moi sommes partis pour New York.

— Ça n'a pas dû être évident.

Les doigts légers d'Emma qui voletaient sur sa peau adoucissaient la douleur des souvenirs.

— Un collègue de mon père nous a beaucoup aidés. Ma mère l'a épousé, quelques années plus tard.

— Et comment as-tu pris ce remariage ? Je veux dire, le fait qu'elle ait remplacé ton père ?

La question doucha son plaisir.

— Mon père ne m'a pas manqué.

Malgré lui, sa voix s'était tout à coup muée en un grondement rauque. Comme si elle percevait sa souffrance, Emma s'écarta de lui pour l'étudier. Que penserait-elle de lui, si elle apprenait la façon dont il avait été conçu ? Changerait-elle d'attitude en découvrant qu'il était le produit d'un viol ?

— Que s'est-il passé ? demanda-t-elle sans aucune trace de jugement ou de réprobation.

Cette empathie lui venait-elle d'une enfance malheureuse ? s'interrogea Nikolaï.

— Le mariage de mes parents n'était pas heureux et pourtant

ma grand-mère, Marya Petrouchov, s'opposait à une séparation. Elle n'avait que faire du calvaire que vivait sa bru.

Il tournait autour du pot, essayant de lui expliquer la situation sans lui divulguer le cœur de son funeste secret. Qui sait si, en ce moment même, elle ne notait pas mentalement les informations qu'il lui donnait pour alimenter son satané article ?

Il s'écarta d'elle. Il devait rompre tout contact physique pour pouvoir réfléchir sereinement.

— Est-ce pour cela que tu as fait en sorte que je ne rencontre pas ta grand-mère ? J'ai besoin de connaître toute l'histoire, Nikolaï. Je suis chargée d'un travail.

Comment cette femme, qui se trouvait nue dans son lit, pouvait-elle tenir des propos qui le transperçaient comme des poignards ? Était-il tombé dans le piège le plus vieux du monde ? Avait-elle joué les ingénues pour lui soutirer des confidences sur l'oreiller ? Pis encore, avait-elle sacrifié sa virginité à son article ?

Elle le regretterait si c'était le cas, car il ne lui révélerait rien qui lui permettrait de dresser le portrait d'une famille que la cupidité et la soif de pouvoir avaient déchirée. Ce qui était pourtant la réalité. Sa mère avait en effet représenté une proie facile pour un homme parti de rien mais ambitieux et déterminé à faire fortune.

Avec une rage croissante, Nikolaï pensa au projet de sa grand-mère de vendre leur roman familial. Était-ce pour assurer financièrement ses vieux jours ? Projetait-elle de le faire chanter ? Quoi qu'il en soit, il ne se laisserait pas faire !

— Tu l'auras ton histoire, grommela-t-il en se levant.

Il devait échapper à la tentation du corps nu d'Emma et accepter la réalité. Cette journaliste s'était montrée aussi retorse, fourbe et intrigante que Marya Petrouchov. Elle avait couché avec lui uniquement pour obtenir ce qu'elle voulait ! Elle avait percé les remparts qu'il avait érigés autour de son cœur depuis son enfance et l'avait mis face à des émotions nouvelles et à la réalité de ses origines.

— Mais pas maintenant, ajouta-t-il. Il est temps pour toi d'assumer les conséquences de ta façon sournoise de m'interviewer.

— Nikolaï ! cria-t-elle dans un hoquet, le bras tendu vers lui.

Lorsque le drap glissa sur elle, découvrant ses seins généreux, Nikolaï sentit un désir aussi fulgurant qu'incongru le traverser.

Aussi tourna-t-il vivement le dos à Emma pour achever de s'habiller. Quel imbécile ! Comment avait-il pu croire un instant pouvoir chasser l'ombre de son passé pour mener une vie normale ?

— Va-t'en ! ordonna-t-il.

La colère avait balayé le désir en lui. Jamais il ne laisserait Emma étaler la vérité au grand jour et raviver les blessures de sa mère.

Emma resta un moment sans voix, horrifiée par ce revirement incompréhensible. Où était passé l'amant tendre et attentionné qu'elle avait connu quelques heures plus tôt ? La fureur semblait jaillir de lui comme un torrent de la montagne.

— Non. Il faut que nous parlions, Nikolaï.

— Tu ne tireras rien d'autre de moi.

Tel une balle assassine, chaque mot avait fusé à travers la pièce. Emma en demeura pantoise.

Qu'avait-elle fait pour susciter sa haine ? Posé des questions ? Mais c'était dans le cadre de son travail, et elle ne s'en était pas cachée. Quoi qu'il en soit, une chose était sûre : leur moment d'intimité était terminé.

Il lança vers elle sa carte de visite qui atterrit sur le lit.

— Si tu veux encore fureter dans mon passé, appelle-moi à ce numéro.

Une chape de glace enveloppa le cœur d'Emma, tuant ce qu'elle s'était imprudemment laissé aller à éprouver pour cet homme. Comment avait-elle pu croire qu'il était différent, que le traumatisme qu'il avait lui aussi subi dans son enfance avait tissé entre eux un lien puissant ?

Elle prit la carte du bout des doigts. Nikolaï Cunningham y était écrit en caractères noirs et sévères, à l'image du visage de l'homme qui se tenait devant elle.

— Une dernière question, dit-elle impulsivement. Pourquoi ne te fais-tu plus appeler Petrouchov ?

— Utiliser le patronyme de mon père ? Merci bien ! répondit-il avec dégoût et colère. Et afin que tu n'écrives rien d'erroné quand tu te serviras de mon passé sordide pour favoriser ta carrière, sache que j'ai adopté le nom de mon beau-père quand j'avais seize ans.

— Je ne compte pas utiliser quoi que ce soit de ce que tu m'as confié, Nikolaï. Pour qui me prends-tu ? s'indigna-t-elle, effarée.

— De toute évidence, tu es du genre à ne reculer devant rien pour grimper les échelons. Quand je pense que tu as sacrifié ta virginité à ta carrière !

Elle tressaillit, sous le choc. Cette accusation, outre la douleur qu'elle lui causait, souillait le souvenir de leur nuit ensemble.

— Mais qu'est-ce que tu racontes ? Tout cela n'a aucun sens !

Elle aurait voulu aller vers lui, mais elle était nue.

— À présent que tu as récolté de quoi détruire la réputation de ma mère et la mienne, sors de ma vie, lança-t-il avec un regard glacial.

Puis il disparut en claquant la porte.

Emma n'en revenait pas. Et dire que quelques heures auparavant seulement, ils brûlaient de fièvre dans les bras l'un de l'autre ! Une larme coula le long de sa joue, tandis qu'elle se levait pour courir dans sa chambre soigner ses blessures à l'abri des regards.

Elle alla droit à sa salle de bains, où elle se doucha dans l'espoir de recouvrer un peu de sérénité. Au bout de ce qui lui sembla une éternité, elle ferma enfin le robinet et s'enveloppa dans une serviette, tout en essayant de chasser de son esprit les horreurs lancées par Nikolaï. La croyait-il réellement capable de se vendre pour obtenir des informations ?

Le vibreur de son téléphone la tira de ses ruminations. Serait-ce Nikolaï ?

J'ai besoin de toi, Em. Viens tout de suite. S'il te plaît.

Alarmée par la détresse de sa sœur palpable dans ces quelques mots, Emma soupira. Décidément, la journée allait de mal en pis.

En arrivant à Perm après une nuit de train, Emma se rendit directement à l'école de danse. Elle était hantée par la conversation qu'elle avait eue avec une Jess en larmes pendant le voyage. Le chagrin de sa sœur avait au moins eu le mérite de la détourner de son propre drame. Durant quelques heures, elle n'avait pas pensé à sa nuit avec ce grand Russe ténébreux qui avait réussi à donner naissance à la femme qu'elle avait toujours rêvé d'être. Ni à la façon dont son rejet avait complètement changé la situation.

— Tu m'as tellement manqué, Em !

— C'est pour ça que tu m'as demandé de venir ? répondit-elle d'un ton qu'elle espéra léger.

Mais, pour la première fois de sa vie, elle en voulait à sa sœur. Si elle n'avait pas dû s'occuper de se procurer un billet de train toutes affaires cessantes, elle aurait essayé de voir Nikolaï. Au moins pour s'expliquer avec lui.

— Ça fait des mois que je ne t'ai pas vue. Alors, te savoir si près de moi... Je n'ai pas résisté.

— Une nuit de train, ce n'est pas si près que ça, s'esclaffa Emma en serrant Jess dans ses bras.

Elle était bien incapable de lui reprocher longtemps son caprice.

— J'espère que je n'ai pas gâché ton séjour, s'inquiéta soudain Jess.

— Il n'y avait rien à gâcher.

Nikolaï s'en était déjà chargé, avec ses accusations !

— Tant mieux ! s'écria sa sœur, recouvrant aussitôt son allant. Je n'ai que quelques heures de libres avant que les cours ne reprennent.

— Alors, profitons-en au maximum.

Le soir, allongée dans une chambre d'hôtel de Perm après sa journée avec Jess, Emma ne put continuer à éluder la pensée de Nikolaï. Elle le revoyait debout devant la fenêtre, son corps viril éclairé par un jeu d'ombres et de lumière... Ah ! si seulement elle pouvait remonter le temps ! Au moins pour effacer le doute sur son visage et l'inquiétude dans ses yeux. À plusieurs reprises, pendant la soirée, elle avait été tentée de l'appeler pour l'assurer de sa discrétion et lui poser les questions qui la tourmentaient. Était-ce parce qu'il s'était senti mal aimé et rejeté pendant son enfance — comme elle-même — qu'il s'était ingénié à reporter le rendez-vous avec Marya Petrouchov ? Lui avait-il caché une facette de son histoire ? S'était-elle laissé aveugler par le côté poignant de son récit ?

Dans le train, elle avait rédigé le brouillon de son article sans que ne l'effleure l'idée d'y mentionner les épreuves endurées par un homme qui l'avait initiée aux merveilles de l'amour. Mais la croirait-il, même preuve à l'appui ? En se remémorant le visage de Nikolaï quand il l'avait accusée d'avoir acheté ses confidences avec sa virginité, elle sut que non.

Le lendemain, elle prendrait le train pour Moscou et, de là, l'avion pour Londres, sans avoir l'occasion de revoir Nikolaï. Peut-être le destin lui signifiait-il ainsi que la nuit qu'elle avait passée avec cet homme n'était qu'un simple moment hors du temps ?

5

Debout devant la baie vitrée de son appartement new-yorkais, le regard perdu sur un Central Park baigné par la lumière d'un soleil printanier, Nikolaï pensait à Emma. Comme toujours. Depuis son retour de Vladimir deux mois plus tôt, le seul signe de leur rencontre était venu sous la forme d'un remerciement du *Monde en photos*, alors même qu'il n'avait toujours pas reçu copie de l'article d'Emma. Le cadet de ses soucis, à vrai dire.

Il s'était maintes fois remémoré leurs ébats à Vladimir et, sa première colère contre la duplicité d'Emma dissipée, un doute avait germé dans son esprit. Il se rappelait que, dans la fièvre du moment, il avait mis son préservatif un peu tard, la deuxième fois où il avait succombé aux charmes d'Emma, lors de leur longue nuit d'amour. En ce petit matin, il se raccrochait au dicton « pas de nouvelles, bonnes nouvelles » pour tenter de se rassurer.

Des semaines s'étaient écoulées depuis le moment où, après avoir décompressé dehors dans la neige et le froid, il avait regagné sa chambre... d'où Emma avait disparu ! Preuve s'il en fallait qu'elle l'avait manipulé. À la fois furieux contre lui-même de s'être mis dans une pareille situation et soulagé d'avoir ainsi échappé à la confrontation avec sa grand-mère, il était rentré directement à New York. Mais la pensée d'Emma l'avait hanté nuit et jour. Car quelque chose s'était produit cette nuit-là. Ou peut-être même dès leur première rencontre. Elle l'avait changé, en lui laissant entrevoir une vie qui lui avait paru jusque-là inaccessible. Alors qu'il avait passé sa vie à barrer la route à ses émotions, il avait été à deux doigts de révéler à Emma le secret de sa naissance ! Incroyable !

Il était allé à Vladimir affronter les fantômes de son passé uniquement pour épargner à sa mère la douleur de voir son histoire étalée dans les journaux si la reporter découvrait la terrible vérité. Mais sa rencontre avec Emma lui avait apporté quelque chose d'autre : au fil des heures, elle avait réussi à percer la nuit froide de son cœur et à libérer des sentiments qu'il s'était cru incapable d'éprouver. Même son ex-fiancée n'était pas parvenue à l'émouvoir de la sorte.

Qu'est-ce qui t'a pris, espèce d'imbécile ?

La seule femme qu'il n'avait pas tenue à distance s'était servie de lui. Avait-elle seulement été vierge ? Il en doutait aujourd'hui. Peut-être l'avait-elle prétendu pour le flatter. Quel homme ne serait pas fier d'être choisi comme premier amant ? Peut-être n'avait-elle cherché qu'à lui soutirer de quoi écrire son article.

Il se rappela comment, sous le coup d'une rage plus fiable que ses sentiments, il lui avait lancé sa carte de visite avant de partir en claquant la porte. Avait-il déjà inconsciemment envisagé la possibilité d'un « accident » ? Si Emma se révélait enceinte, il assumerait les conséquences de cette nuit insensée et serait pour son enfant le père que lui-même aurait voulu avoir.

Cette décision ne rendait pas le silence d'Emma plus facile à vivre, car il ne savait comment l'interpréter. Devait-il ou non en déduire qu'elle n'était pas enceinte ?

Il consulta sa montre. Il était 10 heures, donc environ 17 heures à Londres. Il pourrait lui téléphoner. Il ne serait pas très difficile d'obtenir son numéro par *Le Monde en photos*. Ou bien devrait-il carrément se rendre dans la capitale britannique pour la rencontrer ? Mais pour lui dire quoi ?

Plongé dans ses réflexions, il ignora l'arrivée d'un texto sur son portable. Mais le téléphone continuait à vibrer avec insistance. Il jura en russe — une habitude qu'il avait prise depuis sa visite à Vladimir — en se saisissant de son appareil… qu'il faillit lâcher, comme s'il lui brûlait les doigts.

Il faut qu'on se voie. Je suis à New York. E

Il inspira profondément. Emma à New York ? Elle n'aurait jamais entrepris ce voyage simplement pour lui annoncer que son article avait été accepté ou pour lui en remettre un exemplaire. Elle se serait contentée d'un courriel. Ce message ne pouvait signifier qu'une seule chose : comme il le redoutait, leur nuit d'amour avait eu des conséquences.

Il avait beau tourner la question dans tous les sens, il arrivait toujours à la même conclusion. Or, c'était la pire chose qui puisse lui arriver. Il allait devoir affronter les peurs héritées de son enfance, se prouver que son père ne lui avait pas transmis ses gènes et que, contrairement à ce dernier, il était capable d'élever son enfant dans l'amour et la bienveillance. Un défi qui le terrorisait.

Emma était arrivée à Central Park bien avant midi, l'heure spécifiée par Nikolaï en réponse à son texto. Grâce à la beauté du parc qu'elle avait pris en photos, elle avait réussi à oublier temporairement la raison de sa présence à New York.

Entièrement absorbée par cette activité, elle avait perdu son chemin. Et l'heure du rendez-vous approchait ! Après un instant d'affolement accentué par la fatigue du voyage et les nausées du début de grossesse, elle se ressaisit.

— Excusez-moi, est-ce que le restaurant The Boathouse se trouve bien dans cette direction ? demanda-t-elle à une jeune maman dotée d'une poussette.

Elle évita de regarder le bébé, préfiguration de ce qui l'attendait. Comment allait-elle se débrouiller toute seule ? Car Nikolaï avait été très clair : leur relation devait se limiter à une aventure d'une seule nuit. Il avait insisté si fermement sur ce point qu'elle se demanda soudain pourquoi elle avait voulu lui annoncer personnellement qu'il allait être père. Un coup de téléphone aurait été tellement plus simple. Mais elle aurait eu mauvaise conscience d'agir ainsi, elle qui avait été rejetée par son géniteur.

Pendant tout le vol, une question l'avait taraudée : son propre père aurait-il accepté de faire partie de sa vie, si on lui avait donné le choix ? Le souvenir du jour où elle l'avait rencontré pour la première — et dernière — fois lui revint à l'esprit. Après avoir enfin convaincu sa mère de lui révéler son identité, Emma s'était présentée à lui, et les mots qu'il lui avait assénés resteraient à jamais une blessure, en elle. « C'est trop tard. Je n'ai ni besoin ni envie de toi dans ma vie. »

— Continuez tout droit, vous ne pouvez pas le manquer, répondit aimablement la passante avant de s'éloigner.

Emma la suivit du regard. Voilà à quoi elle ressemblerait d'ici la fin de l'année. Sauf qu'elle ne vivrait certainement pas à New York et qu'elle ne respirerait pas le bonheur.

Chassant ses sombres pensées, elle consulta sa montre. Un quart d'heure de retard ! Nikolaï l'attendrait-il ? Elle accéléra le pas, impatiente de lui donner la chance d'entrer dans la vie de son bébé. Mais quand elle le reconnut au loin, elle ralentit. Même à cette distance, sa contrariété sautait aux yeux.

Elle respira profondément pour se calmer et désamorcer une nausée menaçante. Puis elle s'approcha résolument, la tête haute, le regard braqué vers lui. Hors de question de manifester la moindre hésitation ou, pire encore, la moindre peur. D'ailleurs, ce n'était pas tant l'avenir qu'elle appréhendait — malgré les inévitables difficultés, elle se réjouissait à l'idée de donner à son enfant tout ce dont elle avait été privée — que la perspective d'annoncer la nouvelle à Nikolaï.

Il ne fit même pas un pas vers elle, et elle lui en voulut de ne pas lui faciliter la tâche. Une mesure de rétorsion parce qu'elle avait pris contact avec lui, en dépit de leur pacte de ne pas prolonger leur histoire au-delà d'une nuit ?

Elle aurait dû l'appeler dès qu'elle avait connu le résultat du test de grossesse, se reprocha-t-elle, malade d'angoisse. Mais elle avait été sous le choc, et il lui avait fallu un peu de temps pour accepter l'évidence. Comment aurait-elle pu lui annoncer gaiement par téléphone que leur seule et unique nuit d'amour avait produit un enfant qui serait avec eux pour toujours ?

Comment s'y prenait-on pour dire à un homme qui avait clairement déclaré ne pas vouloir s'engager dans une relation durable qu'il allait être père ? De toute évidence, sa mère n'avait pas trouvé la méthode. Y parviendrait-elle ? Elle le saurait bientôt.

En arrivant à hauteur de Nikolaï, elle lut dans ses yeux noirs cette même accusation qu'il lui avait lancée dans la chambre d'hôtel, à Vladimir. Ses lèvres serrées lui donnaient un air encore plus dur qu'alors. Mais elle refusa de se laisser intimider, comme elle refusa d'admettre qu'à sa seule proximité, elle se sentait attirée par lui. Une attraction aussi absurde qu'inexorable.

— Tu es en retard, lâcha-t-il sans bouger.

Il devait mesurer un mètre quatre-vingt-cinq, au bas mot. Et devant cet Apollon hostile qui la dominait, Emma sentit son cœur s'affoler… de désir ! Un désir interdit, bien sûr, mais qui lui faisait perdre tous ses moyens.

Comment pouvait-elle s'enflammer de la sorte pour un homme qui l'avait si cruellement rejetée, après qu'elle lui avait offert son bien le plus précieux ?

— Je me suis égarée dans le parc…

Il ne la laissa même pas terminer.

— Pourquoi es-tu venue à New York, Emma ?

Ses yeux étincelaient de colère, mais elle ne se laissa pas impressionner. Hors de question qu'il la traite comme une petite fille désobéissante ! De quel droit exigeait-il des justifications après la façon dont il l'avait abandonnée à l'hôtel ? C'était lui qui avait mal géré la situation.

— N'as-tu pas honte de m'avoir lancé ta carte de visite à la figure pour conclure notre nuit ensemble ?

Cette attaque fusa telle une flèche dans l'air printanier, pourtant Nikolaï ne broncha pas. Son beau visage ne trahissait rien d'autre qu'une irritation contenue. Ce qui attisa la colère d'Emma et lui donna la force dont elle manquait.

— Il faut que nous parlions, Nikolaï. C'est pour ça que je suis ici.

— Que nous parlions des conséquences de cette fameuse nuit ?

Ainsi, il avait deviné. Elle leva la tête vers lui, momentanément frappée de mutisme.

Comme il avançait vers elle dans toute son imposante stature, elle soutint son regard sans vaciller. Si elle détournait les yeux ne serait-ce qu'une seconde, elle perdrait tout son courage.

— Par « conséquences », tu entends ma grossesse, je suppose ? parvint-elle à articuler.

L'éclat dur de son regard causa chez elle un accès de panique.

— Oui. Je n'ai pas imaginé une seconde que tu parcourrais la moitié du globe uniquement pour me présenter ton article. Tu es venue m'annoncer que tu attends un enfant de moi, c'est ça ?

Il la fixait droit dans les yeux, la mine à la fois farouche et accusatrice. Rejetait-il la responsabilité sur elle ?

Emma s'arracha au regard impitoyable de Nikolaï. Ah ! si elle pouvait réécrire l'histoire ! Hélas, aucune prière n'effacerait les deux traits du test de grossesse qu'elle s'était finalement résolu à pratiquer. Elle portait l'enfant de Nikolaï et, à en juger par la façon dont il réagissait, l'idée lui répugnait. Peu importe ce qu'il dirait à présent, elle devait se rendre à l'évidence : elle était bel et bien seule.

Elle expira doucement. En fait, dut-elle s'avouer, elle avait tenu à lui apprendre son état de vive voix, parce qu'elle avait espéré tout au fond d'elle que, contrairement à son père à elle, Nikolaï accepterait la situation. Mais son expression froide et dure disait sans équivoque possible le contraire. Eh bien tant pis ! Elle n'avait pas besoin de lui. Ni de quiconque.

— Bravo pour tes pouvoirs de déduction, Nikolaï. Oui, je suis enceinte.

Nikolaï se raidit. Parviendrait-il à accepter sa paternité, alors que l'image cauchemardesque du lien paternel tel qu'il l'avait connu continuait à le hanter jour et nuit ?

Il regarda Emma, la seule femme à avoir jamais pris possession d'une partie de son cœur. Depuis qu'ils s'étaient quittés, il essayait de se persuader que c'était parce qu'il avait partagé avec elle une partie de ses secrets. Une folie d'ailleurs, vu l'usage qu'elle pouvait en faire ! Heureusement qu'il s'était arrêté à temps et ne lui avait pas parlé de la vie conjugale terrifiante de ses parents ni de l'horreur de sa conception ! Si elle connaissait toute la vérité, elle ne voudrait pas qu'il s'approche de leur enfant. Aussi veillerait-il par tous les moyens à ce qu'elle ne l'apprenne pas.

— Tu as filé comme une voleuse pour rentrer à Londres soumettre à ton rédacteur en chef un article nourri des informations que tu m'avais extorquées, c'est ça ?

La colère qui l'avait saisi ce fameux matin à Vladimir, quand il s'était aperçu qu'Emma s'était envolée, bouillonnait toujours en lui. Car ce n'était pas pour rompre qu'il s'était sauvé de la chambre où ils s'étaient donnés l'un à l'autre, mais uniquement pour apaiser dans l'air glacial le feu qu'elle allumait en lui. Et il avait bien eu l'intention de retourner discuter posément avec elle.

— Non.

Elle baissa la tête, comme toujours quand quelque chose la dérangeait. Parce qu'elle aussi essayait de tenir à distance une souffrance passée ? Ou plutôt parce qu'elle avait honte de s'être offerte à lui pour récolter quelques bribes de son histoire familiale ?

Lorsqu'elle leva les yeux vers lui, ils brillaient de larmes.

— J'avais reçu un message de ma sœur. Je suis partie juste après ton départ.

— Un message de ta sœur ? Tu as donc estimé plus important de passer du temps avec elle ?

En la voyant blêmir, Nikolaï fut pris de remords... avant de se ressaisir. Après tout, elle lui avait effectivement préféré sa sœur.

— Elle ne se sentait pas bien, se justifia-t-elle, le regard implorant. Nous sommes seules au monde toutes les deux. Après l'avoir vue, je suis partie directement pour Moscou et de là pour Londres. Je n'ai pas eu le temps de prendre contact avec toi. Mais j'ignorais alors que notre nuit avait eu des conséquences.

— Et tu les as découvertes quand, ces « conséquences » ?

Depuis plusieurs semaines, probablement. Et c'est ce qui enrageait le plus Nikolaï, dans cette histoire. Davantage encore que d'avoir été manipulé.

— Ma grossesse n'a été confirmée que récemment...

Elle s'interrompit quand il se rapprocha. Il la dominait de toute sa hauteur.

— Et maintenant, il faut trouver une solution, acheva-t-il.

Comme il aurait aimé pourvoir savourer, le cœur léger, le soleil de printemps, à l'instar des promeneurs autour d'eux ! Impossible, hélas, écrasé de culpabilité comme il l'était. Tout était sa faute. Il aurait dû faire plus attention et surtout se maîtriser davantage. Mais, en dépit de la menace qu'Emma représentait pour sa mère et lui, il avait perdu son sang-froid habituel. Et c'était très certainement ce qu'elle avait voulu.

— Trouver une solution ? répéta-t-elle, visiblement prise de panique.

Surpris, il l'étudia. Elle avait encore pâli. Elle ne pouvait pas rester debout. Lui non plus, d'ailleurs. Mais à cette heure, il y avait beaucoup de clients dans le restaurant. Trop pour leur permettre de discuter d'une grossesse non désirée et de ses implications.

— Par ici, dit-il en lui prenant le bras pour l'entraîner vers les calèches, à la sortie du parc.

— Où m'emmènes-tu ? demanda-t-elle en essayant de se dégager.

— Dans un endroit où nous pourrons nous asseoir et parler au calme sans que tu puisses me fausser compagnie. Un endroit où tu seras obligée de m'écouter.

Comme elle continuait à se débattre, il s'arrêta et, se tournant vers elle, laissa glisser ses doigts le long de son bras pour l'attraper par la main. Un contact qui déclencha sur-le-champ cette onde magnétique maintenant familière et lui rappela son visage empreint de désir, quand elle lui avait pris la main, cette fameuse nuit à Vladimir. La nuit où ils avaient conçu une nouvelle vie. Son enfant. Son héritier.

— Ne compte pas t'échapper aussi facilement cette fois, Emma. Pas maintenant que tu portes mon bébé.

Toute velléité de résistance s'envola chez Emma. Elle se sentait vidée, trop fatiguée pour continuer à lutter ou pour se soucier de l'avenir. Elle n'avait qu'une envie : s'asseoir, comme l'avait proposé Nikolaï. Ils traversèrent donc le parc main dans la main, l'image parfaite d'un couple heureux se promenant au soleil. Mais intérieurement, Emma était folle d'inquiétude. Quelle solution envisageait donc Nikolaï ?

— Nous allons faire le tour du parc, déclara-t-il en s'arrêtant à côté d'une calèche.

Elle en resta abasourdie. Était-ce là l'une de ses inventions romantiques pour endormir sa vigilance ? Il avait procédé de la même manière à Vladimir, où il s'était démené pour la distraire de son objectif et avait même réussi à l'empêcher de rencontrer Marya Petrouchov et d'en apprendre davantage sur sa famille. À bien y réfléchir, il était demeuré très évasif sur son passé jusqu'au moment où, après leur nuit d'amour, il s'était laissé aller à des confidences plus poussées sur l'enfance qui avait formé l'homme qu'il était devenu aujourd'hui. Pourquoi lui avait-il parlé, s'il ne lui faisait pas confiance ? Peut-être parce qu'il ne lui avait pas révélé toute la vérité, soupçonna-t-elle pour la première fois. Avait-il essayé de la manipuler pour qu'elle agisse et pense comme il le souhaitait ?

Avait-il réellement cru qu'elle trufferait son article de détails intimes, alors que son projet consistait seulement à raconter le conte de fées d'un homme pauvre devenu riche, en l'illustrant avec les superbes photographies qu'elle avait prises ? Avait-il réellement cru qu'elle l'avait manœuvré pour lui soutirer des révélations ?

— Tu essayes encore de m'attendrir pour mieux m'embobiner, c'est ça ? lança-t-elle, regrettant aussitôt cette attaque frontale.

— Il n'y a rien sur quoi s'attendrir. Avant d'étudier la suite des événements, je veux seulement savoir ce que tu as écrit dans l'article que tu as remis au *Monde en photos*.

Là-dessus, avec des démonstrations de galanterie dont elle ne fut pas dupe, il lui ouvrit la porte de la calèche et attendit qu'elle monte.

Quel autre choix s'offrait, à elle ? Elle s'exécuta, même si l'idée de jouer au touriste avec Nikolaï lui rappelait trop leur premier baiser dans la troïka. Elle était seule dans une ville qu'elle ne connaissait pas et enceinte de cet homme.

— Mon ordinateur est à mon hôtel, je peux te montrer ce que j'ai écrit, dit-elle.

Ainsi, il préférait discuter de son article plutôt que de leur bébé, songea-t-elle amèrement.

— T'es-tu servie de ce que je t'ai révélé après notre nuit à l'hôtel ?

— Non.

Elle regarda Nikolaï droit dans les yeux. Des yeux qui dressaient une barrière infranchissable entre elle et lui.

— Je n'ai jamais voulu être indiscrète ou te soutirer quelque secret que ce soit. Mon intention était juste de présenter ton pays sous un éclairage original. C'est ce que Richard avait suggéré au départ.

— Richard ? Qui est-ce ?

— Un photographe que j'ai rencontré pendant mes études.

Il travaille pour *Le Monde en photos* et m'a aidée à décrocher le reportage à Vladimir.

Elle n'avait rien à cacher. S'il trouvait à redire sur la façon dont elle avait obtenu son contrat, tant pis pour lui.

— Et que dois-tu à ce Richard en échange ? demanda-t-il d'une voix dure.

De stupeur, elle tourna la tête vers lui. Il la toisait avec un regard aussi glacial que le vent à Vladimir.

— Rien. Ma mission consistait seulement à prendre de belles photos pour présenter ton pays et illustrer quelques anecdotes sur ta famille. Alors, je ne vois pas pourquoi j'aurais mêlé à mon article les confidences que tu m'as faites dans la chambre d'hôtel.

Déséquilibrée par le brusque démarrage de la calèche, elle s'accrocha au siège. Aussitôt Nikolaï, assis en face d'elle, tendit la main pour la rattraper. Malgré l'espace qui les séparait, elle sentit le délicieux courant passer entre eux. Le même que celui qui les liait depuis leur première rencontre.

Leurs regards se croisèrent. Dans l'encre des yeux de Nikolaï, la froideur avait cédé la place à quelque chose de plus dangereux : le désir. Allons ! Elle n'allait pas succomber une nouvelle fois à ses charmes envoûtants. Ils devaient discuter des conséquences de leur nuit ensemble, puis elle rentrerait à Londres avant de tomber encore plus éperdument amoureuse.

Agacée par le cours de ses pensées, elle se cala au fond de la banquette, tout en essayant désespérément de se soustraire à son regard pénétrant.

— D'accord. Je te crois. Jusqu'à preuve du contraire.

— Pourquoi te mentirais-je, Nikolaï ?

Elle s'employa alors à mitrailler les gratte-ciel, au-dessus du feuillage vert tendre des arbres du parc. Elle n'avait nulle envie de lui montrer à quel point elle était affectée par leurs retrouvailles. L'obturateur se déclencha, mais elle n'avait pas la moindre idée de ce qu'elle avait photographié. Impossible de se concentrer avec Nikolaï en face d'elle et la perspective de la discussion sur leur bébé. Elle rangea donc son appareil et leva la tête vers Nikolaï. Il ne l'avait pas quittée des yeux.

— Il faut que nous parlions du pétrin dans lequel nous sommes, dit-il en observant sa réaction.

— Le pétrin ? répéta-t-elle avec vivacité. C'est ce que représente ce bébé, pour toi ? Un problème à traiter, c'est ça ? Que proposes-tu exactement, Nikolaï ?

— Oui, c'est effectivement un problème, observa-il posément. Si posément qu'elle en fut déstabilisée. Qu'avait-il derrière la tête ? Elle s'attendait au pire.

— Un problème dont je n'ai jamais voulu, mais qui implique à présent que nous nous mariions.

— Que nous nous mariions ? s'écria-t-elle, si fort qu'elle craignit d'avoir été entendue de tous les promeneurs du parc.

Exactement la réaction que Nikolaï avait attendue, à en juger par son air satisfait.

— C'est impossible, Nikolaï.

— Donne-moi un seul bon argument contre.

Se calant dans la banquette, il la dévisagea sans aménité.

— Pour commencer, nous vivons sur deux continents différents.

Elle s'était rabattue sur la première idée qui lui était venue à l'esprit, ce qui n'avait pas échappé à Nikolaï qui sourit, l'air narquois. Pourquoi fallait-il qu'il soit aussi beau et si incroyablement sexy ? Et pourquoi l'attirait-il toujours autant ?

— Et alors ? Je possède un pied-à-terre à Londres, si New York ne te convient pas.

Avait-il donc tout prévu ? s'agaça-t-elle, désorientée par sa réponse rapide. Et pourquoi tout paraissait-il si simple avec lui ?

— Et puis, j'ai ma sœur à prendre en compte. Et mon travail. *Le Monde en photos* vient de me proposer un poste.

— Ta sœur va rester à Perm encore quelques années et, ton métier, tu peux l'exercer n'importe où, non ?

L'assurance de Nikolaï confirma les soupçons d'Emma : il avait tout prévu. Et à son avantage à lui.

Car de son côté, elle ne pouvait pas renoncer à sa collaboration avec *Le Monde en photos*. D'autant plus qu'à présent, outre les études de Jess à payer, elle aurait un enfant à élever. Mais il y avait davantage en jeu. Quelque chose de plus intime. La proposition de Nikolaï l'avait atteinte au cœur de ses incertitudes les plus profondes, nées d'une enfance passée à se demander où se trouvait son père, cet homme qui ne voulait pas d'elle.

— Je ne peux pas quitter Londres, déclara-t-elle. J'ai besoin de ce travail au *Monde en photos* pour subvenir aux besoins de Jess.

Sa panique était audible, en dépit de ses efforts pour la camoufler.

— On peut facilement trouver une solution.

— Pour toi, peut-être, lança-t-elle sans comprendre où il voulait en venir.

— J'apporterai à Jess toute l'aide financière nécessaire pour lui permettre de « poursuivre son rêve », puisque c'est la formule que tu as employée, à Vladimir.

Son beau visage était toujours aussi implacable. Il ne tirait visiblement aucun plaisir de sa générosité. Mais était-ce vraiment de la générosité ? N'était-ce pas plutôt un appât ?

Non, c'était pire encore. Il achetait son consentement au mariage. Une pensée qui l'emplit d'effroi. Elle avait toujours rêvé du jour où un homme aimant et sentimental lui demanderait sa main. Nikolaï n'était décidément ni l'un ni l'autre, songea-t-elle alors qu'il la dévisageait. Même cette promenade en calèche manquait totalement de romantisme avec lui.

— Je ne peux pas accepter.

Elle ne parvenait toujours pas à croire ce qui lui arrivait. Il lui proposait le mariage en échange d'une sécurité financière pour Jess, le bébé et elle. Une sécurité financière qu'il lui serait, hélas, quasiment impossible d'assurer par ses propres moyens, son activité risquant d'être compromise par sa grossesse. Si elle repoussait l'offre de Nikolaï, comme l'y incitait son instinct, elle renoncerait à une aide matérielle indispensable à Jess et, surtout, priverait son bébé de ce qui lui avait toujours manqué à elle : un père.

Le regard insistant et impitoyable de Nikolaï accrut sa confusion, tandis que les mouvements de la calèche lui donnaient la nausée et que le martèlement régulier des sabots des chevaux sur le pavé résonnait douloureusement dans sa tête. Comment un instant de passion avait-il pu mener à cette situation ? Comment ces quelques heures de bonheur pouvaient-elles avoir de telles répercussions sur sa vie ?

— Non, répéta-t-elle avec fermeté. Je ne peux pas accepter.

Il riva son regard glacial au sien, exacerbant la tension entre eux. Mais Emma tint bon. Elle voulait le défier, le malmener comme il la malmenait.

Il finit par rompre le silence.

— Et moi, je n'accepterai pas d'être exclu de la vie de mon enfant. Seul le mariage pourra m'en préserver.

Comme il se penchait vers elle, cette fois, elle baissa les yeux. Il avait touché en elle une plaie à vif.

Elle était venue à New York dans l'espoir qu'il ne tournerait pas le dos à leur enfant. Mais elle ne s'était pas attendue à cette proposition de la part de celui qui avait déclaré vouloir se limiter à une aventure d'une nuit.

Si elle refusait son offre, ne se montrerait-elle pas pire encore que sa mère ?

Malgré tout, elle tenta encore d'argumenter.

— Mais le mariage…

— … est la seule solution maintenant que tu portes notre enfant, l'interrompit-il de nouveau. Nous allons nous marier, Emma. Il n'y a pas à discuter.

6

Comment avait-elle atterri dans l'une des bijouteries les plus renommées de New York ?

Emma était à peine remise de la stupeur dans laquelle l'avait plongée la promenade en calèche.

Elle ne pouvait pas épouser Nikolaï. Ce n'était pas ce qu'il attendait de la vie. Et une bague de fiançailles n'y changerait rien.

De son côté, elle ne voulait pas répéter les erreurs de sa mère. Mais était-elle réellement capable de tout sacrifier pour le bien de son fils ou de sa fille ? Si elle partait maintenant, son enfant le lui reprocherait-il un jour, comme elle reprochait à sa propre mère de l'avoir privée de père ?

Alors qu'elle cogitait ainsi, le regard dirigé vers la porte de la boutique, elle sentit une onde de chaleur derrière elle... Nikolaï s'était approché. Difficile quand même de passer outre cette attirance mutuelle !

— Tu n'envisages pas de te sauver, j'espère ? murmura-t-il avant de l'attirer contre lui.

Elle secoua la tête, incapable d'articuler une parole, tant le contact brûlant des mains de Nikolaï et de son corps vigoureux la grisait. Il avait gardé le pouvoir de lui faire perdre la raison, comme au cours de cette nuit de passion où leur enfant avait été conçu.

Emma s'écarta de lui. Jamais elle n'oublierait l'accusation qu'il avait portée contre elle après lui avoir fait l'amour, ni la façon dont il venait de lui forcer la main en mettant l'avenir de Jess dans la balance.

Elle devait à tout prix contrôler son désir pour cet homme,

chasser de son esprit l'ardeur de ses yeux noirs. D'autant plus que, avec une soudaine lucidité, elle venait de comprendre que Nikolaï l'avait séduite par pur calcul, dans le seul but de l'éloigner du secret qu'il voulait cacher. Il n'avait pas éprouvé le moindre sentiment pour elle.

— Non, répéta-t-elle à haute voix. Tu as été très clair sur ce qu'il convient de faire.

— Dans ce cas, je te propose de choisir la bague qui scellera notre accord.

Une fois de plus, il la manipulait et lui imposait sa ligne de conduite. Dire que les fiançailles romantiques dont elle avait toujours rêvé se réduisaient aujourd'hui à l'ordre de se décider pour une bague ! Mais quelle autre solution avait-elle qu'obéir ? Ainsi, elle permettait à Jess de poursuivre sa formation et donnait un père à son propre bébé. Or, elle avait toujours conçu de jouer son rôle de mère en collaboration avec le père de son enfant. À la différence près que dans ses rêves, cet homme était là par amour pour elle et pas uniquement par devoir.

— Tu as raison, dit-elle calmement, résignée à se plier à la volonté de Nikolaï.

Car d'autres craintes la taraudaient. Si, à l'instar de sa mère, elle ne s'en sortait pas seule avec le bébé, le lui retirerait-on pour le placer dans une famille d'accueil ? Seul le mariage la prémunirait de cette éventualité.

— Nous sommes donc d'accord ? demanda posément Nikolaï.

— Oui. C'est la meilleure solution.

De peur de revenir sur sa décision, elle se concentra sur les bagues devant elle... la vue brouillée par les larmes. Furieuse de sa faiblesse, elle s'essuya les yeux d'un revers de main. Elle ne pouvait pas se permettre de pleurer. Pas encore. Elle devait se montrer aussi forte et indifférente que Nikolaï.

— Personnellement, j'opterais pour une émeraude, dit-il en lui enlaçant la taille. La couleur de tes yeux.

Il avait remarqué qu'elle avait les yeux verts ? Se serait-il réellement intéressé à elle, indépendamment de tout calcul ?

Bien sûr que non ! Tout faisait partie de son plan, de la promenade en troïka à ce baiser merveilleusement doux et puissamment érotique.

— Que dis-tu de celle-ci ? demanda-t-elle, soudain rattrapée par une extrême fatigue.

Entre le stress, le décalage horaire et ses nausées, elle ne pensait qu'à une chose : rentrer se reposer dans sa chambre d'hôtel. Malgré tout, se saisissant du bijou par l'anneau délicatement incrusté d'éclats de diamants, elle l'examina de plus près.

— Tu n'en préférerais pas une plus grosse ? demanda-t-il en allant s'asseoir dans un fauteuil de style, à côté de la table.

Elle s'efforça de ne pas regarder ses longues jambes qu'il avait étendues devant lui, dans une attitude parfaitement décontractée qui contrastait avec sa propre tension.

— Non. Celle-là correspond plus à mon style, répondit-elle, consciente du regard qu'il promenait sur son corps.

Il la rejoignit alors, prit le bijou et, à la stupéfaction d'Emma, lui leva la main gauche. Avec une lenteur étudiée, il glissa la bague à son annulaire.

— Dans ce cas, me feras-tu l'honneur de devenir ma femme ?

Interloquée par le contraste entre la courtoisie de la demande et la sécheresse froide du marché qu'il lui avait mis entre les mains, elle commença à bafouiller, sous le regard de toutes les vendeuses. S'était-il livré à cette mise en scène à leur intention ou pour son propre plaisir ? Difficile de le savoir.

— Oui, Nikolaï, j'accepte de t'épouser, finit-elle par murmurer.

Respecterait-il les engagements qu'il avait pris en lui soumettant cet étrange accord ? se demanda-t-elle, tandis que Nikolaï examinait l'effet de la pierre verte sur son doigt.

S'il ne les tenait pas, elle n'aurait qu'à partir. Au fond, elle n'avait rien à perdre à se marier avec lui.

Alors qu'elle se rassurait ainsi, Nikolaï pencha la tête. Il allait l'embrasser ! Là, dans cette boutique !

Quand les lèvres de Nikolaï touchèrent les siennes, un frisson brûlant la parcourut, et ses genoux se dérobèrent sous elle. Se forçant à garder les yeux ouverts, elle vit le visage de Nikolaï éclairé d'un sourire satisfait.

— Une réponse fort judicieuse, murmura-t-il pour elle seule.

Nikolaï ouvrit la portière de la voiture qu'il avait commandée au moment où il réglait la bague de fiançailles, un objet qu'il n'avait jamais imaginé acheter une seconde fois. Cependant, il n'avait guère eu d'autre option, dans la mesure où il souhaitait exister pour son enfant et saisir cette chance de se prouver qu'il valait mieux que son père. Certes, le fait qu'il n'ait pas conçu son enfant de manière ignoble faisait déjà de lui un homme meilleur que son père. Mais cela ne suffisait pas.

Tout en ruminant ainsi, il observa Emma grimper à l'arrière de la voiture. Avec un pincement au cœur de culpabilité, il nota son extrême lassitude. Mais il n'avait rien à se reprocher, après tout. Emma avait effectué le voyage jusqu'à New York pour assurer son avenir et celui de son enfant et, maintenant qu'il avait ajouté Jess au marché, elle avait été largement payée de sa peine.

Elle deviendrait sa femme le plus rapidement possible et en tout cas avant que la nouvelle de sa grossesse n'éclate. Il voulait préserver l'illusion qu'il avait trouvé l'amour et le bonheur pour sa mère, dont c'était le vœu le plus cher. Aujourd'hui, grâce à une seule nuit pendant laquelle il avait brièvement perdu le contrôle de lui-même, il allait l'exaucer.

— À quel hôtel es-tu descendue ? demanda-t-il en prenant place sur la banquette à côté d'elle.

— Dans un hôtel de la 47e Rue ouest, répondit-elle sans le regarder.

Nikolaï fut de nouveau saisi de remords, tandis qu'il indiquait l'adresse au chauffeur.

— Tu as pris la bonne décision, la rassura-t-il en lui serrant la main.

Comme elle se tournait vers lui, le mouvement de sa chevelure noire et soyeuse lui rappela les moments où il y avait enfoui les doigts.

— Et si tu rencontres quelqu'un avec qui tu veux vraiment te marier ?

L'inquiétude tangible d'Emma accentua encore le sentiment de culpabilité de Nikolaï, même s'il savait que les craintes de la jeune femme ne se justifiaient pas. Le remariage d'amour de sa mère, quand il avait douze ans, n'avait pas effacé le modèle de vie matrimoniale que son père lui avait imposé. Convaincu d'avoir hérité des gènes paternels, il s'était abstenu de tout engagement sentimental. Au fil des années, il était devenu un homme d'affaires prospère, certes, mais froid et cynique. Il savait qu'il ne se marierait jamais, du moins par amour.

— Cela ne se produira pas. Et puis, je pourrais te retourner la question.

— Figure-toi que j'avais toujours rêvé d'un mariage de conte de fées. D'une robe blanche avec une traîne tenue par des enfants, de demoiselles d'honneur, de château, de lune de miel paradisiaque sous les tropiques.

Il fut d'abord surpris par la douce mélancolie dans sa voix, avant de comprendre à l'éclat dur de ses yeux verts qu'elle le menait en bateau. Il avait trop souvent lui-même camouflé ses émotions pour se laisser berner. À ce sport, il ne pouvait sortir que victorieux. Il décida malgré tout d'entrer dans son jeu. Pour le moment, du moins.

— Et maintenant ?

Elle dégagea sa main et le défia du regard.

— Maintenant, j'ai perdu ma naïveté.

— Tu ne cherches donc pas l'amour et un dénouement du style « ils furent heureux et eurent beaucoup d'enfants » ?

— Certainement pas ! lâcha-t-elle avec une telle spontanéité qu'il ne douta pas une seconde de sa sincérité.

— Parfait ! Là-dessus aussi, nous nous accordons, alors. Tu vois, nous avons déjà une bonne base pour notre mariage : un enfant qui a besoin de nous deux et une aversion de tout ce qui ressemble de près ou de loin à du sentimentalisme.

Quand elle tourna la tête vers lui, des questions plein les yeux, il mourut d'envie de goûter encore ses lèvres. Depuis deux mois, le souvenir du baiser qu'ils avaient échangé dans la neige restait gravé dans son esprit. Quant aux heures où il l'avait possédée, elles hantaient ses rêves nocturnes.

C'est à cause de ces souvenirs qu'il n'avait pas résisté à la tentation de l'embrasser, dans la bijouterie.

— Nous sommes arrivés, annonça-t-elle avec un soulagement évident.

— Je viens avec toi rendre tes clés.

— Mais il n'est pas question que je rende mes clés !

— Maintenant que nous sommes fiancés, tu ne vas pas loger ici toute seule. En outre, nous avons une réception à mettre sur pied.

Si elle le croyait assez bête pour lui donner la moindre chance de se sauver, elle l'avait mal jugé !

— Quelle réception ?

— Celle pour nos fiançailles, évidemment ! répondit-il, plus agacé qu'il ne l'aurait dû par la stupéfaction d'Emma. J'appellerai l'organisateur dès notre arrivée à mon appartement. Je vais lui proposer le week-end prochain.

Sans lui laisser le temps de protester, il l'entraîna vers l'hôtel.

— Mais avant, il faut que tu ailles chercher tes bagages et que tu libères ta chambre.

Emma avait imaginé bien des scénarios avant d'arriver à New York, mais aucun ne ressemblait à ce dénouement.

Alors qu'elle traversait le spacieux appartement donnant sur Central Park, elle réfléchit de nouveau à la perspective d'habiter chez Nikolaï.

— Je ne vois aucune raison d'avoir quitté mon hôtel.

— Oh ! Mais il y a toutes les raisons du monde, Emma. Indépendamment même de nos fiançailles, il est indispensable que tu te reposes.

Elle aurait voulu se rebeller contre son autorité mais, forte de l'expérience acquise lors de ses nombreux changements de famille d'accueil, elle se retint.

À la vue de la silhouette de Nikolaï se découpant devant la grande baie vitrée, Emma se rappela la photo qu'elle avait prise de lui, triste et solitaire, devant la maison de son enfance, à Vladimir. Aujourd'hui cependant, tout dans sa posture indiquait qu'il contrôlait parfaitement la situation et ses émotions.

Elle avança à pas feutrés sur le parquet ciré. Le souvenir de cette photo l'avait apaisée et lui donnait envie de retrouver la complicité qu'ils avaient partagée, au moment de leur rencontre. Parviendraient-ils à s'entendre, pour que leur mariage ne coure pas inéluctablement à l'échec ?

Malgré leurs griefs, l'attirance entre eux persistait, le désir était toujours là. Pour éviter un fiasco, néanmoins, ils devaient avant tout être capables de discuter en toute sérénité et en toute amitié.

— C'est un sacré panorama, commenta-t-elle, histoire de dire quelque chose.

Comme il gardait le silence, elle jeta un coup d'œil à son profil énergique et poursuivit :

— J'aimerais prendre des photos. Au coucher du soleil, par exemple.

— Pour les vendre ? lança-t-il méchamment en se tournant vers elle. C'est donc ça que tu es venue chercher ? D'autres détails sur ma famille et moi, pour te faire de l'argent ?

— Mais pas du tout, Nikolaï, protesta-t-elle, horrifiée qu'il nourrisse de tels soupçons à son égard. Je souhaite prendre des photos pour moi, par plaisir. C'est la première fois que je viens à New York et, en plus, dans un appartement luxueux avec vue sur Central Park.

— Je n'ai toujours pas vu la copie que tu as remise au *Monde en photos*.

— Qu'à cela ne tienne ! rétorqua-t-elle en se dirigeant vers la chambre où il avait fait entreposer son maigre bagage.

Au moins n'avait-il pas l'intention de passer la nuit avec elle, s'était-elle dite avec un certain soulagement… teinté de déception.

Quand elle revint au salon, Nikolaï regardait toujours par la fenêtre, ses épaules plus crispées que jamais. Pourquoi cette inquiétude ? En quoi quelques clichés et un petit article sur sa famille le dérangeaient-ils ?

Elle déposa son ordinateur sur la table et l'alluma, tout en s'interrogeant sur ce qui tracassait Nikolaï. Elle était bien placée pour savoir que toutes les familles abritent des secrets.

— Voilà, Nikolaï, annonça-t-elle en ouvrant le dossier requis. Ça a plu à Richard.

— Richard l'a vu ? demanda Nikolaï avec un regard hargneux.

Il s'approcha de la table, tandis qu'Emma allait s'asseoir sur un grand canapé beige, dans un angle de la pièce.

— Oui, bien sûr. Il m'a beaucoup aidée. Sans lui, je n'aurais pas décroché ce contrat.

Après un silence pesant qui ne dura pas moins de cinq minutes, il la regarda, sourcils froncés.

— C'est ce que tu as remis à ton magazine ?

— Oui. À quoi t'attendais-tu, Nikolaï ?

— Pas à cette romance sur la Russie. Tu as transformé ce que je t'ai raconté en quelque chose de complètement différent.

Il se dirigea vers elle. De sa position assise, Emma le trouva encore plus imposant.

— Tu ne m'as pas donné grand-chose à me mettre sous la dent, Nikolaï, et comme je n'ai pas rencontré ta grand-mère, il a bien fallu que j'improvise.

— Rien n'est vrai.

— Quelle est la vérité, Nikolaï ? Pourquoi redoutais-tu tant que je discute avec ta grand-mère ?

Il prit place à côté d'elle sur le canapé. L'atmosphère était à présent chargée de quelque chose qu'Emma ne cernait pas encore.

— L'histoire de ma famille est compliquée, soupira-t-il.

— Je sais ce que c'est qu'une histoire compliquée, Nikolaï. Jess et moi avons été aux premières loges pour nous en rendre compte.

Pourquoi cet aveu ? se reprocha-t-elle aussitôt. Elle voulait en apprendre davantage sur lui, pas étaler son pitoyable passé. Car accepterait-il toujours qu'elle devienne sa femme, s'il découvrait comment elle avait été élevée ?

— Eh bien ! Un point commun de plus entre nous alors, conclut Nikolaï avec une note de tristesse qui serra le cœur d'Emma.

Il affichait la même expression que lorsqu'elle avait pris la photo, devant les ruines de sa maison natale.

Malgré son envie de le réconforter, elle garda ses mains sagement croisées sur ses genoux.

— Souhaites-tu en parler ?

Elle avait posé la question sans conviction, certaine en effet qu'il tenait à garder son secret, comme elle-même l'avait fait, essentiellement pour protéger Jess qui était loin de connaître toute la vérité. Pourtant...

— Il faut quand même que je t'explique comment j'en suis venu à émigrer à New York et pourquoi je n'utilise plus mon nom de naissance.

Cette fois, elle ne put s'empêcher de poser sa main sur son bras, ignorant la sensation grisante causée par ce simple contact.

— Le mariage de mes parents n'a pas été heureux, commença-t-il avec un calme surprenant. Mon enfance non plus. La mort de mon père a été une libération autant pour ma mère que pour moi.

— Mon pauvre, murmura-t-elle.

Imaginer qu'il avait souffert étant enfant lui était très pénible. En outre, cela ravivait ses propres mauvais souvenirs.

— Un collègue, relation d'affaires de mon père, est venu en aide à ma mère, poursuivit-il imperturbablement. Et je pense que cette rencontre a été un des rares exemples où l'amour emporte tout sur son passage.

Il regarda la main d'Emma et fronça les sourcils, comme s'il venait de s'apercevoir qu'elle l'avait posée sur son bras. De toute évidence, ce contact n'avait pas le même effet sur lui que sur elle !

— Tu dis ça comme si tu doutais que cela soit possible, observa-t-elle en retirant sa main.

— Nous ne croyons ni l'un ni l'autre en l'amour, me semble-t-il.

Il riva son regard accusateur et soupçonneux au sien. Soudain, elle se remémora leur conversation à Vladimir, son ton blasé quand elle avait évoqué les mariages de contes de fées. Croyait-il qu'elle regrettait de ne pas y avoir droit, elle aussi ? En réalité, elle croyait à l'amour... mais pas pour elle-même.

— Oui, c'est exact. Simplement, tu m'as surprise en évoquant le bonheur de ta mère. J'ai cru que pour toi, l'amour était une possibilité, dit-elle d'un ton léger.

— Quoi qu'il en soit, ma mère s'est complètement épanouie au côté de Roger Cunningham, alors qu'elle avait jusque-là vécu dans la peur et sous la coupe de son mari. Même à douze ans, je me suis aperçu de sa métamorphose. À seize ans, j'ai effectué les démarches nécessaires pour changer officiellement mon nom de famille, même si je me faisais déjà appeler depuis longtemps Nikolaï Cunningham.

Emma comprenait mieux son irritation, quand elle l'avait appelé M. Petrouchov.

— Et maintenant, ton enfant portera aussi ce nom.

— Et toi aussi, quand nous serons mariés.

Regrettait-il sa proposition impulsive ? s'interrogea Emma comme il regardait l'émeraude à son doigt.

— Nous ne sommes pas obligés de nous marier, Nikolaï. De toute façon, je ne t'empêcherai jamais de t'occuper de ton fils. J'ai trop souffert de grandir sans père.

Elle se mordilla nerveusement les lèvres, dans l'attente de sa réaction. Il la scrutait comme s'il essayait de lire dans ses pensées, et elle se força à soutenir son regard.

— L'idée de devenir ma femme te répugne-t-elle à ce point ?

Dans sa voix soudain plus grave, elle décela pour la première fois une trace d'accent. Incapable de parler, elle secoua la tête. L'idée de se marier la terrorisait. Celle de se marier à Nikolaï, beaucoup moins. Peut-être parce qu'il était le seul homme qu'elle ait vraiment connu ?

Il approcha sa main de son visage et avec une infinie délicatesse, repoussa une mèche de cheveux derrière son oreille. Le frôlement de ses doigts sur sa joue raviva avec force le souvenir de leur nuit d'amour.

— Je ne ferai jamais rien qui puisse te faire souffrir, Emma. Tu le sais, n'est-ce pas ?

Il avait parlé avec une telle tendresse qu'elle sentit des larmes affluer à ses paupières.

— Oui, je le sais.

Il se pencha vers elle, glissa sa main sous ses cheveux et, avant qu'elle ne puisse dire ou faire quoi que ce soit, il posa ses lèvres sur les siennes en un baiser très doux. Emma sentit sa résistance fondre comme neige au soleil et elle répondit à son étreinte.

— Depuis notre rencontre à Vladimir, il y a toujours ce même désir, entre nous, dit-il en s'éloignant. Et cela au moins rendra notre mariage plus supportable.

Ces mots lui firent l'effet d'une gifle. Si Nikolaï la désirait, il n'éprouvait aucun sentiment pour elle. Et sans cette grossesse, il ne l'aurait pas choisie pour devenir sa femme. Quoi qu'il en soit, elle avait déjà décidé de s'y résigner dans l'intérêt de Jess et de son bébé.

— Oui, c'est vrai.

Il lui sourit, d'un sourire qui n'atteignit pas ses yeux.

— Bien. Nous nous marierons donc dans trois semaines. Mais avant cela, il reste la petite formalité des fiançailles.

7

Après une semaine consacrée aux préparatifs des fiançailles, l'heure était venue pour Emma de rencontrer les amis de Nikolaï et surtout sa mère et son beau-père. Une épreuve pour elle.

Tandis qu'elle attendait, les nerfs à fleur de peau, elle se remémora les deux baisers échangés avec Nikolaï le jour où il lui avait offert sa bague. Sur le coup, elle les avait interprétés comme le signe positif qu'il ressentait quelque chose pour elle. À tort manifestement car, depuis, il s'était entièrement absorbé dans son travail, alors qu'elle avait passé le plus clair de son temps à se promener en ville, seule avec son appareil photo.

Ce matin, obéissant aux consignes de Nikolaï, elle était allée dans une boutique choisir une tenue adaptée à l'événement mondain qu'étaient devenues leurs fiançailles. Puis elle s'était rendue dans un salon de beauté en début d'après-midi.

À présent, dans l'appartement de Nikolaï doté d'une vue plongeante sur une ville qui ne dort jamais, elle se sentait un peu comme Cendrillon. Vêtue d'une robe de rêve — blanc cassé, incrustée de perles — elle attendait le prince charmant qui viendrait lui déclarer un amour éternel et l'emmener vers un avenir radieux. Sauf qu'il y avait peu de chances que Nikolaï soit prêt à jouer le rôle…

D'ailleurs, comment réagirait-il en la découvrant ? L'Emma Sanders qu'il avait rencontrée à Vladimir avait cédé la place à une femme plus élégante et raffinée. Elle-même ne s'était pas reconnue, quand elle s'était aperçue dans le miroir avant de quitter sa chambre. Mais peut-être l'avait-il modelée à l'image de la femme dont il rêvait ?

Des pas dans le couloir... Il arrivait. Elle ne se retournerait pas ! décida-t-elle dans un accès de panique. Il le fallait pourtant. Elle pivota donc lentement sur elle-même... et s'arrêta de respirer à la vue de Nikolaï en smoking, chemise blanche et cravate noire.

Mais ce fut son visage qui attira plus que tout son attention. Sa barbe naissante soigneusement taillée ombrait virilement ses joues et accentuait le côté volontaire de ses lèvres. Il avait discipliné ses cheveux de jais, mais quelques boucles s'échappaient déjà sur ses tempes.

— Tu es..., murmura-t-il, ses yeux étincelant d'une colère contenue.

— ... très différente, acheva-t-elle.

Emma n'avait aucune envie d'entendre de sa bouche le fond de la pensée de Nikolaï. Elle souhaitait juste en finir avec cette mascarade.

— J'allais dire très belle, rectifia-t-il en s'approchant dangereusement.

— Hum..., répliqua-t-elle, sceptique, les joues en feu malgré tout.

Alors qu'elle s'apprêtait à s'en aller, il la retint par le bras. En dépit de son envie d'éviter ses yeux de braise qui l'enflammaient à son corps défendant, elle soutint vaillamment son regard, attendant qu'il ajoute quelque chose. Le temps sembla se suspendre, jusqu'à ce que Nikolaï finisse par la lâcher.

— Allons-y. Ma mère doit nous attendre.

Il s'écarta d'elle avec vivacité, ce qui décupla le trouble d'Emma. Elle était perturbée, non seulement à l'idée de rencontrer la mère et le beau-père de Nikolaï, mais aussi à la pensée qu'il ne supportait pas de la toucher.

— Je me réjouis de faire sa connaissance, dit-elle en feignant de se débattre avec la fermeture de son sac pour ne pas voir la gêne de Nikolaï.

— J'ai une faveur à te demander, Emma. Ma mère n'est pas au courant pour le bébé, et j'aimerais qu'elle ne l'apprenne pas. Pour le moment.

Ainsi, il avait honte d'elle et de l'enfant qu'elle portait, conclut-elle, profondément blessée. Mais au moins, cela lui enlevait toute illusion : ce mariage n'était rien d'autre qu'un marché.

— Pourquoi ? ne put-elle s'empêcher de demander.

— Elle croit que je suis amoureux. Que nous sommes amoureux. Et je veux qu'elle continue à penser que nous nous marions par amour et non par obligation.

Sa voix s'était durcie aux mots « amoureux » et « amour », comme s'ils le répugnaient.

— Si c'est ce que tu souhaites..., acquiesça-t-elle avec un détachement feint pour dissimuler sa douleur.

Tandis que sa mère accueillait chaleureusement Emma, Nikolaï laissa son regard s'attarder sur la silhouette de sa fiancée, mise en valeur par sa robe moulante. Aussitôt surgirent des souvenirs de cette nuit où il avait couvert son corps de baisers, avant de la posséder.

La voix de sa mère le tira du cours érotique de ses pensées.

— Je suis vraiment enchantée. Je croyais ne jamais connaître ce jour. Et quelle bague magnifique !

— Une bague magnifique pour une femme superbe.

Le compliment avait échappé à Nikolaï. Mais, lorsqu'il vit le rose aux joues d'Emma et le sourire rayonnant de sa mère, il sut qu'il avait prononcé exactement les mots qu'il fallait.

— Restez donc dormir à la maison, Emma, suggéra Anna comme elle l'avait déjà proposé à son fils quelques jours plus tôt.

Une invitation qu'il avait déclinée en alléguant des obligations professionnelles.

— Non, nous allons rentrer ce soir, maman.

Il sentit sur lui le regard d'Emma, qui semblait l'encourager à tenir bon.

— Il n'en est pas question, objecta Anna. Comment voulez-vous profiter de vos fiançailles, si vous partez ce soir ? De toute façon, j'ai déjà fait préparer une chambre.

— Je dois être à mon bureau à la première heure demain, insista-t-il d'un ton malheureusement cassant qui risquait d'enlever toute crédibilité à son argument.

Ce que confirmèrent le coup d'œil étonné d'Emma et la réaction de sa mère.

— N'importe quoi ! Tu travailles beaucoup trop. De toute façon, c'est le week-end, et tu dois le passer avec ta fiancée. N'ai-je pas raison, Emma ?

Anna adressa un sourire enjôleur à son fils, une tactique habituellement infaillible pour l'amadouer. Mais Nikolaï rechignait à imposer à Emma une situation qui la mettait mal à l'aise. Sans compter que s'il restait aux Hamptons, il allait devoir partager un lit avec elle.

— Je n'ai pris aucune affaire avec moi, madame Cunningham.

Nikolaï, aussi surpris par l'intervention d'Emma que par le délicieux frisson que le son de sa voix provoqua en lui, tourna la tête vers elle. L'appréhension qu'il lut sur son visage lui serra le cœur. Serait-il en train de tomber amoureux d'elle ? s'alarma-t-il. Cela compliquerait les choses puisqu'Emma, elle, ne célébrait leurs fiançailles que pour honorer le marché qu'ils avaient conclu.

— Ce n'est pas un problème. Ma belle-fille et moi pourrons vous prêter tout le nécessaire.

Nikolaï voyait la situation lui échapper et il hésitait sur la conduite à adopter. Devait-il épargner à Emma la corvée de passer une nuit dans la même chambre que lui ou laisser sa mère continuer à croire qu'il avait fini par succomber à l'amour ?

— Je vous remercie, madame Cunningham, mais je...

— D'accord, nous restons, l'interrompit Nikolaï.

Il attira Emma contre lui. Le tissu léger de sa robe était une barrière bien inefficace contre la chaleur de son corps qui le brûlait à travers son smoking et le grisait d'un désir impossible. Il lui fallait une diversion à tout prix.

— Nous devrions rejoindre nos invités.

Autour des tables profusément décorées, étaient installés des amis et des membres de sa famille, plus exactement de sa belle-famille. Dans une atmosphère joyeuse et détendue, les rires se mêlaient à la musique de l'orchestre.

— Je suis désolé, Emma, dit-il en l'emmenant à une table où il espérait se soustraire au moins provisoirement à l'attention générale.

— De quoi ?

— Tu ne connais personne ici.

— Ce n'est pas grave. Ce ne sont pas de véritables fiançailles.

À ces mots, la colère étouffa en lui les frémissements irrépressibles de ses sens.

— Mais si ! Nous sommes fiancés et nous serons mariés d'ici la fin du mois.

— Tout cela n'est qu'illusion, Nikolaï, en dépit de ce que tu veux que ta mère croie. Mais ne compte plus sur moi.

— Pour quoi faire ?

Il lui prit la main de force.

— Pour être exhibée comme une bête curieuse. Je veux que notre mariage soit le plus simple possible. Je ne veux plus être le point de mire de toute une foule.

Elle le suppliait de ses yeux verts, et le léger tremblement de sa voix troubla Nikolaï autant qu'il l'agaça. Cherchait-elle un prétexte pour se dédire du contrat qu'ils avaient conclu ?

— D'accord, dit-il sèchement en lui lâchant la main.

Emma aurait voulu que la fête dure toujours. Elle n'aurait rien pu imaginer de plus somptueux et, si Nikolaï et elle s'étaient aimés, cette soirée aurait lancé merveilleusement leur vie conjugale. Hélas, ils n'étaient pas amoureux. Le ton agressif de Nikolaï l'en avait définitivement convaincue.

— Emma ! Nikolaï ! appela une Anna survoltée. Venez ! Je veux que vous soyez aux premières loges pour le clou de la soirée.

— Qu'est-ce que tu as manigancé encore ? voulut savoir Nikolaï… inutilement.

Anna fendait déjà la foule des invités, et ils n'eurent d'autre choix que de la suivre. Ils traversèrent la pelouse du vaste jardin éclairé par des centaines de lampes, tandis que de l'obscurité alentour leur parvenaient des bruits d'eau.

— J'ignore ce qu'elle a inventé, maugréa Nikolaï.

Il cachait difficilement son agacement devant ce déploiement de faste autour de leurs fiançailles.

— Nous allons le savoir bientôt, répondit Emma avec un sourire.

Pour sa part, elle était émerveillée qu'une mère organise des surprises à son fils. En fait, Anna était exactement le genre de mère qu'elle voulait être.

Sans rien dire, Nikolaï la prit par la main, et ils rejoignirent Anna qui était en pleine conversation avec un groupe d'invités.

— Mettez-vous là, dit-elle. Je veux une photo de vous deux avec la fête en arrière-plan.

Emma, contaminée par l'enthousiasme d'Anna, ne put se retenir de rire. Nikolaï, lui, ne décolérait pas.

— Ce n'est pas la peine, maman, dit-il d'un ton irrité.

Mais sa mauvaise humeur n'entama pas le moins du monde l'entrain de sa mère. Emma sentit cependant le malaise la gagner, quand un photographe professionnel leur imposa une place bien précise pour une photo officielle, alors qu'elle avait cru à un simple instantané. Elle détestait poser et se trouver du mauvais côté de l'objectif.

— Enlacez-vous, ordonna l'homme en commençant à les mitrailler, pendant que ses assistants réglaient l'éclairage. Et maintenant, embrassez-vous.

Levant les yeux vers Nikolaï, Emma hésita quelques secondes.

— Obéissons ! lui murmura-t-elle à l'oreille, mue par la même audace qu'à Vladimir.

Nikolaï conservait son expression butée, très éloignée de celle qu'aurait dû arborer le fiancé transi d'amour qu'il était censé jouer pour sa mère.

— N'oublie pas que nous sommes amoureux, ajouta-t-elle avec espièglerie.

Les yeux noirs de Nikolaï s'animèrent alors d'un désir si ardent qu'Emma s'arrêta de respirer. Son cœur se mit à cogner dans sa poitrine. Nikolaï l'avait certainement remarqué, bien que son expression n'ait rien trahi.

Il l'attira contre lui jusqu'à coller ses cuisses contre les siennes et sa poitrine contre ses seins. Puis avec lenteur mais détermination, il baissa la tête et posa ses lèvres sur sa bouche. Par réflexe, elle ferma les yeux et se fondit en lui. Quand il resserra encore son étreinte, elle lui enlaça le cou et, malgré tous ses efforts pour se contrôler, elle s'abandonna à la force de la passion qui la dévorait.

— Parfait, déclara le photographe. Continuez à l'embrasser, monsieur.

Comme Nikolaï descendait sa main vers le creux de ses reins, elle s'embrasa de désir. Elle devait l'arrêter, sous peine de se trahir, de lui laisser voir qu'un simple baiser suffirait pour qu'elle se donne à lui de nouveau. Aussi retira-t-elle ses bras du cou de Nikolaï, avant de le repousser doucement.

— Bravo pour le numéro d'acteur, ironisa-t-elle d'une voix beaucoup trop rauque à son goût.

À cet instant, une détonation la fit sursauter : un feu d'artifice illuminait le ciel nocturne, derrière le chapiteau. Elle n'avait donc pas rêvé l'explosion qu'elle avait entendue quand Nikolaï s'était emparé de sa bouche. Soulagée, elle leva les yeux vers lui. Il l'enlaçait toujours.

— Je peux te retourner le compliment, dit-il d'une voix enrouée lui aussi.

Voyant sa mère se diriger vers eux avec un sourire radieux, Nikolaï libéra Emma.

— C'était parfait, les enfants. Eh bien ! À demain matin, je vais dormir.

Emma regarda s'éloigner cette femme resplendissante de bonheur à l'idée que son fils avait trouvé l'amour de sa vie. Comment réagirait-elle, si elle apprenait la vérité ? Mais plus intrigant encore, pourquoi Nikolaï tenait-il tant à ce qu'elle croie à cette fable ?

— Préfères-tu que nous rejoignions la fête ou que nous allions nous coucher ?

La question prit Emma de court. Ni l'une ni l'autre des propositions ne la tentait.

— Peut-être vaudrait-il mieux retourner simplement à ton appartement, non ?

— Manifestement, la perspective de partager une chambre avec moi ne t'emballe pas. Mais je te promets qu'il ne se passera rien. Nous ne sommes pas obligés de continuer la comédie du couple amoureux, une fois la porte de la chambre close.

— Dans ce cas, allons nous coucher, déclara-t-elle.

Elle espérait ne pas avoir laissé paraître son dépit. Nikolaï ne la désirait pas, ne la trouvait pas séduisante. Il l'avait embrassée pour la galerie tout à l'heure, uniquement pour plaire à sa mère.

Nikolaï avait remarqué la réticence d'Emma à dormir avec lui — un euphémisme ! Et il regrettait à présent de ne pas s'être montré plus ferme avec sa mère. En voulant faire plaisir à Anna, il avait contrarié sa fiancée, ce qui l'attristait bizarrement.

Quoi qu'il en soit, il était trop tard pour faire machine arrière. En tout cas, Emma et lui partiraient dès que possible le lendemain matin.

Emma traversa la chambre vers le grand lit pour examiner les vêtements qu'Anna y avait déposés pour elle. Elle découvrit notamment une nuisette en soie blanc crème... transparente.

— On dirait que ta mère a pensé à tout. Comme si elle avait prévu de nous obliger à rester.

Nikolaï le pensait aussi, mais il essaya de rassurer Emma.

— Peu importe ce qu'elle avait prévu. L'essentiel, c'est qu'elle croie que nous nous aimons. Comme je te l'ai expliqué, je souhaite qu'elle garde ses illusions. Mais je t'ai aussi promis qu'il ne se passerait rien entre nous. Alors, je vais coucher là.

Emma regarda tour à tour Nikolaï et le fauteuil qu'il indiquait.

— Tu ne vas pas bien dormir là-dessus, voyons, soupira-t-elle.

Nikolaï s'apprêtait à contester, quand il aperçut une ébauche de sourire sur les lèvres d'Emma.

— Nous devrions pouvoir nous arranger avec le lit, ajouta-t-elle. Après tout, nous sommes tous les deux adultes et sommes d'accord pour être sages.

Il n'aurait pas hésité à accepter, s'il avait été sûr de pouvoir tenir sa promesse. Or, il doutait de ses capacités à se contrôler, alors qu'Emma se tenait devant lui dans sa robe chatoyante. Jamais il n'avait autant désiré une femme. Mais c'est lui qui avait fixé les conditions de leur relation à Vladimir : une nuit, pas plus. Alors...

— Dans ce cas, au lit ! Nous avons besoin de nous reposer.

Résolu à se prouver à lui-même qu'il était capable de maîtriser ses pulsions, il commença à se déshabiller.

— Il y a un problème ? demanda-t-il comme Emma restait immobile.

— Tu peux descendre ma fermeture Éclair ? demanda-t-elle, avec un air à la fois gêné et mutin.

Comme elle était belle, avec le rouge qui lui montait aux joues et sa mine ingénue. Se rendait-elle compte qu'elle le mettait à la torture ?

Quelle ironie du sort ! songea Nikolaï en s'approchant. Elle lui demandait de lui enlever la robe dont il avait voulu la débarrasser toute la soirée ! Délibérément ou pas, elle le mettait à l'épreuve, le poussait aux limites du supportable.

— Contrairement à cet après-midi, je n'ai pas d'habilleuse sous la main. Au fait, merci d'y avoir pensé.

— C'était pour te mettre dans la peau du personnage, répliqua-t-il.

Le parfum d'Emma, tel le chant des sirènes, l'attirait de plus en plus près du danger.

— Et tu étais belle. Si incroyablement belle.

— Je me sentais belle, murmura-t-elle comme si elle lui permettait d'entendre ses pensées. C'était une soirée de conte de fées.

— Ma mère croit à celui-là, en tout cas. Tu as parfaitement tenu ton rôle.

Elle leva la tête vers lui dans un mouvement de défi, avant de lui tourner le dos. Alors, elle releva la masse brillante de ses cheveux en un geste qui révéla la peau soyeuse de son cou et de son dos.

Sa main s'attarda sur la fermeture Éclair. Il était incapable de lâcher Emma, de s'éloigner de la tentation. Il voyait sa colonne vertébrale et dut serrer le poing pour résister à l'envie d'y promener les doigts, de couvrir ce corps de baisers et de le posséder une nouvelle fois.

Mais elle lui avait clairement déclaré qu'elle ne voulait pas de lui et, de son côté, il n'avait aucune envie que leur relation sexuelle prenne une tournure sentimentale. Il devait à tout prix ignorer le désir puissant qui menaçait de l'emporter, ne serait-ce que pour se démontrer à lui-même qu'elle le laissait indifférent, à tout point de vue.

— Merci, dit-elle dans un souffle rauque en pivotant vers lui, quand il eut achevé de baisser la fermeture.

Dans une atmosphère vibrante de sensualité, elle ramassa la nuisette qu'Anna lui avait miraculeusement trouvée et disparut dans la salle de bains attenante. Nikolaï en ressentit un indéniable soulagement. De courte durée, lorsqu'il prit brusquement conscience qu'elle allait réapparaître en tenue encore plus légère.

Tout en maugréant, il enleva sa veste et la jeta sur le dossier du fauteuil. Que lui arrivait-il, à lui qui n'avait jamais été l'esclave de ses pulsions ? Il avait toujours su garder le contrôle.

Jusqu'à cette femme...

Comme la porte de la salle de bains s'ouvrait, il se détourna pour ne pas la voir traverser la pièce dans sa nuisette transparente, pour ne pas la voir se glisser dans le lit... Puis il alla prendre une douche. Une douche froide !

En revenant dans la chambre, calmé par le jet glacé, il trouva Emma tout au bord du lit en train de dormir ou de faire semblant. Vêtu de son seul caleçon, il se faufila entre les draps frais, éteignit la lumière et s'allongea sur le dos. Il frémissait de colère, une colère salutaire qui lui permit d'endiguer son désir.

Il entendit Emma soupirer doucement. Puis elle roula un peu vers lui. Il s'immobilisa, guettant le moment où sa respiration régulière lui indiquerait qu'elle s'était rendormie. Mais impossible d'ignorer la chaleur qui se dégageait d'elle, d'ignorer son corps obsédant. Jamais il ne trouverait le sommeil dans ces conditions !

Il ferma les yeux, s'efforça de se détendre et, au moment où il y parvenait enfin, Emma bougea de nouveau, se rapprochant un peu plus... Beaucoup trop... Le bras posé en travers de la poitrine de Nikolaï, elle se colla contre lui. Il dut serrer les mâchoires pour ne pas céder à l'envie dévorante de lui faire l'amour.

Il lâcha une bordée de jurons silencieux en l'entendant soupirer de nouveau et en sentant le renflement de son sein contre son bras. Il n'osait pas bouger. Le moindre mouvement et il ne se maîtriserait plus. Jamais auparavant il n'avait connu la torture de coucher à côté d'une femme sans pouvoir la toucher.

Heureusement, les questions qui tourbillonnaient dans sa tête lui offrirent un dérivatif bienvenu.

Comment pouvait-il être à ce point attiré par une femme qui représentait une menace pour sa famille et sa propre santé mentale ? L'aurait-elle ensorcelé ?

8

À son réveil, Emma s'était découverte enlacée avec Nikolaï, dans cette chambre inondée de soleil, qu'elle n'avait pas tout de suite reconnue.

Nikolaï dormait toujours. Confuse, elle s'était écartée lentement de lui en s'autorisant à contempler furtivement son beau visage. Puis elle s'était levée sans bruit pour aller enfiler une robe laissée la veille pour elle par Anna.

Que s'était-il passé entre eux ? Avait-elle dit ou fait quelque chose dont elle devrait avoir honte pendant qu'elle somnolait encore à moitié ? Elle espérait au moins ne pas s'être humiliée à avouer ses sentiments grandissants à cet homme. Car Nikolaï était indifférent au point d'avoir décrété qu'ils se contenteraient de dormir ensemble.

Une multitude de questions avait assailli Emma durant le trajet de retour. Mais un silence si tendu avait régné dans la voiture qu'elle avait renoncé à les poser.

Ils étaient à présent revenus à l'appartement de Nikolaï, et elle était seule dans son lit à passer en boucle dans sa tête le film des fiançailles. Lors de la photo, ils avaient échangé un baiser si intense, si sensuel, qu'elle avait un instant cru Nikolaï sincère... avant qu'il ne s'écarte en lui lançant un regard d'une dureté qui l'avait convaincue de sa méprise.

Mais c'est lorsqu'il l'avait aidée à enlever sa robe que les choses avaient vraiment changé. Elle avait alors vu du désir à l'état pur dans ses yeux et, lorsqu'il l'avait accidentellement effleurée, elle avait bien failli trahir son envie qu'il la couvre de caresses.

Quand ils avaient parlé de la soirée de la veille, Nikolaï s'était borné à évoquer la réception proprement dite. Elle aurait dû lui en être reconnaissante. Mais elle ne l'était pas. Nier les indiscutables vibrations qui existaient entre eux était malsain.

Emma repoussa rageusement les couvertures. Impossible de dormir : son esprit fourmillait d'interrogations, et son corps avait soif d'un homme qui ne voulait pas d'elle. Était-ce ainsi qu'elle allait vivre désormais, en cachant à jamais son affection de plus en plus profonde pour le père de son enfant ? Le supporterait-elle ?

Elle sortit discrètement de la chambre et traversa sur la pointe des pieds le parquet ciré du salon pour se servir un verre d'eau dans la cuisine. Puis elle alla s'asseoir près de la baie vitrée, dans l'espoir que la vue du parc l'apaiserait. Elle qui avait toujours aspiré à vivre auprès d'un homme qui l'aurait aimée, n'accéderait jamais à ce rêve, même en épousant Nikolaï. Il ne l'aimait pas et avait clairement spécifié que leur mariage n'était qu'un marché.

— Tu ne te sens pas bien ?

Elle sursauta et sentit les battements de son cœur redoubler à la vue de Nikolaï. Vêtu d'un simple jean, il était aussi terriblement séduisant que cette fameuse nuit à Vladimir.

— Je n'arrivais pas à dormir.

Malgré tous ses efforts, elle ne parvenait pas à détacher son regard de son torse. Ce torse qu'elle avait étreint la nuit dernière. Elle en sentait encore les muscles sous ses mains et se rappelait le parfum de la lotion après rasage qu'elle avait respiré en dormant. De quoi d'autre allait-elle se souvenir ?

— Mais sinon, tu vas bien ? demanda-t-il avec une inquiétude attendrissante.

— Oui, simplement je n'ai pas sommeil.

Et ce n'est pas la vision qu'elle avait sous les yeux qui l'aiderait à tomber dans les bras de Morphée !

Tandis que le regard de Nikolaï se promenait sur ses jambes nues, elle prit soudain conscience de l'image qu'elle offrait elle-même, assise sur le canapé, dans un simple débardeur et un minuscule short. Mais elle demeura impassible, pour ne pas risquer de trahir la gêne que lui causait cette situation par trop intime.

— Est-ce à cause de la perspective d'être seule dans ta chambre ce soir et de n'avoir personne contre qui te pelotonner ?

Dans la voix langoureusement éraillée de Nikolaï, Emma décela une pointe d'amusement. De l'ironie ?

Non, s'avisa-t-elle alors que son regard pénétrant semblait fouiller son âme.

— Concernant la nuit dernière..., bafouilla-t-elle. Est-ce que nous avons... ? S'est-il passé quelque chose entre nous ?

L'air frémissait de chaleur et de sensualité. Emma était incapable de détourner le regard, incapable de briser la force magnétique qui les attirait l'un vers l'autre.

— Crois-moi, Emma, tu t'en souviendrais, répondit-il avec une moue espiègle.

— Ah ! dit-elle dans un souffle, les joues en feu.

— Serais-tu par hasard déçue d'avoir dormi à côté de moi sans que nous ayons fait l'amour ? Ça peut s'arranger, tu sais.

À ces mots, un long frisson la parcourut. Nikolaï la désirait autant qu'elle le désirait. Comme cette nuit-là, à Vladimir. Ils avaient alors succombé à la puissance d'une attirance purement physique et qu'ils croyaient sans lendemain.

Aujourd'hui, ils étaient sur le point de se marier. Mais Nikolaï ne l'aimait toujours pas. Leur relation se limitait au sexe.

Elle demeura sourde aux avertissements de la raison. Elle désirait Nikolaï. Elle voulait que Nikolaï la désire. Et tant pis si elle sortait de cette aventure le cœur en lambeaux !

Nikolaï regardait Emma, assise devant lui. Avait-elle idée de l'effet qu'elle produisait, avec son débardeur tendu sur ses tétons dressés ? Quant à son short... Mieux valait ne pas s'y attarder, sous peine de réveiller en lui l'homme de Néandertal qui la porterait sur son dos jusqu'à sa chambre.

— Ça peut même s'arranger tout de suite, dit-il sans réfléchir, emporté par ses pulsions.

Mais, à en juger par le sourire coquin d'Emma, la proposition ne l'avait pas scandalisée.

— Vraiment ?

Bon sang, elle l'aguichait ! Elle le mettait à l'épreuve ! Pourquoi ne pas admettre cette alchimie entre eux ? Pourquoi ne pas admettre cette attirance réciproque ?

— J'ai envie de toi, Emma, dit-il en lui tendant la main.

Jamais il ne s'était senti aussi vulnérable affectivement. Dieu sait comment, cette femme abattait les remparts qu'il avait érigés autour de lui pour s'isoler, pour se prémunir de tout sentiment.

Il vit ses lèvres s'entrouvrir et, contre toute attente, elle lui prit la main. Il la souleva doucement du canapé avant de l'enlacer en une étreinte à laquelle elle répondit de tout son corps. Elle était manifestement prête à aller plus loin. Mais il voulait l'entendre de sa bouche.

— Est-ce vraiment ce que tu souhaites ?

Elle s'écarta pour enlever son débardeur, qu'elle jeta négligemment par terre. Puis elle fit glisser son short le long de ses jambes et l'envoya d'un coup de pied rejoindre son haut.

Nikolaï avait l'impression de revivre la soirée de Vladimir, à la différence près qu'il n'avait plus à se soucier des conséquences. Cette fois, il allait posséder Emma totalement, comme il n'avait jamais possédé aucune femme.

— Oui, répondit-elle dans un souffle rauque qui embrasa Nikolaï.

Il ferma brièvement les yeux pour contenir le désir dévorant qui menaçait de l'engloutir. Emma n'avait connu que lui. Aussi se devait-il de prendre son temps, de faire de cette nuit un moment inoubliable pour tous les deux.

Avec une lenteur étudiée, les yeux dans ceux d'Emma, il se défit de son jean. Lorsqu'il se tint devant elle, nu lui aussi, elle baissa le regard vers son sexe tumescent qui se durcit encore. C'est alors la femme fatale de Vladimir qui leva de nouveau la tête et, les yeux plantés dans les siens, enroula ses doigts autour de son membre. Il se mit littéralement à trembler. Puis à gémir de plaisir quand elle plaqua sa bouche sur la sienne, sa main continuant son œuvre de magie.

Après ce baiser voluptueux, elle laissa errer ses lèvres sur son cou, son torse, ses abdominaux. Grisé, il laissa échapper une longue plainte de bonheur. Mais lorsqu'elle voulut poursuivre son exquise torture vers son sexe, il enfouit ses doigts dans la chevelure d'Emma et la retint. Il avait trop peur de ne pouvoir se retenir. Elle lui lança un regard interrogateur de ses yeux d'un vert plus profond que jamais.

— À mon tour, dit-il d'une voix râpeuse quasi méconnaissable.

Relevant Emma, il la poussa vers le canapé. Tel un oiseau de proie, il fondit sur sa bouche et fut récompensé par un gémissement de plaisir.

— Nikolaï, souffla-t-elle, cambrée contre lui.

Elle promena des mains impatientes sur tout son corps, alors qu'il mordillait puis léchait ses mamelons.

Comme il se déplaçait vers le centre de son plaisir, elle agrippa ses épaules et enfonça ses ongles dans sa chair. Une douleur si érotique qu'il faillit définitivement perdre tout contrôle. Mais il n'en avait pas encore terminé avec elle...

— Allons dans la chambre, suggéra-t-il.

Il la sentait sur le point de jouir, tandis qu'il explorait son intimité avec sa langue.

— Non ! haleta-t-elle en l'emprisonnant entre ses jambes.

Nikolaï sut alors qu'il était perdu, qu'il ne pouvait plus lutter contre lui-même et il la pénétra d'un seul puissant coup de reins. Elle était brûlante. Dans un râle, il entama un va-et-vient enfiévré, auquel elle participa avec la même ardeur en poussant des cris de plaisir jusqu'à l'extase finale qu'ils atteignirent ensemble.

Emma était allongée dans l'obscurité, à côté de Nikolaï. Ils avaient fait l'amour pendant des heures sur le canapé, puis sous la douche et finalement dans le lit de Nikolaï. Pourtant, elle n'éprouvait aucune fatigue. Au contraire, elle ne s'était jamais sentie aussi pleine de vie et d'énergie. C'était presque trop beau pour être vrai.

Envolés, ses doutes sur sa décision d'accepter la demande en mariage de Nikolaï ! Si, sexuellement, ils parvenaient à un tel degré d'harmonie, pourquoi ne finirait-elle pas un jour par inspirer un vrai sentiment à Nikolaï ? C'est en tout cas ce qu'elle espérait car, de son côté, elle s'attachait à lui un peu plus chaque jour. Était-elle en train de tomber amoureuse ?

Comme elle se posait cette question, Nikolaï bougea, et elle se crispa en se le rappelant à Vladimir, juste après leurs ébats. Debout devant la fenêtre, plongé dans ses pensées, il avait alors le regard perdu sur le paysage enneigé. Avait-il regretté leur nuit ? Une nuit qui avait bouleversé leurs vies.

D'autres questions taraudaient Emma, tandis que Nikolaï, maintenant redressé sur son coude, braquait sur elle un regard ardent.

— Je compte visiter la ville aujourd'hui, dit-elle pour combattre la vague de désir qui la gagnait.

Car elle voulait emmener leur relation au-delà du purement sexuel. Elle voulait mieux cerner la personnalité de Nikolaï et essayer de renverser les barrières qu'il maintenait autour de lui.

— Pourquoi ne pas y aller ensemble ? proposa-t-il.

Sur ces mots, il l'attira vers lui pour un baiser passionné.

— Volontiers. Ce sera une bonne occasion d'apprendre à mieux nous connaître.

— Tu trouves que nous ne nous connaissons pas suffisamment ?

Il souriait, mais Emma entendit la méfiance dans sa voix.

— Nous ignorons beaucoup de choses l'un sur l'autre.

— Comme quoi ?

Ce ton dur, de nouveau ! Impossible décidément de franchir ce satané rempart.

— Ce que nous attendons exactement de ce mariage, par exemple.

Elle laissa les mots flotter entre eux.

— Toi, tu cherches la sécurité financière, dit-il. Pour quelle autre raison te serais-tu déplacée jusqu'ici ? Tu veux aussi pour ton enfant ce que tu n'as jamais eu, c'est-à-dire une figure paternelle.

Savait-il comme il avait visé juste ? Était-il à ce point cruel qu'il n'hésitait pas à verser du sel sur ses blessures ?

— Ma demande en mariage correspond exactement à ce que tu souhaitais.

Elle encaissa. Il avait raison, après tout.

— C'est bien pour te marier que tu es venue à New York, non ?

— Quoi ? suffoqua-t-elle, stupéfaite.

— La nuit que nous venons de passer fait-elle partie d'un projet plus vaste ?

Comment une nuit de rêve pouvait-elle se transformer en

cauchemar ? Emma était effondrée, effarée par le gouffre qui venait de s'ouvrir entre eux.

— C'est vraiment ce que tu penses ?

— Tu ne m'as donné aucune raison de penser autrement.

Il se leva pour enfiler son jean. Il fuyait de nouveau !

— Nikolaï ! appela-t-elle plus sèchement qu'elle ne l'aurait voulu. Ne pars pas. Pas cette fois.

Il se tenait debout au pied du lit, dans la pénombre de la chambre et la regardait sans la moindre tendresse.

— Que veux-tu savoir exactement, Emma ? Et surtout, qui parle ? La femme que je dois épouser et la mère mon enfant ? Ou la journaliste qui veut connaître la vérité juste pour son article ?

Emma secoua la tête, sidérée par une pareille agressivité. Au moins, cette réaction prouvait qu'il ne lui avait pas tout révélé, que ce qu'il s'était escrimé à lui cacher à Vladimir dressait un véritable mur autour de lui.

— C'est ta fiancée qui parle. Parce que c'est important. Tu es inaccessible et froid, Nikolaï. Si nous ne réglons pas le problème, il nous pourrira la vie. Veux-tu que notre enfant grandisse dans ce climat ?

Sa plaidoirie passionnée n'érafla même pas l'armure de Nikolaï.

— Que veux-tu ? L'histoire de ma vie ? Je te l'ai racontée à Vladimir.

— Tu t'es borné à la version qui t'arrangeait. Mais la situation a changé aujourd'hui. Nous allons avoir un bébé et, si nous nous marions, je veux que notre union réussisse. Je ne veux pas élever notre enfant dans une atmosphère d'insécurité, pleine de zones d'ombre.

— Tu ne sais pas de quoi tu parles, Emma, dit-il d'une voix légèrement adoucie.

— Au contraire, et bien plus que tu ne le crois.

Elle ne précisa pas sa pensée, car Nikolaï ne devait jamais apprendre par quelle mère elle avait été élevée. S'il connaissait la vérité, peut-être la jugerait-il inapte à la maternité. Et peut-être lui retirerait-on alors son bébé pour le placer dans une famille d'accueil, à l'instar de ce qui leur était arrivé, à Jess et elle.

— Tu penses réellement que c'est possible ? lança-t-il avec un regard de nouveau hargneux.

Elle comprenait très bien son énervement : elle le poussait dans ses retranchements.

— Écoute, Nikolaï. Je connais une partie de ton histoire, mais ta fiancée te demande de la lui raconter en entier, dit-elle avec douceur.

Elle retint son souffle, tandis qu'il arpentait la chambre en se passant compulsivement la main dans les cheveux.

Par où commencer ? s'interrogea Nikolaï, furieux autant contre lui-même que contre Emma.

Il lui avait expliqué l'essentiel. Quel besoin avait-elle d'entrer dans les détails ? Et soudain, en la regardant, il s'aperçut que tout cela n'avait plus d'importance. Elle connaissait la moitié des faits et elle découvrirait tôt ou tard le reste dans toute son horreur. Alors, autant qu'elle l'apprenne par lui. Et tout de suite.

— Pourquoi tiens-tu à tout savoir ?

Pourquoi capitulait-il, alors que le plongeon dans son passé remuait des émotions si profondes ? Or, il refusait les émotions, quelles qu'elles soient. Il avait depuis longtemps appris à les évacuer toutes — colère, peur et même amour. Chaque fois qu'il avait volé au secours de sa mère quand son père la frappait, il avait agi avec calme et détachement, qu'il ait essuyé le sang de son nez ou qu'il se soit simplement interposé. Ne pas s'impliquer affectivement avait été la seule solution alors et le demeurait aujourd'hui.

— À Vladimir, tu m'as expliqué que tes parents avaient été contraints de se marier.

Effectivement, c'est ce qu'il lui avait dit quand, après leur nuit d'amour, il avait failli divulguer son secret.

— Oui, c'est exact. Parce qu'elle attendait un enfant de lui.

En la voyant blêmir il fut pris de l'envie de l'enlacer, d'oublier le passé pour se perdre en elle une fois encore. Assise dans le lit, nue, les cheveux ébouriffés après leurs ébats de la nuit, elle offrait à Nikolaï une terrible tentation. Mais son bon sens le retint : la situation était déjà assez compliquée sans qu'il donne à Emma l'espoir d'un mariage normal, l'espoir d'un mariage d'amour.

— Ce n'est pas le crime du siècle, commenta-t-elle, à la fois compatissante et ironique.

Il prit place à côté d'elle sur le lit. Bien sûr ! Elle aussi était enceinte, et eux aussi allaient se marier. Ce qui redoublait ses doutes et renforçait sa volonté de ne pas mêler ses émotions au marché qu'ils avaient conclu. Car telle était leur union : un marché passé dans l'intérêt de leur enfant. Donc oui, il la forçait à se marier, exactement comme son père avait forcé sa mère.

Malheureusement, il était en train de perdre la lutte qu'il menait contre lui-même. La digue retenant ses émotions et ses souvenirs menaçait de lâcher.

Mais quelle opinion aurait-elle de lui, si elle connaissait la vérité ?

Il regarda Emma et comprit soudain qu'elle devait savoir qui il était. À quoi bon se perdre en circonlocutions ? Autant dire les choses simplement. De toute façon, les mots l'écorcheraient.

— Il l'avait violée.

Voilà. Il avait enfin prononcé les mots fatidiques. Il était le produit d'un viol qui avait détruit la vie de sa mère en l'obligeant à se marier avec une brute.

— Violée ? répéta-t-elle dans un souffle.

Nikolaï puisait du réconfort dans la proximité du corps chaud d'Emma. Et bizarrement, malgré tous ses efforts pour qu'elle n'apprenne rien qui puisse nuire à Anna ou à lui, il voulait se libérer entièrement, maintenant qu'il avait commencé. Comme s'il avait ouvert une porte qu'il était incapable de refermer.

— Mon père était un ami de la famille. Il avait demandé la main de ma mère. Par intérêt. Pour les relations que lui apporteraient son nom et sa fortune.

Emma demeura silencieuse, mais se rapprocha de lui. Il aurait voulu la prendre dans ses bras, sentir sa bonté le laver de ce qu'il y avait de mauvais en lui. Mais impossible. Du moins, tant qu'il ne lui aurait pas tout avoué.

— Elle a refusé ?

Il serra les mâchoires en se rappelant le moment où il avait découvert comment sa mère, si douce, si aimante, était devenue, par sa faute, la femme d'un homme méchant et brutal...

— Oui, elle a refusé. Du coup, il l'a agressée et violée.

Il ravala sa colère, comme le jour où il avait compris qu'il était à l'origine de l'enfer que sa mère avait vécu en épousant une brute. Ils auraient certainement été plus heureux sans cet homme. Il n'avait jamais abordé la question avec sa mère qui ignorait d'ailleurs qu'il avait surpris sa conversation avec son second mari au moment où elle lui avait expliqué le drame. Si elle apprenait qu'il était au courant, elle en aurait le cœur brisé. Autant que si leur passé était étalé au grand jour par Emma.

— Je ne comprends pas. Pourquoi l'a-t-elle épousé, dans ces conditions ?

— Ça m'a toujours dépassé, moi aussi. Peut-être a-t-elle vu dans ce mariage la seule possibilité de cacher la vérité et de ne pas salir la réputation de sa famille qui jouissait d'un certain prestige dans la région.

Il fit une pause. Des images de lui, terré dans un coin pour échapper à la fureur paternelle, défilaient dans son esprit.

— Quand ma mère et moi avons quitté la Russie, reprit-il, j'avais dix ans et je me suis juré de ne plus jamais revenir dans ce pays. Je me suis efforcé de m'intégrer aux États-Unis et de donner toute satisfaction à mon nouveau père. C'était comme si je bénéficiais d'une seconde chance.

Comme elle l'enlaçait pour l'embrasser sur le front, il se sentit étrangement réconforté.

— Je suis désolée de t'avoir obligé à te plonger dans ces souvenirs, murmura-t-elle.

— Peut-être aurais-je dû demander des comptes à ma grand-mère paternelle, la presser de m'expliquer pourquoi elle avait choisi de couvrir ces exactions. Se rendait-elle seulement compte que, en agissant ainsi, elle nous emprisonnait avec un tyran incontrôlable, dont seule la mort soudaine nous a libérés ?

— Mais nous ne nous comporterons pas nécessairement de la même manière que nos parents.

Emma venait de toucher une corde sensible. Le passé de Nikolaï lui interdisait de devenir père et en même temps, augmentait son désir de faire partie de la vie de son enfant. Il voulait plus que tout être un meilleur père que Fedor ne l'avait été.

— Comment peux-tu dire ça ? Je te rappelle que nous nous marions uniquement à cause de l'enfant que tu portes. La raison de notre union est la même que celle de mes parents.

Les yeux d'Emma étaient teintés de tristesse. Presque malgré lui, il l'avait de nouveau rejetée.

— Notre enfant n'a pas été conçu dans la violence, répliqua-t-elle en lui caressant la joue.

Il aurait voulu savourer cette tendresse, mais ne pouvait se permettre ce luxe.

— Peut-être, mais il n'a pas non plus été conçu dans l'amour.

La main d'Emma s'immobilisa.

— C'est vrai, tu as raison, admit-elle avec douceur.

Ces mots, s'il les avait provoqués, lui firent l'effet d'une gifle. Qu'est-ce qui lui avait pris de lancer cette discussion, bon sang ?

Emma s'écarta de lui. On aurait dit un animal blessé et, de nouveau, Nikolaï sentit son cœur se serrer. Il devait à tout prix mettre un terme à cette conversation qui le chavirait.

— Le sujet est définitivement clos, Emma.

Il bouillait de colère. Une colère qui menaçait de déborder, de l'emporter et de faire de lui la réplique de l'homme qui l'avait terrorisé pendant son enfance. Et tout ça, à cause d'elle.

Emma leva la tête vers lui et se redressa avec cet air de défi qui la rendait irrésistible.

— D'accord. Je comprends.

Comment pouvait-elle comprendre ? Il aurait voulu lui demander quel événement de son enfance ou de son passé lui permettait de le prétendre, mais il était à bout. Il avait besoin d'air, d'être seul.

Il sortit de la chambre, alors que les lueurs de l'aube pénétraient par les fenêtres. Emma n'essaya pas de le retenir, et il lui en sut gré.

9

L'attention sans réserve que Nikolaï avait prodiguée à Emma toute la semaine — quittant son travail plus tôt, l'emmenant visiter New York... — les avait incontestablement rapprochés. Après le désastre de la fin du week-end, elle avait recouvré un certain optimisme et n'était plus tourmentée en permanence par la crainte, voire la certitude, d'avoir pris la mauvaise décision en acceptant d'épouser Nikolaï.

Aujourd'hui, Nikolaï avait prévu une excursion sur l'Hudson jusqu'à la statue de la Liberté, dans un bateau spécialement loué pour eux deux. Un romantisme propre à ressusciter l'espoir, surtout par ce temps printanier.

Malheureusement, le roulis et le vent froid accentuaient les nausées dont Emma souffrait depuis une dizaine de jours. Elle essaya de le cacher mais, par cette empathie qu'il semblait avoir développée à son égard, Nikolaï le devina.

— Ce n'était pas une bonne idée cette balade, j'ai l'impression, dit-il dans son dos en la serrant contre lui.

Elle ferma les yeux, s'abandonnant au bonheur de se sentir dorlotée, protégée ! Son rêve depuis toujours, elle qui avait été privée d'affection pendant son enfance. Un rêve inaccessible qui semblait à présent à portée de main...

— Si, c'est génial, lui assura-t-elle en se pelotonnant contre lui.

Qu'importait en effet son état nauséeux, quand elle se trouvait entre les bras de l'homme dont elle était irrémédiablement en train de tomber amoureuse ? Rien ne réussirait à lui gâcher son plaisir.

— Simplement, je ne pense pas que je pourrai prendre de photos aujourd'hui.

— Ce n'est pas grave, répondit-il en lui embrassant les cheveux.

Lui aussi serait-il en train de tomber amoureux ? se demanda Emma. Allait-elle vivre son conte de fées ?

— Arrête de travailler et profite du moment. Les photos attendront.

— Je peux te demander quelque chose ?

Sans attendre son assentiment, elle ajouta :

— As-tu déjà été amoureux ?

La crispation des bras de Nikolaï l'avertit qu'elle avait franchi la ligne blanche, et le ton abrupt de sa réponse lui en apprit plus qu'elle ne l'aurait voulu.

— Non. Tu sais quelle enfance j'ai eue. D'ailleurs, tu m'as dit toi-même que tu ne croyais pas à ces niaiseries.

— C'est vrai, je n'y croyais pas, répliqua-t-elle sur un ton qu'elle voulait détaché.

— J'espère que tu n'as pas changé d'avis.

Emma frissonna en entendant sa voix glaciale et porta toute son attention sur le paysage de gratte-ciel. Elle n'avait aucune envie de se laisser atteindre par les remarques dures de Nikolaï. Cela dit, oui, elle avait changé d'avis. D'une part parce que l'exemple d'Anna, qui avait trouvé l'amour après un premier mariage aussi effroyable, l'avait ébranlée dans ses certitudes. D'autre part à cause des sentiments de plus en plus profonds et troublants qu'elle éprouvait pour Nikolaï. Mais son fiancé était-il capable d'aimer ? Voilà ce qu'elle aurait voulu éclaircir.

— Bien sûr que non, s'empressa-t-elle de le rassurer.

Le moment n'était pas encore venu de lui avouer la vérité. Hors de question en effet qu'elle compromette l'accord qu'ils avaient conclu en se fiançant et qui garantissait à son bébé tout ce qui lui avait manqué durant sa propre enfance !

— Nous allons nous marier dans l'intérêt de notre enfant, conclut-elle.

— Et de ta sœur.

Inutile décidément qu'elle entretienne la moindre illusion.

Pour Nikolaï, leur mariage se limitait strictement à un marché. Et ce qu'il ajouta acheva de lui briser le cœur.

— C'est bien la promesse de financer son rêve qui t'a décidée à accepter ma proposition, non ?

Elle comprit qu'elle avait commis une erreur en fragilisant les barrières qu'il avait érigées autour de lui pour se protéger de tout sentiment. Son espoir de le voir partager l'amour qu'elle commençait à ressentir pour lui venait d'être brisé.

Ils avaient conçu un enfant durant un moment de fièvre, un enfant qui les lierait à jamais l'un à l'autre, mais elle attendait davantage de leur relation. Elle voulait aimer et être aimée en retour. Nuit après nuit depuis leurs fiançailles, ils s'étaient donnés l'un à l'autre sans retenue. Mais pour Nikolaï, il ne s'était agi que d'un amour physique.

Chassant ses sombres pensées, elle songea à sa sœur… et se sentit encore plus seule. Chaque fois qu'elle lui avait téléphoné récemment, Jess n'avait pas été disponible et n'avait répondu que par de brefs SMS.

Pendant qu'elle ruminait ainsi, Nikolaï était venu se poster à côté d'elle et feignait maintenant lui aussi de s'intéresser à la vue.

— J'aimerais que Jess assiste à notre mariage, si elle peut se libérer. La date est-elle fixée ?

Dans un petit rire, il lui lança un regard qui faillit anéantir la résolution d'Emma d'étouffer ses sentiments pour lui.

— Es-tu à ce point impatiente de devenir ma femme ou cherches-tu seulement à changer de sujet ?

— Quel intérêt d'attendre, puisque nous sommes d'accord sur les termes du contrat ? lança-t-elle avec une pointe d'amertume bien involontaire.

Il la scruta un instant avec un regard plus ardent que les rayons du soleil de printemps. Elle n'entendait plus que le bruit du moteur et de l'eau, contre la coque du bateau.

— Dans ce cas, j'ai le plaisir de t'annoncer que c'est prévu pour samedi prochain.

— Samedi prochain ?

Beaucoup trop précipité pour organiser le voyage de Jess ! Nikolaï cherchait-il absolument à la couper de tout ce qui lui tenait à cœur ?

— Jess ne pourra jamais venir dans un délai aussi court et elle est ma seule famille, Nikolaï.

Sur ces entrefaites, son téléphone sonna. L'occasion inespérée d'échapper au regard pénétrant de Nikolaï ! L'appel venait certainement de Jess, et elle devait plus que jamais lui parler. Mais, à son grand étonnement, elle vit s'afficher le nom de... Richard ! Alors qu'elle hésitait à répondre — ce n'était vraiment pas le moment — Nikolaï jeta un coup d'œil à l'écran, par-dessus son épaule.

— Qu'est-ce que tu attends ? demanda-t-il avec une colère sourde. Décroche !

Interloquée, Emma leva la tête avec vivacité, mais déjà, il s'écartait de quelques pas.

— Richard ! Je suis contente de t'entendre !

Nikolaï n'apprécia ni qu'Emma lui tourne le dos pour répondre ni le sourire qui lui éclaira le visage. Ce Richard qui avait aidé à faire décoller la carrière d'Emma au *Monde en photos* n'était-il qu'un simple collègue ?

— L'article est sorti ? s'écria-t-elle, si fort que Nikolaï l'entendit de l'autre côté du pont. C'est génial ! Merci de m'avoir prévenue. Et merci pour ton aide.

Nikolaï tenta de refouler la colère qui bouillonnait en lui pour la seule raison qu'Emma parlait à cet homme. Son comportement était totalement irrationnel ! Serait-il jaloux ? Non ! Ridicule ! Pour cela, il aurait fallu qu'il éprouve des sentiments pour Emma. Des sentiments profonds qu'il refusait catégoriquement.

Il l'observa discrètement. Sa queue-de-cheval qui dansait au vent lui rappelait la douceur de ses cheveux contre sa peau. Depuis leur retour de la fête le week-end précédent, elle avait partagé son lit toutes les nuits. Des nuits de passion après lesquelles elle s'était endormie en l'enlaçant...

Son irritation monta encore d'un cran quand il l'entendit rire de bon cœur à quelque remarque de son interlocuteur. Il se détourna, résolu à garder la tête froide. Ils allaient conclure un mariage de raison, rien d'autre. Il devait toujours garder en mémoire avec quel empressement elle avait accepté de l'épouser, une fois qu'il l'avait appâtée avec le financement des études de danse de sa sœur.

Avant l'appel de Richard, Nikolaï s'était apprêté à annoncer à Emma qu'il avait arrangé la venue de Jess à New York pour le mariage. L'idée avait germé dans son esprit lorsqu'il avait vu Emma isolée au milieu d'inconnus, lors de leurs fiançailles officielles. À présent, il avait perdu toute envie de lui faire cette surprise et de l'informer aussi qu'il avait arraché à sa mère la promesse que la cérémonie se déroulerait dans l'intimité, en présence de la seule famille proche.

— C'était Richard, dit-elle avec un sourire radieux qui n'atténua évidemment pas la contrariété de Nikolaï. L'article a été publié et, selon lui, il est très bon.

— Si c'est le même que celui que tu m'as montré, je suis ravi pour toi, dit-il du ton le plus neutre possible.

— Pourquoi est-ce que je l'aurais changé ? En fait, tu ne me fais pas confiance.

Bien sûr qu'il ne lui accordait aucune confiance ! Surtout à présent que, à cause d'un moment de faiblesse, elle savait tout de lui et détenait toujours le pouvoir de briser le bonheur de sa mère.

— Ce Richard, c'est un ami proche ? demanda-t-il, curieux.

— Pourquoi cette question ?

Comme il le craignait, voilà qu'elle biaisait. Preuve qu'elle cachait quelque chose. Furieux, il afficha pourtant une parfaite indifférence.

— Comme j'ai restreint les invitations à la famille et aux amis proches, je voulais savoir qui il était pour toi.

Quand elle leva enfin la tête vers lui, il lut désarroi et tristesse sur son visage. Mais hors de question qu'il culpabilise !

— Richard m'a beaucoup aidée. Et, si c'est ce que tu veux savoir, j'espérais à une époque que nous deviendrions plus que des amis. Je suis sûre que tu as déjà connu ça, toi aussi.

Cette franchise inattendue déstabilisa Nikolaï, d'autant plus qu'Emma avait vu juste.

— Effectivement, il y a eu quelqu'un comme ça dans ma vie.

— Une femme que tu aimais ? s'enquit-elle prudemment.

— Non, une femme qui réclamait un amour que je ne pouvais

pas — ou ne voulais pas — lui donner. Quoi qu'il en soit, nous avons rompu nos fiançailles.

— Vous étiez fiancés ?

Devant la stupeur d'Emma, il regretta un instant de ne pas avoir tenu sa langue. Mais après tout, peut-être comprendrait-elle enfin qu'il n'était pas capable d'aimer.

— Oui, confirma-t-il du bout des lèvres.

Elle se détourna.

— J'ai toujours voulu voir la statue de la Liberté. Merci.

Interloqué par ce brusque changement de sujet, il leva la tête... Ils étaient arrivés tout près du monument ! Il avait perdu toute notion du temps. Comment cette femme réussissait-elle à le perturber à ce point ? Chaque fois qu'il se trouvait en sa compagnie, il ne savait plus avec certitude ce qu'il attendait d'elle et de la vie.

— Je ne te demande pas de m'aimer, Nikolaï.

Elle avait parlé avec une sincérité et une spontanéité qui ne suffirent cependant pas à rassurer Nikolaï.

— Que veux-tu, alors ?

— Rien, Nikolaï. Tu as été très clair dès le départ. Nous ne nous marions que dans l'intérêt du bébé.

— Ce mariage nous profite à tous les deux, Emma, observa-t-il en se reculant prestement lorsqu'elle voulut poser sa main sur son bras.

Dans le cœur d'Emma, la lueur d'espoir qui avait continué à briller, alimentée par leurs ébats nocturnes passionnés, s'éteignit définitivement.

— Tout ce que je demande est de pouvoir élever mon enfant, Nikolaï. Me promets-tu que cela ne sera jamais remis en question, même si nous nous séparons ?

Emma tenait à ne pas représenter qu'une silhouette maternelle lointaine, comme sa mère l'avait été pour elle. Elle n'avait jamais compris comment une femme peut se désintéresser des enfants qu'elle a mis au monde. Elle s'était donc persuadée, et avait persuadé Jess, que leur mère était malade et avait perdu la raison. À présent qu'elle portait elle-même un bébé, elle en doutait et avait acquis la quasi-certitude qu'en fait leur mère n'avait tout simplement désiré ni l'une ni l'autre de ses filles.

Mais les raisons profondes de sa requête, elle ne les donnerait à Nikolaï que si cela s'avérait absolument indispensable. Pour le moment, elle préférait se concentrer sur le paysage urbain qui défilait sous ses yeux, tandis que le bateau gagnait son ponton de départ.

— Pourquoi te priverais-je de ce droit ? répondit Nikolaï.

Il se rapprocha d'elle, comme s'il avait deviné que derrière la demande d'Emma se cachait quelque chose d'essentiel pour elle.

— Je t'ai déjà dit que ma sœur et moi avions été placées dans des familles d'accueil, quand nous étions gamines.

Il fronça les sourcils, l'air agacé. Décidément, Nikolaï détestait tout ce qui touchait de près ou de loin à l'histoire personnelle des gens, tout ce qui risquait de l'entraîner vers l'affectif. La soupçonnait-il d'essayer de l'apitoyer ?

Eh bien, tant pis ! Elle était à présent décidée à tout raconter. Qu'elle vive avec Nikolaï ou non, elle ne pouvait passer le reste de sa vie à craindre qu'on la juge inapte à être mère. Elle savait d'expérience le traumatisme pour un enfant d'être retiré à sa famille. Aussi, sans laisser à Nikolaï la possibilité de l'arrêter, elle poursuivit :

— Nous avions été prises en charge par les services sociaux, parce que ma mère n'était pas capable de s'occuper de nous. Elle préférait bercer une bouteille d'alcool plutôt que de nous câliner, ma sœur ou moi.

Elle fixa sans le voir le labyrinthe de bâtiments de béton et de verre qui se déroulait devant ses yeux et qu'en d'autres circonstances, elle se serait réjouie d'explorer. Pour le moment, elle cherchait seulement à éviter le regard de Nikolaï pour ne pas y lire sa réprobation. Elle ne souhaitait qu'une seule chose : être en mesure de jouer pleinement son rôle de mère. Peu importait donc la façon dont évoluerait sa relation avec Nikolaï.

— Me crois-tu réellement capable de séparer un enfant de sa mère ? s'indigna-t-il d'une voix vibrante de colère.

— Tu m'as bien acculée au mariage, riposta-t-elle.

— Tu n'as pas réfléchi longtemps avant d'accepter ma proposition, une fois que je t'ai offert de financer l'école de ta sœur.

— Je n'appellerai pas ça une proposition, Nikolaï, mais plutôt un ultimatum. Ou du chantage, au choix.

C'était le moment ou jamais de lui parler de son père, des angoisses avec lesquelles elle avait grandi, du rejet qu'elle avait essuyé. S'il savait tout cela, il comprendrait peut-être les raisons pour lesquelles elle avait accepté de s'unir à lui.

— Ce n'était pas un ultimatum et encore moins du chantage, gronda Nikolaï. Pour qui me prends-tu ? Crois-tu vraiment que je sois homme à recourir à des pratiques aussi abjectes ?

Dans un geste de défi, elle soutint son regard glacial. Elle devait crever l'abcès. Tout de suite. Avant le jour J.

— Je ne sais pas, Nikolaï. D'un côté, tu n'as jamais caché que tu m'épousais par devoir et de l'autre, tu tiens absolument à maintenir ta mère dans l'illusion qu'il s'agit d'un mariage d'amour. Que dois-je en conclure ?

— Que je veux le bien de mon enfant.

Emma le prenait-elle pour un monstre ? Nikolaï ne pouvait s'empêcher d'être blessé par son regard accusateur. Croyait-elle vraiment qu'il la séparerait de leur enfant, après tout ce qu'il lui avait révélé de son enfance ? Avait-il eu tort d'insister pour qu'ils se marient ?

Non ! C'était la seule solution. La seule façon de prouver qu'il ne ressemblait pas à son père, qu'il avait hérité des gènes de sa mère. Il voulait que son fils ou sa fille connaisse une enfance différente de la sienne — ou de celle d'Emma, du moins d'après ce qu'elle en avait dit.

— Penses-tu vraiment qu'un mariage sans amour assure les meilleures conditions possible à notre enfant ? demanda-t-elle avec flamme, alors que le bateau accostait.

La question prit Nikolaï au dépourvu. Pourquoi fallait-il donc que l'amour revienne toujours sur le tapis ?

— Justement, oui. Parce que notre mariage ne sera pas pollué par des niaiseries, rétorqua-t-il.

L'air incrédule, elle secoua la tête.

— Et si l'un de nous deux tombe amoureux ?

Une attaque frontale qui raviva les doutes de Nikolaï sur le lien qui existait entre Emma et le serviable Richard.

— Cette éventualité est à écarter puisque, si tu m'as dit la vérité, tu ne crois pas plus que moi à l'amour. À moins bien sûr que tu ne sois déjà éprise d'un autre homme ?

— Comment le pourrais-je, alors que je n'ai connu que toi ?

Emporté par une jalousie irrationnelle envers un homme qu'il n'avait jamais vu mais qui était capable d'éclairer le visage de sa fiancée d'un sourire radieux, Nikolaï demeura sourd à la douleur pourtant audible d'Emma. C'est à peine d'ailleurs s'il comprit ce qu'elle venait de lui répondre.

— Es-tu amoureuse de Richard ? lança-t-il.

Visiblement surprise, elle recula.

— Tu crois que j'aime Richard ?

— Est-ce si invraisemblable que ça ? rétorqua-t-il.

Il était agacé par son numéro d'innocente, un petit jeu auquel elle avait déjà joué une fois avec lui.

— Oui, parce que Richard est un ami. Cela dit, pour être franche avec toi, il est très pénible de s'attacher à quelqu'un que tu laisses totalement indifférent. Mais évidemment, tu ne sais pas de quoi je parle, n'est-ce pas Nikolaï ?

Là-dessus, elle partit sans autre forme de procès, le laissant totalement désemparé sur le pont du bateau.

10

— Je me suis libéré pour la journée, annonça Nikolaï.

Le visage fermé, il traversa la pièce pour aller se poster devant la baie vitrée de son appartement.

Emma soupira. Depuis l'excursion de la veille sur l'Hudson, il s'était de nouveau éloigné d'elle, éteignant définitivement l'étincelle d'espoir qui avait jailli dans son cœur après la cérémonie des fiançailles. Aussi se sentait-elle de nouveau sans intérêt, rejetée. Les angoisses héritées de son enfance avaient redoublé, et elle se voyait mal jouer la future mariée nageant dans le bonheur.

— Ne t'y crois pas obligé. Tu as déjà pris ta journée hier.

Saisie d'une violente nausée accompagnée d'une crampe d'estomac, elle porta sa main à son front. Son état était-il dû au stress généré par la situation ? À la façon dont Nikolaï l'avait manipulée pour l'amener à accepter le mariage ? Toujours est-il qu'une nouvelle douleur lui tordit le ventre.

— Nikolaï ! dit-elle d'une voix affolée. Le bébé. Quelque chose n'est pas normal.

Fermant les yeux pour contrer une autre nausée, elle s'efforça de refouler ses larmes, des larmes de douleur mais aussi de peur pour son bébé. Elle désirait cet enfant de toute son âme, avec ou sans l'aide de Nikolaï. Se pouvait-il qu'elle le perde ? Soudain, dans son esprit embrumé par les spasmes de plus en plus forts qui lui lacéraient le ventre, surgit la pensée qu'une telle issue conviendrait parfaitement à Nikolaï. Une pensée qui provoqua sa fureur et un nouvel accès de panique.

— Emma !

Le ton sévère de Nikolaï l'arracha à son brouillard. En levant la tête, elle le découvrit debout devant elle, téléphone à la main.

— Je t'emmène à l'hôpital, dit-il, le front plissé par l'inquiétude.

Une larme de soulagement roula sur la joue d'Emma. Nikolaï prenait la situation en mains. Mais parviendrait-il à prévenir la catastrophe ? Comme un autre coup de poignard lui transperçait les entrailles, elle lâcha prise et s'enfonça dans les ténèbres de l'inconscience.

Quand elle ouvrit les yeux, elle était allongée sur un lit d'hôpital. Elle tenta aussitôt de se redresser, mais en fut empêchée par la main de Nikolaï sur son épaule.

— Tout va bien. Ne t'agite pas.

Il avait parlé d'un ton péremptoire, mais avec une sérénité qui apaisa Emma. Elle tenta malgré tout une nouvelle fois de s'asseoir.

— Mon bébé ?

Se penchant au-dessus d'elle, Nikolaï la força à le regarder dans les yeux. Elle respira l'odeur de sa lotion après rasage, sentit la chaleur de sa main sur son épaule et savoura son calme.

— Il va bien. Et toi aussi. Alors, je t'en prie, détends-toi. Le stress n'est bon ni pour lui ni pour toi. Tu ne t'es pas suffisamment ménagée ces derniers temps. Tu as besoin de repos.

Dans un soupir de soulagement, elle ferma les yeux. Le répit fut de courte durée car bientôt, une idée pernicieuse s'insinua dans son esprit. Si cet incident s'était produit une semaine plus tard et s'était mal terminé, Nikolaï se serait trouvé marié à une femme qui ne portait plus le bébé au nom duquel il avait conclu le marché. Qu'aurait-il décidé, alors ?

— Peut-être devrions-nous annuler la cérémonie.

Elle n'osait pas regarder Nikolaï, de crainte de lire la vérité dans ses yeux. Son père l'avait rejetée une première fois avant même de la voir, et une seconde fois alors qu'elle était adolescente. Pas plus que pour Nikolaï, le mariage et la paternité n'avaient représenté le but de sa vie. Elle était confrontée à un dilemme : d'un côté elle ne pouvait entraîner Nikolaï dans un traquenard, d'un autre elle ne pouvait refuser à son bébé la chance de connaître son père. Elle allait devoir trahir quelqu'un, songea-t-elle dans un éclair de lucidité déchirant. Serait-ce son bébé ou elle-même ?

— Si le médecin te donne le feu vert pour rentrer à la maison, il n'y a pas de raison de l'annuler.

Aucune douceur dans sa voix. L'homme qui était devenu de plus en plus attentionné et aimant au fil des nuits avait disparu, remplacé par l'homme froid et dur qui l'avait quittée en claquant la porte à Vladimir.

— Mais le mariage n'est pas ce que tu attends de la vie, Nikolaï, objecta-t-elle.

Elle était furieuse contre elle-même d'avoir laissé transparaître sa peine et de continuer à s'accrocher à l'espoir qu'il l'aimerait un jour.

— La question n'est pas là, asséna-t-il, l'air agacé. La seule chose qui compte est le bien de notre enfant, Emma. Nous allons nous marier.

Nikolaï se débattait contre des émotions totalement inconnues de lui et qu'il s'acharnait à fuir. Elles étaient en effet bien plus profondes et puissantes que celles liées au simple appel de la chair.

Depuis quand y était-il en butte ? Mystère. Il savait seulement que cette métamorphose s'était produite. Il regarda le visage anxieux d'Emma et s'aperçut avec terreur qu'il s'était sincèrement attaché à elle. Il allait souffrir.

— Nous devons emmener Emma pour une échographie.

La voix de l'infirmière l'arracha à ses pensées. Une échographie ? Allait-il voir son enfant ? Là ? Maintenant ?

— Un problème ? demanda Emma.

Le tremblement de sa voix toucha Nikolaï en plein cœur. Il avait soudain envie de lui prendre la main pour la rassurer. Il avait envie de l'aimer. Mais comment pourrait-il céder à cette faiblesse, alors qu'il ne savait pas comment gérer ses émotions nouvelles ? Ni même les identifier clairement.

— Non, tout va bien, dit l'infirmière avec un sourire persuasif. C'est seulement pour votre tranquillité d'esprit.

— Merci, dit Emma.

Alors qu'il tournait la tête vers elle, il remarqua son extrême pâleur qui durait en fait depuis quelques jours. Aurait-il trop tardé à intervenir ? se reprocha-t-il, rongé de culpabilité. Il n'avait pas prêté suffisamment attention à sa fatigue. Il avait mis son bébé en danger.

Son bébé. À lui !

Ce fut comme si le ciel lui tombait sur la tête, et il se mit à suffoquer. Il sentit alors la main d'Emma se poser avec attendrissement sur son bras, et ce geste fut presque trop pour lui. Il ne le méritait pas.

Quelques minutes plus tard, sans savoir comment, il se trouvait avec Emma dans une petite pièce. Elle était allongée sur un lit, la main crispée sur l'ourlet de son T-shirt pendant qu'une doctoresse passait une sonde sur son ventre nu.

En voyant l'image remplir l'écran, Nikolaï prit vraiment conscience de la réalité de cette grossesse, dont il n'avait jusque-là détecté aucun signe physique chez Emma. À combien de semaines remontait cette nuit merveilleuse aux conséquences si considérables ? La voix de la radiologue vint interrompre ses calculs.

— Ah ! Voilà ! Le bébé a dix semaines.

Hypnotisé, Nikolaï fixa la tache sombre dans laquelle se distinguait son bébé. Minuscule mais bien visible.

— Tout semble normal. Vous le voyez bouger ? Vous voyez son cœur qui bat ?

Submergé par un instinct protecteur, Nikolaï sut en cet instant qu'il était prêt à tout pour ce petit être. Pour lui, il soulèverait des montagnes. Il veillerait à ce qu'il ne manque de rien et l'aimerait sans réserve.

L'aimer…

Serait-il capable de lui donner ce que son père lui avait toujours refusé ? Pourrait-il lui offrir la seule chose qui le terrorisait ?

Il finit par tourner la tête vers Emma qui fixait elle aussi l'écran, les yeux humides. D'où venaient cette oppression dans sa poitrine, et ces papillons qui volaient dans son estomac, chaque fois qu'il la regardait ou pensait à elle ? Était-il tombé amoureux d'une femme qui ne l'aimerait jamais ? Une femme qui avait donné son cœur à quelqu'un d'autre ?

Des larmes se mirent à couler sur les joues d'Emma. Des larmes de bonheur, parce que son bébé allait bien. Des larmes de chagrin aussi, parce que pendant tout l'examen, Nikolaï était resté silencieux et immobile, ne lui jetant pas même un regard. Venait-il de prendre pleinement conscience des implications du marché qu'ils avaient conclu ?

Ironie de la situation, l'échographie terminée, l'infirmière les laissa seuls, sans nul doute pour leur permettre de jouir de leur bonheur en toute intimité. Comment aurait-elle deviné que Nikolaï ne voulait pas du bébé ?

La joie qui avait submergé Emma à la vue du fœtus retomba, alors que l'air de la pièce se chargeait d'électricité.

— Il faut que tu te reposes, dit Nikolaï d'une voix plus autoritaire que jamais.

Lui reprochait-il de s'être montrée imprudente ? La jugeait-il aussi inapte à la maternité que sa mère à elle l'avait été ?

— Il me semble... que nous devrions au moins reporter la cérémonie, bredouilla-t-elle sous le regard scrutateur de Nikolaï.

Cela leur donnerait le temps de réfléchir. Certes, elle aimait Nikolaï. Mais comment pouvait-elle lui demander de lier son sort au sien pour la vie, s'il n'y avait aucune chance qu'il partage un jour ses sentiments ?

— Non. Mais tu n'auras à t'occuper de rien, dit-il en l'aidant à descendre de la table d'examen. Je prendrai des dispositions pour que l'essayage de ta robe ait lieu à l'appartement.

Elle se sentait plus à nu que lorsqu'elle s'était réveillée dans son lit à Vladimir. Elle avait l'impression qu'il savait tout d'elle. Ce qui était faux, bien sûr. Elle ne lui avait pas révélé sa peur d'être rejetée par l'homme qu'elle aimait et le père de son bébé.

— Je ne suis pas sûre qu'il soit très sage de nous marier pour le moment, insista-t-elle avec la sensation de jouer à quitte ou double.

— Pourquoi ? s'enquit Nikolaï en l'étudiant entre ses paupières mi-closes.

— Je ne le sens pas.

— Nous avons passé un marché, Emma, observa-t-il avec une dureté et une intransigeance qui la révoltèrent.

— Tu te comportes comme si tu nous avais achetés, le bébé et moi.

— Tu as accepté le marché, Emma. Qui garantit aussi l'avenir de Jess, dois-je te le rappeler ?

— Mais ce n'est pas possible. Nous ne nous aimons pas.

Nikolaï s'approcha.

Emma retint son souffle.

— L'amour n'est pas toujours indispensable, Emma.

Il lui effleura la joue des doigts avec tant de douceur qu'elle aurait pu croire à de la tendresse.

— Parfois, on construit un mariage plus solidement autour de l'attirance sexuelle, ajouta-t-il. Et elle existe entre nous. Nous l'avons prouvé plus d'une fois.

Pourquoi n'admettait-il pas qu'il ne l'aimait pas et qu'il ne l'aimerait jamais ?

— Mais cela suffira-t-il ? ne put-elle s'empêcher de demander

La gorge nouée, Emma recula. Elle n'avait plus qu'une envie : sortir de cette pièce mal éclairée et se soustraire à la brusque ardeur des yeux de Nikolaï.

Pourquoi Emma cherchait-elle à l'esquiver ? s'interrogea Nikolaï. Sa vue lui faisait-elle horreur à ce point ? Avait-il raison de s'obstiner avec cette idée de mariage ?

— Pour moi, oui, ça suffira.

Pour rien au monde il ne dévoilerait les émotions profondes qu'avait déclenchées en lui la vue du fœtus. Il voulait protéger son enfant, être là pour lui. Tout comme il voulait prendre soin d'Emma. Hélas, après l'avoir observée au téléphone avec ce Richard, il doutait fort qu'elle soit dans les mêmes dispositions que lui.

— Et si un jour ça ne suffit plus ? insista-t-elle.

En le poussant dans ses retranchements, elle ne faisait que renforcer la volonté de Nikolaï de tout mettre en œuvre pour que leur mariage réussisse. Rien ni personne ne pourrait l'exclure de la vie de son enfant. Il se prouverait à lui-même qu'il n'avait pas hérité des travers de son père.

— Ce jour n'arrivera pas, Emma. En concevant un enfant ensemble, nous avons créé entre nous un lien indestructible. Rien ne peut changer ça.

Convaincu par ses propres propos, il ne pouvait pas libérer Emma de son engagement.

— Impossible de faire machine arrière, si je comprends bien ? lâcha-t-elle, comme si ce duel lui insufflait un regain de force.

— Absolument impossible.

11

Plus que deux jours avant le mariage ! Angoissée, Emma admirait la vue par la baie vitrée de l'appartement de Nikolaï.

Depuis son retour de l'hôpital, elle avait ralenti le rythme de ses activités et avait pris un peu de recul. Bien sûr, toutes les futures mariées connaissent des accès de trac, mais toutes n'étaient probablement pas assaillies de doutes aussi profonds qu'elle.

Dire qu'elle avait été à deux doigts d'avouer son amour à Nikolaï lors de leur excursion en bateau ! Elle avait échappé de justesse à une humiliation cinglante car, depuis ce jour, elle sentait qu'il s'éloignait d'elle pour se barricader de nouveau. Quant à son absence de réaction pendant l'échographie, elle avait achevé de lui prouver l'absurdité de leur mariage.

Elle avait beau tourner le problème dans tous les sens, elle en arrivait toujours à la même conclusion : elle ne pouvait pas épouser un homme qui ne lui rendait pas l'amour grandissant qu'elle éprouvait pour lui. Si seulement ils n'avaient pas passé la nuit ensemble après la cérémonie des fiançailles ! Si seulement il ne l'avait pas si profondément émue ! Peut-être aurait-elle pu jouer alors son rôle de fiancée énamourée. Mais à quoi bon gamberger ? Des « si » ne résoudraient pas son problème.

Son téléphone vibra, et elle s'arracha au panorama pour aller consulter le texto quotidien de Jess. Sa sœur lui manquait terriblement. Sa présence l'aurait tellement réconfortée, à ce moment crucial de sa vie !

Surprise ! J'arrive dans cinq minutes.

Quoi ? Le cœur d'Emma se mit à battre à folle allure. Jess était à New York ? Comment était-ce possible ?

Elle se rappela alors sa conversation avec Nikolaï sur le bateau. C'était vraisemblablement lui qui avait organisé la venue de Jess pour leur mariage. Mais pourquoi ?

Emma répondit à Jess, tout à sa joie de bientôt la voir. Mais elle fut rattrapée par ses angoisses et par la question qui avait commencé à la tarauder. Pourquoi Nikolaï avait-il donc fait venir Jess ? Ses réactions demeuraient décidément impénétrables.

Elle envoya un SMS à Nikolaï pour le remercier. Après tout, elle était tout aussi capable que lui de jouer les gentilles.

À peine avait-elle coupé son téléphone que la porte de l'appartement s'ouvrit, et une Jess radieuse fit son apparition. Emma resta plantée là, paralysée par l'émotion. Ce fut donc Jess qui, lâchant sa valise, s'avança vers sa sœur pour la prendre dans ses bras.

— Que fais-tu ici ? demanda Emma lorsqu'elles se furent embrassées.

— C'est grâce à ton génialissime fiancé, répondit Jess avec une ferveur qui déstabilisa Emma.

— Tu parles de Nikolaï ?

— Bien sûr ! s'esclaffa Jess. Tu as beaucoup d'autres fiancés ?

Tant mieux si sa sœur admirait Nikolaï. Emma pourrait ainsi taire la véritable raison de leur mariage.

— Il a tout prévu, jusqu'à la clé pour entrer ici. Il est génial, je te dis. Tu as vraiment de la chance, Em. Il doit être fou de toi.

Ce n'était plus de l'admiration, mais carrément de l'idolâtrie ! s'avisa Emma. Par-delà les milliers de kilomètres qui les avaient séparés, Nikolaï avait donc réussi à ensorceler Jess, à lui imposer de lui l'image qu'il souhaitait. Jamais elle ne s'était sentie ainsi prise au piège.

— Mais pourquoi ne m'a-t-il rien dit ? s'étonna-t-elle.

Il lui fallait surmonter son agacement, afin de ne pas gâcher ses retrouvailles avec Jess.

— Parce qu'il voulait te faire la surprise. Il m'a fait promettre de garder le secret. Tu imagines comme j'ai dû prendre sur moi pour ne pas craquer pendant toutes ces semaines ?

Toutes ces semaines ? Il avait donc tout organisé bien avant leur discussion sur le bateau ? Peut-être même avant leurs fiançailles ?

— Il a bien réussi son coup, en tout cas, conclut-elle en entraînant Jess vers sa chambre.

Elle était maintenant résolue à profiter pleinement de ce moment inattendu avec sa sœur.

En entrant dans l'appartement, Nikolaï entendit des voix féminines dans la chambre qu'Emma avait occupée à son arrivée et que sa sœur allait désormais utiliser. Après un instant de surprise, il s'arrêta dans le salon pour les écouter, content que Jess ait réussi à tenir sa langue. Après la façon dont Emma s'était trouvée isolée lors de leurs fiançailles, il lui avait paru important de lui préparer cette surprise.

— Tu portes son bébé ? demanda une voix stupéfaite qu'il devina appartenir à Jess.

Il s'immobilisa dans l'attente de la réponse d'Emma... qui ne vint pas. Était-elle en train de confirmer de la tête avec un sourire de bonheur ou avec une mine abattue, signe qu'elle se mariait uniquement par obligation ?

Le silence, qui sembla durer une éternité, fut enfin rompu par Jess.

— Mais tu l'aimes, n'est-ce pas ?

Nikolaï retint son souffle, priant pour qu'Emma continue à jouer son rôle de fiancée amoureuse. Un rôle qu'elle avait admirablement tenu devant Anna, lors de leurs fiançailles.

— C'est quelqu'un de bien.

Quoi ? C'est tout ? Nikolaï soupira, déçu par les talents d'actrice d'Emma. Il ne manquerait plus que Jess commette un impair en présence de sa mère ! Si Anna découvrait que son fils ne se mariait pas par amour, elle culpabiliserait de ce qu'il avait vécu pendant son enfance.

— Je croyais que tu aspirais à une vraie histoire romantique.

Ainsi, contrairement à ce qu'Emma lui avait laissé entendre, elle croyait à l'amour. Malheureusement, il ne pouvait lui en donner.

Sortant de son immobilité, il traversa le salon en faisant résonner ses pas sur le parquet — autant pour prévenir les deux femmes de sa présence que pour couvrir la réponse d'Emma. Puis il se versa un verre de cognac. Les voix se turent, et il regretta de ne pas avoir écouté les explications d'Emma. Finalement, serait-il vraiment insupportable d'être aimé par la femme qui attendait son enfant, son héritier ? Cette idée raviva les émotions qui l'avaient ébranlé à l'hôpital.

— Je ne t'avais pas entendu rentrer, dit timidement Emma derrière lui.

Il fit volte-face. Elle était d'une pâleur inquiétante.

— Je viens d'arriver, répondit-il un peu sèchement.

En réalité, il était contrarié que d'un seul regard, elle ait le pouvoir de fissurer le bouclier derrière lequel il se protégeait.

Elle s'approcha de lui et, pour la première fois depuis les fiançailles, elle apparut gênée, incapable de croiser son regard. Comme dans le salon de l'hôtel après leur promenade en troïka. Mais elle n'avait pas tardé alors à se métamorphoser en une redoutable séductrice qui lui avait fait perdre le contrôle de lui-même.

— Merci, murmura-t-elle.

— Pardon ?

Elle leva vers lui ses yeux verts qui brillaient d'une émotion dont il ne voulait pas dans sa vie. Jamais. C'était pour cette raison qu'il ne l'avait pas regardée, lorsque leur bébé était apparu sur l'écran pendant l'échographie.

— Merci d'avoir fait venir Jess, dit-elle avec un sourire doux. Tu n'imagines pas ce que cela représente pour moi. Et pour elle.

Sur ces entrefaites, apparut une brunette souriante, le portrait craché d'Emma.

— Jess, je suppose ? fit Nikolaï.

Emma se retourna et tendit la main à sa sœur.

— Nous te sommes toutes le deux très reconnaissantes, Nikolaï. Je ne m'y attendais absolument pas. La présence de Jess près de moi me facilitera les choses.

Sous-entendu, elle vivait la perspective de devenir sa femme comme un calvaire ? s'irrita Nikolaï.

Et elle avait de toute évidence expliqué la situation à Jess. Inutile donc de continuer à jouer la comédie de l'amour. Cela ne prouvait-il pas qu'elle était aussi froide et calculatrice que lui ? En tout cas, elle démontrait qu'elle ne l'épousait que pour le bébé.

— Tu as tenu ton rôle avec ma mère. Il était normal que tu en sois récompensée.

Il se tourna alors vers Jess pour se donner le temps de se ressaisir.

— Tu as fait bon voyage ? Je peux te tutoyer, n'est-ce pas ?

— Oui, aux deux questions. Je n'avais jamais pris l'avion en première classe avant.

Il ignora le regard interrogateur qu'Emma posait sur lui ainsi que la montée de désir qu'elle provoquait en lui. Il devait à tout prix filer d'ici.

— Je vais vous laisser entre filles. Tu penses à l'essayage des robes tout à l'heure, Emma, n'est-ce pas ? J'oubliais... J'ai réservé une chambre d'hôtel jusqu'au mariage, pour ne pas vous gêner par ma présence.

— C'est ridicule, objecta Emma.

— Mais non ! intervint Jess. Il a raison. Ça vous porterait malheur de vous voir avant la cérémonie.

— Sur ces bonnes paroles, je vous quitte. Au revoir !

Emma regarda Nikolaï partir. Elle enrageait. Après tous les efforts qu'elle avait déployés devant Anna, lui n'en avait pas fait le moindre pour tenir son rôle de fiancé éperdu d'amour devant Jess. Comment sa sœur interprèterait-elle l'agacement visible de Nikolaï à leur présence et à leurs remerciements ?

Pourquoi avait-il choisi ce moment-là pour tomber le masque de l'homme attentionné, derrière lequel il s'était caché toute la semaine ? Elle venait de dire à Jess qu'elle aimait Nikolaï et qu'elle était heureuse de devenir sa femme et la mère de son enfant, quand il avait débarqué comme un lion dont on aurait bafoué l'autorité. Pis, il avait laissé entendre sans équivoque possible que leur mariage scellait un contrat où n'entrait aucun amour.

La voix de Jess la tira de ses ruminations.

— Je ne suis pas idiote, Em, je sais ce qui se passe.

Emma fit volte-face. Elle reconnut dans le froncement de sourcils de sa sœur le signe indéniable de son inquiétude. Qu'avait-elle deviné ? Que la grossesse était un accident et qu'elle avait abandonné ses rêves de toujours dans l'intérêt du bébé ?

— Tout va bien, Jess. Il est normal que les futurs mariés soient nerveux à l'approche du jour J.

Si elle sauva la face vis-à-vis de Jess, elle ne réussit pas en revanche à calmer ses propres doutes qui la tenaillaient de plus belle. Agissait-elle réellement pour le bien de son enfant en épousant un homme qui non seulement ne l'aimait pas, mais que sa seule vue indisposait ?

— Dis-moi la vérité, Em, je t'en prie.

Jess affichait une gravité étonnante pour son âge, née des épreuves qu'elles avaient affrontées dans leur enfance.

— Je ne peux pas me marier avec lui, Jess, soupira Emma. Parce qu'il refuse l'amour. Mais surtout, je ne peux pas vivre dans la crainte permanente qu'il me rejette avec le bébé.

L'arrivée des retoucheuses interrompit Emma. Leur présence et le nombre incroyable de robes suspendues au portant donnèrent une réalité supplémentaire à l'engagement qu'elle allait prendre. Elle était sur le point de se marier avec un homme auprès de qui elle ne trouverait jamais ce à quoi elle avait toujours aspiré.

Mais Nikolaï pouvait donner à Jess la possibilité de faire quelque chose de sa vie.

Dans l'espoir de briser le cycle infernal de ses pensées, elle se dirigea vers les grandes baies vitrées, dont le panorama la fascinait tant d'habitude. Aujourd'hui cependant, elle le regarda sans le voir.

— Pourquoi dis-tu ça, Em ? demanda Jess en la rejoignant. Quelque chose m'échappe.

— Il ne m'a jamais parlé de ses sentiments, répondit posément Emma.

Elle se garda bien de mentionner que les termes du contrat bénéficiaient à Jess.

— Ce n'est pas un sujet que les hommes abordent facilement, lui assura Jess avec une autorité qui fit sourire Emma malgré elle.

— Qu'est-ce que tu en sais ? s'esclaffa-t-elle.

— Je regarde des films, j'écoute les gens raconter leurs histoires, répondit Jess en riant elle aussi.

Emma comprit alors que sa sœur avait dû s'inquiéter à cause d'elle et se le reprocha.

Allons ! Elle devait cesser de ruminer. Elle allait se marier pour Jess et pour son bébé. Ne restait plus qu'à sauver les apparences.

— Quelle couleur à ton avis ? demanda-t-elle en se dirigeant vers les tenues des demoiselles d'honneur.

— Bleue, répondit Jess en la rejoignant. Tu as toujours dit que c'était ta couleur fétiche.

— Mais je croyais que tu aimais le rose ?

— Oui, mais par superstition je veux du bleu pour être sûre de te porter bonheur.

Pendant que Jess parlait, les retoucheuses décrochèrent plusieurs robes, dont une bleu pâle, sans bretelles, sur laquelle les deux sœurs jetèrent aussitôt leur dévolu. Quelques minutes plus tard, Jess valsait dans l'appartement, euphorique.

— Elle me va comme un gant. On dirait qu'elle a été faite sur mesure.

— Tu es splendide, Jess. Une vraie adulte.

— Mais j'en suis une ! rétorqua Jess d'un air pincé. Tu peux t'en aller sans crainte, la tête dans les étoiles, main dans la main avec ton prince charmant, sans plus te soucier de moi.

Emma fut prise d'une envie de pleurer et de rire à la fois.

— Bon ! Je ferais bien de choisir ma robe, moi aussi. À la dernière minute comme ça, je serais étonnée d'en trouver une à ma taille.

Elle hésitait. Devrait-elle en prendre une longue ou une courte ? Une crème ou une blanche ?

— C'est cette blanche-là qu'il te faut, Em. Essaie-la.

Aidée par la retoucheuse, Emma enfila une robe en dentelle blanche avec une petite traîne, simple mais élégante, qui laissait ses épaules nues, comme celle de Jess.

C'était presque trop beau pour être vrai, songea-t-elle quand elle découvrit dans le miroir à la fois l'Emma qu'elle connaissait et une mariée resplendissante. Jamais elle ne s'était imaginée dans une aussi belle tenue.

— C'est un signe du destin, exulta Jess. D'abord ma robe, ensuite la tienne. Nikolaï et toi, vous allez former un couple de rêve.

12

Emma se réveilla en sursaut dans son grand lit, la place à côté d'elle vide et froide, comme tous les matins depuis que Jess était arrivée et que Nikolaï s'était installé à l'hôtel. Il la fuyait. Parce que lui aussi était pris de doutes ? Elle aurait dû insister pour tirer la situation au clair et jouer cartes sur table lorsqu'ils étaient à l'hôpital.

Elle regarda autour d'elle. Le soleil matinal inondait la chambre, dardant malicieusement ses rayons sur la robe de mariée. L'après-midi même, l'heureuse élue s'en vêtirait pour accomplir l'acte le plus difficile de son existence : apposer sa signature sur un contrat qui déterminerait sa vie à jamais.

S'y résoudrait-elle vraiment ? Allait-elle réellement s'engager à devenir la femme de Nikolaï, tout en sachant qu'il ne l'aimerait jamais ?

Elle devait sortir prendre l'air, loin de cette tenue de mariée dont elle ne supportait plus la vue. Elle enfila donc un jean, un pull-over et des chaussures plates.

— Où vas-tu ? demanda Jess en entrant dans la chambre.

— Faire un tour. Il faut que je réfléchisse vite et bien, avant de commettre une grave erreur.

— Qu'est-ce qui t'arrive, Em ?

Comment annoncer à sa sœur qu'elle allait lui ôter toute possibilité de réaliser son rêve et par-dessus le marché obliger un enfant à vivre sans père ?

— Je crains de ne pouvoir aller au bout de cette aventure.

Devant l'expression atterrée de Jess, Emma se reprocha de ne pas avoir tourné sept fois sa langue dans sa bouche. Mais non, après tout ! Elle avait eu raison de prévenir sa sœur. Il ne restait plus que six heures avant le moment fatidique. Qu'adviendrait-il, si elle ne parvenait pas à prononcer le « oui » qui l'unirait à Nikolaï par les liens du mariage ?

— Je croyais que tu étais heureuse, que tu l'aimais, répliqua Jess dont la panique audible attrista Emma.

Elle aurait tellement voulu lui épargner cette épreuve supplémentaire dans une vie qui en avait compté beaucoup.

— Je l'étais, soupira-t-elle, le regard perdu sur les cimes des arbres du parc. Et oui, je l'aime.

Trop pour supporter qu'il la rejette.

— Qu'est-ce qui ne va pas, alors ?

La main que Jess posa doucement sur son bras arracha Emma à ses pensées. Elle ferma les yeux pour s'armer de courage.

— Il ne m'aime pas, avoua-t-elle.

La main de sa sœur glissa de son bras.

— Je crois que tu te trompes, dit Jess après un silence.

— Non, malheureusement. Tu ne sais pas tout.

Elle avait réagi avec vivacité sans prendre le temps de réfléchir à ce qu'elle allait ajouter.

— Hier soir, il te dévorait littéralement des yeux, Em. On aurait dit qu'il voulait te manger toute crue.

Ces paroles, si inhabituelles chez sa petite sœur, ne firent qu'augmenter les doutes d'Emma.

— Ce n'est pas de l'amour, Jess. C'est la chair qui parle. Et ce n'est pas là-dessus qu'on doit bâtir un avenir. Ne tombe jamais dans ce panneau.

Mais n'avait-elle pas précisément elle-même foncé tête baissée dans le piège ?

— Non, Emma. C'est bien de l'amour que j'ai vu dans les yeux de ton fiancé, hier. C'est évident.

— Ne dis pas n'importe quoi. Tu n'as même pas dix-sept ans. Comment peux-tu savoir à quoi ressemble l'amour ?

Emma commençait à s'agacer. Elle n'avait qu'une envie : sortir à l'air libre pour envisager la suite des événements, une fois qu'elle aurait annoncé à Nikolaï qu'elle renonçait à se marier.

— Je le sais, Em. Il t'aime, je t'assure.

Sa sœur aurait beau insister, Emma avait pris sa décision.

— Ne laisse pas le passé gâcher ton avenir, insista Jess. Tu n'es pas notre mère, et il n'est pas ton père.

Une vérité qu'Emma refusait d'entendre.

— Il faut absolument que je prenne l'air.

Pendant près d'une heure, Emma déambula dans le parc sans trouver l'apaisement. Elle ne voyait pas d'autre moyen d'échapper à la catastrophe que de dire à Nikolaï qu'elle se désengageait de leur marché. Avant de changer d'avis, elle alla s'asseoir sur un banc et, les mains tremblantes, sortit son téléphone. C'était la seule solution, même si elle lui déchirait le cœur. Cette mascarade avait assez duré. Il était temps d'y mettre un terme.

Elle composa le numéro de Nikolaï et écouta la sonnerie, ne sachant si elle espérait qu'il décroche ou ne décroche pas. Elle tomba sur le répondeur et fut un instant tentée de terminer l'appel sans laisser de message. Mais si elle n'agissait pas maintenant, il serait trop tard ensuite. Nikolaï l'attendrait devant l'autel de l'église, pour la cérémonie qu'il avait prévue avec pour seuls invités sa famille et Jess.

« C'est moi, Emma, commença-t-elle d'une voix mal assurée qu'elle s'efforça d'affermir. J'ai eu tort d'accepter ta proposition, Nikolaï. Je ne peux pas t'épouser. Je rentre à Londres avec Jess... dès ce soir. »

Elle regarda son téléphone, comme si elle craignait qu'il n'explose entre ses mains mais, au fond d'elle-même, elle savait qu'elle avait pris la bonne décision. Aucun bonheur, que ce soit pour son bébé ou pour elle, ne sortirait d'un mariage sans amour. Leur union ne se nourrirait pas éternellement de leur attirance physique. Une fois qu'ils auraient assouvi leur appétit sexuel, que subsisterait-il ? Quant à continuer à sauver les apparences ou à taire ses sentiments ? Très peu pour elle.

Elle regarda l'heure sur son téléphone : presque 10 heures. La cérémonie était prévue à 15 heures. Nikolaï avait le temps de procéder aux annulations nécessaires et, elle, celui d'acheter un billet d'avion. Elle espéra seulement qu'il n'essaierait pas de la dissuader. Mais pourquoi s'acharnerait-il, alors que de son propre aveu il n'avait jamais voulu ni se marier ni devenir père ? Bien sûr, il resterait à prendre des dispositions concernant le bébé, mais cela pourrait attendre qu'elle ait recouvré un minimum de maîtrise d'elle-même. Si seulement elle pouvait réduire au silence ses sentiments aussi facilement que son téléphone ! Elle s'accorda encore quelques minutes de répit pour profiter du calme contagieux du parc et du chant apaisant des oiseaux avant de retourner à l'appartement faire ses bagages.

Nikolaï essaya de nouveau d'appeler Emma, tandis qu'il errait dans le parc, où il s'était rendu sur les conseils de Jess. Fou de rage, il repensait au message de sa fiancée. « Je ne peux pas t'épouser. » Pourquoi n'avait-il rien vu venir ?

Brusquement, les propos qu'elle avait tenus après l'échographie prirent tout leur sens. Alors que lui avait commencé à tisser des liens avec son enfant, à apprivoiser l'idée de sa paternité et du mariage, elle n'avait pensé qu'à rompre leurs fiançailles.

De colère, il accéléra le pas. Mais ne sachant où chercher Emma dans l'immensité du parc, il tapa de nouveau son numéro. Rien. Elle avait coupé son téléphone. Si elle croyait que cela suffirait à le décourager, elle se trompait lourdement ! Il n'avait pas l'habitude qu'on reprenne sa parole et encore moins qu'on s'oppose à sa volonté. Et il voulait Emma.

Tel un ruisseau après un long hiver de gel, cette pensée s'infiltra en lui. Oui, il la voulait. Pas uniquement physiquement. Quelque chose de beaucoup plus profond et indépendant du bébé le poussait vers elle.

Mais où donc se cachait-elle ? se demanda-t-il en fouillant du regard le parc qui grouillait de coureurs et de propriétaires de chiens plus ou moins obéissants. Avec un juron, il se dirigea vers le lac. Et soudain, là, à travers les arbres, il la vit, assise sur un banc, le regard perdu au loin, plongée dans ses pensées.

Au lieu de se précipiter vers elle pour exiger des explications, il se força à approcher en catimini, pendant qu'elle regardait ailleurs.

Ses longs cheveux soyeux brillaient dans le soleil du matin. Aurait-il le plaisir d'y enfouir encore les mains ?

Emma tourna la tête dans sa direction. Il s'arrêta net, paralysé par quelque chose qui ressemblait affreusement à de la peur. Mais la peur de quoi ? Il la vit se crisper au moment où elle le reconnut — de crainte ? de dégoût ? Quoi qu'il en soit, il en fut plus blessé qu'il ne l'aurait cru possible.

Elle ne bougea que la tête, qu'elle baissa comme chaque fois qu'elle était confrontée à une difficulté.

Je ne peux pas laisser partir la femme que j'aime.

Nikolaï s'arrêta net, sidéré par cette révélation. Son cœur se mit à battre à tout rompre. Comme à l'hôpital. Pourquoi n'avait-il rien compris alors ?

Malgré le peu de distance qui les séparait, un gouffre s'était ouvert entre eux, là, dans le parc. Un gouffre qui s'élargissait à chaque seconde et que, tétanisé, il était incapable de franchir.

Depuis le départ, il avait délibérément maintenu Emma sur l'autre bord, sans qu'elle proteste. Elle avait approuvé tous ses propos sur l'engagement et l'amour, avait accepté les termes austères du marché qu'il lui avait soumis. Mais il venait enfin d'enlever ses œillères : ce qu'il avait repoussé jusque-là était en fait ce qu'il cherchait. Il voulait qu'Emma entre dans sa vie par amour, non par obligation.

Devait-il risquer le tout pour le tout et lui avouer ses sentiments, quitte à démentir tout ce qu'il avait toujours prétendu ? Ou devait-il plutôt essayer de la persuader de respecter le contrat, car peut-être était-ce par panique qu'il s'était fourré ces inepties romantiques dans la tête ?

Mais ces inepties n'existaient pas uniquement dans sa tête. Elles envahissaient sa poitrine, son cœur. L'émotion qui l'avait assailli dès sa rencontre avec Emma le gagnait de nouveau, jusqu'à l'étouffer, comme pour le forcer à la reconnaître pour ce qu'elle était : de l'amour.

Emma le regarda avec des yeux pleins d'appréhension et enfin il avança vers elle, un peu plus difficilement à chaque pas. Comment lui avouer ce qu'il éprouvait pour elle, quand il venait seulement d'en prendre conscience lui-même ?

— Croyais-tu vraiment qu'un simple petit message sur le répondeur suffirait à te libérer de l'engagement que tu as pris ?

Il n'avait absolument pas prévu de lancer cette flèche, mais le rempart qu'il avait bâti autour de son cœur maintenait Emma à l'extérieur. Ce même rempart empêchait la vérité de sortir et lui interdisait de prononcer les mots qu'il devait et voulait dire.

Alors qu'il s'arrêtait devant elle, Emma leva vers lui ses yeux verts magnifiques, qu'elle plissa à cause du soleil. Ou bien à cause de la dureté de sa voix ?

— Je n'avais pas pensé que tu refuserais de décrocher.

— J'étais sous la douche, répondit-il.

Il s'empressa de barrer la route aux souvenirs du temps qu'ils y avaient passé ensemble, quelques jours plus tôt.

Elle se détourna de lui. Les mêmes images lui avaient-elles traversé l'esprit ?

— Ça n'a pas d'importance, Nikolaï, parce que je ne peux pas me marier avec toi, déclara-t-elle tandis qu'il prenait place à côté d'elle.

— Même pour le bébé ? attaqua-t-il malgré lui.

Il serra les dents pour endiguer la panique qui s'apprêtait à déferler sur lui. Il ne pouvait laisser Emma sortir de sa vie. Pas maintenant qu'il avait enfin compris qu'il l'aimait. Depuis quand ? Il n'avait pas fini de se formuler la question que déjà la réponse fusait. Il l'aimait depuis leur première nuit ensemble, à Vladimir. Peut-être même depuis qu'elle lui était apparue à la descente du train.

— Oui.

Elle regardait droit devant elle, comme fascinée par ce qu'elle voyait. Il sentit qu'elle ne lui disait pas tout, qu'elle lui cachait quelque chose. Mais quoi ? Et pourquoi ?

En lisant la détresse de Nikolaï sur son visage, Emma comprit qu'il rendait son histoire et les erreurs de son père responsables de la situation. Elle aurait voulu le prendre dans ses bras, lui assurer qu'il se trompait. Mais si elle cédait à cette tentation, elle flancherait. Or pour rien au monde, elle ne voulait lui avouer la vérité. Elle ne pouvait épouser un homme qui ne l'aimerait pas autant qu'elle l'aimait ; elle ne pouvait s'exposer à être rejetée.

— Tu n'as donc aucun scrupule à revenir sur ce que nous avions convenu ?

Il avait parlé d'une voix anormalement calme, qui la déstabilisa davantage encore. Feignait-il de l'inciter à réexaminer sa décision alors que, en fait, il les aurait volontiers mises lui-même dans l'avion pour Londres, Jess et elle ?

— Je n'agis que dans l'intérêt de notre enfant.

Elle éludait la véritable raison de son attitude et, malgré le soleil, elle se mit à frissonner. À frissonner d'appréhension.

— Comment ça, Emma ? Notre mariage est une garantie d'équilibre pour lui. En revanche, comment réagira-t-il, s'il est élevé par toi seule, à des milliers de kilomètres de moi ?

Le dédain de Nikolaï lui était insupportable. Essayait-il de lui compliquer la tâche ou utilisait-il cet argument pour lui enlever son bébé, le pire de ses cauchemars ? Quoi qu'il en soit, elle devait tirer les choses au clair et tout de suite. Elle ne pouvait passer le reste de sa grossesse avec une épée de Damoclès suspendue au-dessus de sa tête.

— Il est de loin préférable pour notre bébé que ses deux parents soient séparés mais heureux, plutôt que sous le même toit mais malheureux.

— Et tu seras heureuse, loin de moi ?

La question autant que le changement de ton de Nikolaï prirent Emma au dépourvu. Il paraissait vaincu. Abattu. Elle ne l'avait jamais vu ainsi.

— Je souhaite simplement que mon enfant grandisse dans un climat serein et qu'il ne connaisse pas la douleur d'être rejeté par son père.

Elle se retint de poursuivre. Pourtant, elle aurait aimé que Nikolaï prenne conscience des angoisses qui la minaient.

— Et tu me penses capable de rejeter mon fils ou ma fille ?

Sa voix trahissait de la peine, son regard de l'irritation.

— Après tout ce à quoi j'ai assisté pendant mon enfance, crois-tu vraiment que je veuille faire du mal à mon gamin ? ajouta-t-il.

Emma baissa la tête, honteuse. Elle l'avait involontairement blessé lui qui, depuis qu'il était petit, se démenait pour protéger sa mère.

Instinctivement, elle posa sa main sur son bras.

— Je ne veux pas que mon enfant vive ce que j'ai vécu, Nikolaï. Je ne supporterai pas de te voir le rejeter, quand tu n'auras plus besoin de lui dans ta vie.

— Jamais je ne ferai ça, Emma, jamais ! dit-il en lui prenant la main.

Son regard s'adoucit au point qu'Emma, attendrie, envisagea un court instant de revenir sur sa décision.

— Je ne te laisserai pas partir, Emma. Je veux voir mon enfant grandir et je te promets que je ne me comporterai ni comme mon père ni comme le tien.

— Ce n'est malgré tout pas une raison suffisante pour que nous nous mariions.

— Nous nous marierons comme prévu, Emma. Dans moins de quatre heures, tu seras ma femme, ajouta-t-il d'un ton sans appel.

13

Emma se leva d'un bond de son banc, brisant le fil ténu que Nikolaï venait de tendre entre eux.

— Je suis désolée, Nikolaï, mais c'est trop tard.

Il demeura comme sonné. Elle attendit un instant mais, comme il se taisait, elle tourna les talons. Nikolaï voyait comme dans un film au ralenti chacun de ses pas, qui l'éloignait un peu plus de lui.

Il devait absolument réagir. Lui avouer, avant qu'elle ne disparaisse à jamais, ce qu'il venait tout juste de comprendre. Hélas ! Il était paralysé, incapable de prononcer un mot, de lui dire ce qu'il voulait qu'elle entende.

— Attends, Emma ! l'appela-t-il dans un cri déchirant, dont l'air du matin résonna quelques secondes.

Mais Emma avançait toujours. Elle le quittait. Elle sortait de sa vie. Il fallait à tout prix la retenir. Pour lui expliquer. Pour la raisonner. Mais comment, s'il restait là les bras ballants ?

Il la rattrapa au moment où elle s'engageait sur Bow Bridge.

— J'ai besoin de toi, Emma, lâcha-t-il en s'immobilisant à l'entrée du pont.

Avait-il parlé tout haut ? Probablement, car il vit Emma marcher avec moins d'assurance puis s'arrêter, dos à lui. Après plusieurs secondes — qui lui parurent une éternité —, elle se retourna enfin. Elle était visiblement au bord des larmes, en plein désarroi. Par sa faute. Il avait géré la situation en dépit du bon sens depuis leur première nuit ensemble. Cette nuit qui avait changé leurs vies et l'avait transformé, lui.

— De belles paroles, mais tu n'en penses pas un mot.

— Si, Emma, je t'assure, j'ai besoin de toi.

Il devait s'impliquer davantage encore, lui avouer ses sentiments. Difficile quand elle en aimait un autre ! Cela dit, elle portait son bébé à lui. Et il était le seul homme qu'elle ait connu intimement. Ce n'était pas anodin, tout de même.

— Ça ne me suffit pas, Nikolaï, dit-elle, une note de défi dans la voix. Je veux qu'on ait besoin de moi pour ce que je suis, pas pour le bébé que je porte. Mais surtout, je veux être aimée.

À ces derniers mots, Nikolaï se sentit comme aspiré dans un trou d'air. Allait-elle à Londres pour retrouver Richard ? Était-elle à ce point amoureuse de cet homme ?

— L'amour n'a toujours été qu'un mot pour moi, Emma.

Il avança d'un pas vers elle. Une fragile passerelle reliait à présent les deux bords du gouffre, mais oserait-il l'emprunter ? Trouverait-il le courage de révéler des émotions qui étaient encore si nouvelles pour lui ?

— C'est ce que tu as toujours déclaré, effectivement, confirma-t-elle sans faire mine de partir cependant.

C'était la vérité. Impossible de nier qu'il avait clairement établi ne pas vouloir d'amour dans sa vie. Une politique qui lui avait jusque-là assuré la sécurité affective. Ainsi, il n'avait jamais donné à personne le pouvoir de le briser. Un pouvoir qu'Emma avait détenu à la seconde où ils s'étaient rencontrés.

Quand il était adolescent, il avait, une seule fois, interrogé sa mère à propos de son père. Elle lui avait confié qu'elle l'avait aimé au départ, avant qu'il ne tombe le masque et ne devienne la brute qui les avait terrorisés tous deux.

Après cette conversation, Nikolaï s'était juré de mettre à jamais sous clé des sentiments aussi destructeurs que l'amour. Mais il ne pouvait plus se le permettre. Il devait prendre le risque d'accepter et de libérer ses émotions. Le risque était réel, car si Emma ne partageait pas son amour, il serait anéanti. Il lui cacherait pourtant son désespoir, souhaitant avant toute chose qu'elle soit heureuse… Avec ou sans lui.

Si elle était éprise de quelqu'un d'autre, il ne la retiendrait pas. Aussi fou que cela puisse paraître, il l'aimait suffisamment pour la laisser se jeter dans les bras d'un autre !

Il se remémora comme elle-même avait tourné en ridicule les histoires romantiques. Elle avait rejeté ce qu'elle recherchait le plus au monde, et c'était bien ce qui caractérisait leur histoire commune.

— Tu manifestais le même mépris que moi pour l'amour et le bonheur, Emma.

Il se rapprocha prudemment d'elle… Elle ne recula pas. Elle ne se sauva pas. Malgré son cœur sur le point de voler en éclats, malgré son émoi intense, Nikolaï se dominait suffisamment pour maintenir autour de lui son éternel mur de défense.

— Je peux comprendre que tu veuilles te protéger de l'amour, Nikolaï. Mais moi, j'aspire au bonheur, après l'enfance que j'ai vécue.

Comme elle avançait d'un pas vers lui, il sentit une bouffée d'espoir gonfler sa poitrine.

— Nous ne cherchons pas la même chose, Nikolaï. Toi, tu ne veux pas t'impliquer affectivement et, moi, je ne conçois pas de vivre sans amour.

Les derniers mots d'Emma le piquèrent au vif — plus qu'il ne l'aurait jamais imaginé possible.

— Et Richard te donne-t-il cet amour ?

Voilà, il avait posé la question dont la réponse le poignarderait peut-être en plein cœur. Ce cœur qu'il venait de se découvrir.

— Richard ? répéta Emma, sidérée.

Que venait faire Richard dans leur histoire ? Brusquement, elle se rappela leur excursion en bateau et l'appel de son collègue pour lui annoncer la parution de l'article. Elle avait été si heureuse ! Mais Nikolaï, lui, s'était rembruni à la seconde où elle lui avait appris l'identité de son interlocuteur. Sur le moment, elle avait cru à de la colère contre elle. Mais s'agissait-il d'autre chose ? S'était-il senti menacé par Richard, même à distance ?

La petite étincelle d'espoir qui subsistait en elle contre vents et marées s'embrasa. Nikolaï se tenait toujours à l'entrée du pont, comme si continuer à avancer vers elle était au-dessus de ses forces.

— L'aimes-tu, Emma ? Est-ce lui que tu pars rejoindre ?

Jamais auparavant, Emma n'avait entendu autant d'émotion dans la voix de Nikolaï. Elle le regarda, pantoise. Ainsi, il la croyait amoureuse de Richard ?

Cela avait été le cas, il y a bien longtemps, avant qu'il ne rejette l'oie blanche qu'elle était alors. Soudain, elle comprit comment Nikolaï avait pu se méprendre sur la relation qui la liait à Richard. Pourtant, il n'y avait plus la moindre ambiguïté entre son collègue et elle. Quand Richard avait stipulé qu'il ne voulait pas s'engager dans une relation sérieuse, il avait tué dans l'œuf le premier béguin d'Emma.

— Richard et moi, nous ne sommes et n'avons jamais été que des amis.

Pourquoi ce regard sombre ? s'interrogea-t-elle, perplexe. Signifiait-il que Nikolaï considérait vraiment Richard comme une menace ? Mais qu'aurait-il pu menacer ? Leur « mariage-marché » ou quelque chose de plus sensible ?

— Et tu en es frustrée, n'est-ce pas ? C'est ce que tu m'as déclaré sur le bateau, en tout cas.

— Quoi ?

— « Il est très pénible de s'attacher à quelqu'un qu'on laisse totalement indifférent. » Ce sont tes propres termes, Emma.

Elle sentit ses genoux se dérober sous elle et dut prendre appui sur la balustrade artistiquement travaillée. Il avait cru qu'elle parlait de Richard, alors que ses propos le visaient lui, Nikolaï ! Pas étonnant qu'il ait alors pris ses distances avec elle, anéantissant son rêve de voir leur intimité naissante se transformer en amour.

Sa tête se mit à tourner. Elle fut prise de nausées. Elle n'était plus capable de penser. Ses jambes ne la portaient plus. Elle allait s'évanouir...

Mais Emma sentit les bras vigoureux de Nikolaï la retenir, lui offrir un refuge, la serrer contre lui. Elle eut l'impression d'être chez elle, et son cœur se déchira un peu plus.

— Ça ne va pas ?

Le timbre grave et sensuel de sa voix vibrant en elle, elle ferma les yeux et s'abandonna un instant à son étreinte rassurante.

— Nous continuerons cette conversation plus tard, d'accord ? le supplia-t-elle, au bord du malaise.

Non seulement Nikolaï n'éprouvait rien pour elle, mais en plus, il l'accusait d'être amoureuse d'un autre. Dans ces conditions, à quoi bon poursuivre la discussion ?

— Non. C'est maintenant… ou jamais. À toi de décider de notre avenir, Emma.

Quand elle leva la tête vers lui, elle découvrit dans ses yeux une myriade d'émotions qu'elle n'y avait jamais vues auparavant.

Elle ne se sentait en état ni de parler, ni de penser, mais elle ne pouvait pas s'en aller sans rien dire. Pas quand il la tenait avec tant de douceur et la regardait si tendrement. Ressentirait-il quelque chose pour elle, finalement ? Quelque chose susceptible de se muer en amour ?

Les yeux dans ceux de Nikolaï, elle se retint de caresser sa joue fraîchement rasée.

— Ce n'est pas de Richard que je parlais, ce jour-là.

Nikolaï s'était précipité pour rattraper Emma avant qu'elle ne s'écroule. Il avait respiré son doux parfum, senti la chaleur de son corps. Malgré son inquiétude devant son malaise, ses sens s'étaient déchaînés. Comment avait-il pu être aveugle à ce point ? Comment avait-il pu ne pas saisir qu'il l'aimait ?

Il n'avait rien vu, parce qu'il avait barricadé son cœur.

Elle le regardait à présent avec des yeux où se mêlaient espoir et désespoir. Elle attendait visiblement une réponse à sa confession. Mais leur actuelle proximité physique privait Nikolaï de tous ses moyens.

— Tu peux répéter ? murmura-t-il, incapable de résister à la tentation de caresser une mèche de ses cheveux.

— Quand j'ai dit ça sur le bateau, je ne parlais pas de Richard, fit-elle, les larmes aux yeux.

Il s'immobilisa, attendant la suite. Mais elle baissa la tête.

Qui était donc l'homme qui ne lui rendait pas son amour ? S'agissait-il de lui ? Était-il possible qu'elle l'aime ?

— Emma, commença-t-il en la forçant à le regarder, as-tu jamais dit à cette autre personne que tu l'aimais ?

Elle le scruta, comme pour imprimer son image dans son esprit.

— Non, parce qu'il n'a pas envie de l'entendre. Il ne croit pas que l'amour existe, du moins pas pour lui. Jamais je ne pourrai le lui avouer. C'est tout simplement inconcevable.

Il se trouvait au pied du mur. Pas d'autre solution que de lui témoigner son amour en le lui déclarant là, tout de suite. Quitte à se ridiculiser s'il avait mal interprété ses paroles. C'était ça ou la perdre à jamais.

— Peut-être qu'il suffirait que lui t'avoue que...

Il plongea son regard dans les yeux d'Emma, où l'espoir avait séché les larmes.

— ... Peut-être faudrait-il qu'il ait le courage d'admettre ce qu'il n'aurait jamais cru possible.

— Peut-être, murmura-t-elle.

Les yeux d'Emma étaient braqués sur ses lèvres, comme pour le forcer à prononcer les mots qu'elle attendait.

Il sentit alors son cœur trépider dans sa poitrine et ses sens s'embraser. Prenant une profonde inspiration, il s'apprêta à dire ce qu'il avait pensé ne jamais pouvoir dire.

— Je t'aime, Emma Sanders. D'un amour infini.

Quand elle ferma les yeux et se détendit entre ses bras, Nikolaï, incapable de résister davantage à la tentation, pressa ses lèvres contre celles d'Emma.

Il l'embrassa avec une telle tendresse qu'Emma en aurait pleuré. Il l'aimait. Son baiser le lui prouva davantage encore que les mots. Car c'était un baiser différent des autres. Non plus seulement un baiser fougueux et brûlant de désir, mais un baiser romantique, doux, tendre, un baiser plein d'amour.

Elle lui enlaça le cou et l'embrassa à son tour, libérant enfin le flot de ses sentiments. Quand leurs bouches se séparèrent et que Nikolaï appuya son front contre le sien, ils demeurèrent quelques instants silencieux.

— Moi qui croyais que tu refusais l'amour, dit-elle dans un sourire malicieux.

— Ça, c'était avant que je ne te rencontre. Tout a changé à l'instant où tu as posé le pied sur le quai de la gare, à Vladimir.

Seigneur, que son regard était tendre et aimant ! songea Emma, douloureusement émue. Et sa voix soudain si rauque, qui la caressait à l'en faire frissonner de plaisir !

Elle ferma les yeux pour mieux se remémorer le jour de leur rencontre, mais surtout pour savourer l'idée que lui aussi avait ressenti cette étincelle, dès le premier regard. Une étincelle qui, selon son propre aveu, s'était transformée en amour avant même qu'elle ne soit enceinte. Mais alors…

— Alors, notre bébé est un bébé de l'amour, Nikolaï.

Elle souffla ces mots contre ses lèvres, au moment où il s'emparait de sa bouche avec une urgence quasi vitale.

Autour d'eux, la terre continuait de tourner. Emma entendait les voix des promeneurs dans le parc, le clapotis de la rivière sous leurs pieds, le chant joyeux des oiseaux célébrant le printemps. La toile de fond idéale pour une déclaration d'amour !

Quand leur baiser prit fin, elle laissa ses mains glisser le long de sa poitrine, sentant les battements de son cœur sous sa paume, un cœur débordant d'amour pour elle. Nikolaï avait trouvé le courage de se déclarer, alors même qu'il était persuadé qu'elle allait le quitter. Comment avait-elle pu se fourvoyer à ce point ?

— Je t'aime, Nikolaï Cunningham. De toute mon âme.

Un aveu qu'ils scellèrent par un autre baiser.

— Tu n'imagines pas combien je suis soulagé, Emma. La pensée que tu étais amoureuse d'un autre me minait depuis des jours.

Au sérieux de sa voix, Emma comprit combien il lui avait coûté de parler de ses sentiments, quels qu'ils soient.

— Est-ce la raison pour laquelle tu t'es installé à l'hôtel ? Moi, j'avais compris que tu ne voulais plus de moi dans ta vie.

— Tu as cru que je te rejetais, comme ton père l'avait fait ? Non, cela n'arrivera jamais, Emma. Simplement, après la remarque de Jess, j'ai préféré ne pas m'attirer le mauvais œil en défiant la tradition. Je savais que je ne supporterais pas de te perdre, mais j'étais trop aveuglé par mon passé pour comprendre que j'étais tombé amoureux de toi.

— Pour de bon ?

— Oui. Et puis, je voulais vous laisser du temps entre filles, à Jess et toi.

Il éclata de rire, les yeux pétillant d'amour. Emma joignit son rire au sien, lorsqu'elle prit brusquement conscience de ce que Nikolaï venait de dire.

— Tu nous as entendues ? demanda-t-elle alors, gênée.

Qu'avait-il surpris de leur conversation exactement ? Elle se rappelait avoir avoué à sa sœur ses sentiments pour Nikolaï, mais ils n'en seraient pas là aujourd'hui, s'il avait réellement entendu sa confession.

— Juste quelques bribes, répondit-il.

Ses yeux brillaient d'un éclat d'amusement et de sensualité, celui-là même qui avait conquis le cœur d'Emma dès le début.

— En tout cas, la partie où je déclarais à Jess que je t'aimais et que je rêvais de t'épouser t'a manifestement échappé, observa-t-elle avec un sourire espiègle et provocant.

— Oui, effectivement. Dommage, car je me serais épargné bien des tourments.

— De toute façon, je préfère te le dire de vive voix, murmura-t-elle dans un petit rire qui allégea l'atmosphère.

— Eh bien, ne te gêne surtout pas !

L'attirant de nouveau contre lui, il lui effleura les lèvres.

— Je t'aime, Nikolaï. Je veux me marier avec toi. Aujourd'hui.

— Tu en es certaine ? plaisanta-t-il. Dans ce cas, ça tombe bien. Tout est prêt pour un mariage réussi avec la femme de ma vie.

— Oh ! Mon Dieu ! feignit-elle de s'affoler en consultant sa montre. Je dois y aller. L'homme que j'aime de toute mon âme va faire de moi son épouse et la femme la plus heureuse sur terre. Pourvu qu'il m'attende !

— Le contraire m'étonnerait, parce qu'il t'aime à la folie.

Épilogue

Emma, vêtue d'une élégante robe noire, étudiait son reflet dans le miroir de sa chambre d'hôtel. La dernière fois qu'elle s'était examinée avec autant d'attention remontait au jour où elle avait essayé sa robe de mariée, plus d'un an auparavant. Depuis, elle avait donné naissance à un adorable petit garçon et elle nageait dans un bonheur si parfait que les doutes qui l'avaient taraudée avant son mariage semblaient appartenir à un mauvais rêve.

— Vous êtes superbe comme toujours, madame Cunningham.

Nikolaï, irrésistible dans son smoking, lui embrassa la nuque tout en la contemplant. Envahie d'amour comme à chacune de ses apparitions, elle lui sourit, tandis qu'il continuait à la complimenter.

— C'est un honneur pour moi de t'accompagner à l'Opéra ce soir, Emma.

— J'espère que Jess n'a pas trop le trac. C'est la première fois qu'elle est choisie comme danseuse étoile.

— Quel meilleur endroit que la plus grande école de Russie pour cette première ? Elle est la star montante de la compagnie. Le monde va bientôt lui dérouler le tapis rouge.

L'assurance de Nikolaï apaisa les appréhensions d'Emma, et cela d'autant plus qu'il avait raison. En effet, Jess n'avait effectué que la moitié de sa formation et, déjà, plusieurs troupes s'intéressaient à elle. Même dans ses rêves les plus fous, Emma n'avait imaginé une issue aussi merveilleuse pour sa sœur cadette.

— C'est dommage que nous n'ayons pas pu emmener Nathan.

Se tournant vers Nikolaï, Emma s'abandonna à l'étreinte de ses bras vigoureux.

— Il est très heureux chez sa grand-mère, répliqua-t-il avec un délicieux baiser.

— Mais nous ne sommes jamais partis sans lui.

— Justement ! Je compte bien profiter de notre tête-à-tête. Après le spectacle, je vais te ramener ici, dans cette chambre. Je veux te faire l'amour pendant toute la nuit.

— Est-ce bien raisonnable ? sourit Emma en effleurant des lèvres sa joue fraîchement rasée.

— Pourquoi cette question ?

— Tu te rappelles ce qui s'est passé, la dernière fois que nous avons fait l'amour dans une chambre d'hôtel ? répondit-elle nonchalamment.

— Mais nous ne sommes pas à Vladimir.

— Et ?

— Cette fois, chacune de mes caresses te dira la force de mon amour.

Elle se retourna entre ses bras pour regarder son beau visage. Elle n'arrivait toujours pas à croire à son bonheur.

— Tout ce que tu fais pour moi le dit, Nikolaï. Tu m'emmènes ici voir Jess. Tu m'encourages à développer mes talents de photographe...

— Je ne te prouverai jamais assez combien je t'aime.

— Dans ce cas, je ne peux pas lutter, souffla-t-elle en riant.

Nikolaï la regardait avec gravité, à présent.

— Emma, mon épouse, la mère de mon fils, tu es la femme que j'aime le plus au monde.

CATHY WILLIAMS

Séduite par vengeance

Traduction française de
LOUISE LAMBERSON

AZUR

HARLEQUIN

Titre original :
LEGACY OF HIS REVENGE

Ce roman a déjà été publié en 2018.

1

— Il a une fille, annonça Art.

Matias tourna vivement la tête vers son ami.

Âgés de trente-deux ans tous les deux, ils se connaissaient depuis l'enfance pour avoir fréquenté la même école. À l'époque, Matias était le protecteur d'Art Delgado. Pas bien grand, asthmatique, myope et affublé de grosses lunettes aux verres épais, celui-ci avait toujours représenté une cible de choix pour les petites brutes sévissant dans la classe. Jusqu'à l'arrivée de Matias, qui avait vite fait en sorte que plus personne ne s'en prenne à lui.

Et maintenant, des années plus tard, Art travaillait à ses côtés, en plus d'être son ami.

Matias lui fit signe de s'asseoir et se pencha en avant pour prendre le smartphone qu'il lui tendait. La photo qui s'affichait sur l'écran montrait une voiture — ou plutôt un tas de ferraille sur roues — dont sortait une petite silhouette à l'air terrifié, et aux rondeurs *très* féminines.

S'il s'agissait bien de la fille de James Carney, qui tenait plus que tout à faire étalage de sa réussite sociale, pourquoi roulait-elle au volant d'un véhicule pourri ? se demanda machinalement Matias. Mais, surtout, pourquoi n'avait-il encore jamais entendu parler d'elle ?

— Comment est-il possible que je n'apprenne qu'aujourd'hui que cet homme a une progéniture ? murmura-t-il en rendant l'appareil à son ami.

Il se rappuya au dossier de son fauteuil.

— Et comment peux-tu être certain que cette jeune femme est sa fille ?

À 19 heures passées, les bureaux étaient déserts. Non seulement il faisait encore très beau et chaud, mais encore on était vendredi, aussi tout le monde avait-il mieux à faire que d'effectuer des heures supplémentaires. De son côté, Matias avait tout son temps, étant donné qu'il s'était débarrassé de sa dernière maîtresse en date deux semaines plus tôt.

— C'est ce qu'elle a dit, en tout cas, répliqua Art.

Son ami s'interrompit pour ôter ses lunettes design d'inspiration rétro.

— De toute façon, cela ne change rien à notre affaire, n'est-ce pas ? reprit-il, l'air un peu inquiet.

Matias repoussa son fauteuil et se leva. Il se dirigea vers les baies vitrées donnant en contrebas sur les rues animées de la City. De cette hauteur, les passants paraissaient aussi minuscules que des allumettes, les voitures et les taxis ressemblaient à des jouets. Il fronça les sourcils et croisa son reflet dans la vitre. Il avait hérité des cheveux et des yeux noirs de son père argentin, et de la finesse des traits de sa mère irlandaise. Il n'avait pas à se plaindre, côté physique. Il mesurait en outre un mètre quatre-vingt-dix et les femmes lui assuraient qu'elles raffolaient de son corps athlétique.

— C'est ce qu'elle a dit, hein ? Si Carney avait eu une fille, je l'aurais appris, forcément. Il a été marié, mais sa femme ne lui a pas donné d'enfant.

En vérité, Matias ne s'était pas intéressé en détail à la vie personnelle de James Carney. Il savait qu'il était veuf, et cela lui avait suffi. Il avait eu tort, manifestement.

Depuis des années, il se concentrait sur un seul but : anéantir ce salopard en s'attaquant à son entreprise. Celle-ci n'aurait jamais dû lui appartenir puisque sa survie reposait sur le mensonge et la trahison ; et sur une invention dérobée à Tomas Rivero, le père de Matias.

Gagner de l'argent et jouir du pouvoir inséparable de la réussite avait toujours été un objectif inextricablement mêlé à son désir d'avoir un jour les moyens de détruire Carney. Son ascension vers le succès et la fortune allait de pair avec sa soif de vengeance. Après avoir décroché brillamment son diplôme de fin d'études, Matias avait travaillé pendant deux ans dans une banque d'investissements, d'où il était parti avec un bon petit pécule et un carnet d'adresses bien rempli. Ensuite, il avait finalisé diverses fusions d'entreprises et racheté des sociétés battant de l'aile, opérations qui avaient rapidement fait de lui un homme riche et puissant.

Qui n'avait cependant jamais perdu de vue son but premier.

Ces dernières années, il avait peaufiné un piège, tel un chasseur guettant son heure, tapi dans l'ombre. Fallait-il commencer à racheter des actions, avant d'en inonder le marché pour ruiner l'entreprise de Carney ? Valait-il mieux attendre qu'elle soit dans un état de délabrement avancé pour engager une reprise musclée ?

Matias songeait à sa vengeance depuis si longtemps que, lorsqu'elle avait été à sa portée, il avait presque eu envie de s'offrir le luxe de patienter encore un peu. Jusqu'à la découverte de ces lettres dans les affaires de sa mère quelques semaines plus tôt, au moment où celle-ci avait dû être hospitalisée. Fou de rage, écœuré, il avait décidé de passer à l'action.

— Vous avez fait un brin de causette, si je comprends bien ? demanda-t-il à son ami en revenant s'asseoir.

— Je l'ai rencontrée par pur hasard. Au moment où j'allais tourner dans l'allée conduisant au manoir de Carney, elle a débouché à vive allure et percuté l'aile droite de la Maserati.

— Quoi ? s'écria Matias. Elle a amoché ma Maserati ?

— Oui. Salement, même, avoua Art. Mais la sienne était déjà bonne pour la casse, alors cela ne fait pas grande différence pour elle. Et ne t'inquiète pas, je vais m'en occuper.

— Bon, je résume : elle a débouché comme un bolide, t'est rentrée dedans, t'a dit qui elle était, et ensuite ?

— Tu n'as pas l'air de me croire, mais c'est pourtant exactement ce qui s'est passé, Matias. Je lui ai demandé si nous nous trouvions bien devant la propriété de James Carney. Elle a répondu que oui, son père habitait là, et qu'elle venait justement de le voir. Elle était dans tous ses états à cause de l'accident et a dit en passant qu'il était de très mauvaise humeur et que je ferais mieux de revenir une autre fois.

— Ainsi, il a une fille... Intéressant...

— Une fille charmante. Enfin, c'est l'impression qu'elle m'a donnée.

— Impossible : Carney est une ordure, répliqua Matias. Il n'aurait jamais pu engendrer quoi que ce soit de *charmant*.

Il regarda Art et ne put s'empêcher de sourire. En dépit de tous les mauvais traitements subis autrefois, son ami avait une confiance instinctive en la bonté du genre humain. Alors que lui-même n'y avait jamais cru.

Après avoir démarré l'un comme l'autre au bas de l'échelle, ils avaient vite dû s'endurcir pour se défendre du racisme et du snobisme ambiants dont ils étaient parfois victimes à cause de leurs origines. Lui-même avait du sang argentin et irlandais dans les veines, et Art Delgado était à moitié espagnol, comme son nom l'indiquait.

Mais seul Matias avait été le témoin d'une injustice cruelle, elle-même résultat d'un acte criminel qui avait détruit la vie de son père. Doté d'une intelligence extraordinaire, particulièrement doué pour tout ce qui relevait des mathématiques, Tomas Rivero ne possédait en revanche aucun sens des affaires. À l'âge de vingt-quatre ans, il avait inventé un logiciel qui facilitait le contrôle des médicaments expérimentaux. À cette époque, il avait rencontré James Carney, un jeune homme riche, toujours suivi d'une cohorte d'admirateurs et qui savait flairer les bonnes occasions. Carney s'était lié avec Tomas, feignant de le trouver sympathique. Puis, après avoir gagné sa confiance, il lui avait soutiré en douceur toutes les signatures lui permettant de profiter des royalties et des bénéfices de l'invention de son « ami ». En retour, celui-ci s'était vu attribuer un poste de troisième rang dans l'entreprise familiale que Carney avait héritée de son père. Tomas Rivero ne s'était jamais remis de cette trahison. Il avait occupé durant deux ans le poste octroyé avec condescendance, avant de démissionner pour aller travailler dans une autre entreprise. À ce moment-là, sa santé s'était déjà détériorée et la mère de Tomas avait dû se trouver un emploi afin de subvenir aux besoins de la famille.

Son père était mort dix ans plus tôt et Rose Rivero avait toujours considéré que le passé était le passé et qu'il valait mieux regarder devant soi.

Matias devait cependant rendre justice à ses parents : ni l'un ni l'autre n'avait jamais envisagé de se venger de ce salopard. Ils n'avaient même jamais *parlé* de vengeance. Matias ne partageait pas cette façon de voir les choses.

— Comment s'appelle-t-elle ? reprit-il. Elle doit t'avoir montré son attestation d'assurance, non ?

— Je t'enverrai toutes les infos par e-mail, répondit Art en rechaussant ses lunettes. Je n'ai pas encore eu le temps de m'en occuper, mais j'ai pris une photo du document.

— Parfait. Envoie-moi ça tout de suite. Et tu n'auras pas besoin de t'en occuper, je vais régler cette affaire moi-même.

— Pourquoi ?

Art était le seul à pouvoir se permettre de lui poser une question aussi directe, surtout sur un ton légèrement réprobateur.

— Disons que je pourrais désirer la connaître un peu mieux… Et puis, j'avoue que je m'en veux de ne pas avoir creusé un peu plus dans la vie privée de Carney. Mais n'aie pas l'air aussi inquiet, mon vieux ! Je ne suis pas le grand méchant loup et je n'ai pas pour habitude de dévorer les jeunes innocentes. Alors, si elle est aussi charmante que tu le dis, elle n'a rien à craindre.

— Ta mère n'approuverait pas ton attitude, rétorqua crûment son ami.

— Ma mère est trop gentille.

L'espace d'un instant, Matias pensa à Rose, hospitalisée dans l'une des meilleures cliniques de Londres à la suite d'un infarctus qui avait bien failli lui être fatal. Si son père ne s'était jamais remis de la trahison de Carney, sa mère ne s'était jamais remise de la mort prématurée de son mari. À y bien regarder, Carney était responsable non seulement des épreuves traversées par toute la famille, mais également du stress qui avait eu raison de Tomas, du chagrin de Rose et de la détérioration de sa santé.

La vengeance avait mis du temps à venir, mais il avait maintenant amorcé la dernière ligne droite…

Sophie Watts leva les yeux vers l'impressionnante tour de verre dressée devant elle et tressaillit.

Quand elle l'avait appelé au numéro qu'il lui avait laissé trois jours plus tôt, l'homme adorable dont elle avait accidentellement abîmé la voiture s'était montré très arrangeant. Et lorsqu'elle avait expliqué sa situation vis-à-vis de son assurance, il lui avait proposé aimablement de venir le voir pour en discuter, avant d'ajouter qu'il était persuadé qu'ils trouveraient un moyen de régler cette affaire à l'amiable. Hélas, elle doutait fort que, dans cet immeuble à l'architecture futuriste et arrogante, les affaires soient traitées de façon conviviale et sympathique...

Sophie serra son grand sac fourre-tout sous son bras en se répétant qu'elle n'avait pas le choix. Elle *devait* se mêler au flot d'individus qui franchissaient les portes vitrées étincelantes — alors qu'elle brûlait de faire demi-tour et de regagner sa petite maison située dans un quartier modeste de l'East End, où elle avait établi sa micro-entreprise de traiteur à domicile. Là-bas, elle se sentait à l'aise et en sécurité, tandis que l'atmosphère stressante de la City lui donnait franchement le vertige. Sans compter que la tenue choisie avec soin pour son rendez-vous avec Art Delgado — robe d'été en coton à fleurs et sandales plates — lui paraissait maintenant ridicule et totalement inappropriée.

Les femmes qui passaient à côté d'elle, perchées sur des talons aiguilles d'une hauteur ahurissante et tenant à la main leur ordinateur portable protégé par une sacoche en cuir, portaient toutes d'élégants tailleurs. Et elles n'hésitaient pas : elles fonçaient droit devant elles en direction des portes coulissantes.

Après avoir inspiré à fond, Sophie s'élança à son tour, et se retrouva dans un immense hall tout en marbre, verre et métal. Des sofas étaient installés çà et là, en cercle. Au centre de l'espace, derrière des bureaux au design ultra-contemporain, des hôtesses souriantes et à l'allure de mannequins accueillaient les visiteurs avant de les orienter vers les ascenseurs. Les portes de ceux-ci s'ouvraient et se refermaient en silence, au fond d'un espace en partie dissimulé par une rangée de palmiers dont les troncs émergeaient d'énormes pots en céramique.

L'estomac noué, Sophie songea à la cuisine où, avec Julie, son amie et associée, elle mitonnait de petits plats en bavardant, échafaudait de grands projets pour la pâtisserie haut de gamme qu'elles ouvriraient un jour ensemble. Sophie aurait donné n'importe quoi pour y être transportée d'un coup de baguette magique, pour humer la délicieuse odeur des gâteaux tout juste sortis du four, ou tester de nouvelles idées de plats à proposer aux clients.

Au lieu de cela, elle expliqua à l'une des hôtesses qu'elle venait voir M. Delgado et qu'elle avait rendez-vous avec lui. Après avoir consulté son écran, la jeune femme lui confirma qu'elle avait bien rendez-vous, mais avec M. Rivero.

— Je ne connais pas de M. Rivero, répliqua poliment Sophie. J'ai rendez-vous avec M. Art Delgado.

— Non, avec M. Matias Rivero, insista l'hôtesse.

Elle fit pivoter son ordinateur vers Sophie.

— Signez, s'il vous plaît. Avec votre doigt, n'importe où sur l'écran. La secrétaire de M. Rivero vous attendra au dixième étage. Attachez ce badge sur votre robe et ne l'ôtez pas, sinon un agent de sécurité vous raccompagnerait immédiatement vers la sortie.

Confuse, Sophie obéit en silence ; puis, le cœur battant, elle se dirigea vers les ascenseurs. Une fois dans la cabine rutilante qui grimpait vers le dixième étage, elle ne regarda rien ni personne, préoccupée par ce changement de programme inattendu. Au lieu de s'expliquer tranquillement avec le très aimable Art Delgado comme elle l'avait escompté, elle allait rencontrer un parfait inconnu...

Les nerfs tendus à craquer, elle sortit de l'ascenseur et se retrouva entourée d'un luxe époustouflant. Elle aperçut une femme d'une cinquantaine d'années, très grande et à l'air avenant, qui l'attendait et lui demanda de la suivre. Celle-ci introduisit Sophie dans un bureau lumineux, ouvrit une porte, lui dit d'entrer, que M. Rivero était prêt à la recevoir, et la laissa là comme un paquet livré à une mauvaise adresse, au milieu d'un espace immense d'une élégance inouïe.

Interdite, Sophie resta immobile sur le seuil et regarda autour d'elle, son sac serré contre sa poitrine. Puis elle réalisa soudain qu'un homme était assis derrière le bureau en demi-lune, tout de verre et d'acier.

Et pas n'importe quel homme... Un mâle superbe, d'une beauté à couper le souffle. Une sorte de courant brûlant la parcourut.

Jamais elle n'avait vu d'homme aussi sublime, aussi charismatique, aussi viril. Il avait des cheveux d'un noir de jais, les yeux sombres, presque noirs eux aussi, les traits ciselés. Une sensualité presque indécente émanait de toute sa personne.

Le silence s'étirait entre eux lorsque Sophie réalisa brusquement qu'elle le dévorait des yeux comme une idiote.

— Bonjour, mademoiselle Watts, dit-il tout à coup, la faisant presque sursauter. Comptez-vous rester longtemps debout devant la porte ?

Il ne se leva pas pour lui tendre la main. Ne lui sourit pas. Il ne fit rien pour la mettre à l'aise. Il se contenta d'indiquer la chaise placée devant son bureau d'un signe de tête en l'invitant à s'installer.

Sophie s'avança en se demandant si elle devait lui tendre la main. Mais l'expression du beau visage à la peau hâlée était si peu encourageante qu'elle décida de s'asseoir docilement sur la chaise recouverte de cuir blanc écru. Puis elle pencha le buste en avant et se lança dans le petit discours préparé et répété avec soin, en y apportant quelques petites modifications rendues nécessaires par le changement d'interlocuteur :

— Je suis vraiment désolée pour la voiture, monsieur… Rivero. Je ne m'attendais pas du tout à voir votre ami déboucher dans l'allée. On a si peu de visibilité avant ce tournant ! Surtout l'été. Je reconnais que je roulais peut-être un peu plus vite que d'habitude, mais je n'ai vraiment pas fait exprès d'accrocher sa voiture.

Elle se garda bien de préciser qu'après sa rencontre houleuse et fort préoccupante avec James Carney, elle avait la vue brouillée par les larmes…

Les joues de la jeune femme assise en face de lui s'empourprèrent. Matias fréquentait des top-modèles au visage superbe et photogénique, et pourtant la beauté d'un tout autre type de sa visiteuse l'attirait singulièrement. Cela tenait peut-être à la douceur de ses traits, aux reflets d'or clair dans ses cheveux blonds dont les boucles ondulaient naturellement sur ses épaules, ou encore à la transparence de ses yeux bleu-vert. Cependant, si elle retenait autant son attention, c'était sans doute avant tout à cause de sa parenté avec James Carney.

Durant des années, il avait ignoré son existence — lacune qu'il ne parvenait toujours pas à s'expliquer —, mais, dès l'instant où Art lui avait révélé ce détail capital, Matias avait décidé d'exploiter à fond ce cadeau tombé du ciel. Aussi ne se laisserait-il pas duper par ces beaux yeux d'aigue-marine au regard innocent.

— Mon employé, corrigea-t-il, histoire de faire comprendre à la jeune femme qu'il ne se montrerait pas plus indulgent avec elle au seul motif qu'Art et lui étaient amis.

— Pardon ?

— Art Delgado travaille pour moi et conduisait *ma* Maserati. Avez-vous une idée de ce que vaut une telle voiture, mademoiselle Watts ?

— Non, répondit-elle d'une voix crispée.

— Dans ce cas, permettez-moi de vous renseigner.

Quand il annonça la somme, un petit halètement franchit les lèvres pulpeuses sans maquillage de Sophie Watts.

— Et j'ai cru comprendre que vous n'étiez pas en règle avec votre assurance, poursuivit-il.

— Je ne m'en étais pas rendu compte, chuchota-t-elle, blême à présent. D'habitude, je n'oublie pas ce genre de choses, mais tout a été un peu compliqué pour moi ces temps-ci. J'avais résilié mon ancienne assurance et prévu d'en prendre une moins chère, mais...

Il l'interrompit d'un geste de la main.

— Ces détails ne m'intéressent pas, mademoiselle Watts. Je préfère aller droit au but : les réparations qui doivent être effectuées sur ma voiture à la suite de l'accrochage que vous avez provoqué se chiffrent à plusieurs milliers de livres sterling.

— Plusieurs... *milliers* ? répéta-t-elle, les yeux exorbités.

— Oui. L'aile endommagée devra être entièrement remplacée. Et quand il s'agit de véhicules de cette qualité, le coût des réparations grimpe vite, hélas.

— Je... je veux bien vous croire, mais je... je ne dispose pas d'une telle somme, bredouilla-t-elle. Lorsque j'ai parlé au téléphone avec votre ami... Excusez-moi, avec votre employé, il a dit que nous trouverions un moyen de nous arranger.

— Je crains que ce ne soit pas à M. Delgado d'en décider, mademoiselle Watts.

Si Art l'entendait... Matias imagina le haussement de sourcils sardonique dont le gratifierait son ami.

Sophie était paniquée. Où aurait-elle pu trouver la somme astronomique qu'il avait mentionnée ? Cet odieux Rivero voyait bien qu'elle n'évoluait pas dans le même univers que lui, non ? De plus, cet homme produisait sur elle un effet des plus dévastateurs. Comme s'il absorbait tout l'oxygène et qu'elle avait du mal à respirer.

— Je pourrais échelonner les remboursements. Si vous êtes d'accord, naturellement, précisa-t-elle à la hâte. Je dirige une petite entreprise de traiteur à domicile avec une amie. Nous l'avons lancée il y a un an et demi. Auparavant, nous étions toutes les deux institutrices. J'ai dû faire un emprunt important pour adapter ma cuisine aux normes et actuellement, eh bien...

— Vous êtes fauchée.

— Non, pas du tout, monsieur Rivero. Et les commandes ne manquent pas. Par conséquent, je suis certaine que nous allons pouvoir trouver une solution et planifier...

— J'ai appris que vous étiez la fille de James Carney, l'interrompit-il en repoussant son fauteuil.

Il se leva et se dirigea vers l'immense baie vitrée, devant laquelle était aménagé un coin salon autour d'une magnifique table basse faite de chrome et d'acier. Mais ce qui impressionnait le plus Sophie, c'était l'homme superbe qui lui tournait maintenant le dos. Tout en lui la subjuguait : sa façon de se mouvoir, sa haute taille, son corps d'athlète mis en valeur par un costume raffiné sans doute coupé sur mesure, la force décontractée qui émanait de toute sa personne... Lorsqu'il se retourna soudain, elle eut du mal à ne pas baisser les yeux. Figée sur sa chaise, elle l'entendit ajouter :

— Art Delgado allait lui rendre une petite visite pour causer affaires lorsque vous avez débouché à toute allure de l'allée et percuté ma voiture. Je ne savais même pas que Carney avait des enfants.

Matias s'interrompit, légèrement surpris par l'absence de réaction de Sophie Watts. Elle aurait pu lui demander en quoi la vie privée de Carney le regardait, par exemple. Au lieu de l'interroger, elle se contentait de le dévisager en silence, une expression choquée sur le visage.

— Bien sûr, poursuivit-il avec un haussement d'épaules, je ne m'intéresse pas particulièrement à sa vie privée, mais j'avais cru comprendre qu'il était veuf.

— En effet, acquiesça-t-elle d'une voix à peine audible.

— Alors éclairez-moi et dites-moi où vous vous situez dans tout cela. À moins que vous n'ayez menti à Art Delgado et inventé cette histoire. Vous étiez peut-être embarrassée de lui dire la vérité ?...

Il la toisa, impatient d'entendre ses explications.

— Pardon ? fit-elle de nouveau, l'air franchement perdu.

— Vous êtes la maîtresse de Carney, c'est cela ? poursuivit Matias d'un ton doucereux. Mais vous avez préféré garder ce détail pour vous et dit la première chose qui vous est passée par la tête. C'était plus... convenable, comme version.

— Comment osez-vous insinuer une chose pareille ? s'exclama Sophie, révoltée. Je vous interdis de...

— J'essaie seulement de comprendre, coupa-t-il en plissant le front. Si vous n'êtes pas sa maîtresse, j'en conclus qu'il a entretenu une liaison extraconjugale et que vous êtes sa fille naturelle ?

Sophie hocha lentement la tête, le regard dans le vide. Quasiment jusqu'à sa mort, Angela Watts avait rêvé de devenir actrice. Pour son plus grand malheur, elle avait une ressemblance assez prononcée avec Marilyn Monroe, ce qui lui avait valu d'être convoitée par des hommes intéressés uniquement par son corps. Jusqu'à ce qu'un jour, elle commette l'erreur fatale de sortir de son petit cercle d'admirateurs habituels et de jeter son dévolu sur James Carney. Ce jeune et riche fils de bonne famille l'avait rencontrée dans un club. Comme tous les autres, il l'avait courtisée sans avoir jamais l'intention de s'installer avec celle qui n'était à ses yeux qu'une créature au beau visage et au corps superbe, qu'il jugeait bien trop vulgaire pour son standing. Dès qu'elle avait été en âge de comprendre ce genre de choses, Sophie s'était entendue répéter ces détails encore et encore. James Carney s'était amusé avec sa mère, qui avait été assez stupide pour croire que cette relation conduirait quelque part. Et, même quand elle eut réussi à piéger son amant en tombant enceinte, celui-ci était resté déterminé ; il avait épousé quelque temps plus tard une femme digne de son rang social.

— Il avait rencontré ma mère *avant* son mariage, avoua-t-elle presque sans s'en rendre compte.

Elle secoua soudain la tête et sortit de sa rêverie.

— Mais je ne vois pas ce que cela a à voir avec l'affaire qui nous occupe, monsieur Rivero, ajouta-t-elle d'une voix ferme. Alors, si vous voulez bien, j'aimerais planifier les remboursements. Je suis prête à m'y engager par écrit dès maintenant et je vous donne ma parole de vous rembourser tout ce que je vous dois. En y ajoutant des intérêts, si vous voulez.

Il éclata de rire.

— C'est très aimable à vous, mademoiselle Watts. Mais je n'ai pas réussi dans les affaires en croyant à l'impossible. J'ignore quel est le montant de votre emprunt, mais je soupçonne que vos fins de mois sont difficiles. Je me trompe ?

Quand il inclina légèrement la tête sur le côté, Sophie le foudroya du regard. Il était d'une beauté stupéfiante, certes, mais elle n'avait jamais autant détesté quelqu'un. Elle n'était pas idiote : Matias Rivero avait beau être fabuleusement riche, il ne lui ferait pas cadeau d'un penny et ne reculerait devant rien pour récupérer son argent.

— Nous pourrions planifier un échelonnement des remboursements, en effet, ajouta-t-il d'une voix songeuse. Mais vous n'auriez sans doute pas assez d'une vie pour honorer les derniers...

Matias dévisageait tranquillement la fille de James Carney. Sa peau avait un extraordinaire éclat naturel. Il aurait presque pu croire à la pureté de cette femme, à son innocence.

Peut-être après tout ne sortait-elle pas du même moule que son père... D'autant qu'elle ne l'avait pas eu sous les yeux comme modèle au quotidien. À vrai dire, il était surpris qu'elle et son géniteur soient restés en contact, et il se demandait comment ces relations « familiales » avaient bien pu fonctionner du vivant de la respectable Mme Carney.

Il n'avait néanmoins pas l'intention de perdre son temps avec ce genre de détails : il préférait réfléchir au meilleur moyen de se servir de la fille illégitime de Carney. Parce que, lorsqu'il lancerait l'assaut final, il comptait attaquer ce salopard sur tous les fronts. Et peut-être Sophie Watts pourrait-elle jouer un rôle dans le processus.

Quels autres secrets Carney cachait-il ? Matias savait que son entreprise croulait sous les problèmes, financiers et autres, mais il avait également entendu parler de pratiques illégales, voire criminelles... Parfois, obtenir ce type d'informations demandait beaucoup de temps, d'autant plus que Carney était suffisamment retors et intelligent pour prendre ses précautions et brouiller les pistes. Mais si tous les sales petits secrets de son ennemi pouvaient être exposés publiquement, le triomphe de Matias serait encore plus grand, plus jouissif. Alors, si cette jeune femme au regard clair et innocent pouvait l'aider à en découvrir quelques-uns...

Le recours à ce genre de procédé était indigne de lui, reconnut-il en son for intérieur, mais les lettres trouvées chez sa mère avaient donné un tour encore plus personnel à l'affaire.

— Vous pourriez peut-être demander une petite contribution financière à votre père ? lança-t-il d'un ton détaché.

— Non ! se récria-t-elle en se levant d'un mouvement brusque. Je ne veux pas qu'il... Je préfère qu'il reste en dehors de cette affaire. Je déposerai le bilan, s'il le faut.

Les lèvres pincées, elle plongea la main dans son immense sac et en sortit une carte de visite, qu'elle lui tendit.

— Voici ma carte professionnelle. Vous pouvez venir visiter les locaux, si vous le souhaitez. Ils se résument à ma cuisine, mais le matériel a une certaine valeur. Nous avons enregistré pas mal de grosses commandes, alors si vous voulez bien patienter un peu, je les honorerai et vous donnerai ce que j'aurai gagné. Ensuite, je vendrai ma maison, si bien que je devrais pouvoir vous verser le solde avec ce qu'il me restera après avoir remboursé mon emprunt.

Son bourreau l'observait en silence, l'air totalement décontracté et pas du tout impressionné par sa réaction émotionnelle. Sophie regretta de ne pas s'être fait de chignon : elle aurait eu l'air plus professionnelle qu'avec ses cheveux indisciplinés qui bouclaient dans tous les sens ! Mais elle ne s'était pas attendue à se retrouver face à un homme aussi dur et impitoyable.

Matias nota que les yeux de Sophie Watts avaient pris une nuance turquoise. Ils étaient bordés d'épais cils foncés alors qu'elle avait les cheveux d'un blond très clair.

Pourquoi se souciait-il de la teinte des yeux et des cils de la fille de Carney, bon sang ? Et de ses courbes délicieusement féminines ? Sous la robe à fleurs, il devinait des seins épanouis, fermes, au galbe parfait... Pourtant, Sophie Watts n'était pas du tout son type, se répéta-t-il, irrité contre lui-même. Alors pourquoi continuait-elle de le fasciner ?

— Vous réagissez de façon excessive, dit-il avec calme.

Elle demeura immobile en face de lui, le regard furieux et paniqué.

— Vous venez de me dire que vous refusiez de chercher une solution qui me permettrait de vous rembourser ce que je vous dois à cause de cette fichue voiture ! s'écria-t-elle soudain. Et vous vous étonnez que je réagisse de façon excessive ? Vous croyez peut-être qu'il me suffit d'aller à la banque pour y retirer la somme astronomique que vous avez évoquée tout à l'heure ?

— Rasseyez-vous.

— Non. Je m'en vais. Si vous désirez me joindre, vous avez mon numéro de portable sur la carte. Je dois discuter de tout cela avec Julie. Elle a comme moi investi toutes ses économies dans notre entreprise, alors il va falloir que je trouve le moyen de la rembourser. Il est hors de question qu'elle souffre des conséquences de mon erreur stupide.

La voyant battre des cils, sans doute pour refouler ses larmes, Matias repoussa farouchement tout sentiment de culpabilité. De quoi se serait-il senti coupable ? Le père de cette femme avait anéanti sa famille. Par conséquent, la culpabilité n'avait rien à faire dans cette histoire.

— Partez si vous voulez, murmura-t-il. Mais vous pouvez aussi vous rasseoir et écouter la proposition que j'ai à vous faire.

2

Matias repensa à ce qu'Art lui avait dit la veille : « Ne sois pas brutal avec elle. Ce n'est pas parce que son père est un salaud qu'elle a hérité de ses tares. » Sur le moment, il n'avait rien répliqué, mais n'en avait pas moins pensé que Sophie Watts avait forcément hérité peu ou prou des tares en question. Or il s'était peut-être trompé sur le compte de la jeune femme, et c'était sans doute son ami qui avait raison. Il s'était fait une opinion d'elle avant même de la rencontrer, conscient que son intuition le trompait rarement, surtout quand il s'agissait d'évaluer quelqu'un. Il se rendait compte à présent que Sophie Watts était bien différente de ce qu'il avait imaginé.

En tout cas, Matias devenait de plus en plus persuadé qu'il pourrait se servir d'elle pour arriver à ses fins ; après avoir fait enquêter sur elle et vérifié ses dires, naturellement.

— N'ayez pas l'air aussi inquiète, dit-il en souriant. Je ne suis pas homme à tourner autour du pot, mademoiselle Watts.

Il s'interrompit un bref instant en haussant les sourcils.

— C'est bien *mademoiselle* ? Vous êtes célibataire, n'est-ce pas ?

Sophie hocha la tête en silence. Autrefois, elle avait rêvé de se marier et d'avoir des enfants, mais la réalité en avait décidé autrement.

— Un petit ami ? demanda Matias.

Elle ne portait ni bague ni alliance. Avait-elle été mariée ? Était-elle divorcée ? Elle paraissait très jeune, mais les gens avaient tendance à se marier de plus en plus tôt.

— Je ne vois pas le rapport avec votre voiture, monsieur Rivero, dit-elle en se rasseyant enfin.

— Détrompez-vous, il y en a un. Vous me devez de l'argent, mais, si vous dites vrai, il semblerait que j'aie peu d'espoir de rentrer dans mes frais.

— Pourquoi ne dirais-je pas la vérité ?

Devait-il lui faire remarquer qu'elle pouvait en effet être sincère sans pour autant lui révéler la totalité de ses activités ? Lui dire qu'il avait du mal à croire que son père puisse être satisfait de la voir diriger une minuscule entreprise ? À moins qu'elle ne fasse partie de ces individus qui feignent de se révolter contre leurs parents et refusent leur aide financière — quand on venait d'un milieu fortuné, il était facile de badiner avec le concept de pauvreté. D'après ce qu'il savait sur Carney, sauver les apparences représentait pour celui-ci une activité à temps plein, et sa fille avait sans aucun doute hérité de cet art.

De toute façon, Matias n'avait pas l'intention de dévoiler ses intentions pour l'instant. Le plus important était d'abord de vérifier la petite histoire de Sophie Watts. À présent, il était quasi certain qu'elle avait dit la vérité. Et puis si son compte bancaire avait été bien alimenté, elle n'aurait pas roulé dans un vieux tacot.

— Vous croyez peut-être m'attendrir en jouant la carte de la pauvreté, lâcha-t-il avec nonchalance.

— Cela ne m'a jamais traversé l'esprit. Il faudrait vraiment être fou pour tenter de vous attendrir.

— Vous voulez bien répéter ? marmonna Matias, suffoqué par tant de culot.

Cette femme se trouvait en position de faiblesse, elle risquait de tout perdre et elle avait le toupet de le critiquer ? Il n'en croyait pas ses oreilles.

Sophie refusait de se laisser intimider. Elle détestait les disputes et les affrontements, mais elle pouvait néanmoins se montrer aussi têtue qu'une bourrique. Ce qui l'avait bien aidée lorsque, à la mort de sa mère, elle avait été forcée de prendre la relève et d'aller réclamer son dû à James Carney.

Elle ne comprenait vraiment pas où Matias Rivero voulait en venir. Après avoir fait allusion à une proposition, puis ajouté qu'il n'était pas homme à tourner autour du pot, c'était précisément ce qu'il faisait avec ses remarques bizarres. S'il cherchait à la déstabiliser, elle n'avait pas l'intention de se laisser faire.

— Si vous étiez capable d'éprouver un minimum de compassion envers autrui, lui fit-elle remarquer, vous essaieriez de vous mettre à ma place. Et vous tenteriez de trouver une solution avec moi, pas contre moi. Vous ignorez manifestement tout des difficultés matérielles, sinon, vous comprendriez que ma situation est très délicate.

— Si c'est votre manière d'en appeler à mon indulgence, vous faites fausse route, mademoiselle Watts, répliqua-t-il froidement. Vous semblez oublier que vous n'êtes pas en position de force, bien au contraire.

« Comme si je risquais de l'oublier », faillit-elle riposter. Elle serra les poings. Mais il ne fallait pas qu'elle perde espoir. Elle devait absolument trouver une solution, parce qu'elle n'était pas seule en cause.

Elle redressa le menton.

— Vous avez dit que vous aviez quelque chose à me proposer.

Matias ne put s'empêcher d'admirer le cran dont la jeune femme faisait preuve. Elle ne baissait pas les bras. En fait, sa façon de le défier ouvertement le ravissait ; le stimulait, même. Il avait réussi dans les affaires dès l'âge de trente ans, aussi était-il habitué à voir les gens s'écraser devant lui, résolus à tout pour l'impressionner ou lui faire plaisir. On recherchait son avis, ses conseils. Et il avait fini par devenir blasé. Où était passé le jeune homme avide, bouillonnant d'énergie et d'ambition ? se demandait-il parfois. Dans sa vie privée aussi, il était désabusé. Il pouvait avoir toutes les femmes qu'il désirait, et ce type de conquête avait désormais perdu tout attrait à ses yeux.

Or Sophie Watts réveillait ses instincts de chasseur. Le défi qui luisait au fond de ses yeux bleus lui donnait envie de rebondir et de passer à l'action. Il adorait cette sensation.

— Dans deux semaines…, déclara-t-il en se dirigeant vers son bureau.

Matias se réinstalla confortablement dans le profond fauteuil en cuir noir et croisa les mains derrière sa nuque.

— … j'organise un week-end au cours duquel je recevrai environ quatre-vingts personnes qui seront en droit d'attendre des prestations haut de gamme. Je fournirai les denrées, vous vous occuperez de tout le reste. Et vous ne serez pas rémunérée, naturellement. Donnez-moi entière satisfaction et nous ferons le point ensuite. Je n'ai pas l'intention de toucher à votre entreprise : conduire un véhicule non assuré étant illégal, vous vous retrouveriez aussitôt devant un juge si je tentais quoi que ce soit. Alors, je préfère improviser.

— En d'autres termes, répliqua-t-elle d'une voix tendue, vous disposerez de moi à votre guise jusqu'à ce que vous décidiez que j'ai remboursé votre dette.

— C'est une façon de voir les choses.

La seule, reconnut-il à part soi. Il entendait bien profiter d'avoir Sophie Watts sous la main pour tâcher d'en savoir davantage sur les activités pour le moins louches de son géniteur. Qui sait, Carney en avait peut-être parlé à sa fille. Parce qu'il ne s'agissait évidemment plus de sa Maserati. Matias s'en fichait complètement. Il la conduirait au garage et ferait effectuer les réparations.

— Et si vous pensez aux autres possibilités, poursuivit-il, vous en conclurez rapidement que ma proposition est très avantageuse pour vous.

Il s'interrompit en soulevant la carte de visite qu'il avait posée sur son bureau.

— Vous pourriez en profiter pour en distribuer discrètement quelques-unes au cours du week-end.

— Je pourrai venir avec mon associée ?

— Non, il y aura déjà beaucoup de monde sur place. Je veillerai à ce que vous ayez suffisamment de personnel pour vous aider, ne vous inquiétez pas. Mais vous serez chargée de tout superviser.

Il jeta un bref coup d'œil à sa montre. Sophie comprit que le rendez-vous était terminé et se leva, avant de rester immobile devant sa chaise, embarrassée.

Comment pouvait-on être aussi beau et aussi insensible à la fois ? se demanda-t-elle de nouveau.

Toutefois, il aurait pu contacter la police et il n'en avait rien fait. Elle se serait giflée d'avoir oublié de s'occuper de l'assurance. Cela lui ressemblait si peu. Mais elle avait eu d'autres soucis en tête.

— Y aura-t-il une trace écrite de ce... contrat ?

— Une trace écrite ? répéta-t-il en haussant les sourcils.

— Oui, pour que je sache où j'en suis par rapport à ma dette après ma prestation et...

— Vous n'avez pas confiance en moi ?

Sophie détourna les yeux en repensant à son père. La confiance n'avait jamais eu beaucoup de place dans leurs rapports et elle pressentait qu'elle devait se montrer prudente dans ceux qu'elle entretenait maintenant avec Matias Rivero.

— Je n'ai pas confiance en grand monde, dit-elle avec calme.

— Vraiment ? murmura Matias. Moi non plus, mais, comme vous me l'avez fait remarquer, je ne suis pas un tendre, alors que vous, si. Et je ne crois pas me tromper.

— J'ai découvert que ceux en qui j'avais confiance pouvaient me laisser tomber.

Pourquoi lui confier ce détail ? se reprocha-t-elle aussitôt en silence.

— Alors, je préférerais avoir un document écrit attestant...

— Je demanderai à ma secrétaire de vous préparer cela, coupa-t-il d'un ton impatient.

Puis il se leva, lui signifiant que cette fois, le rendez-vous était bel et bien terminé et qu'il avait autre chose à faire.

— Et n'ayez crainte, vous ne serez pas traitée en esclave, ajouta-t-il.

Quand elle s'empourpra de nouveau et tressaillit de façon visible, Matias comprit pourquoi Art avait pu être conquis par sa fraîcheur et son innocence. Mais lui était plus difficile à embobiner. Sophie Watts rougissait comme une collégienne, et ses beaux yeux avaient un je ne sais quoi d'ensorcelant qui lui donnait envie de creuser sous la surface. Et il était impatient de découvrir comment elle pourrait l'aider à compléter le portrait qu'il avait commencé à brosser de son père.

— Je n'arrive pas à croire qu'il n'y ait pas eu d'autre moyen de te sortir de cette situation ! protesta Julie. Je vais me retrouver toute seule pendant plusieurs jours — et juste au moment où il y a la réception des Ross à organiser !

Sincèrement désolée, Sophie lui posa la main sur le bras. Mais hélas, elle n'avait rien d'autre à lui offrir que du réconfort. Et puis, en signant un pacte avec le diable, elle ne s'en était pas sortie si mal que ça, finalement. Même si toute cette situation lui répugnait.

Elle avait bien pesé le pour et le contre, s'était excusée auprès de son amie, lui avait répété qu'elle s'en sortirait très bien, mais Julie était manifestement très inquiète et doutait de ses propres capacités.

— Je n'aurais jamais pensé que changer l'aile d'une voiture puisse coûter aussi cher, soupira Sophie. C'est fou !

À propos de voiture, la secrétaire de Matias lui avait envoyé un e-mail pour la prévenir qu'un chauffeur passerait la prendre chez elle. Et pour lui donner une liste impressionnante de consignes dont elle devait *impérativement* prendre connaissance.

Le menu serait respecté à la lettre, était-il notamment spécifié, et elle devrait s'assurer entre autres que chaque plat — du simple amuse-gueule au dessert le plus sophistiqué — serait préparé et présenté en suivant le cahier des charges. La secrétaire l'informait par ailleurs du nombre de personnes qu'elle aurait à sa disposition et le comportement que celles-ci devraient adopter. Autrement dit, comprit Sophie en lisant entre les lignes, aucune familiarité ne serait tolérée vis-à-vis des invités. Le code vestimentaire était précisé, pour elle-même et les membres du personnel ; il interdisait formellement le port du jean ou de tout vêtement de type décontracté.

Matias Rivero estimait sans doute lui faire une faveur en lui fournissant ces informations détaillées. Il n'était pas impitoyable au point de la dépouiller de tous ses biens, mais il entendait récupérer son argent par tous les moyens à sa disposition.

Ce contrat représentait la prestation la plus luxueuse qui lui ait jamais été proposée. La perspective de voir le moindre de ses actes observé d'un œil critique l'emplissait de terreur. Sophie se demandait même si Matias Rivero ne l'avait pas chargée d'une mission impossible dans le seul but de pouvoir lui donner le coup de grâce sans remords quand elle aurait échoué. Pour cet homme inflexible, demeurer impitoyable en toutes circonstances semblait constituer une vertu.

La voiture arriva au moment où elle donnait ses derniers conseils à Julie, qui s'inquiétait toujours de ne pas réussir à gérer seule la réception des Ross. Après avoir dit au revoir à son amie et lui avoir souhaité bonne chance, elle inspira à fond et alla prendre sa valise qui l'attendait dans l'entrée.

Un uniforme serait à sa disposition sur place, c'est-à-dire dans la propriété de Matias située en plein cœur du parc national du Lake District, au nord-ouest de l'Angleterre. Les instructions reçues avaient été si strictes qu'elle avait préféré ne pas prendre de risques et, au lieu du jean et du T-shirt qu'elle aurait portés habituellement pour voyager, Sophie avait opté pour une jupe inconfortable grise en coton épais et un chemisier blanc, ainsi qu'une veste courte en lin, grise elle aussi.

Un peu plus tard, alors qu'il était à peine 10 heures et que le soleil grimpait à l'horizon, elle avait déjà trop chaud.

Avec un peu de chance, elle passerait tout son temps enfermée dans la cuisine. Et ne verrait Matias ou les invités que de loin. Dans ce cas, tout se déroulerait bien, parce qu'elle savait être un bon chef plus que capable de préparer le menu qui lui avait été envoyé par e-mail.

Ce bel optimisme perdura durant tout le voyage. Il disparut lorsque la voiture ralentit avant de franchir d'imposantes grilles en fer forgé, qui avaient pivoté sans bruit sur leurs gonds, puis s'engagea sur une large allée bordée d'arbres et, au-delà, de vastes pelouses parfaitement entretenues.

Sophie retint son souffle en voyant apparaître au loin une maison majestueusement dressée au flanc d'une colline. Elle s'était attendue à une construction ancienne, un manoir victorien aux murs de brique rouge par exemple. La demeure ultra-contemporaine où elle allait passer quelques jours était une véritable merveille. L'architecte l'avait conçue comme une extension naturelle de la colline : verre, bois et structure en acier semblaient émerger de la roche, tel un arbre poussant du sol.

La voiture longea un petit lac, puis contourna la maison et déboucha sur une cour suffisamment grande pour accueillir les voitures des invités. Pour l'instant, seuls quelques véhicules, tous luxueux, y étaient garés, un peu n'importe comment.

Sophie frissonna. Pas seulement à la perspective de se retrouver dans cet univers fabuleux, mais parce que Matias avait le don de la déstabiliser. De la rendre trop consciente de son propre corps, s'avoua-t-elle avec un nouveau frisson.

Sa valise fut emportée avant même qu'elle ait pu proposer de la porter elle-même, puis une femme âgée d'une bonne cinquantaine d'années et à la voix douce vint l'accueillir en souriant. Elle s'appelait Debbie et lui suggéra de la conduire à la cuisine.

Sophie la suivit à travers l'espace immense, tout de marbre clair et de murs couleur ivoire sur lesquels ressortaient de grands tableaux abstraits richement colorés.

Jamais elle ne s'était sentie aussi peu à sa place. Si à l'extérieur il faisait chaud, dans la maison régnait une fraîcheur agréable ; aucun bruit ne troublait le silence. Sophie s'arrêta pour regarder autour d'elle, émerveillée. Quand elle voulut reprendre son chemin, elle réalisa que Debbie avait disparu.

En revanche, elle aperçut Matias, dont la haute silhouette se découpait sur le seuil d'une pièce.

— Vous êtes arrivée, parfait, dit le maître des lieux en la dévisageant lentement de la tête aux pieds.

Puis il se tourna et entra dans la pièce sans ajouter un mot ni l'inviter à le suivre.

— Je m'attendais à trouver un peu plus d'animation, dit Sophie d'un ton poli.

Elle venait d'entrer dans ce qui ressemblait à un vaste atelier inondé de lumière.

— Les premiers invités n'arriveront que demain. J'ai pensé que cela pourrait vous aider d'être sur place avant tout le monde, pour prendre le temps de vous habituer à votre lieu de travail, faire connaissance avec le matériel, voir l'endroit où tout est rangé.

— Waouh ! fit-elle en pivotant sur elle-même, les yeux écarquillés.

La cuisine disposait des équipements les plus sophistiqués.

— Vous allez me montrer où tout est rangé ?

Il jeta un bref coup d'œil autour de lui avec une grimace.

— Vous ne venez jamais ici, n'est-ce pas ? demanda Sophie.

— Étant donné que je ne cuisine jamais, je ne fréquente pas beaucoup ce genre d'endroits, je le reconnais. Je reste rarement longtemps à la même place et je prends plutôt mes repas à l'extérieur. D'autre part, lorsqu'on a la chance de pouvoir profiter du savoir-faire de gens plus doués que soi, il serait cruel de leur ôter la possibilité d'exercer leurs talents, vous ne croyez pas ?

Sophie éclata de rire. Ce fut plus fort qu'elle. Les joues en feu, elle détourna les yeux. Le regard perçant dardé sur elle la troublait trop. Son cœur battait trop vite, ses sens réagissaient de façon trop vive. Alors qu'elle n'avait *aucune* raison de se sentir attirée par Matias Rivero. Elle se comportait de manière complètement absurde.

Dès le départ, il avait bien montré qu'il était tout ce qu'elle méprisait chez un homme : arrogant, impitoyable, il débordait d'assurance parce qu'il savait qu'il pouvait obtenir tout ce qu'il désirait sans que personne bronche. Il possédait le pouvoir, l'argent et un physique avantageux ; un mélange susceptible de faire tourner la tête de n'importe quelle femme, mais qui aurait dû laisser Sophie indifférente. Voire la repousser.

Matias était le type même, en version extrême, des hommes séduisants ayant toujours attiré sa mère. De façon systématique, Angela Watts avait entretenu des liaisons avec des individus qu'elle aurait dû au contraire s'abstenir de fréquenter. Et elle avait eu le malheur de rencontrer le pire de tous en la personne de James Carney. Pourtant, même après la fin de leur histoire, elle avait continué à jeter son dévolu sur des types égoïstes et superficiels, ravis de s'amuser un temps avec elle avant de la laisser tomber dès qu'elle avait cessé de leur plaire.

Cela n'avait pas empêché Sophie d'aimer sa mère, mais elle avait vite décelé ses faiblesses. Aussi avait-elle décidé dès l'adolescence que, dans ses relations amoureuses, elle choisirait ses partenaires avec lucidité, sans jamais se laisser impressionner par leur physique ou leurs beaux discours. Et elle considérait comme une bénédiction le fait de n'avoir pas hérité du sex-appeal d'Angela.

En se liant avec Alan, elle s'était trompée, certes, mais, avec le recul, Sophie voyait maintenant leur relation comme une simple erreur de parcours.

Alors, pourquoi se sentait-elle aussi déstabilisée par la proximité de cet homme superbe et par son regard perçant ? Pourquoi se laissait-elle troubler par la sensualité virile exsudant de toute la personne de Matias Rivero ?

Matias s'assit devant la longue table blanche.

— Vous pouvez faire un petit tour des lieux, si vous voulez, proposa-t-il.

Il se délectait de regarder Sophie Watts. Même dans cette jupe et ce chemisier tout simples, elle offrait une vision alléchante dont il ne parvenait pas à se lasser. Ce qui était stupide, voire absurde. Cette femme était la fille de son pire ennemi, elle ne pouvait l'attirer ! Il ferait mieux de chercher le moyen d'orienter la conversation vers le terrain qu'il brûlait d'explorer.

Il n'en continua pas moins à détailler les rondeurs dissimulées sous le chemisier blanc à manches courtes — Sophie avait enfin ôté sa veste. Elle s'arrêta devant un placard, se haussa sur la pointe des pieds pour en examiner le contenu ; le mouvement fit remonter l'étoffe, ce qui dévoila une petite portion de peau laiteuse. Matias sentit sa libido réagir aussitôt, et sans ambiguïté. Alors qu'il avait vraiment autre chose à faire que de fantasmer sur cette femme !

— Tout a l'air flambant neuf, dit-elle en se tournant brièvement vers lui, toujours en équilibre sur la pointe des pieds. On pourrait presque croire que cette cuisine n'a jamais servi.

— Elle n'a pas souvent été utilisée, c'est vrai.

Il détourna les yeux, le temps de se ressaisir tout à fait, puis la regarda à nouveau. Ses cheveux étaient d'un blond très clair, presque cendré, et il aurait été prêt à parier que la teinte était naturelle. Fins et indisciplinés, ils auréolaient son visage ovale, lui donnant l'air d'un ange.

Un petit ange sexy en diable...

— L'été, j'essaie de venir passer un week-end ou deux ici. Mais c'est rarement possible, hélas.

— Vous travaillez tout le temps, c'est ça ? demanda Sophie sans le regarder.

Comme elle s'y attendait, rien ne manquait, constata-t-elle en poursuivant son examen des placards. Elle aurait tous les ustensiles possibles et imaginables à sa disposition. Elle se dirigea vers l'impressionnant réfrigérateur en acier brossé pour en inspecter le contenu.

— J'ai découvert que le travail était la seule chose sur laquelle on pouvait compter, dit Matias. Et c'est notamment ce qui m'a amené à faire la connaissance de votre père.

Il s'interrompit, surpris par la facilité avec laquelle il venait de formuler ce petit mensonge. Sophie s'immobilisa devant le réfrigérateur, avant de se retourner lentement vers lui.

— Vous connaissez mon père ? *Personnellement ?*

— Non, je le connais de réputation. Je ne l'ai jamais rencontré personnellement. En fait, j'envisageais de m'associer avec lui, c'est d'ailleurs pour cela qu'Art Delgado allait le voir lorsque vous avez débouché de l'allée à toute allure et percuté ma Maserati.

Matias nota que les traits délicats de Sophie étaient à présent tendus.

— Il avait rendez-vous avec mon père ?

— Non, pas exactement. Il devait... lui exposer les grandes lignes du projet, disons.

En d'autres termes, il avait envoyé Art avertir Carney que la fin de son entreprise était proche. Lui-même n'entrerait en scène qu'après avoir cerné son ennemi de toutes parts.

— Je ne crois pas que James aurait accepté de le recevoir, soupira Sophie.

— Pourquoi cela ? Et vous appelez votre père par son prénom ?

— Oui, il préfère cela à « papa ».

Ses joues se colorèrent de l'adorable roseur qui enchantait Matias.

— Il pense sans doute que ça le vieillit, poursuivit-elle. En plus...

— En plus, vous êtes sa fille naturelle, conclut Matias à sa place.

Et je suppose que dans son milieu, il n'était pas de bon ton de se vanter d'avoir une maîtresse et un enfant illégitime.

Sophie rougit. Que dire ? Et jusqu'où aller dans les confidences ? Matias Rivero ne devait pas savoir quel genre d'homme était son père, ni, plus important encore, soupçonner pourquoi sa mère était restée en contact avec lui avant de passer le relais à sa fille.

Le silence s'étira entre eux. Elle finit par se décider.

— Non, pas vraiment. Il considérait sa liaison avec ma mère comme une erreur de jeunesse et n'aimait pas qu'on la lui rappelle.

— Il a fait un enfant à votre mère et a refusé de l'épouser ?

Sophie se raidit. Rivero se faisait une image de son père qui collait de fort près à la réalité, mais devait-elle le laisser compléter le portrait ? Les propos échangés avec James juste avant cet accrochage stupide survenu quand elle quittait sa propriété l'avaient profondément ébranlée. Il avait fait faillite, avait-il dit. Il était ruiné.

« Ne reste pas là à me regarder comme une idiote ! » avait-il lancé d'un ton hargneux, tout en arpentant le salon magnifique aux tentures et aux rideaux pourtant passés. En outre, il y faisait terriblement sombre et Sophie avait toujours l'impression d'étouffer dès qu'elle y pénétrait.

« Tu es partiellement responsable de ma ruine puisque tu persistes à venir me harceler mois après mois avec tes fichues factures ! Eh bien, je n'ai plus rien, tu m'entends ? Plus *rien* ! »

Le dos collé à la cheminée de pierre, craignant qu'il ne s'en prenne physiquement à elle, Sophie était demeurée silencieuse et immobile à l'écouter éructer injures et menaces. Puis elle avait quitté la maison, pas avec rien, mais avec vraiment pas grand-chose.

Et s'il avait dit la vérité ? S'il était réellement ruiné ? Que deviendrait-elle ? Et surtout, *que deviendrait Eric* ?

Son cœur se serra, comme chaque fois qu'elle pensait à son frère. En dépit de toutes ses faiblesses et erreurs, Angela avait toujours protégé farouchement son fils et avait vite décidé de ne pas se laisser intimider par celui qui avait profité de son corps durant quatre ans — avant de l'abandonner dès qu'il avait rencontré une épouse *convenable*. Prête à tout pour permettre à son fils de vivre dans le très onéreux établissement spécialisé où l'on s'occupait très bien de lui, Angela n'avait pas hésité : elle avait recouru au chantage.

Comment les gens de la haute, dont James appréciait tant la compagnie, auraient-ils réagi s'ils avaient appris que l'un des leurs refusait d'aider le fils handicapé et la fille conçus en toute insouciance ? Qu'il leur avait tourné le dos, ainsi qu'à leur mère, aussitôt après avoir trouvé l'épouse idéale ?

James avait payé et continué à payer. Pas par affection envers le fils qu'il n'avait jamais vu, ou la fille qu'il méprisait parce qu'elle n'était qu'un prolongement de celle qui, disait-il, avait contribué à sa ruine ; il avait cédé au chantage d'Angela parce que, pour lui, l'opinion d'autrui passait avant tout le reste. Un homme comme James Carney devait sauvegarder les apparences. À tout prix.

Mais s'il avait dit la vérité deux semaines plus tôt et n'avait plus d'argent, ce serait Eric qui en subirait les conséquences. Et cela, Sophie ne le permettrait jamais. Par conséquent, si Matias Rivero envisageait de s'associer avec son père, elle devait lui mentir sur la véritable nature de celui-ci. Parce que, si ce projet pouvait permettre à James de redresser la barre, elle n'aurait plus à s'inquiéter pour Eric.

— C'est la vie, dit-elle avec un haussement d'épaules. Il n'y a sans doute pas beaucoup d'hommes qui auraient eu le cran de présenter une famille cachée à leur épouse légitime.

Elle inspira à fond avant d'ajouter :

— Mais il a toujours été là pour ma mère. Et ensuite, pour moi... Financièrement...

— Si je comprends bien, vous m'encourageriez à m'associer avec lui ? demanda Matias.

Les mains nouées derrière le dos, Sophie songea à son frère. Elle allait le voir au moins une fois par semaine et se réjouissait qu'il se plaise toujours autant dans l'établissement choisi autrefois par leur mère. Comment réagirait-il s'il devait être arraché à cet environnement protégé, où il semblait heureux et où le personnel s'occupait si bien de lui ?

— Oui, sans hésitation, répondit-elle en se forçant à sourire. Et je suis sûre qu'il serait ravi que vous preniez contact avec lui.

3

Matias dévisagea Sophie en silence. Ou bien elle ne soupçonnait pas la véritable nature de son géniteur, ou bien elle la connaissait au contraire très bien et avait hérité de sa cupidité sans limites. D'où la chaleur avec laquelle elle le lui recommandait, pressée de profiter des bénéfices de leur éventuelle association.

Avait-elle souffert de la lente dégringolade de Carney ? Elle venait d'affirmer qu'il les avait soutenues financièrement, elle et sa mère. À ces mots, Matias avait eu du mal à ne pas éclater d'un rire sardonique. Mais elle disait peut-être la vérité, après tout. La voiture décrépite et l'emprunt bancaire pouvaient très bien être dus à une diminution drastique de l'aide en question.

L'espace d'un bref instant, il envisagea de raffiner sa vengeance en humiliant publiquement Carney : il pourrait révéler au monde l'existence de sa fille illégitime... Matias repoussa aussitôt l'idée. C'était trop répugnant, comme procédé. D'autant plus que la femme qui venait de s'asseoir en face de lui exsudait une innocence qui ne pouvait être feinte. En outre, si sa photo se retrouvait à la une de la presse à scandale, cette révélation pourrait fort bien susciter l'indignation générale et se retourner contre lui, qui passerait pour l'affreux méchant de l'histoire. Et puis les proches de Carney devaient déjà être au courant, de toute façon.

— Je ne manquerai pas de le faire, dit-il d'une voix douce.

Tiens, tiens... Elle semble avoir du mal à soutenir ton regard, à présent.

— Maintenant que vous avez pris connaissance du menu, pensez-vous être à la hauteur de la tâche qui vous attend ? reprit-il de la même voix douce.

Un immense soulagement envahit Sophie : Matias Rivero changeait *enfin* de sujet ! Elle se détestait d'avoir menti, même si elle se répétait que son attitude était justifiée. Rivero avait beau être à la tête d'une fortune colossale et faire montre d'une arrogance insupportable, il ne méritait pas d'être trompé et de croire que James était fiable. D'un autre côté, investir un peu d'argent ne représentait rien pour lui, étant donné qu'il était milliardaire. Et surtout, Eric sortirait gagnant de l'affaire.

Cependant, elle n'était vraiment pas fière d'avoir raconté des bobards.

— Je pense y arriver, absolument ! affirma-t-elle. Et travailler dans une cuisine aussi bien équipée y contribuera beaucoup, j'en suis sûre. Envisagiez-vous d'organiser souvent des réceptions, quand vous avez acheté cette maison ?

— Je ne l'ai pas achetée, corrigea-t-il en se dirigeant vers le réfrigérateur. Je l'ai fait construire.

Il revint vers la table avec une bouteille de vin blanc à la main et, l'instant d'après, deux verres à pied en cristal surgirent comme par magie devant Sophie. Après y avoir versé du vin, il lui en tendit un avec un léger sourire aux lèvres. Elle n'avait pas l'habitude de boire de l'alcool en milieu d'après-midi, mais cela l'aiderait peut-être à surmonter sa nervosité, après tout.

— Et je n'avais pas particulièrement l'intention d'y inviter du monde, poursuivit-il. Je savourais surtout la perspective de jouir de beaucoup d'espace.

— Je vous envie, soupira-t-elle.

Après deux gorgées de vin blanc, elle se sentait déjà un peu moins crispée.

— Si seulement nous disposions d'une cuisine aussi fabuleuse, Julie et moi ! J'ai fait de mon mieux avec ce que j'avais, mais, pour installer ma cuisine aux normes, ça n'a vraiment pas été facile ! Si les affaires marchent bien, nous serons obligées d'emménager dans des locaux mieux adaptés et plus spacieux.

Était-ce dans ce but qu'elle l'avait encouragé à prendre contact avec Carney ? se demanda aussitôt Matias. Parce qu'elle se voyait déjà transportant sa petite entreprise ailleurs ?

Soupçonneux de nature et toujours sur le qui-vive, il n'avait aucun mal à imaginer Sophie en manipulatrice. Il avait appris très tôt à se méfier des apparences, souvent trompeuses, hélas ! Dès qu'on creusait un peu sous la surface, on ne récoltait la plupart du temps que des déceptions, plus ou moins cruelles.

Il en avait fait l'expérience très jeune par le biais de la triste expérience vécue par son père, avant de commettre à son tour une erreur de jugement qui avait bien failli lui être fatale.

En pleine ascension vers la réussite, alors qu'il jouissait déjà d'un statut envié, Matias était tombé amoureux d'une jeune femme qui lui avait paru être l'incarnation même de la candeur et du bon sens. Surtout comparée aux beautés prêtes à tout pour attirer son attention. Elle avait refusé tous ses cadeaux, toutes ses invitations à dîner dans les restaurants étoilés où il aurait aimé l'emmener. Elle préférait aller au cinéma et grignoter du pop-corn avec lui, affirmait-elle en le regardant de ses grands yeux innocents.

Elle avait visé le long terme tandis que lui n'y voyait que du feu et s'attachait de plus en plus à ce miracle de pureté. Jusqu'au jour où elle lui avait annoncé qu'elle était enceinte. Ensuite, tout était allé très vite. Ils avaient parlé mariage, et Matias se serait retrouvé pris au piège s'il n'avait découvert par hasard la plaquette de pilules contraceptives dans le sac à main de sa fiancée, après que celle-ci lui eut demandé de lui passer un mouchoir. Sommée de s'expliquer, elle s'était répandue en un déluge de mensonges plus grossiers les uns que les autres, lesquels avaient entraîné une confrontation dont elle n'était pas ressortie victorieuse, loin de là.

En résumé : il l'avait échappé belle. Et cet épisode funeste avait représenté un tournant décisif pour Matias. Il avait compris qu'il suffisait d'un moment d'inattention pour voir sa vie basculer dans le vide. Aussi avait-il décidé de ne plus *jamais* se laisser aller à ce genre de négligence. Et il avait tenu bon depuis : il dirigeait sa vie et ses affaires d'une main de fer, et les émotions n'y avaient aucune place. Il prenait ce dont il avait besoin et rejetait ce qui ne lui servait plus à rien.

Art était la seule personne au monde à être au courant de cette histoire lamentable. Déjà profondément marqué par la douloureuse expérience vécue par son père, sa mésaventure amoureuse avait conforté Matias dans la conviction qu'il ne fallait jamais écouter son cœur. Aussi avait-il protégé le sien d'une épaisse couche de glace dont il s'accommodait très bien.

— Vous m'avez dit que votre entreprise n'avait qu'un an et demi. Qu'est-ce qui vous a incitée à changer de voie ? demanda-t-il en remplissant de nouveau le verre de la jeune femme.

— Nous aimions cuisiner toutes les deux, Julie et moi. Nos amis le savaient et ont commencé à nous demander de préparer des dîners pour eux, de petites réceptions, des fêtes. Petit à petit, nous en sommes venues à envisager d'exercer une profession qui nous plaisait vraiment et pour laquelle nous étions apparemment douées. Julie en avait assez d'enseigner et, de mon côté, j'avais envie de faire autre chose.

— C'était une sacrée décision à prendre. Pour changer radicalement de métier, il faut beaucoup de cran.

S'était-elle embarquée dans sa nouvelle profession en croyant, à tort, que son père serait toujours là pour l'aider si son entreprise échouait ? Ou avait-elle dû se résoudre à faire un emprunt lorsque, après avoir quitté l'enseignement, elle s'était retrouvée sans ressources et n'avait pu compter sur Carney pour la dépanner, ne serait-ce que provisoirement ? Était-ce pour cela qu'elle se débattait maintenant dans une situation difficile ? L'entreprise de son paternel battait en effet de l'aile depuis plusieurs années.

— Peut-être, acquiesça-t-elle. Vous n'avez jamais eu à prendre de décision radicale ? Vous êtes né avec une cuiller en argent dans la bouche, comme on dit ? demanda-t-elle en haussant ses fins sourcils.

— À vous entendre, on pourrait penser que vous ignorez tout du confort matériel.

— C'est le cas, en effet.

Matias la dévisagea en plissant les yeux.

— J'avoue que j'ai du mal à vous croire, vu le train de vie que votre père a toujours affectionné.

— Je préférerais ne pas parler de lui, dit-elle, l'air embarrassé.

— Vous n'aimez pas parler de votre père ? Pourquoi ? Je comprends que cela ait dû être difficile de vivre dans l'ombre, mais c'est tout à son honneur de vous avoir aidées, votre mère et vous. À sa place, bon nombre d'hommes auraient fui leurs responsabilités, comme vous l'avez fait remarquer vous-même tout à l'heure.

Affreusement mal à l'aise, Sophie murmura quelques mots incompréhensibles pouvant aussi bien être pris pour un acquiescement que pour une réfutation.

— Bien sûr, la vie doit être plus facile pour vous, à présent, poursuivit Matias d'un ton dégagé. J'ai appris qu'il avait perdu sa femme il y a quelques années. Une fois veuf, il a dû vous prendre sous son aile.

— Nous n'avons pas ce type de relation, lâcha-t-elle d'une voix tendue.

De toute évidence, cette conversation la dérangeait. Matias était de plus en plus curieux.

— Ah bon ? Parlez-moi un peu de lui. Je vous demande cela pour une raison très simple : si je lui propose quelque chose, je dois d'abord savoir à qui j'ai affaire, vous comprenez.

— Vous intéressez-vous d'aussi près à tous vos associés ?

— J'ai des projets plus élaborés concernant votre père.

Ce n'était pas *vraiment* un mensonge...

— Ah ! Et comment comptez-vous vous y prendre ?

— C'est-à-dire ?

— Eh bien, est-ce que vous envisagez d'investir dans son entreprise, par exemple ? J'avoue que je n'y connais absolument rien dans ce domaine. Je ne me suis jamais beaucoup intéressée à ce genre de choses.

— Je vois... Le profit, l'argent vous laissent indifférente.

— Non, je ne dirais pas cela, précisa Sophie. Mais je ne m'y suis jamais suffisamment intéressée pour choisir une carrière où j'aurais pu faire fortune. J'ai peut-être eu tort, d'ailleurs. Si j'avais pris cette option, ma vie aurait sans doute été beaucoup plus facile !

Sophie se garda bien d'ajouter qu'elle n'aurait pas eu dans ce cas à subir l'humiliation mensuelle d'aller mendier auprès de celui qui les avait abandonnés tous les trois.

— Je ne dois pas être assez insensible, reprit-elle.

— Dois-je entendre cela comme une critique à mon encontre ? demanda Matias, l'air franchement amusé.

Elle soupira. C'était le moment de choisir. Entre la sincérité et la diplomatie. Parler de son père était impossible parce qu'elle se trahirait tôt ou tard et révélerait qui il était vraiment. Quant à dire à Matias Rivero ce qu'elle pensait vraiment de lui, cela aurait été également peu judicieux ; parce qu'après lui avoir donné sa chance, il pouvait très bien la lui reprendre quand bon lui semblerait. Alors que si elle réussissait sa prestation, une bonne partie de sa dette se verrait remboursée. Par conséquent, mieux valait ne pas le critiquer ouvertement et opter pour une prudente franchise.

— Eh bien, déclara-t-elle en cherchant ses mots, je suis ici, dans votre propriété.

— Où voulez-vous en venir ?

— Vous êtes décidé à récupérer votre argent coûte que coûte, et si ce n'est pas faire preuve d'insensibilité, je ne sais pas ce que c'est.

— Je ne suis pas insensible, protesta-t-il. J'ai le sens des affaires, c'est tout.

Encore plus que vous ne pouvez le soupçonner, ajouta Matias en son for intérieur. Avant d'être assailli par un vague sentiment de culpabilité, qu'il repoussa aussitôt. Une seule chose lui importait : venger son père.

Matias repensa alors aux lettres trouvées au fond d'un tiroir de la commode de sa mère. Il ne serait jamais tombé dessus si elle n'avait pas dû être hospitalisée d'urgence. Il avait fallu lui préparer quelques affaires et, la gouvernante ayant pris sa journée, il avait ouvert les tiroirs, pris ce qui lui semblait approprié, et découvert soudain ce paquet de lettres non ouvertes entourées d'un élastique.

Les adresses, ou plutôt l'adresse, car c'était toujours la même, avait été rédigée de la main de sa mère. Matias avait reconnu d'emblée son écriture et remarqué la date du cachet de la poste. Toutes ces lettres avaient été envoyées durant les quelques semaines qui avaient précédé la mort de son père.

À James Carney.

Incapable de résister à la curiosité, il les avait décachetées l'une après l'autre. En fait, il lui aurait suffi d'en lire une seule, car les lettres contenaient toutes le même message : sa mère demandait de l'argent à Carney afin de pouvoir faire soigner son mari aux

États-Unis, où un traitement expérimental était pratiqué sur les malades atteints du même cancer rare que lui.

Les lettres avaient toutes été retournées à leur expéditrice sans même avoir été ouvertes. L'homme qui avait détruit Tomas Rivero en lui volant son invention n'avait pas daigné s'informer de ce que la femme de celui-ci pouvait bien avoir eu à lui dire…

Après cette découverte, Matias avait décidé que la vengeance ne pouvait plus attendre. Il était résolu à frapper. Fort. Il n'avait jamais dévié de son but, acculant patiemment Carney. Et si la fille illégitime de ce dernier se trouvait prise entre deux feux, tant pis. Matias ne se laisserait pas perturber par la jeune femme assise en face de lui. S'il l'avait voulu, il aurait pu achever Carney dès maintenant. Son entreprise croulait déjà sous les dettes, donner le coup de grâce aurait été un jeu d'enfant. Mais il pressentait qu'il y avait d'autres secrets à déterrer du côté de la saga familiale. Que pourrait bien lui révéler Sophie Watts ? La moindre information confidentielle serait la bienvenue. La voix de la jeune femme le tira de ses pensées :

— J'ai laissé Julie, mon associée, se débrouiller seule avec l'une des commandes les plus importantes qui nous aient jamais été passées. Si elle échoue, notre petite entreprise pourrait vraiment en souffrir. Parce que, dans notre métier, il suffit d'un échec pour tout faire capoter.

— Ne comptez pas sur moi pour compatir à votre sort, répliqua Matias d'un ton brusque.

Il était fasciné malgré lui par la façon dont elle rosissait en parlant, et dont ses yeux d'aigue-marine, bordés de cils épais et sombres, étincelaient comme des pierres précieuses.

Sa peau avait l'aspect du satin et elle semblait dépourvue de tout maquillage, de tout artifice. Sophie Watts était naturelle de la tête aux pieds et, s'il n'avait été aussi cynique, Matias aurait été fichtrement tenté de la croire sur parole, à tout point de vue.

Le souvenir de son ex rejaillit dans sa mémoire. Elle aussi avait eu l'air franche, ouverte et honnête. Résultat : il avait bien failli se faire passer la bague au doigt. Dieu merci, il avait retenu la leçon !

— Les statuts de votre entreprise comprennent-ils une clause vous autorisant à vous séparer d'elle ? reprit-il.

Les joues en feu, Sophie foudroya Rivero du regard. Elle vit un lent sourire se dessiner sur ses lèvres sensuelles. Aussitôt, des étincelles parcoururent sa peau. Son corps frémit de façon incontrôlable et incompréhensible. Ses seins lui parurent soudain plus lourd, plus pleins. Ses mamelons devinrent d'une sensibilité inouïe, les pointes durcies à l'étroit dans le soutien-gorge en dentelle. Et entre ses cuisses, une chaleur délicieuse palpitait, vibrait…

Choquée par les réactions de son propre corps, elle détourna les yeux. Son cœur battait si violemment qu'elle avait du mal à respirer. Qu'est-ce qu'il lui arrivait ? Elle ne s'était intéressée à aucun homme depuis sa rupture avec Alan, certes, mais de là à être attirée par un individu comme Matias Rivero ! Il incarnait tout ce qu'elle détestait. Et il avait beau être très séduisant, elle avait suffisamment les pieds sur terre pour ne pas se fier à l'aspect extérieur d'une personne…

— Je ne vois pas pourquoi je pourrais désirer me séparer de Julie, rétorqua-t-elle.

— Si elle panique parce que vous n'êtes pas là pour lui tenir la main, c'est qu'elle est incompétente.

— Merci pour le conseil, répliqua Sophie, sarcastique. Mais je n'en ai pas besoin, d'autant plus que je ne vous ai rien demandé.

Matias éclata de rire. Étrangement, cette femme l'amusait, alors que sa compagnie aurait dû au contraire lui déplaire.

— Seriez-vous choquée si je vous disais que je ne connais personne qui oserait s'adresser à moi de cette façon ?

— Non, répondit-elle sans hésiter.

— Non ? fit-il en riant à nouveau.

— Les individus riches et célèbres adorent s'entourer de gens qui leur lèchent les bottes.

— Gens dont vous ne faites pas partie, naturellement, répliqua-t-il d'une voix soyeuse. À moins que vous ne puissiez vous permettre de prendre des risques dans votre vie professionnelle pour une raison très simple : parce que vous savez que vous pourrez toujours compter sur l'aide de papa.

— James nous a soutenues financièrement, ma mère et moi, parce qu'il y était obligé, déclara-t-elle vivement. Je lui en ai été reconnaissante, mais il n'a jamais été question qu'il vienne à mon secours.

Matias la regarda en plissant les yeux.

— Parce qu'il y était obligé..., répéta-t-il. Ce n'est pas vraiment un compliment.

— Je me suis mal exprimée, fit-elle à la hâte. Il aurait pu fuir ses responsabilités, comme nous l'avons souligné vous et moi.

— Il y a une autre explication...

— Laquelle ? demanda Sophie d'une voix mal assurée.

Les fascinants yeux sombres de Rivero se promenaient paresseusement sur son visage, son cou, sa gorge, faisant naître des petits frissons électriques sur leur sillage.

— Il a peut-être eu l'impression de ne pas avoir le choix.

Une poigne glacée lui comprima la poitrine. Si elle lui disait la vérité, Matias Rivero renoncerait à proposer quoi que ce soit à James, lequel se retrouverait sans doute contraint de déposer le bilan. Et alors, que deviendrait Eric ? D'un autre côté, si elle continuait de mentir, que résulterait-il de cette conversation ?

Quant à parler d'autre chose, ce n'était pas la peine d'y songer. À en juger par la façon dont son vis-à-vis l'observait, les yeux mi-clos, il n'était pas disposé à discuter de la pluie et du beau temps.

— Est-ce bien cela ? demanda-t-il doucement. Votre mère s'est-elle arrangée pour faire pression sur lui afin de s'assurer qu'il veille à ce qu'elle ne manque de rien ? Est-ce ce genre de rapport que vous entretenez à votre tour avec votre père ? J'imagine qu'il aurait été fort embarrassé de voir la mère de sa fille illégitime semer la pagaille dans les milieux qu'il prise tant.

Atterrée, Sophie ne put que le dévisager en silence. Comment avait-il pu parvenir à une conclusion aussi juste ? Et surtout, comment la conversation avait-elle pu en arriver là ?

— Je pensais qu'il vous aurait gâtée, étant donné que son épouse ne lui avait pas donné d'héritier, ajouta Rivero.

— Je ne désire vraiment pas parler de James, déclara-t-elle enfin. Je sais que vous aimeriez en savoir le plus possible sur lui avant d'investir dans son entreprise, mais vous vous adressez à la mauvaise personne. Je vous l'ai dit : je n'y connais rien en affaires et je suis mal à l'aise de parler de lui dans son dos.

Matias s'interrogeait : devait-il insister ou en rester là pour l'instant ? Il avait le temps, décida-t-il après un bref instant de réflexion. D'autre part, il aurait été peu judicieux de forcer Sophie Watts à révéler ses secrets maintenant. Car il y en avait, il en était désormais certain. Mais il finirait par découvrir tôt ou tard de quoi il s'agissait.

En attendant...

— Avez-vous des questions à me poser ? demanda-t-il d'un ton neutre. La gouvernante viendra vous rejoindre quand elle aura terminé de vérifier que les chambres ont bien été préparées selon mes instructions.

En fait, il ne pouvait se résoudre à s'éloigner de la fascinante jeune femme qui lui faisait face.

Dans ses relations avec les femmes, rien n'était laissé au hasard. Après sa regrettable erreur de jeunesse, il avait établi deux règles auxquelles il ne dérogeait jamais : ses liaisons se déroulaient toutes selon le même schéma, et leur durée était limitée.

Le processus démarrait par une attirance réciproque, suivie des habituels cadeaux luxueux offerts au cours d'une brève cour rituelle. Ensuite, il partageait avec sa partenaire du moment deux semaines de sexe, avant de commencer invariablement à s'ennuyer. Peu importait qu'il s'agisse d'une avocate, d'une actrice ou d'une top-modèle, son intérêt faiblissait inexorablement, jusqu'à disparaître tout à fait.

Sophie avait-elle raison ? Les femmes qu'il fréquentait étaient-elles si fascinées par son argent et son pouvoir qu'elles étaient incapables de sincérité envers lui ? Était-ce pour cette raison qu'elles l'ennuyaient rapidement ?

Peu familier de l'introspection, Matias se retrouva à se demander pourquoi il était encore célibataire à son âge et aussi blasé dans ses relations avec les femmes. À quel moment les aventures insouciantes et axées uniquement autour du plaisir s'étaient-elles transformées en liaisons de plus en plus brèves et de moins en moins satisfaisantes ?

Il plissa le front, déconcerté par ces questions si étrangères à sa nature, et se concentra de nouveau sur Sophie Watts — qui le dévisageait d'un air presque moqueur.

— Si j'avais effectivement des questions à vous poser, seriez-vous en mesure d'y répondre ? demanda-t-elle en soutenant son regard.

Il la gratifia d'un sourire si inattendu et si dévastateur que Sophie en eut le vertige. Elle battit des paupières, entrouvrit les lèvres. Ce n'était pas de la colère qu'elle ressentait, ni un besoin de se protéger. C'était du désir.

Matias sentit sa libido réagir avec un regain d'ardeur. De façon malvenue, dangereuse, mais ô combien excitante. Cela faisait un peu plus d'un mois qu'il n'avait eu de maîtresse. Sa réaction vis-à-vis de Sophie était-elle due à cette période d'abstinence ?

Il y avait quelque chose d'incroyablement sexy en elle, c'était indéniable. Matias ne parvenait pas à cerner de quoi il s'agissait. Elle ne manquait pas d'atouts, certes, et cela faisait un bout de temps qu'il n'avait été aussi excité par une femme qui, de son côté, paraissait totalement indifférente aux petits jeux rituels de séduction. Aucun regard faussement effarouché, pas le moindre battement de cils aguicheur ou de sous-entendu voilé. Elle se trouvait là, dans sa propriété, uniquement parce qu'il l'avait mise dans une situation impossible, mais tout de même... Elle semblait s'acharner à le tenir à distance.

Or, pour lui soutirer des informations concernant Carney, quoi de mieux qu'un petit conciliabule sur l'oreiller ?

Matias la vit étendue sur son lit immense, les cheveux blonds épars auréolant le beau visage aux pommettes roses, le corps aux rondeurs toutes féminines entièrement nu, offert à son bon plaisir. Il se demanda à quoi ressemblaient ses seins épanouis, s'ils étaient aussi fermes qu'ils le paraissaient. Il se vit en sucer les pointes...

L'érection que lui procurèrent ces fantasmes fut si vivace, si puissante qu'il eut du mal à les chasser de son esprit. Il se redressa sur sa chaise et s'éclaircit la voix, croisa les mains sur ses genoux, allongea les jambes devant lui.

— Vous avez raison, je ne pourrai pas répondre à toutes vos questions, dit-il posément. Si vous avez besoin d'aide, mieux vaut vous adresser à ma gouvernante.

Il s'interrompit pour observer la jeune femme un instant.

— Vous avez un visage très expressif, reprit-il d'un ton pince-sans-rire. Inutile de vous exprimer avec des mots. Tout est là, sur vos traits, dans votre regard. Vous me prenez pour un être arrogant, un tyran impitoyable qui n'a jamais manqué de rien un seul jour de sa vie.

Sophie resta silencieuse, trop occupée à maîtriser les réactions déroutantes de son corps et à y résister. La sensualité émanait de Matias comme une aura, son charme viril exsudait de son corps musclé. Elle avait beau se répéter qu'elle réagissait de façon normale, que toute jeune femme en bonne santé ressentirait la même chose à proximité d'un homme aussi séduisant, elle avait du mal à admettre que celui-ci puisse avoir un effet aussi ravageur sur ses sens.

Pour s'aider à se ressaisir, elle repensa à son ex. Alan Pace lui avait semblé être le partenaire idéal. Brun aux yeux bleus, doté d'un caractère souple et d'un tempérament égal, il avait représenté pour elle une promesse de sécurité et de bonheur conjugal. Ils s'entendaient bien, partageaient les mêmes goûts, si bien que Sophie s'était laissée aller à croire que leur histoire durerait longtemps. Voire toujours.

Jusqu'au jour où elle lui avait parlé de son frère. Comme cela faisait alors trois mois qu'ils sortaient ensemble, Alan s'était montré surpris qu'elle ne lui en ait pas parlé plus tôt, avant d'ajouter qu'il serait ravi de faire sa connaissance.

Cependant, il n'avait pas compris qu'Eric était vraiment handicapé. Ni que Sophie allait régulièrement le voir, le faisait sortir de l'établissement où il vivait, l'emmenait se promener. Aussi Alan avait-il craint qu'elle envisage un jour de le prendre chez elle — donc chez eux si leur relation prenait un tour plus officiel. Cette perspective l'avait horrifié et il ne l'avait pas caché. Sophie avait eu beau essayer de le rassurer, lui répéter qu'Eric était très heureux là où il vivait et qu'en outre, elle aurait été incapable de s'occuper de lui, cela n'avait servi à rien. Après cette seule et unique rencontre avec Eric, Alan s'était fait de plus en plus rare, puis avait carrément disparu.

Mais il ne l'avait jamais déstabilisée comme Matias en avait le pouvoir. Et avant que leur relation ne se désagrège, Alan lui avait plu parce qu'elle voyait en lui le petit ami modèle. Alors qu'est-ce qui n'allait pas chez elle ?

Un doute affreux la traversa. Ressemblait-elle à sa mère ? Avait-elle hérité de l'incorrigible tendance d'Angela Watts à faire les mauvais choix et à enchaîner les erreurs, attirée inexorablement par des hommes semblables à celui qui se trouvait là, assis en face d'elle, et qui symbolisait le danger ?

— Peu importe ce que je pense de vous, dit-elle avec fermeté. Je suis ici pour faire mon travail, et maintenant, si vous voulez bien m'excuser, j'aimerais aller me rafraîchir un peu. Ensuite, je pourrais peut-être m'entretenir avec le personnel de cuisine ? Et poser mes questions à qui de droit ?

Elle le *congédiait* ! Matias ne savait s'il devait s'en amuser où en être offensé.

Quand il se leva d'un mouvement fluide, elle resta perchée sur le bord de sa chaise, le corps raide. La roseur habituelle colora ses joues, s'accentua...

— Mais bien sûr, répliqua-t-il d'une voix douce en la regardant dans les yeux. Restez ici. Je vais demander à quelqu'un de vous conduire à votre suite. J'espère qu'elle sera à votre goût.

Puis il sourit, de ce lent sourire qui, il le savait, plaisait tant aux femmes. Elle y répondit d'un petit hochement de tête crispé des plus révélateurs. En dépit de ses efforts pour lui faire croire le contraire, Sophie Watts n'était pas insensible à son charme...

4

Sophie ne s'était pas vraiment demandé à quoi pouvait ressembler ce long week-end. Elle s'était vaguement imaginé une succession de réceptions ultrachic se déroulant sur deux ou trois jours, des invités triés sur le volet, les hommes élégants en smoking, les femmes en toilettes somptueuses arborant bijoux fabuleux et fume-cigarette. Comme elle en avait vu dans des films ou des séries dont l'intrigue était située dans des manoirs superbes. En général, un meurtre survenait à un moment ou à un autre, faisant rebondir l'action.

Elle comprit qu'elle s'était trompée dès l'apparition des premiers invités.

Par les fenêtres de la cuisine, elle avait vu arriver une magnifique voiture de collection dont avait émergé un couple semblant sortir tout droit d'un magazine people. Debbie, l'adorable gouvernante qui l'avait mise au courant de tout la veille, se tenait à côté d'elle. Elle lui avait alors confié que le village attendait ce week-end depuis des semaines et guettait l'arrivée des célébrités les plus en vue du moment.

Les personnalités se succédèrent, les voitures hors de prix également. Au total, Matias Rivero avait convié quatre-vingts personnes, dont bon nombre avaient réservé des suites dans l'un des trois hôtels de luxe de la région. Leurs chauffeurs les y reconduiraient en fin de soirée, avant de les ramener chez Matias pour le petit déjeuner et les diverses activités prévues à leur intention le dimanche.

Il ne fallut pas longtemps à Sophie pour comprendre qu'il ne s'agissait pas d'un week-end de pur divertissement, mais d'un rassemblement où l'on allait aussi parler affaires. Des grands noms du monde des médias, du spectacle et du sport avaient été judicieusement mêlés à un assortiment d'hommes d'affaires et de politiciens. Le tout transpirait la richesse et le pouvoir.

La nourriture devait être servie en permanence, tout comme le champagne. Levée à l'aube, Sophie ne s'était pas arrêtée une seconde depuis qu'elle était descendue dans la cuisine à 6 heures du matin. Après le petit déjeuner, il y avait eu le brunch, composé d'un buffet copieux offrant une sélection de mets recherchés. Ensuite, le thé, servi avec quantité de pâtisseries et confiseries raffinées et variées. Enfin, le dîner fut servi à 19 h 30.

Cantonnée à sa cuisine, Sophie ignorait totalement ce que faisaient les invités en dehors des repas ou collations. Et de toute façon, entre la préparation de certains plats qu'elle tenait à confectionner elle-même, les ordres et les instructions à donner et les vérifications, elle n'avait pas le temps d'y penser.

Pas une seule fois elle n'aperçut Matias Rivero, ni de près ni de loin. Pourquoi se serait-il aventuré dans l'antre où le petit personnel veillait à ce que tous ses désirs soient satisfaits, alors qu'il avait autour de lui des personnalités influentes et des femmes sophistiquées ?

En revanche, Art Delgado était venu la saluer. Il s'était montré aussi charmant avec elle que lors de leur première rencontre. Sophie s'était d'ailleurs demandé pourquoi Matias avait tenu à préciser que celui-ci n'était qu'un employé : de toute évidence, Art faisait partie de ses amis. Il semblait même très proche de lui. Il suffisait de voir la liberté de parole et de mouvement dont il usait, notamment avec les membres du personnel qu'il avait félicités chaleureusement avant de s'éclipser.

Sophie se dit donc que Matias ne pouvait être aussi cruel qu'il cherchait à le faire croire. Sinon, il n'aurait jamais eu pour ami un homme aussi adorable qu'Art. Tout en travaillant d'arrache-pied, elle n'avait pas pu s'empêcher de songer au superbe milliardaire. Et lorsque, à 23 heures passées, elle regagna sa suite, elle fut bien forcée de s'avouer qu'elle était déçue de ne pas l'avoir aperçu.

Parce qu'elle aurait aimé savoir s'il était satisfait de sa prestation, voilà tout, se raisonna-t-elle. Et qu'il lui confirme que son travail contribuerait bien au remboursement de sa lourde dette. D'autre part, comme elle n'était pas sortie de la cuisine de la journée, elle ignorait ce que les invités avaient pensé de la nourriture, du service…

Elle n'eut pas le temps de gamberger trop : épuisée par sa longue journée de dur labeur, elle s'endormit aussitôt couchée.

Le dimanche ressembla au samedi, une journée en cuisine de concentration et d'effervescence. Serveurs et serveuses effectuèrent un boulot extraordinaire. Ils allaient et venaient inlassablement, secondés par des intérimaires embauchés pour le week-end pour nettoyer la vaisselle au fur et à mesure. En plus de tout ce personnel diligent, Sophie travaillait avec un second remarquable, qui lui obéissait au doigt et à l'œil et comprenait presque ses demandes avant qu'elle les ait formulées.

Malgré la frénésie, elle ne pouvait s'empêcher de penser à Matias — et elle s'en voulait. Elle se remémorait la façon dont son corps réagissait à la proximité de cet homme superbe et incroyablement sexy. Quelle idiote ! Au lieu d'être soulagée qu'il ne soit pas venu rôder du côté de la cuisine pour la surveiller, elle était déçue de ne pas l'avoir vu…

Sans doute ne le reverrait-elle même pas avant de quitter la propriété. Elle recevrait ensuite des nouvelles par l'intermédiaire de sa secrétaire, qui la tiendrait au courant de l'état du remboursement de sa fichue dette. En fait, elle aurait dû s'estimer heureuse qu'il ait condescendu à s'entretenir avec elle à son arrivée…

Dire qu'elle n'avait même pas eu l'occasion de faire un petit tour dans la maison ! Elle n'avait pas essayé de se mêler aux invités, naturellement, encore moins de distribuer des cartes de visite. Sophie savait où était sa place, mais elle aurait bien aimé pouvoir explorer un peu cette surprenante bâtisse.

Eh bien, tant pis ! Elle repartirait sans avoir vu le luxe dont avaient profité les invités.

Ceux-ci s'en allèrent comme ils étaient arrivés, les uns après les autres dans leurs magnifiques voitures. Le bruit de leurs voix et de leurs rires parvenait jusqu'à la cuisine rangée et nettoyée avec soin par les extras. De retour au village, ceux-ci énuméreraient à leurs proches les célébrités qu'ils avaient entraperçues et feraient sans aucun doute des envieux…

Et Matias, avait-il quitté la propriété ? se demandait Sophie. À 17 h 30, Debbie et elle étaient probablement les seules à se trouver encore sur place, occupées à vérifier que tout était en ordre.

Oui, il était parti, comprit Sophie. Sans lui faire le moindre commentaire sur son travail. Comme il était spécifié dans les instructions envoyées par e-mail qu'elle devait rester jusqu'au lendemain, elle avait supposé qu'il lui faudrait préparer le petit déjeuner pour les derniers invités. Or, ceux-ci ayant quitté la propriété, elle se demanda si Matias comptait sur elle pour effectuer des tâches plus basiques qui ne faisaient pas partie de ses attributions habituelles.

— Je vous laisse l'aile gauche, lui dit Debbie. Tous les invités sont partis, à présent, et il ne devrait pas y avoir grand-chose à faire puisque le ménage a été effectué dans toutes les pièces. Il s'agit simplement d'y jeter un dernier coup d'œil pour vérifier que personne n'a rien oublié. Et, comme vous disiez que vous auriez bien aimé voir à quoi ressemblait la maison, profitez-en !

Sophie, qui avait enfin pu renfiler jean et T-shirt, décida de suivre le conseil de Debbie. Elle prendrait son temps pour faire sa tournée de vérification.

Il n'y avait rien à faire, en effet : tout était d'une propreté impeccable. En gravissant lentement les marches de l'escalier, tout en bois blond et acier, elle admira les grands tableaux abstraits accrochés sur les murs clairs. Elle constata bientôt qu'à l'étage, le personnel avait fait un travail aussi remarquable qu'au rez-de-chaussée.

Après avoir fait le tour de l'étage, elle s'arrêta devant la porte de la dernière suite, située à l'extrémité du long couloir dont l'un des deux côtés, entièrement constitué de parois vitrées, offrait une vue spectaculaire sur le lac et les jardins.

La première chose qu'elle remarqua en poussant la porte, ce fut l'épais tapis de soie couleur ivoire. Comme dans tout le reste de la maison, le marbre et le bois dominaient, et d'immenses baies vitrées laissaient entrer le maximum de lumière. Sans réfléchir, Sophie se débarrassa de ses sandales et s'avança dans la vaste pièce.

Son regard se posa sur le lit immense, les murs blancs, les vitres dépourvues de stores ou de rideaux. C'était fabuleux : la nature, les jardins, le lac semblaient faire partie intégrante de l'espace.

Soudain, une porte qu'elle n'avait pas remarquée s'ouvrit sur sa gauche...

Et Matias apparut devant elle !

Cette vision lui fit un tel choc qu'elle posa la main sur sa poitrine pour tenter d'apaiser les battements désordonnés de son cœur. Son hôte venait manifestement de prendre une douche. Ses cheveux noirs étaient mouillés et il portait en tout et pour tout une serviette blanche qui lui ceignait les hanches.

Sophie aurait voulu se retourner, mais en fut incapable. La bouche entrouverte, les yeux écarquillés, elle contemplait les larges épaules musclées, le torse aux pectoraux parfaits, la toison brune disparaissant en pointe sous la serviette blanche... Une virilité intense, puissante émanait de cet homme, du corps duquel elle ne parvenait pas à détourner les yeux. Et, pire encore, elle se rendait compte de sa propre attitude, sans toutefois parvenir à se ressaisir. Quand elle reprit enfin ses esprits, elle constata qu'il l'observait avec un demi-sourire moqueur.

— L'inspection est terminée ?

Durant tout le week-end, Matias avait fait en sorte de ne pas croiser Sophie. Il avait repris le contrôle de lui-même et compris que ce qu'il avait considéré comme un défi alléchant n'était en fait qu'une erreur de jugement due à un égarement passager. Elle avait beau être terriblement séduisante et lui un homme doté d'un gros appétit sexuel, lui faire partager son lit aurait été une très mauvaise idée. L'occasion aurait pu être propice aux confidences, certes, et il aurait pu ainsi récolter des informations précieuses, mais il s'était raconté des histoires. Le désir qui l'animait était purement charnel. Cette femme lui avait jeté un sort et il avait cédé à son charme — oubliant sa vengeance pourtant planifiée avec soin et mûrie pendant de si nombreuses années.

Aussi avait-il gardé ses distances. Il avait même envisagé de passer la nuit avec l'une des invitées célibataires, un mannequin croisé quelques mois plus tôt dans une soirée. Avant de renoncer à cette lubie. Après la fête de la veille, il avait regagné sa suite seul. Parce qu'une femme bien précise lui trottait dans la tête. Sophie. Elle l'obsédait littéralement, au point d'éclipser toutes les autres.

Et maintenant elle était là, en face de lui, les pommettes roses, ses grands yeux bleus emplis d'un trouble qu'elle s'efforçait de dissimuler. Il s'autorisa à laisser errer brièvement son regard sur les courbes affriolantes. De toute évidence, elle se sentait plus à l'aise en jean et T-shirt. Ces vêtements décontractés lui allaient à merveille et lui donnaient l'air encore plus sexy. Le jean délavé moulait ses hanches rondes et ses jambes galbées comme une seconde peau, le T-shirt mettait en valeur ses seins superbes.

La réaction de sa libido détruisit instantanément tous ses efforts pour rester à l'écart de celle qui était la tentation incarnée. Matias oublia contrôle et prudence. Il avait le sentiment de s'aventurer en terrain inconnu, hors des limites qu'il s'imposait d'ordinaire. Une sensation follement excitante… Le désir rugissait en lui, annihilant tout le reste et réclamant l'assouvissement.

Il traversa tranquillement la pièce et referma la porte laissée ouverte par Sophie.

— Que… qu'est-ce… qu'est-ce que vous faites ? balbutia-t-elle, l'air terrifié.

— Je ferme la porte, répondit-il d'une voix caressante. Au cas où vous ne l'auriez pas remarqué, je ne suis pas vraiment habillé pour recevoir des visiteurs.

— J'allais m'en aller, murmura-t-elle en reculant de deux pas.

Elle titubait presque, constata-t-il en retenant un sourire de triomphe.

— Je ne… J'ignorais que vous étiez encore là.

— Ah ! Et où étais-je censé être ? fit-il en haussant un sourcil ironique.

— Je pensais que vous étiez parti en même temps que les invités.

— Sans vous parler de votre brillante performance ?

Sophie rougit. Elle ne savait comment interpréter les paroles de Matias.

— Vous n'êtes pas satisfait de mes services ?

Elle était partagée entre le désir de s'enfuir et celui de rester pour entendre d'éventuelles critiques. Il ne répondit pas et se dirigea vers une porte située en face de celle par laquelle il était apparu. Sophie aperçut des rayonnages, une longue penderie.

— Je... je préférerais vous parler... Euh... Ailleurs, poursuivit-elle en bégayant comme une idiote. Si j'avais su que vous étiez dans cette suite, je n'y serais jamais entrée.

— Je vous mets mal à l'aise ?

Il avait posé cette question d'un ton neutre, en revenant dans la pièce avec une chemise immaculée à la main. Il l'enfila, les hanches toujours ceintes de la serviette blanche, mais sans la boutonner. La bouche sèche, Sophie contempla un instant le torse à la peau couleur de bronze doré.

— Vous êtes à peine vêtu, fit-elle remarquer d'une voix rauque. Alors, non, je ne suis pas à l'aise, c'est normal. Je ne me sens pas capable de parler travail dans votre chambre !

Seigneur, elle devait être cramoisie, à présent !

— Je veux dire que... que ce n'est vraiment pas l'endroit idéal pour une conversation sérieuse. Alors si je n'ai pas...

Elle s'interrompit, horrifiée : il venait de glisser un doigt sous sa serviette...

Quand Sophie se détourna d'un mouvement brusque, Matias se mit à rire doucement. Elle avait décidément le don de le surprendre. D'habitude, il abordait les femmes et gérait ses liaisons de la même façon qu'il abordait et gérait sa vie professionnelle : avec assurance et détermination. Rien n'était laissé au hasard, dans aucun domaine de son existence. Il gardait toujours le contrôle. Sur tout.

Or, depuis qu'il avait rencontré cette femme, une sorte de flou avait envahi sa vie planifiée avec soin. Sa soif de vengeance s'était diluée dans le désir. Ce qui aurait dû être transparent devenait opaque. Après s'être laissé dominer par sa libido comme un adolescent, puis ressaisi, Matias sentait de nouveau son sang-froid lui échapper. Cette attitude ne lui ressemblait pas du tout. Ce constat le perturbait profondément parce qu'il ne cédait jamais à aucun moment de folie.

— Ne craignez rien, j'étais sincère en parlant de prestation brillante, dit-il avec calme. Et si vous m'accordez cinq minutes, je vous rejoindrai dans la cuisine pour faire le point.

Sur ces mots, il disparut derrière la porte de ce qui devait être la salle de bains. Sophie en profita pour quitter rapidement la chambre. Le cœur battant à tout rompre, elle dévala l'escalier avant d'aller se réfugier dans la cuisine.

Elle buvait un verre d'eau lorsque Matias réapparut, plus beau que jamais dans sa chemise blanche, dont les manches étaient roulées sur ses avant-bras, et son jean noir de créateur porté bas sur les hanches.

— Vous ne voulez pas boire quelque chose de plus... revigorant ? fit-il en se dirigeant vers le réfrigérateur.

Après y avoir pris une bouteille de vin blanc, il en versa dans deux verres à pied sortis d'un placard.

— Vous devez en avoir besoin, reprit-il en lui tendant un verre. Je vous ai placée devant un défi de taille, que vous avez relevé magistralement.

Il but une gorgée de vin, puis plongea son regard dans celui de Sophie avant d'incliner la tête devant elle.

— Félicitations, mademoiselle Watts, dit-il avec une légère pointe d'ironie.

Sophie s'éclaircit la gorge.

— Vous vous attendiez à me voir échouer, c'est cela ?

— Pas du tout. J'étais certain que vous vous en sortiriez très bien. Mais je ne pensais pas que vous géreriez la situation avec un tel brio, je le reconnais. Tout le monde s'est répandu en éloges sur la nourriture, et mes invités ont été plus que satisfaits du service. Quant à moi, j'ai en outre été très impressionné par la façon dont les horaires ont été respectés.

— Merci, murmura-t-elle en portant son verre à ses lèvres.

— Cependant, cette prestation ne rembourse qu'une partie de votre dette.

— Comptez-vous reprendre contact avec moi pour me proposer un autre contrat ? J'aimerais pouvoir prendre mes dispositions, vous comprenez, afin de pouvoir m'organiser. Julie s'est très bien débrouillée toute seule, mais je ne voudrais pas la laisser tomber encore une fois et lui faire traverser à nouveau ce genre d'épreuve. Alors, si je pouvais savoir à l'avance quand vous aurez besoin de moi, je...

— Non, coupa-t-il, péremptoire. Je regrette, mais je ne peux planifier mon emploi du temps en fonction des besoins de votre associée.

Le désir rejaillit en lui, farouche, impérieux. Matias serra les dents. Comment avait-il pu s'imaginer qu'il pourrait se débarrasser sur commande d'un attrait aussi puissant ? Sa libido ne le laisserait tranquille qu'une fois ses exigences satisfaites.

— Avez-vous passé un bon week-end ? reprit-il en regardant Sophie dans les yeux.

— J'ai été soumise à pas mal de pression, reconnut-elle d'une voix crispée. Mais j'ai trouvé plutôt stimulant de travailler pour autant de personnes. Cela ne m'était encore jamais arrivé.

— Vous avez préféré ne pas vous montrer.

— J'étais trop occupée. Et puis...

— Et puis ?

— Je n'avais rien à faire parmi vos invités. Je n'allais tout de même pas leur demander si la nourriture était à leur goût !

— Vous auriez néanmoins pu venir faire un petit tour parmi nous, en profiter pour distribuer quelques cartes de visite comme je vous l'avais proposé.

— Je ne me serais pas sentie à ma place au milieu de toutes ces célébrités, dit-elle en rosissant à nouveau.

— Vous sous-estimez votre charme, répliqua lentement Matias. Vous auriez été beaucoup plus à votre place que vous ne le pensez, j'en suis certain.

Sophie en resta bouche bée. L'avait-elle imaginé ou y avait-il bien eu une nuance enjôleuse dans la belle voix de Matias ? Un frisson naquit au creux de ses reins, se déploya dans tout son corps. Flirtait-il avec elle ? Non, c'était impossible...

Confuse, elle demeura silencieuse à le contempler tandis qu'il prenait une nouvelle gorgée de vin, sans détacher un seul instant les yeux des siens.

L'effet fut dévastateur. Face à cet homme superbe, elle se sentait totalement impuissante. À quoi jouait-il ? La situation devenait de plus en plus absurde. Elle devait absolument se débarrasser de l'attirance ridicule qui prenait possession de tous ses sens.

— Je... je vais aller préparer mes affaires, bredouilla-t-elle, les jambes en coton. J'ai terminé mon travail, alors puisque vous êtes satisfait de... de mes services, votre secrétaire pourra peut-être reprendre contact avec moi.

La bouche sèche, elle déglutit avec peine, puis se passa le bout de la langue sur les lèvres. Matias l'observait maintenant les yeux mi-clos, une expression indéchiffrable sur ses traits virils et sensuels, suscitant des réactions insensées en elle. *Partout* en elle.

— Alors, si vous n'y voyez pas d'inconvénient, reprit Sophie avec effort, je vais appeler un taxi et prendre le train dès ce soir. J'avais cru comprendre que je devrais rester une nuit supplémentaire parce qu'il y aurait des invités jusqu'à demain matin.

Respire ! s'ordonna-t-elle en s'interrompant pour reprendre son souffle.

— Je préférerais que vous cessiez de me regarder ainsi, conclut-elle d'une voix rauque.

— Pourquoi ?

— Parce que cela me... déstabilise.

— Vraiment ? répliqua-t-il avec cette tonalité profonde qui la faisait frémir au plus intime de son corps. D'habitude, les femmes sont au contraire prêtes à tout pour attirer mon attention. Seriez-vous une exception, Sophie ?

Son cœur battait si fort, si vite, qu'elle crut qu'il allait exploser, ou s'arrêter. Ses cordes vocales semblaient incapables de fonctionner. Sophie ne pouvait que contempler l'homme à la beauté scandaleuse qui la regardait comme si... comme si...

Qu'est-ce qu'il lui prenait ? Elle devait avoir perdu la tête ! Ce ne pouvait être du désir, cette lueur au fond des prunelles magnifiques dardées sur elle. Elle n'était pas le genre de femme à attirer un homme comme lui, c'était évident.

Sophie avait les pieds sur terre et ne se faisait pas d'illusions. Et depuis sa rupture avec Alan, trois ans plus tôt, elle avait appris à ne pas se laisser impressionner par les apparences — même si elle ne s'était pas souvent trouvée en présence d'hommes susceptibles de l'impressionner. En l'espace de ces trois années, elle n'avait été attirée par aucun. Pas un seul. Alors, pourquoi s'embrasait-elle de la tête aux pieds, là, maintenant ? Parce que le beau, le riche et irrésistible Matias Rivero lui faisait manifestement du gringue ?

— Ne sentez-vous pas l'attirance palpiter entre nous ? reprit-il lentement.

— Je ne sais pas de quoi vous parlez, chuchota-t-elle.

— Menteuse ! Mais je comprends votre attitude. Après tout, nous n'avions prévu ni l'un ni l'autre ce qui nous arrive, n'est-ce pas ?

Il haussa les épaules avant d'ajouter :

— Mais c'est arrivé, nous n'y pouvons rien.

Sophie resta interdite. Ainsi, elle lui plaisait et il voulait coucher avec elle ? Elle secoua la tête pour reprendre ses esprits. Alors, une bouffée de colère lui monta à la tête. Après l'avoir quasiment forcée à travailler pour lui, Matias se figurait sans doute qu'elle allait lui tomber dans les bras ; parce qu'il était riche, puissant et que toutes les femmes ne rêvaient que de se jeter à son cou. Elle aurait peut-être dû le remercier de la trouver attirante ?

Et le pire, c'était qu'il avait senti le désir vibrer en elle. Il savait que l'attirance était réciproque. Mais s'il croyait qu'elle allait se précipiter dans son lit, il se trompait !

— Je regrette, déclara-t-elle froidement. Mais cela ne m'intéresse pas.

À ces mots, il éclata de rire comme si elle venait de dire une blague excellente.

— Répétez un peu, pour voir, fit-il lentement. Jurez-moi que vous ne sentez pas le courant brûlant qui passe entre nous. Oh mais si, vous le sentez. Pourquoi le nier ?

— Je ne veux rien partager de tel avec vous.

Sophie aurait voulu se diriger vers cette porte, s'en aller la tête haute, parce qu'il pouvait acheter ses services mais *pas elle*. Or ses pieds refusèrent de lui obéir, si bien qu'elle resta figée en face de lui.

— Vous vous trompez, reprit-elle, la voix tremblante de colère et d'excitation. Je ne fais pas partie des « femmes prêtes à tout pour attirer votre attention », comme vous dites. Si je suis ici, c'est uniquement parce que c'était le seul moyen de vous rembourser. Enfin, de *commencer* à vous rembourser. Mais cela ne vous autorise pas à profiter de la situation et à chercher à... à... me mettre dans votre lit !

Ses pieds sortirent enfin de leur paralysie. Elle se détourna et s'avança résolument vers la porte.

Elle allait franchir le seuil lorsqu'elle fut arrêtée par la voix de Matias : il avait murmuré son prénom, juste derrière elle. Aussi silencieux qu'un prédateur, il l'avait rejointe, si bien que, quand elle fit volte-face, Sophie se retrouva quasiment dans ses bras. Elle dut reculer, le pouls affolé. Les effluves de l'eau de toilette de Matias lui caressèrent les narines, boisés, musqués, sensuels.

— Pensez-vous sincèrement que je pourrais envisager de profiter de vous physiquement et considérer cela comme un complément de remboursement ?

Il s'était exprimé avec calme, mais un éclat farouche incendiait maintenant ses yeux sombres. Elle était bête d'avoir sous-entendu qu'il pourrait profiter de la situation. Cet homme n'avait pas besoin de recourir à ce genre de basses manœuvres avec les femmes. Il pouvait avoir toutes celles qu'il désirait, quand il le désirait.

Et il te désire, toi, Sophie, lui susurra une petite voix traîtresse sous son crâne.

— Non, je ne le pense pas, dit-elle avec effort. Mais je me sens vulnérable, vu les circonstances. Je suis forcée de travailler pour vous.

Après avoir détourné un bref instant les yeux, elle soutint le regard rivé sur elle.

— Je ne suis pas comme vos charmantes invitées, poursuivit-elle. Je ne leur ressemble en rien.

— Je pensais que vous n'aviez même pas remarqué qui était là, ironisa-t-il.

— Je les ai aperçues de loin, rétorqua Sophie en redressant le menton. D'ici, par les fenêtres de la cuisine. Et quelques-unes sont venues nous dire un petit bonjour au cours du week-end.

— Et ?

— Et elles sont toutes faites sur le même modèle. Grandes, au corps parfait, idéalement proportionnées. En un mot : superbes. J'ai pensé que l'une d'entre elles devait être votre petite amie.

— Si j'en avais une, nous n'aurions pas ce genre de conversation.

— C'est avant tout parce que nous ne ressentons aucune sympathie l'un pour l'autre que nous ne devrions pas avoir ce genre de conversation.

— Avez-vous un petit ami ?

— Si j'en avais un, cela ferait une différence pour vous ?

— Peut-être, répondit-il en inclinant la tête de côté. Mais pas forcément. Pourquoi vous comparez-vous aux autres femmes, Sophie ?

— Je voulais simplement dire que j'avais imaginé que vos invitées étaient le *genre* de femmes que vous fréquentez habituellement. Et que par conséquent, si vous étiez attiré par moi, vous le seriez uniquement parce que... parce que vous m'avez sous la main, en quelque sorte.

Seigneur, comment avait-elle pu se laisser entraîner dans cette conversation infernale et absurde ? Sophie était consciente de jouer avec le feu, de se trouver dans un territoire totalement inconnu où elle n'avait aucun repère.

— Vous voulez que je vous dise franchement ce que je ressens pour vous ? demanda Matias d'une voix rauque. Pourtant, j'aurais préféré le faire au lit, lorsque nous aurions été nus tous les deux.

Son érection le lancinait, à présent. Cette femme le rendait fou, bon sang !

— Cela n'arrivera pas, déclara-t-elle, guindée.

Elle recula d'un pas supplémentaire, comme pour échapper au désir qui frémissait entre eux.

— Jamais, ajouta-t-elle, les yeux étincelants.

— À votre place, je n'en serais pas aussi sûre ! s'exclama-t-il en riant.

Elle le foudroya du regard.

— Eh bien, tant pis pour vous !

Sophie tourna le dos à Matias et s'enfuit. Parce que cette conversation était non seulement explosive et périlleuse, mais aussi *terriblement excitante*.

Le luxe de sa suite ne la calma pas. Ni le long bain parfumé qu'elle s'offrit dans l'espoir d'apaiser le chaos qui régnait dans son esprit et dans son corps. Le visage de Matias persistait à surgir dans son esprit, les yeux mi-clos, avec cet impossible petit sourire en coin, sensuel, irrésistible…

Une fois au lit, Sophie resta éveillée jusqu'à 2 heures du matin, en proie aux mêmes tourments insupportables et délicieux à la fois. Quand elle s'endormit enfin, ce fut pour se réveiller une demi-heure plus tard, toujours aussi agitée.

Comprenant qu'elle ne réussirait pas à trouver le sommeil, elle décida de descendre à la cuisine et sortit de sa suite sur la pointe des pieds.

Éclairée par les seuls lampadaires extérieurs, la maison était plongée dans la semi-obscurité. Une fois arrivée dans la cuisine, Sophie n'alluma aucune lampe. Elle connaissait les lieux par cœur, à présent, et s'y serait retrouvée les yeux fermés.

Sans hésiter, elle s'avança vers le réfrigérateur pour y prendre une bouteille de lait. Le chocolat chaud aidait à s'endormir, disait-on. C'était le moment ou jamais de le vérifier…

Au moment où elle se redressait, la voix de Matias l'appelant par son prénom la fit sursauter, si violemment qu'elle lâcha la bouteille — aux trois quarts vide, heureusement.

5

Les joues en feu, Sophie soutint un bref instant le regard de celui qui la dominait tranquillement, les bras croisés. Puis elle baissa les yeux sur les bris de verre et la petite mare qui luisait à ses pieds dans la pénombre.

— Ne bougez pas ! ordonna Matias.

Sophie, qui était pieds nus, n'en avait pas l'intention. Sans compter qu'elle ne portait que le short et le débardeur en coton souple qui lui servaient de pyjama ; elle ne souhaitait pas s'exhiber devant Matias. Si elle avait pensé rencontrer quelqu'un, elle ne se serait jamais aventurée hors de sa suite dans cette tenue...

— Que faites-vous ici ? demanda-t-elle d'un ton accusateur.

Matias se pencha devant Sophie pour récupérer les morceaux de verre. Il se concentrait sur sa tâche tant la vue et la proximité de ce corps ravissant à peine vêtu enflammaient sa libido.

— Cette maison m'appartient, fit-il remarquer en continuant de ramasser les restes de la bouteille.

C'était beaucoup moins périlleux que de caresser des yeux les jambes incroyablement sexy de Sophie, dont la pâleur ressortait dans la pénombre.

— Cela me donne le droit d'y aller et venir à ma guise, non ? poursuivit-il.

— Très drôle, répliqua-t-elle, tendue.

— Je suis ici pour la même raison que vous.

Il s'assit sur ses talons pour vérifier qu'il n'y avait plus de morceaux de verre au sol. Puis, prenant tout son temps, il leva les yeux vers Sophie.

— Je n’arrivais pas à dormir.

— Moi, je dormais très bien, se défendit-elle aussitôt.

— D’où votre présence dans la cuisine à 3 heures du matin…

— J’avais soif.

— Ne bougez pas, répéta-t-il. Il reste sans doute des éclats de verre. Je ne voudrais pas que vous vous retrouviez à l’hôpital.

— Ne soyez pas ridicule ! protesta Sophie.

Cependant, elle n’osait pas bouger, de crainte de se blesser, en effet. En outre, comment oublier pas qu’elle était presque nue ? Ses seins frémissaient sous le coton fin, leurs pointes gonflées s’étaient durcies… Et bien sûr, elle ne pouvait s’empêcher de faire des comparaisons. Entre elle-même et les invitées de Matias, ces créatures merveilleuses au corps de rêve qui…

— Non ! s’écria-t-elle, mortifiée, tandis que Matias la soulevait dans ses bras avec une facilité époustouflante. Arrêtez !

— Heureusement que j’ai eu la bonne idée de mettre des chaussures avant de descendre, murmura-t-il en souriant.

— Lâchez-moi ! Tout de suite !

— Vous voulez vraiment que je vous lâche ? Vos pieds ravissants reprendront contact avec le sol une fois que vous serez en sécurité, et après que je me serai assuré que vous ne vous êtes pas blessée.

— Si j’avais marché sur du verre brisé, je l’aurais senti.

Sa propre voix était incroyablement rauque, méconnaissable. La sensation du corps viril et chaud pressé contre le sien faisait naître des sensations enivrantes en elle. L’un de ses seins jaillissait presque du débardeur. Son corps semblait réagir de façon complètement autonome. Une délicieuse chaleur liquide rayonnait depuis son bas-ventre pour irradier tout son corps, des tressaillements incontrôlables la parcouraient tout entière. Seigneur, pourvu que Matias ne se rende pas compte de la folle excitation qui avait pris possession d’elle…

Sophie ferma les yeux et serra les paupières. Quelques instants plus tard, elle entendit s’ouvrir une porte.

— On fait l’autruche ? murmura Matias.

Le corps qu’il tenait dans ses bras était d’une douceur exquise, moelleux et ferme à la fois. Il apercevait par l'échancrure du débardeur de Sophie un petit morceau de la pointe rose framboise d'un sein épanoui, qui semblait quémander son attention.

— Pourquoi fermez-vous les yeux ? demanda-t-il, le nez dans les cheveux au parfum vanillé et fleuri.

Sophie les rouvrit aussitôt et le foudroya du regard, avant de réaliser qu'ils ne se trouvaient pas dans sa suite à elle, mais dans celle de Matias.

— C'est... c'est votre chambre !

— Je vais jeter un coup d'œil à vos pieds.

— Matias. Je vous en prie...

— Oui ? De quoi me priez-vous, au juste ? répliqua-t-il en l'allongeant délicatement sur le lit immense.

Puis, sans la regarder, il s'agenouilla devant elle et prit l'un de ses pieds avant de l'inspecter de plus près. C'était ridicule ! Insensé ! Mais la sensation de la grande main chaude sur sa peau, la lente caresse de ses doigts provoquaient des sensations fabuleuses en elle.

Sophie ne put retenir le gémissement qui lui montait aux lèvres. Leurs regards se croisèrent. Un courant brûlant passa entre eux, irrésistible, envoûtant.

Il s'agissait de désir. Puissant et réciproque.

— C'est impossible, murmura-t-elle.

Inutile de nier l'attirance qui vibrait entre eux, désormais. Ou de tenter de dissimuler à Matias qu'elle le désirait autant qu'il la désirait.

— Impossible ? répéta-t-il en haussant un sourcil d'un air terriblement sexy. Je peux savoir pourquoi ?

— Parce que la situation n'est pas... normale.

— Et qu'entendez-vous par *normale*, au juste ?

— Je veux dire une situation plus... Une relation amoureuse entre deux personnes.

— Je serai franc : je ne pratique pas ce genre de relation. Néanmoins, il existe quantité de types de liaisons, allant de la simple aventure sans lendemain à un lien moins éphémère.

— Pour vous, cela n'a pas d'importance, chuchota-t-elle, les yeux brillants. Mais pour moi...

Elle baissa les yeux. Matias s'allongea à côté d'elle et la força doucement à tourner la tête vers lui.

— Mais pour *toi* ?

Sophie déglutit avec peine, oppressée autant par la situation que par le soudain tutoiement qu'avait employé Matias.

— Ma mère était très belle, très attirante, déclara-t-elle d'une voix lente. Elle plaisait beaucoup aux hommes ; surtout à ceux qu'elle aurait mieux fait d'éviter.

— Tu parles de sa beauté comme si toi, tu étais insignifiante.

— Je suis une femme ordinaire, banale. Les hommes ne se sont jamais retournés sur mon passage. Ils ne se sont jamais précipités chez moi avec d'énormes bouquets de roses dans l'espoir que je les invite à partager mon lit.

— C'est de cette façon qu'ils s'y prenaient avec ta mère ?

— Oui. Ils la trouvaient irrésistible.

— Alors, pourquoi ton père ne l'a-t-il pas épousée quand elle s'est rendu compte qu'elle était enceinte de lui ?

Sophie aurait pu répondre que James Carney n'avait demandé en mariage Angela ni à sa première ni à sa seconde grossesse, mais quelque chose l'en empêcha. Quoi, exactement ? Son éternel désir de protéger Eric ? À moins qu'il ne s'agisse d'une réminiscence de la réaction paniquée puis du rejet d'Alan. Peu importait, de toute manière. En quoi l'existence de son frère handicapé aurait-elle pu influer sur le projet que Matias envisageait de proposer à James ? Et pourtant, elle résista à la tentation de lui parler d'Eric. Elle s'étonna même d'avoir songé à le faire.

— Il s'est toujours cru trop bien pour ma mère, répondit-elle. Il était riche et affreusement snob, et il ne la jugeait pas assez sophistiquée pour lui.

Matias ne fut pas du tout surpris par ces paroles. L'attitude de ce salaud ne faisait que confirmer l'opinion qu'il s'était forgée de lui des années plus tôt.

— Cela arrive, je suppose, reprit Sophie avec une moue de mépris. Regarde, nous : je te plais, mais tu es riche et puissant toi aussi, alors que moi...

— Tu ne sais pas dans quel genre de milieu j'ai grandi, l'interrompit-il d'un ton presque brutal.

Qu'est-ce qu'il lui prenait d'aborder un sujet aussi personnel avec une femme à qui il allait faire l'amour ? Depuis quand se montrait-il aussi susceptible et perdait-il son temps à discuter, alors qu'ils avaient beaucoup mieux à faire ?

— C'est facile à deviner. Je ne suis pas idiote.

— Non, en effet. Même si c'était vraiment *idiot* de ta part de conduire sans être assurée.

— Tu n'es pas obligé de me le rappeler.

— Mes parents n'avaient pas d'argent, dit-il soudain. Ils auraient dû en avoir, mais ce n'était pas le cas. J'ai grandi dans un milieu des plus modestes. J'ai côtoyé des petites brutes à l'école du quartier et j'ai vite compris que la seule façon d'en sortir entier consistait à être plus fort qu'eux. Alors, c'est ce que j'ai fait.

Sophie écoutait Matias en retenant son souffle. Elle était sidérée par cet aveu inattendu. Ainsi, Matias Rivero se livrait à elle... Cela la touchait, car elle devinait d'instinct que cet homme fier et arrogant ne se confiait jamais à quiconque.

— Assez parlé ! dit-il d'une voix basse en se rapprochant d'elle. Ce n'est pas parce que je suis riche que je ne suis pas un homme comme un autre.

— C'est-à-dire ? murmura-t-elle.

Le lent sourire qui se dessina sur la belle bouche de Matias était si sensuel qu'elle frissonna d'anticipation.

— Que tu m'excites tellement que je marcherais pieds nus sur du verre brisé pour pouvoir te toucher, te...

— Ne dis pas n'importe quoi ! coupa-t-elle avec un petit rire nerveux. Je suis petite, et trop... trop rembourrée pour ma taille, disons. Et très quelconque. Il y a des milliers de femmes comme moi.

— Et voilà, tu recommences à te dévaloriser, soupira-t-il. Eh bien, tu as tort, parce que tu n'es pas une créature banale dont l'on pourrait trouver la copie à chaque coin de rue. Tu penses que ta mère ne t'a pas transmis son charme irrésistible, mais tu te trompes, Sophie : tu en possèdes des tonnes. Et ce charme n'appartient qu'à toi.

Sophie aurait voulu protester, lui demander d'arrêter de

mentir. Or la nuance paresseuse et douce dans la voix de Matias, la façon dont il la regardait, tout cela la faisait fondre. Elle aurait dû se méfier, pourtant. Se protéger. Résister à la sensation qui se déployait en elle, fabuleuse, exaltante…

Matias se redressa pour mieux profiter du spectacle qui s'offrait à lui. La pleine lune qui répandait sa lumière argentée dans la chambre nimbait Sophie d'une aura presque surnaturelle. Allongée sur le lit, alanguie, elle était si belle qu'il avait dû mal à contenir son désir pour elle. Même s'il ne savait toujours pas comment elle réagirait s'il posait la main sur elle. Ni ce que lui ferait si elle le repoussait — une douche glacée ne suffirait pas à le calmer.

Il n'eut pas à s'interroger longtemps. Car ce fut elle qui prit l'initiative : elle tendit la main vers lui et lui caressa la joue en même temps qu'elle le regardait de ses grands yeux bleus en retenant son souffle.

Matias prit la petite main et la rapprocha de sa bouche. Puis, un à un, il aspira les fins doigts entre ses lèvres. Sans détacher son regard du sien, il les suça lentement, comme il allait le faire avec ses mamelons. Elle creusa aussitôt les reins en laissant échapper un petit halètement.

— J'ai envie de toi, murmura-t-elle.

Écartant à regret la main de ses lèvres, il répliqua d'une voix rauque :

— Je suis à ton service. Autant de fois et aussi souvent que tu le voudras.

Il était en fusion comme jamais. Cette femme embrasait littéralement ses sens. Le désir pulsait dans son membre tendu, réclamant l'assouvissement. Alors, Matias s'installa à califourchon sur Sophie, puis fit glisser lentement le short sur ses jambes. Sa peau laiteuse était si soyeuse, si lisse dans la pâle clarté de la lune… Il était tellement excité qu'il devait faire un effort pour ne pas lui arracher short et débardeur, et la prendre sans préliminaires.

Après avoir laissé tomber les vêtements de Sophie sur le tapis, il descendit du lit et se déshabilla. Elle le dévorait des yeux, manifestement fascinée et excitée.

Habillé, Matias était somptueux, mais nu... Sophie n'avait jamais rien vu d'aussi beau, d'aussi viril et sexy. Aucun artiste n'aurait pu traduire la perfection du corps superbe aux proportions idéales. Quant à l'impressionnante érection dressée fièrement devant le ventre musclé, Sophie avait l'impression qu'elle pouvait jouir rien qu'en la contemplant.

Alan avait été son unique amant, aussi n'avait-elle pas une expérience très développée en matière de sexualité. Et surtout, elle n'avait jamais éprouvé de désir aussi incontrôlable, aussi sauvage. Elle ne s'était jamais sentie aussi audacieuse et excitée. L'ardeur qui la possédait lui était totalement étrangère. Elle se découvrait une nature dont elle n'aurait jamais soupçonné l'existence. Vibrante et sensuelle ; gourmande et passionnée.

Toutefois, lorsque Matias lui écarta les jambes et s'agenouilla devant elle avant de pencher la tête vers son sexe, Sophie se raidit. Ce qu'il s'apprêtait à faire était trop intime !

— Il y a un problème ? murmura-t-il.

— Personne ne m'a jamais... fait ça.

— Alors, détends-toi et savoure, ma belle. Et tu me supplieras bientôt de ne pas m'arrêter.

Sur ces mots, il referma les mains sur ses cuisses et commença du bout de la langue à titiller sa féminité. Les caresses expertes de Matias firent rapidement naître des sensations insensées en elle, qui se répandirent dans son bas-ventre en ondes chaudes et voluptueuses. Il titilla son clitoris jusqu'à ce qu'elle tremble de plaisir et laisse échapper des gémissements entrecoupés de petits cris.

Jamais Sophie n'avait vécu pareil abandon, pareil plaisir. Elle n'aurait jamais imaginé qu'il puisse en exister d'aussi intenses, explosifs. Haussant à demi les paupières, elle regarda la tête de son amant bouger entre ses cuisses et se cambra pour mieux s'offrir à ses caresses. L'extase montait en vagues de plus en plus hautes, menaçant de la submerger. Soudain, Sophie ne put plus retenir la tempête qui déferlait dans tout son corps et fut emportée par un orgasme fulgurant. Elle cria, haleta, souleva les hanches, poussa une longue plainte rauque.

Elle plana à des hauteurs vertigineuses. Longtemps.

— Matias, murmura-t-elle en redescendant sur terre. Tu n'aurais pas dû...

— ... te faire jouir ? enchaîna-t-il.

Il s'était redressé puis allongé à côté d'elle et la tenait enlacée. Si étroitement qu'il semblait à Sophie que leurs corps ne faisaient plus qu'un.

— J'en avais très envie, poursuivit-il. Je voulais te sentir jouir contre ma bouche.

— Toi aussi, tu as le droit de jouir.

— Embrasse-moi. Tu es si belle ! Et ne t'inquiète pas, moi aussi, je veux sentir tes lèvres sur moi. Mais après avoir goûté à tes seins. Ils me font fantasmer depuis trop longtemps ! Je tiens à vérifier qu'ils sont aussi délectables que dans mes rêves.

Matias s'appuya sur un coude. Lentement, il passa le bout du doigt autour d'un mamelon rose vif qui gonfla et durcit encore. Sophie avait des seins incroyables, épanouis, pleins, fermes et doux à la fois. Il lécha tour à tour les pointes dressées, puis les aspira entre ses lèvres. C'était délicieux, encore meilleur que tout ce qu'il avait pu imaginer lorsqu'il avait fantasmé ce moment. Les mains de Sophie se refermèrent sur sa nuque et lui caressèrent les cheveux. Son érection le lancinait presque douloureusement.

Cette femme le surprenait sans cesse. Elle manifestait une sensualité et une sensibilité extrêmes, sans se livrer pour autant aux démonstrations acrobatiques dont ses maîtresses habituelles raffolaient. Sophie faisait preuve du même naturel qu'elle affichait dans la vie. De la même franchise. Quand elle avait joui, il avait perçu une note de surprise dans les adorables petits cris qu'elle avait poussés.

On pouvait sans doute rapidement devenir accro à ce genre d'ivresse. Pas lui, Dieu merci ! Dans ce domaine, il était immunisé. Jamais plus il ne se laisserait tourner la tête par une femme ; si ravissante et sexy soit-elle.

Au comble de l'excitation, il prit délicatement Sophie par les épaules et la fit glisser contre lui jusqu'à ce que sa bouche se retrouve à la hauteur de son érection. À la façon dont elle hésita, il comprit que cela aussi, c'était nouveau pour elle. Ce constat redoubla son excitation. Et quand elle commença à le lécher timidement, Matias fut parcouru par un violent frisson. Puis Sophie s'enhardit. Lorsqu'elle le prit dans sa bouche et instaura un va-et-vient de plus en plus gourmand, Matias dut faire appel à tout son contrôle pour ne pas céder à la jouissance. Les doigts enfouis dans ses longs cheveux, il laissa échapper une plainte rauque et lui redressa doucement la tête.

Seigneur, la vision de ces yeux bleus étincelants de désir, de ces pommettes roses, de cette bouche pulpeuse aux lèvres gonflées…

— Il faut que je te prenne, dit-il d'une voix sourde. Je ne peux plus attendre.

Elle sourit, d'un air si coquin et timide à la fois que Matias dut faire un effort surhumain pour ne pas s'enfoncer en elle comme un soudard.

— Alors, prends-moi, chuchota-t-elle.

Les mains légèrement tremblantes, Matias enfila un préservatif à la hâte, puis s'installa entre ses jambes et la pénétra.

La joie que Sophie ressentit lorsque son merveilleux amant la pénétra enfin se déploya dans son cœur, se propagea dans tout son être. Quand il se retira, avant de donner un nouveau coup de reins plus vigoureux, elle eut l'impression qu'il l'emplissait tout entière. Il instaura ensuite un rythme lent et régulier, de plus en plus ferme et puissant, auquel elle s'accorda d'instinct. Leurs corps ondulaient, dansaient ensemble, dans une harmonie parfaite. Comme s'ils étaient amants depuis toujours.

Sophie devina le moment où Matias allait jouir. Lorsqu'il laissa échapper une plainte rauque, que son corps sembla se tendre à l'extrême puis donna une dernière poussée, elle céda à la jouissance en même temps que lui.

Ils basculèrent tous les deux, s'envolèrent ensemble, en poussant un long cri qui sembla résonner dans toute la maison.

Épuisée, repue, Sophie s'abandonna dans les bras musclés resserrés autour d'elle. La chaleur de Matias se répandait en elle, délicieuse, unique. Elle se sentait si bien qu'elle aurait pu rester ainsi blottie contre lui jusqu'à la fin des temps.

S'était-elle endormie ? Sans doute, se dit-elle en entrouvrant un œil. Mais elle était toujours pelotonnée contre Matias, les seins écrasés contre son torse chaud et ferme.

Sommeillant encore à moitié, elle laissa glisser la main sur son flanc, s'aventura sur le ventre plat et musclé, puis effleura son membre viril, qui réagit aussitôt.

Matias n'était pas plus réveillé qu'elle. Leurs corps s'unirent d'eux-mêmes, naturellement, dans une sorte de reconnaissance tacite.

Lorsque Sophie se réveilla, une pâle lumière grise s'infiltrait dans la chambre. Dehors, une pluie fine tombait. Et Matias avait disparu.

Elle s'étira en bâillant paresseusement avant de rouler sur le côté. Elle le vit alors, assis devant le bureau qui faisait face à la baie vitrée. Il travaillait.

En entendant remuer derrière lui, Matias se raidit. Parce que ce qui s'était passé l'avait dérangé. Irrité, même. Le sexe avait été fabuleux, certes, mais ensuite...

Ils s'étaient endormis ensemble, bon sang ! Enlacés et blottis l'un contre l'autre ! Or il dormait toujours seul. Après le plaisir, sa maîtresse allait passer le reste de la nuit dans une autre chambre. Ou, mieux encore, quittait la maison ou l'appartement où il l'avait emmenée.

Alors, qu'est-ce qu'il lui avait pris de céder au sommeil en serrant Sophie contre lui ? Au beau milieu de la nuit, ils avaient de nouveau fait l'amour — et sans protection, cette fois ! À moitié endormi, Matias avait agi d'instinct et avait vécu l'étreinte la plus fabuleuse de sa vie. Il avait eu l'impression de rêver tout en sachant que ce qu'il ressentait était bien réel. Leurs corps s'étaient unis, avaient fusionné d'eux-mêmes, et l'orgasme qui s'en était suivi avait été d'une intensité extraordinaire.

Et maintenant...

— Nous n'avons pas utilisé de protection, dit-il en se retournant vers Sophie.

Son corps réagit aussitôt à la vue du visage délicat à l'expression encore ensommeillée, des seins magnifiques sur lesquels s'épanouissaient les corolles rose vif...

— Pardon ?

— La nuit dernière. Tu m'as réveillé et nous avons fait l'amour sans protection.

D'un mouvement vif, Sophie se redressa sur son séant et remonta ses genoux contre elle.

— Je... je n'ai pas réfléchi...

Tu ne seras pas enceinte. C'est impossible, se répéta-t-elle, paniquée.

— Il n'y aura pas de problème, affirma-t-elle avec force. Je n'étais pas dans une période à risque.

Tu en es sûre ? lui susurra une petite voix insidieuse. Seigneur... Sophie préférait ne pas faire le calcul.

— Et je n'aurais tout de même pas cette malchance ! ajouta-t-elle en redressant le menton.

— Cette... *malchance* ? répéta Matias, l'air dérouté.

Sophie tira la couette pour s'en envelopper et descendit précipitamment du lit. Matias la regarda se couvrir pudiquement, en repensant à la façon dont autrefois la seule femme qu'il avait aimée avait bien failli réussir à le piéger. Mais, à en juger par l'expression horrifiée de Sophie, elle ne jouait pas la comédie. Aussi ne voyait-il pas pourquoi il se priverait de goûter à nouveau aux charmes délectables de la jeune femme.

— Tu crois vraiment que je pourrais désirer me retrouver enceinte de toi ? répliqua-t-elle, le menton haut.

Il repoussa son siège, puis s'avança lentement vers elle.

— Pourquoi caches-tu ton corps si ravissant ?

Il haussa un sourcil moqueur.

— Je te signale que ton sein gauche est visible.

Baissant les yeux, Sophie constata que Matias avait raison. Il ôta son caleçon avant de se dresser nu devant elle dans toute sa splendeur virile.

— Tu ne pensais pas ce que tu disais, n'est-ce pas ? Tu ne t'estimerais pas malchanceuse si tu t'apercevais que tu étais enceinte de moi...

— Tu es d'une arrogance !

— Ça te plaît.

— Tu n'es pas mon genre.

— Ça te plaît aussi. Faire l'amour avec un être qui te ressemble, ce serait affreusement barbant. Où serait l'excitation ?

— Je ne recherche pas l'excitation. Cela ne m'a jamais intéressée. Ma mère a passé quasiment toute sa vie à la rechercher à tout prix, et ça ne lui a pas réussi.

Il posa les mains sur ses épaules.

— Tu n'es pas ta mère. Et tu ne recherches peut-être pas l'excitation, mais tu n'es pas non plus obligée de vivre une existence terne et morose.

Sophie tressaillit. La façon dont Matias lui massait les épaules faisait naître des sensations merveilleuses dans son dos, ses reins...

— Ça te laisse de marbre, n'est-ce pas ? poursuivit-il de sa voix caressante, ironique. Mes mains ne font naître en toi aucune excitation.

— Ce n'est pas drôle, Matias !

— Non, en effet. D'autant plus que j'ai failli me faire avoir par une femme qui se prétendait enceinte de moi dans l'espoir de me passer la bague au doigt.

— Quoi ? s'exclama-t-elle, interloquée.

Matias ne laissa pas à Sophie le temps de réfléchir. D'autant qu'il ne comprenait pas comment il avait pu lui confier un détail aussi intime. Il avança, la contraignant ainsi à reculer. Il n'eut même pas à la pousser pour la faire basculer sur le lit : elle s'y étendit d'elle-même et ouvrit les jambes.

Comment résister à une telle invite ? Sans plus attendre, il s'agenouilla devant sa maîtresse et la caressa, avant de glisser un doigt dans son intimité.

— Arrête, protesta-t-elle faiblement. Je ne peux pas réfléchir, quand tu fais ça. Non seulement tu es d'une arrogance monstrueuse, mais encore comment oses-tu sous-entendre que j'aurais pu te tendre un piège pour te forcer à m'épouser ?

— J'ai sous-entendu cela ?

— Oui ! Qui était-ce, cette femme ?

Matias arrêta de la caresser et s'allongea sur le dos à côté d'elle. Il fixa le plafond.

— J'étais jeune et présomptueux, à l'époque. Je pensais tout savoir et pouvoir tout entreprendre. Mais en fait, je me suis fait doubler par une femme qui avait encore plus d'ambition que moi.

Elle avait flairé mon potentiel : je gagnais déjà beaucoup d'argent, à ce moment-là, et je frimais au volant d'une Ferrari rouge.

— En d'autres termes, tu étais un type détestable.

— Odieux, même, acquiesça-t-il avec autodérision. Un beau jour, elle m'a annoncé qu'elle était enceinte. Je me suis rendu compte par pur hasard qu'elle m'avait menti.

— Toutes les femmes ne sont pas comme elle, répliqua Sophie en s'interdisant de se blottir contre lui. Et je ne suis pas non plus comme ma mère, tu l'as dit toi-même.

— En effet. Alors, maintenant que la question est réglée, je propose que nous sautions le petit déjeuner et reprenions notre excursion au pays de la volupté... D'accord ?

Il lui glissa de nouveau la main entre les cuisses.

— Je dois rentrer à Londres, protesta Sophie.

En réalité, son corps frémissait déjà, prêt à repartir dans ce fabuleux voyage de découvertes.

— Rien ne t'y oblige. Et puis, aurais-tu oublié que tu as une dette à rembourser ? la taquina-t-il.

— Pas de cette façon !

— Non, fit-il en reprenant son sérieux. Pas de cette façon. Mais j'aimerais beaucoup te passer commande pour un petit déjeuner goûteux. Plus tard, car je n'ai pas encore faim. Pas de ce genre de nourriture, du moins.

— Matias...

— Je te désire comme un fou, Sophie, et après que je t'aurai fait l'amour de toutes les manières possibles et imaginables, je te propose de t'embaucher pour me préparer mes petits déjeuners, parce que tu me dois encore pas mal d'argent. Ça te va, comme ça ?

— Oui, d'accord.

Elle le regarda en plissant le front.

— Mais quand nous repartirons d'ici...

— Hum ?... fit Matias en lui effleurant le clitoris, peu désireux de penser à *après*.

— Quand nous repartirons d'ici, reprit-elle entre deux halètements, nous ferons comme si rien ne s'était passé, OK ? Je retravaillerai pour toi quand tu auras besoin de moi jusqu'à ce que j'aie achevé de rembourser ma dette.

— Bien sûr, acquiesça-t-il d'une voix onctueuse.

Maintenant qu'elle avait établi ces règles, il la désirait plus encore. N'était-ce pas exactement celles qu'il aurait choisies lui-même ?

— En attendant, murmura-t-il, si on passait aux choses sérieuses...

6

Finalement, Sophie put explorer à loisir l'immense maison de Matias, car elle y resta pour lui préparer le petit déjeuner le lendemain, et le surlendemain.

Quand elle avait annoncé à Julie qu'elle différait son retour, celle-ci avait manifesté sa surprise. Son amie lui avait demandé pourquoi elle ne rentrait pas puisque les invités avaient tous quitté la propriété. Sophie lui avait alors expliqué, sans donner de détails, que quelques-uns d'entre eux étaient encore là et qu'elle n'avait pas le choix, à cause de la somme colossale qu'elle devait encore à Matias.

En fait, la préparation du petit déjeuner n'était qu'un prétexte. Ils passaient quasiment tout leur temps à faire l'amour et elle ne se lassait pas de cette incroyable exploration des sens. Après son histoire avec Alan, Sophie s'était refermée sur elle-même, aussi avait-elle maintenant l'impression de se libérer, de devenir une autre. Ou peut-être plutôt d'être enfin celle qu'elle était vraiment. Grâce à Matias.

Elle avait renoncé à se demander comment un homme comme lui pouvait bien s'intéresser à une femme aussi ordinaire qu'elle. Elle ne savait qu'une chose : il lui offrait un cadeau précieux, semait un vent de folie dans sa vie raisonnable, lui faisait oublier tous les principes respectés depuis des années.

Pour la première fois de son existence, elle se sentait libre et passionnée, prête à toutes les audaces. Et ce sentiment la grisait.

« Tu n'es pas ta mère », lui avait dit Matias. Et il avait raison, avait réalisé Sophie. Aussi n'avait-elle pas à se sentir coupable de céder à son désir pour un homme qui appartenait à un univers totalement inaccessible. Il lui offrait une chance de se découvrir elle-même, telle qu'elle était vraiment, et elle en profitait, tout simplement. À fond.

Il était riche, puissant, arrogant et d'une assurance frisant parfois le ridicule, mais elle découvrait par ailleurs en lui un amant attentionné. En outre, il possédait une intelligence hors du commun, avait le sens de l'humour et de la repartie. Bref, ils s'entendaient à merveille. Et pas seulement au lit.

Cependant, Sophie ne pouvait s'empêcher de penser par moments que cette entente idyllique ne durerait plus longtemps.

À moins qu'ils ne se revoient une fois rentrés à Londres ? Après tout, elle était loin d'avoir remboursé l'intégralité de sa dette. Alors, il y aurait peut-être d'autres petits déjeuners à lui préparer...

Elle débarrassa la table. L'odeur du pain fait maison flottait encore dans la cuisine et, installé à la longue table, son amant était appuyé nonchalamment contre son dossier, les jambes étendues devant lui, l'air rassasié et satisfait.

Quand elle revint chercher la dernière assiette, la tasse et sa soucoupe, Matias replia les jambes et se tapota les cuisses.

— Viens t'asseoir ici, fit-il en souriant.

Sophie contourna la table en ondulant des hanches, fraîche comme une fleur, sans aucun maquillage et plus sexy que jamais dans ce jean slim et un ample T-shirt à manches courtes — sous lequel elle ne portait pas de soutien-gorge. Ce détail enchantait Matias. Il aimait pouvoir glisser les mains sous l'étoffe et lui caresser les seins sans devoir d'abord dégrafer quoi que ce soit.

Depuis deux jours, ils batifolaient comme des adolescents en proie à leurs premiers émois sexuels et Matias était insatiable. Il avait faim d'elle. De son corps, de ses courbes affolantes. De son rire mélodieux et insouciant. De la façon dont elle lui tenait tête et n'hésitait pas à le contredire quand elle en ressentait le besoin ou défendait ses opinions. De la douceur de ses caresses, de ses lèvres, de ses doigts fins.

Pas une seule fois il n'avait refait allusion à James Carney. Il n'y pensait même plus. La seule chose qui lui occupait l'esprit, c'était le corps fabuleux de sa maîtresse et l'effet que ses charmes produisaient sur lui.

— Excellent, ce petit déjeuner, murmura-t-il quand elle s'assit docilement à califourchon sur lui.

Il passa la main sous le T-shirt, referma les doigts sur un sein ferme et moelleux, en titilla la pointe dure et gonflée. Puis il lui découvrit la poitrine et commença à sucer un mamelon gorgé de plaisir.

De temps en temps, dans les rares moments où il reprenait ses esprits, Matias se rappelait qui était Sophie et pourquoi il lui avait demandé de régler sa dette en travaillant pour lui. Malheureusement, ces instants de lucidité se faisaient de plus en plus rares...

Avec une lenteur enivrante, elle laissa glisser la main sur son ventre, de plus en plus bas, effleura l'érection qui ne demandait qu'à être libérée du jean. Toujours aussi lentement, elle affermit son geste, à peine, mais suffisamment pour embraser Matias.

Sophie se redressa en ôtant le T-shirt qui l'encombrait, puis recula d'un pas pour aider son amant à se débarrasser de son pantalon.

Il était si beau, si viril ! Elle n'arrivait pas encore à comprendre comment, en l'espace de deux jours, la novice d'autrefois avait pu se transformer en créature libre, avide et insatiable. Avec Matias, elle s'était épanouie comme une plante à qui l'on donne enfin le terreau et l'eau dont elle a besoin. Il l'avait encouragée, initiée, heureux de la laisser explorer son corps superbe alors qu'il devait pourtant être habitué à des maîtresses beaucoup plus sophistiquées et expérimentées. Il semblait aimer la voir s'émanciper et s'enhardir. Quant à la façon dont il s'occupait d'elle, dont il vénérait son corps, Sophie avait l'impression qu'elle ne s'en lasserait jamais.

Ils évoluaient dans un paradis privé, songea-t-elle en caressant l'impressionnante érection. Un lieu où seul importait leur désir. Une bulle où la réalité n'avait pas droit d'accès.

Elle s'écarta de Matias, puis ôta jean et culotte, les mains tremblantes, impatiente. Puis, après avoir pris un préservatif dans le luxueux portefeuille en cuir noir, elle le déroula sur le membre viril qui frémissait entre ses doigts.

Son amant la regardait faire, paupières mi-closes, ce qui redoubla l'excitation de Sophie. Elle se réinstalla à califourchon sur lui et se laissa glisser langoureusement sur son érection tandis qu'il lui enserrait la taille de ses grandes mains chaudes. La tête rejetée en arrière, elle se mit à onduler, instaurant un va-et-vient de plus en plus rapide. Lorsqu'elle redescendait sur lui, elle sentait le sexe de Matias la pénétrer au plus profond et poussait une plainte rauque, à laquelle Matias répondait par un gémissement étouffé.

Au moment où Sophie redressait la tête, il referma les doigts autour de son visage et l'attira vers lui pour l'embrasser. Elle continua de le chevaucher avec ivresse. Leurs deux corps ne formaient plus qu'un. Ils se livraient à une danse immémoriale où les mots n'avaient plus cours.

Quelques instants plus tard, la houle l'emporta. L'univers explosa autour d'elle et en elle. Éblouie, elle cria le prénom de l'homme merveilleux qui lui offrait ces instants magiques, encore et encore. L'amant fabuleux qui la suivait dans l'extase en murmurant des mots qu'elle ne comprenait pas.

Haletante, Sophie s'affaissa sur lui et appuya la tête dans le creux de son épaule. Les vagues se retirèrent les unes après les autres, les battements de leurs deux cœurs s'apaisèrent peu à peu.

Elle se rendit soudain compte qu'au cours de cette folle chevauchée, Matias avait glissé sur la chaise et se trouvait dans une position sans doute inconfortable. Elle se redressa et s'écarta de lui à regret.

Tout en renfilant ses vêtements, Sophie regarda Matias du coin de l'œil et fut à nouveau frappée par sa beauté. Au même instant, il se leva d'un mouvement gracieux, un sourire satisfait aux lèvres.

— Le travail me réclame avec de plus en plus d'insistance, dit-il.

Sophie sentit son cœur sombrer dans sa poitrine, mais lui adressa un large sourire.

— Oui, je dois rentrer moi aussi. Julie commence à s'arracher les cheveux parce que nous avons reçu une commande importante et qu'elle...

— Tu me dois toujours de l'argent, l'interrompit-il.

Il se positionna derrière elle, passa les bras autour de sa taille et l'attira contre lui.

— Tu en as déjà remboursé une bonne partie. Cela dit, il se pourrait que j'aie besoin de tes services en privé car je suis très satisfait de tes prestations ; notamment des petits déjeuners exquis dont tu as le secret.

Sophie se retourna dans ses bras et leva les yeux vers les siens.

— Je les ai préparés avec plaisir. Alors, tu vois cela comment ? Tu veux qu'on fixe un rendez-vous dès maintenant ?

Elle leva les bras et referma les mains sur sa nuque.

— Matias, soupira-t-elle. J'ai vraiment besoin de savoir ce que tu envisages. Et aussi ce qui se passera si je décide d'arrêter nos… nos petites séances annexes.

— Tu crois que si tu ne veux plus être ma maîtresse, tu seras pénalisée ? Ce n'est pas mon genre. Tu ne me dois rien sur ce plan-là. Je te désire toujours, mais je ne veux surtout pas que tu te sentes obligée à quoi que ce soit vis-à-vis de moi.

Un frisson traversa Sophie. La bulle commençait à éclater. Ils ne passeraient plus leurs journées à faire l'amour, à bavarder, à rire et à plaisanter au lit. Leur paradis privé appartiendrait bientôt au passé. Ils allaient retourner à la vraie vie. À Londres.

Quant à l'argent qu'il lui restait à rembourser, aucun chiffre n'avait été avancé. Mais elle s'en fichait parce qu'elle savait désormais qu'en dépit de son arrogance sidérante, Matias était un homme d'honneur.

Ce qui l'inquiétait, en revanche, c'était qu'il envisage de proposer une affaire à son père. Ils n'en avaient pas reparlé, mais Matias n'était pas homme à renoncer à un projet. D'autant qu'elle l'avait encouragé à aller voir James, parce que le destin d'Eric dépendait de l'état des finances de leur géniteur.

Tout à coup, Sophie devina qu'elle devait absolument parler de son frère à Matias. C'était vital. Elle ne souhaitait vraiment pas l'empêcher de faire des affaires avec James, mais, lorsque celui-ci montrerait son vrai visage — ce qui arriverait inévitablement tôt ou tard —, il fallait que Matias comprenne pourquoi elle l'avait poussé à prendre contact avec lui au lieu de l'en dissuader. Parce que son père profiterait de l'aubaine et accepterait tout ce que lui proposerait Matias, puisqu'il était ruiné. Aussi au début se montrerait-il sous son meilleur jour.

— Très bien, fit-elle, ne sachant pas trop comment aborder le sujet. C'est parfait. Quant à mon père…

— Oui ? fit Matias, aussitôt sur le qui-vive.

En fait, il n'en revenait pas que le nom de ce salopard n'ait jamais resurgi au détour d'une conversation. Et il n'arrivait pas à croire qu'il ait pu être fasciné par Sophie au point d'en oublier Carney, ainsi que la raison première pour laquelle il lui avait demandé de venir dans sa propriété du Lake District.

— Tu as toujours l'intention de… d'investir dans son entreprise ?

Il la contempla un instant en silence, choqué malgré lui.

— Nous n'en avons pas rediscuté, c'est vrai.

— Nous nous sommes laissé distraire par d'autres choses ! répliqua-t-elle avec un petit rire nerveux.

— Certes…, acquiesça-t-il lentement.

Inutile de lui en dire davantage. Il n'était pas idiot et n'avait pas besoin d'explications supplémentaires. C'était clair comme de l'eau de roche, hélas !

— Qu'est-ce qu'il y a ? demanda-t-elle, l'air inquiet.

— Rien, pourquoi ? fit-il innocemment.

— Je ne sais pas. J'ai l'impression d'avoir dit quelque chose qu'il ne fallait pas. Alors que je pensais seulement que… Nous allons nous en aller, et j'aimerais parler de la suite.

— Je ne vois pas le rapport avec mes projets concernant ton père, mais puisque tu as abordé le sujet… Tu n'y connais rien en affaires, m'as-tu expliqué, mais savais-tu que ton père était… Comment dire… Qu'il rencontrait quelques petits problèmes financiers, depuis un certain temps ?

Matias observa Sophie avec attention et son dernier doute s'envola. Elle savait. C'était là, inscrit sur son visage. Elle avait feint de n'y rien connaître en affaires, tout en sachant tout du long que son père était ruiné. Elle n'essayait même pas de le cacher.

— Par conséquent, poursuivit-il, si je dois traiter avec lui, je serai amené à faire effectuer certaines recherches sur lui, sur son passé.

— Des recherches sur son passé ? répéta-t-elle d'une voix blanche.

— Le monde des affaires est petit. J'ai entendu des rumeurs sur son compte, à propos d'affaires plus ou moins louches.

Sophie eut l'impression que le sang se retirait de son visage.

Ses jambes se mirent à trembler. À la pensée de ce que pourraient révéler des recherches sur le passé de James, elle avait carrément le vertige. Elle n'était sûre de rien, mais elle avait quelques soupçons.

— Ce n'était sans doute que cela, des rumeurs, dit-elle avec effort. Ces recherches ne seront peut-être pas nécessaires.

Comment osait-elle soutenir son regard ? se demanda Matias, qui bouillait de rage. Elle s'était servie de lui. Elle avait couché avec lui pour l'encourager à investir dans l'entreprise de son père car elle savait qu'il était ruiné. Et maintenant, elle était terrifiée à la perspective que l'on fouille dans le passé de James Carney parce qu'elle n'ignorait pas que l'on y découvrirait des choses peu reluisantes.

— Tu sembles inquiète, lança-t-il d'une voix presque menaçante. Croyais-tu pouvoir me *distraire* au point que j'en oublie de faire mon travail correctement avant d'alimenter ton compte en banque ?

Cette fois, elle devint franchement livide et le dévisagea en silence, comme si elle cherchait à comprendre le sens de ses paroles. Ce n'était pourtant pas compliqué, bon sang !

Sophie avait l'impression d'avoir dérapé et de se retrouver au bord d'un gouffre. La situation lui échappait complètement. De toute évidence, Matias, lui, savait très bien où il allait. Elle essaya de se rassurer, de trouver une explication à l'expression dure et impitoyable de son beau visage. Hélas, le froid atroce qui l'avait gagnée ne la quittait pas : elle était glacée jusqu'aux os.

— Je… je ne comprends pas de quoi tu parles, bredouilla-t-elle.

— Ah ? Vraiment ? De mon côté, je ne comprends pas comment j'ai pu ne pas m'interroger sur la métamorphose qui a transformé la jeune femme à l'air timide et effarouchée en une créature brûlante et affamée de sexe.

— C'est horrible ce que tu viens de dire !

— Si je me souviens bien, tu étais toutes griffes dehors, la première fois que nous nous sommes rencontrés.

— Parce que tu te conduisais de façon odieuse avec moi ! Et que tu me menaçais de m'obliger à déposer le bilan pour rembourser ma dette !

— Mais ensuite, nous avons trouvé une solution satisfaisante, non ? Quand as-tu décidé de te précipiter dans mon lit ? Au moment où tu as compris que je pourrais proposer une affaire juteuse à ton père ? As-tu alors jugé plus habile de me cacher le véritable état de ses finances et ses activités d'escroc ? As-tu pensé que la vue de ton corps ravissant m'aveuglerait au point d'oublier toute méfiance et toute prudence ?

Sophie le dévisagea en écarquillant les yeux. L'homme taquin et séduisant qui lui avait tourné la tête était devenu un total étranger.

— Tu me prêtes des intentions que je n'ai jamais eues. Si j'ai fait allusion à mon père tout à l'heure, c'est uniquement parce que... je voudrais te dire une chose que...

Matias l'interrompit d'un geste impérieux.

— Cela ne m'intéresse pas. Et c'est moi qui vais te dire quelque chose.

Le sexe était le sexe, et les affaires les affaires, se répéta-t-il en chassant la sensation oppressante qui lui étreignait la poitrine. Et le moment était venu de réparer l'erreur phénoménale qu'il avait commise en se laissant distraire par les charmes incontestables de Sophie.

— Je regrette de devoir t'annoncer que tu en seras pour tes frais, poursuivit-il. Parce que, si je m'intéresse à ton père, ce n'est pas pour renflouer ses caisses. Par conséquent, tu ne profiteras en rien de cette transaction.

Agacé, Matias se tut en réalisant qu'il aurait préféré la voir se défendre bec et ongles, affirmer que l'argent de son père ne l'intéressait pas. Mais elle demeura silencieuse et, à en juger par son expression défaite, elle avait en effet espéré tirer profit elle aussi de l'affaire. En usant avec lui d'une arme des plus persuasives : le sexe. Il pinça les lèvres et sentit un fluide glacial se répandre dans ses veines.

— Tu ne comprends pas..., murmura Sophie, perdue.

Tout allait trop vite, son cerveau n'arrivait plus à suivre.

— Oh si, je comprends très bien... C'est *toi* qui as du mal à comprendre, manifestement. Alors, je vais être très clair : non seulement je n'investirai pas un penny dans l'entreprise de ton père, mais au lieu de l'aider à s'en sortir, je vais l'enfoncer. L'anéantir.

Atterrée, Sophie le vit crisper la mâchoire et blêmir sous son hâle.

— Tu ne t'en souviens peut-être pas, dit-il entre ses dents serrées, mais, à un moment donné, j'ai fait allusion au fait que mes parents n'avaient pas d'argent alors que cela aurait dû être le contraire.

— Je m'en souviens. J'ai eu envie de t'interroger, mais...

— Tu t'es laissé *distraire*, oui, je sais.

Il lui décocha un sourire dur.

— Je vais te raconter toute l'histoire. James Carney a volé autrefois une invention à mon père et s'est empressé de l'exploiter ; ce qui lui a permis de redresser l'entreprise héritée de son propre père, laquelle battait sérieusement de l'aile. Ensuite, il a rapidement fait fortune, grâce à ladite invention. Mon père était un homme naïf et confiant, et il avait cru aux salades de Carney. Ils allaient devenir associés, se partager les bénéfices... Je le sais parce que j'en ai vu la preuve de mes propres yeux dans des lettres conservées dans un dossier. Cela n'est jamais venu à l'esprit à mes parents de porter l'affaire devant un tribunal et de demander réparation.

— Non, ce ne peut pas être vrai, balbutia Sophie.

Alors qu'elle savait d'instinct que Matias disait la vérité. Parce que son père était tout à fait capable de ce genre de trahison ignoble.

— Mon père ne s'en est jamais remis, poursuivit Matias. Il est mort prématurément d'un cancer rare. Et tu veux savoir le pire de l'histoire ? J'ai trouvé récemment d'autres lettres, cachées parmi les affaires de ma mère. Des lettres adressées par elle à ton père, dans lesquelles elle le suppliait de lui envoyer de l'argent afin de pouvoir emmener mon père aux États-Unis, où un traitement expérimental avait été mis au point, qui aurait peut-être pu lui sauver la vie.

— Je suis tellement désolée, murmura Sophie, effondrée.

— Je n'ai jamais eu qu'une idée en tête, déclara alors Matias d'une voix glaciale. Venger mon père.

— Qu'est-ce que tu as dit ?

— Tu as très bien entendu. Je connaissais les difficultés de Carney. Alors, je me suis renseigné et je peux t'affirmer qu'il ne s'en sortira pas, cette fois-ci. Et je te remercie d'avoir confirmé ce que je soupçonnais.

Sophie fut assaillie par une vague de nausée. La cruauté de

la situation dépassait tout ce qu'elle aurait pu imaginer. Matias accusait James de trahison, mais lui, il l'avait bel et bien trahie. Trompée. Utilisée. Alors que de son côté, elle avait cru renaître entre ses bras. Grâce à lui, elle avait cessé d'être la pauvre fille qu'Alan avait laissée tomber. Elle s'était sentie libre, sexy, insouciante et désirable.

Or tout cela n'avait été qu'une illusion. Pendant qu'elle s'épanouissait avec lui, Matias ne songeait qu'à obtenir des informations sur son père.

La souffrance étouffait Sophie. Elle suffoquait.

— Je t'ai bien rendu service avec cet accident, n'est-ce pas ? dit-elle d'une voix à peine audible. Tu te fiches complètement que moi, je n'aie jamais fait de mal à ton père ou à ta famille.

Plus question de lui parler d'Eric, à présent. Sophie se détestait même de s'être abandonnée avec Matias au point d'envisager de lui parler de son frère adoré. Cet homme insensible et dur n'en avait rien à faire, de toute façon.

— Je ne te plaisais même pas, si je comprends bien ? poursuivit-elle sans dissimuler son amertume. J'aurais dû me demander ce qu'un homme comme toi pouvait bien me trouver.

— Peux-tu nier que tu m'as poussé à investir dans l'entreprise de Carney parce que tu savais que tu en profiterais à un moment ou à un autre ?

Sophie ferma les yeux. Elle aurait eu besoin de l'argent de son père, en effet, mais à présent plutôt mourir que d'expliquer à Matias pourquoi. Aussi ne lui restait-il qu'à accepter d'avoir été un instrument pour lui, dont le seul but était de se venger de James. Elle avait rêvé. Ils n'avaient partagé aucune intimité. Il ne s'était agi que de sexe. Et l'homme qu'elle avait pris pour un être merveilleux la haïssait pour un crime qu'elle n'avait pas commis.

Matias enfonça les mains dans les poches de son jean. La souffrance qui assombrissait les yeux de Sophie lui serrait le cœur, mais il ne se laisserait pas distraire, cette fois-ci. Le chapitre était clos. Point final.

Il sortit les mains de ses poches et serra les poings. Elle ne parvenait même plus à soutenir son regard. Quant à lui, il se sentait mal à l'aise, c'était le comble !

— Dès notre retour à Londres, nous n'aurons plus aucun contact, dit-il en s'avançant vers la porte.

— Mais... je te dois encore de l'argent ! s'écria-t-elle d'une voix paniquée.

Il se retourna vers elle, la mâchoire crispée. Il promena le regard sur le beau visage ovale, le corps aux rondeurs délicieusement féminines dont il avait cru ne jamais se lasser. Sa libido réagit aussitôt, en total désaccord avec la fureur qui couvait en lui.

Une atmosphère hostile vibrait entre eux, presque palpable. Cette femme avait cherché à l'encourager à investir dans l'entreprise de son père par pur intérêt personnel, se répéta Matias. Elle avait hérité de l'avidité de celui-ci et cela seul comptait.

— Considère cette dette comme réglée, annonça-t-il sèchement. Tu peux dormir tranquille, je ne toucherai pas à ta chère entreprise. Je donnerai des instructions à ma secrétaire pour qu'elle te confirme par écrit que tu ne me dois plus rien. Tu devrais t'estimer heureuse, vu les circonstances.

Sophie cilla et déglutit avec peine. Il était hors de question qu'elle pleure devant Matias, mais elle avait de plus en plus de mal à retenir ses larmes. D'autre part, elle commençait à avoir mal à la tête.

— Je vais aller préparer mes affaires et ensuite, je prendrai un taxi pour aller à la gare. Je rentrerai à Londres par le premier train.

— Mon chauffeur te conduira jusque chez toi. De mon côté, il est grand temps que je me concentre sur mon travail.

Un sourire sardonique se dessina sur sa bouche sensuelle.

— Maintenant que le temps des distractions est révolu, je suis impatient de retourner à ma vie normale, conclut-il.

Chacune de ses paroles lui avait transpercé le cœur, mais Sophie était résolue à ne pas craquer devant l'étranger cynique qu'était devenu son merveilleux amant.

Elle acquiesça d'un signe de tête et le regarda se détourner, puis sortir de la cuisine.

Dès qu'il eut disparu, son corps s'affaissa, telle une marionnette dont on aurait brusquement coupé les fils.

Mais cet accès de faiblesse ne dura que quelques minutes, durant lesquelles Sophie se concentra sur sa respiration en faisant de son mieux pour penser au côté positif de la situation. Comme elle l'avait toujours fait. Chaque fois qu'elle allait voir son frère, par exemple, et se rappelait qu'en dépit de son handicap, la vie serait bien moins belle sans lui.

Alors, elle ferait la même chose maintenant et remercierait sa bonne étoile d'avoir veillé à ce qu'elle ne s'attache pas davantage à celui qui s'était servi d'elle. Et puis, elle avait recouvré sa liberté, puisqu'elle avait remboursé sa dette.

Cependant, quand elle fourra à la va-vite ses affaires dans sa valise, Sophie pressentit au fond de son cœur que son existence ne serait plus jamais la même.

7

Son cœur battait sourdement dans sa poitrine. Sophie posa une nouvelle fois les yeux sur le bâtonnet blanc strié de deux lignes bleues. Un haut-le-cœur la secoua. Elle réprima le spasme.

C'était son troisième test de grossesse. Positif comme les deux précédents. Or son esprit refusait toujours d'assimiler l'énormité de ce qu'elle avait sous les yeux. À tel point qu'elle fut tentée d'utiliser le dernier test restant dans la seconde boîte, tout en sachant qu'elle devait accepter l'horrible et terrifiante vérité.

Elle était enceinte.

À cause d'un stupide moment d'égarement, un être minuscule grandissait en elle. Elle pouvait faire cent tests, mille, cela n'y changerait rien. Elle portait l'enfant de Matias Rivero. L'homme qui, après s'être amusé avec elle, avoir profité d'elle, l'avait rejetée sans pitié, convaincu de sa culpabilité et sans lui donner la moindre chance de se défendre ; et sans chercher à comprendre pourquoi elle avait bien pu mentir sur le compte de James.

Cinq semaines s'étaient écoulées depuis cette horrible discussion. Sophie avait reçu un e-mail de sa secrétaire qui l'informait que le solde de sa dette était annulé. Par ailleurs, elle avait appris par les médias que l'entreprise de son père était en liquidation, et que Matias avait enclenché le processus visant à l'incorporer dans son empire en perpétuelle expansion.

Par ricochet, James ne voulait plus rien avoir affaire avec celle à qui il n'avait plus d'argent à donner. D'autant que, lors de leur dernière entrevue, il avait accusé Sophie d'avoir contribué à sa ruine — alors que celle-ci était imputable à sa seule incompétence.

Ce qu'elle ne lui avait pas fait remarquer, préférant s'en aller et faire face aux problèmes qui allaient menacer la sécurité et le bien-être d'Eric.

Matias avait-il été jusqu'à alerter la police des agissements frauduleux de son père ? Elle l'ignorait. Si c'était le cas, celui-ci allait subir une humiliation publique en plus de tout le reste.

Sophie avait beau se creuser la tête depuis plus d'un mois, elle n'avait toujours pas trouvé de solution pour financer les frais de séjour d'Eric dans l'établissement où il se sentait si bien. Et maintenant, elle était enceinte, en plus !

— Tu dois le lui dire, déclara Julie un peu plus tard.

Dès que son amie était arrivée, Sophie l'avait mise au courant de son état.

— Impossible ! soupira-t-elle. Tu sais ce qui s'est passé, je t'ai raconté pourquoi il s'était intéressé à moi.

— Mais il ne s'agit plus de ton père, Sophie. Tu portes un enfant, celui de Matias Rivero, et cet enfant n'est pour rien dans cette histoire.

Sophie hocha la tête. Elle partageait entièrement l'avis de son amie. Et Matias devait connaître la vérité, ne serait-ce que parce qu'elle se sentait obligée de lui dire qu'elle portait son enfant. D'autre part, elle tenait à lui faire savoir qu'elle n'attendait *rien* de lui. Elle se fichait complètement qu'il soit fabuleusement riche. Aussi lui annoncerait-elle qu'elle était enceinte avant de s'en aller aussitôt. Ensuite, elle ne le reverrait jamais. Enfin, si, peut-être plus tard ; à cause de l'enfant. Mais ça, c'était encore loin. Dans l'immédiat, il fallait le lui dire. Point final.

De son côté, dès qu'il aurait appris la nouvelle, Matias serait soulagé de la voir disparaître, elle n'avait aucun doute là-dessus.

Elle repensa à leur première rencontre. À sa panique en arrivant devant l'impressionnante tour de verre. Elle revit l'hôtesse d'accueil élégante et sophistiquée. À ce moment-là, Sophie pouvait encore se rassurer, persuadée d'avoir affaire à Art Delgado. Celui-ci s'était montré si agréable et compréhensif après l'accrochage, puis au téléphone.

Mais cette fois, il s'agirait d'une tout autre épreuve. Elle saurait d'emblée qu'elle allait voir Matias Rivero, pour lui annoncer une nouvelle à laquelle il ne s'attendait vraiment pas...

Dans un état de nervosité impossible, Sophie franchit les portes coulissantes d'un pas déterminé alors qu'elle tremblait intérieurement. D'une voix posée, elle demanda à voir Matias Rivero, comme si elle ne doutait pas un instant qu'il accepterait aussitôt de la recevoir.

— C'est personnel, ajouta-t-elle d'un ton détaché. Et très urgent.

L'hôtesse la dévisagea un moment en silence, haussa un peu ses fins sourcils au tracé parfait, puis souleva le téléphone design gris perle.

Matias se dirigeait vers la salle de conférences, où allait se conclure un contrat de plusieurs millions de livres sterling, quand il reçut un appel de sa secrétaire : Mlle Watts était à l'accueil et souhaitait le voir. Durant deux secondes environ, il songea à lui demander de faire savoir à la visiteuse qu'il n'était pas disponible, puis il se ravisa.

Il avait rompu tous les ponts avec Sophie cinq semaines plus tôt, sans pour autant se libérer du pouvoir insidieux qu'elle détenait sur lui. Elle s'était insinuée en lui, hantait ses pensées, ses rêves, réussissait même à lui donner mauvaise conscience. Comme si c'était le moment que sa *conscience* se manifeste !

Le démantèlement de l'entreprise de Carney se déroulait sans problème. Bientôt, ce salaud se retrouverait sans rien. En outre, lorsque Matias passerait à la phase suivante, c'est-à-dire l'anéantissement total, certaines révélations amèneraient Carney à devoir s'expliquer devant la justice.

Œil pour œil, dent pour dent.

Le fait que Sophie souffre par ricochet de la déchéance de son père aurait dû le ravir. Hélas, chaque fois qu'il essayait de songer à la victoire totale qui l'attendait ou qu'il se répétait que Tomas serait enfin vengé, l'image du beau visage ovale aux traits délicats surgissait dans son esprit, le contraignant à réfléchir.

« La vengeance est un plat qui se mange froid », disait le proverbe. Mais son goût était moins délectable que prévu.

D'autre part, lorsque sa mère avait appris par la presse qu'il avait fait main basse sur l'entreprise de James Carney, elle lui avait demandé de venir la voir immédiatement à la clinique. Et ne lui avait pas caché sa désapprobation. Elle lui avait rappelé qu'elle n'avait jamais cautionné son désir de vengeance, avant de préciser qu'elle n'avait pas changé de point de vue.

Dans l'ensemble, Matias était content d'avoir mené son projet à terme ; sans parvenir à s'en réjouir toutefois. Et surtout, il n'éprouvait pas le sentiment de triomphe escompté. À cause de ce qui s'était passé avec Sophie.

OK. La réunion attendra, trancha-t-il. Il demanda à sa secrétaire de faire monter Mlle Watts, et de l'excuser auprès de ceux qui étaient là pour conclure le contrat.

— Dites s'il vous plaît à Jefferies et aux autres que je reprendrai contact avec eux le plus rapidement possible.

À vrai dire, il ne songeait déjà plus à ce contrat. Une seule question l'obsédait : pourquoi Sophie désirait-elle le voir ?

Pour te demander de l'argent. Ce fut la première réponse qui lui vint à l'esprit. Mais oui, bien sûr, maintenant que son père était à sec, elle tentait sa chance avec lui...

Cette pensée lui était insupportable. Il savait qu'il n'aurait pas dû accepter de la recevoir. Hélas, il était incapable de résister à la possibilité de la revoir. Rien qu'une fois. En outre, il était curieux de savoir de quelle façon elle allait s'y prendre pour essayer de lui soutirer de l'argent.

Il sourit. D'un sourire carnassier qu'il sentit se propager jusqu'à l'endroit le plus viril de son anatomie. Il l'imagina entrer dans son bureau en ondulant des hanches, prête à se donner à lui. Son corps réagit avec une telle force qu'il se sentit à l'étroit dans son pantalon.

Quand on frappa à la porte, il était installé dans son fauteuil, les mains croisées nonchalamment sur le ventre, la mine impassible.

— Oui ? lança-t-il d'une voix neutre.

La porte s'ouvrit sur sa secrétaire, qui s'écarta pour laisser entrer la visiteuse.

La démarche hésitante, Sophie s'avança dans le vaste bureau, les joues roses, les yeux brillants. Matias ordonna à sa libido de se calmer et parvint à ne pas serrer les poings.

Sophie. Dans un pantalon gris perle et un chemisier blanc sous une veste ouverte, grise elle aussi. Celle-là même qu'elle portait à son arrivée dans sa propriété du Lake District. Il contempla malgré lui les seins gonflant l'étoffe, se souvint de leur douceur, de leur poids, du goût merveilleux de sa peau, de son intimité...

— Que veux-tu ? demanda-t-il d'un ton brusque et sans même la saluer.

— Je peux m'asseoir ?

Matias lui désigna une chaise d'un hochement de tête.

— Mais ne prends pas trop tes aises, dit-il avec une pointe d'ironie. Le temps, c'est de l'argent, n'est-ce pas ? Et puis, j'ai beau me creuser la tête, je n'arrive pas à comprendre ce que tu peux bien avoir à me demander. Parce que tu ne vas tout de même pas me dire que tu es venue comme ça, en passant ?

— Non, répondit Sophie avec calme.

Dieu merci, sa voix n'avait pas tremblé. C'était sans doute la seule chose qu'elle réussissait encore à contrôler. Cela faisait plusieurs semaines qu'elle n'avait vu Matias, mais elle n'avait pas cessé de penser à lui. Or, maintenant qu'elle le voyait en chair et en os, elle s'en voulait d'avoir sous-estimé l'impact que sa présence physique aurait sur elle. Son visage aux traits ciselés était encore plus beau que dans son souvenir. Sa bouche plus cruelle, plus sensuelle. Son corps...

Elle s'interdit de songer à son corps. Elle était venue pour dire ce qu'elle avait à dire, avant de s'en aller sans un regard en arrière. Elle se força à se rappeler que Matias était un homme impitoyable, animé d'une redoutable soif de vengeance ; alors, une sensation glacée proche de la haine se logea dans son cœur. Et c'était beaucoup mieux ainsi.

— C'est bien ce que je pensais, fit-il en plissant les yeux. Tu as appris la nouvelle concernant ton père.

— Tu dois être très fier et très content de toi.

Le dédain et la froideur de Sophie surprirent Matias. Il ne s'attendait pas à ce genre d'attitude de sa part.

— Carney n'a eu que ce qu'il méritait, répliqua-t-il avec un haussement d'épaules. Et je suis assez content de moi, en effet, même si je suis conscient qu'en laissant péricliter son entreprise, il m'a grandement facilité la tâche. Ton père est un voleur, un escroc et un imbécile : il a lâché le gouvernail sans jamais songer que le navire pourrait sombrer. Mais je ne t'apprends rien, n'est-ce pas ? Et puis tu n'es pas venue pour bavarder, et comme je n'ai pas non plus de temps à perdre, je préférerais que tu ailles droit au but. Maintenant que ton cher papa ne peut plus arrondir tes fins de mois, tu viens voir si je ne pourrais pas le remplacer, en quelque sorte ?

— Même si ma vie en dépendait, je n'accepterais pas un penny de toi, rétorqua-t-elle sèchement.

Si elle l'avait pu, Sophie serait partie sur-le-champ, humiliée par l'accusation de Matias. Mais Julie avait raison : tout père méritait de connaître l'existence de son enfant.

— Pourquoi tourner autour du pot ? Dis-moi ce que tu fais ici, dans mon bureau, bon sang !

Elle s'interdit de se laisser intimider par la fureur que révélaient la voix et le regard de son ancien amant.

— Nous avons fait l'amour sans protection. Tu t'en souviens ?

Alors qu'il pouvait se targuer d'avoir l'esprit vif, Matias sentit littéralement son cerveau se mettre soudain à fonctionner au ralenti, puis faire une pause.

— Oui, je m'en souviens..., répondit-il lentement.

Il repensa à cette étreinte partagée au creux de la nuit, entre rêve et réalité. Hors du temps. Dans un espace intime qui n'appartenait qu'à eux. Avait-il repoussé inconsciemment ce souvenir au fond de son esprit pour ne pas songer aux possibles conséquences de cet acte inconsidéré, ou ces instants lui avaient-ils paru si irréels à la lumière du jour qu'il les avait oubliés ?

Mais à présent, il se souvenait de la façon dont leurs corps avaient fusionné, de la merveilleuse chaleur ressentie alors, des sensations fabuleuses qu'il avait éprouvées.

— Je suis enceinte.

Quand elle avait imaginé ce face-à-face, Sophie ne s'était pas attardée à s'interroger sur les éventuelles réactions de Matias. Mais maintenant qu'elle le voyait pâlir sous son hâle, elle restait pétrifiée sur sa chaise.

— C'est impossible, dit-il d'une voix rauque.

— J'ai fait trois tests. Je ne m'inquiétais pas du tout jusqu'à ce que je commence à avoir des nausées le matin et que je comprenne que je n'avais pas eu mes règles.

— Impossible, répéta Matias en se passant les doigts dans les cheveux.

Il réalisa que sa main tremblait. Enceinte. Sophie. Elle portait son enfant. Sans réfléchir, il baissa les yeux sur le ventre encore plat, puis regarda les seins dont il se souvenait si bien du moelleux, du poids... Ils lui parurent plus pleins, plus épanouis.

— S'il s'agit d'une tentative visant à m'extorquer de l'argent, tu es venue pour rien. Aurais-tu oublié que j'ai déjà eu affaire à ce genre de procédé ? Qu'une femme a failli m'obliger à l'épouser en se prétendant enceinte de moi ?

— Je m'en vais, répliqua-t-elle en se levant. Je sais que tu as vécu une mauvaise expérience et je suis désolée d'avoir débarqué ainsi pour t'annoncer cette drôle de nouvelle. Mais je ne suis pas ton ex. Je ne mens pas, je suis réellement enceinte, et je te répète que je ne veux rien de toi. Après ce que tu m'as fait, tu crois vraiment que je pourrais désirer que tu m'aides financièrement ? Je suis venue uniquement parce que j'ai estimé que tu devais savoir que je portais ton enfant.

Matias la regarda se diriger vers la porte. Tout continuait à se dérouler au ralenti...

Figé dans son fauteuil, il vit Sophie ouvrir la porte. Ce fut comme un déclic. Reprenant enfin ses esprits, il bondit et s'élança derrière elle.

Il rejoignit Sophie au moment où elle s'arrêtait devant les ascenseurs et lui posa la main sur le bras.

— Où vas-tu comme ça ? demanda-t-il d'une voix qui résonna étrangement à ses oreilles.

Elle se tourna vers lui en le foudroyant du regard.

— Je rentre chez moi, évidemment ! Je n'arrive pas à croire que tu aies pu m'accuser de feindre d'être enceinte dans le but sordide de t'extorquer de l'argent. Pour qui me prends-tu ? Non, inutile de me répondre. Je connais déjà la réponse.

Se dégageant d'un mouvement brusque, elle tendit la main vers la touche d'appel lorsque les portes de l'un des ascenseurs coulissèrent comme par magie. Elle pénétra dans la cabine. Matias n'attendit pas d'y être invité pour la suivre. Puis l'ascenseur amorça sa descente. Il tapa au hasard sur les voyants lumineux. La cabine s'immobilisa aussitôt, entre deux étages.

— Qu'est-ce que tu fabriques ? demanda Sophie.

Lorsqu'elle rencontra le regard de Matias, elle dut faire un effort pour détourner les yeux. Parce qu'en dépit de sa colère, elle ne pouvait s'empêcher d'être troublée par la beauté virile qui l'escortait comme une aura.

— Il faut que nous parlions de tout cela et, si c'est le seul moyen d'y arriver, eh bien, je le prends.

— Tu ne peux pas bloquer l'ascenseur ! protesta-t-elle, époustouflée par son culot.

Mais Matias Rivero avait tous les droits, manifestement.

— Et pourquoi, s'il te plaît ?

— Parce que... Parce que...

— Tu veux bien cesser de te dérober et accepter de discuter avec moi de ce que nous allons faire ? Et me promettre de ne pas t'enfuir en courant dès que nous sortirons de cet ascenseur ? Parce que tu ne peux tout de même pas m'annoncer une nouvelle aussi incroyable et t'en aller comme si de rien n'était, bon sang !

— Je ne veux rien de toi, répéta farouchement Sophie. Je te déteste !

— OK. Le message ne saurait être plus clair.

— Et je n'ai pas fait exprès de tomber enceinte dans le but de te soutirer de l'argent ! C'est odieux d'avoir pensé une chose pareille. Mais j'aurais dû m'y attendre, bien sûr...

— Ne perdons pas de temps en échanges d'amabilités, s'il te plaît. Cela ne résoudra rien.

— Et je n'ai pas l'intention de me débarrasser de cet enfant, si c'est ce dont tu veux *discuter* !

— Ai-je dit quelque chose allant dans ce sens ?

Il se passa de nouveau la main dans les cheveux, puis appuya sur la touche permettant de débloquer l'ascenseur.

— Nous allons discuter tranquillement dans un petit bar à vins où j'ai mes habitudes. C'est à cinq minutes d'ici et je connais bien le patron. D'accord ?

— On peut en parler si tu veux, mais j'aimerais que tu n'oublies pas que je suis furieuse contre toi. Tu t'es servi de moi pour te venger de mon père !

Matias s'ordonna de garder son calme. Elle était bien enceinte de lui, il la croyait sur parole, et il commençait à soupçonner qu'il s'était peut-être trompé à son sujet. Mais surtout, il n'arrivait pas encore à assimiler l'ahurissante nouvelle. *Il allait être père !* Avoir un enfant n'avait jamais fait partie de ses priorités et pourtant, il ne lui restait plus que quelques mois de célibat insouciant. Et tout cela à cause d'un moment d'égarement absurde.

Sa vie allait être chamboulée de fond en comble, qu'il le veuille ou non. Il était donc aussi inutile que vain de se reprocher ces instants d'inconscience totale.

Le bar était à moitié vide. Ils s'installèrent dans un coin tranquille, puis Matias commanda deux cafés avant de se concentrer sur Sophie.

— Quand as-tu su que tu étais enceinte ? demanda-t-il avec calme.

— Hier.

Comme le serveur apportait les cafés, elle s'interrompit et attendit qu'il soit reparti pour ajouter :

— Et si tu crois que cela ne m'a pas fait un choc terrible à moi aussi, tu te trompes. Je me suis demandé ce que j'avais bien pu faire pour que le destin me joue un tour aussi cruel, crois-moi !

— Nous devons oublier ce qui s'est passé il y a cinq semaines, Sophie. Parce que sinon, nous ne réussirons jamais à avancer. La seule façon de faire face à ce problème, c'est de trouver une solution qui nous convienne à tous les deux.

Sophie porta sa tasse à ses lèvres, avant de la reposer aussitôt avec une petite moue de dégoût. La simple odeur du café lui donnait la nausée, à présent. Elle regarda Matias, hostile. Il avait raison, mais son choix du mot « problème » la révoltait. D'instinct, elle posa la main sur son ventre.

— C'est facile à dire, dit-elle en fixant sa tasse.

— Tu voulais me pousser à traiter avec ton père dans l'espoir qu'il t'aide financièrement, non ? répliqua Matias avec un soupir impatient. Alors, avant de me traiter de salaud, réfléchis à la façon dont tu t'es comportée avec moi et prends un peu de recul, je te prie.

Il n'avait pas voulu reparler de cette question épineuse parce qu'il ne voyait pas en quoi cela les aiderait à trouver une solution. Mais maintenant qu'il y avait fait allusion, il était déconcerté par la manière dont Sophie semblait n'éprouver aucun besoin de s'excuser. De toute évidence, elle ne ressentait pas la moindre culpabilité. Était-il possible qu'il se soit trompé sur toute la ligne à son sujet ?

— Tu *es* un salaud, affirma-t-elle en levant les yeux vers les siens. Et tu as vraiment de la chance que je ne veuille rien de toi. Par conséquent, n'aie pas peur : je ne reviendrai pas t'importuner et déranger ta vie bien organisée. Je ne suis pas la vile créature intéressée que tu crois, et tu n'entendras plus parler de moi, je te le promets.

— Comment peux-tu affirmer que tu ne veux rien de moi alors que tu m'as encouragé à investir dans l'entreprise de ton père ? Alors que tu savais qu'il était au bord de la ruine ? Et que tu étais probablement au courant qu'il était impliqué dans des affaires louches, voire criminelles ?

Matias laissa échapper un rire bref.

— Franchement, je me demande quelle est ta définition d'une créature intéressée…, ajouta-t-il.

— Je me fiche de ce que tu penses de moi, rétorqua Sophie d'une voix tendue.

Devait-elle lui parler d'Eric maintenant ? Lui dire la vérité ?

Non. Il en voulait encore trop à James, aussi ne prendrait-elle pas le risque que des journalistes aillent harceler son frère. Il aurait suffi d'une indiscrétion, même involontaire, de la part de

Matias pour qu'Eric se retrouve mêlé à ces histoires sordides. Or il ne s'en remettrait pas, le pauvre.

— J'aimerais néanmoins savoir comment tu justifies ton attitude envers moi, dit lentement Matias.

— Je n'ai pas à me justifier de quoi que ce soit, ni à te fournir d'explication, riposta-t-elle à la hâte.

La vision d'une meute de reporters tapant à la fenêtre de la chambre de son frère surgit dans son esprit ; elle l'imagina terrifié, confus et paniqué.

— Je dois seulement croire tout ce que tu me dis sans poser de questions, c'est ça ?

— Je ne te demande rien. Je te répète que je suis venue te voir pour te dire que j'étais enceinte et non pour te soutirer de l'argent. D'autre part, je ne considère pas ma grossesse comme un *problème*, figure-toi. Et je n'espère pas non plus que nous allons trouver une solution, tout simplement parce qu'il n'y a pas de « nous », Matias. Je n'ai pas confiance en toi, mais tu méritais de savoir que je portais ton enfant, c'est tout.

— On tourne en rond. Tu veux bien qu'on se concentre sur le présent, et l'avenir ? Et je regrette de te contredire, mais il y a bien un « nous », parce que la moitié de mes chromosomes, que tu le veuilles ou non, se trouvent en toi en ce moment, sous la forme d'un être minuscule dont ni toi ni moi n'avions prévu la venue. Mais dont nous devons néanmoins accepter l'existence.

Il s'interrompit un instant en l'observant avec attention.

— Tu portes mon enfant.

Lui, père... Il n'arrivait toujours pas à s'y faire.

— Et si tu pensais te contenter de venir m'annoncer la nouvelle avant de t'en aller en estimant que tu avais fait ton devoir, tu te trompais lourdement. Je ne tournerai pas le dos à mes responsabilités.

— Je ne veux pas être ta responsabilité.

— Non, pas toi. Mais j'en ai envers mon enfant, que cela te plaise ou non. Je n'ai pas décidé de le concevoir, mais maintenant que c'est fait, *nous* devons assumer nos responsabilités. Vu ce que tu as vécu côté familial, tu penses peut-être que la stabilité est superflue. Pas moi. Je crois fermement en l'importance de grandir entouré de ses deux parents.

— Je suis moi aussi pour la stabilité, corrigea-t-elle d'une voix crispée. Parce que j'en ai manqué autrefois, justement. Et je ne t'empêcherai jamais de voir ton enfant.

Sophie détestait les émotions que Matias avait le pouvoir de faire naître en elle. Elle ne voulait pas être là et pourtant, avec lui, elle se sentait... différente. *Vivante*.

Incapable d'ignorer les ondes qui se déployaient dans tout son être, elle était attirée vers Matias par des liens invisibles qu'elle ne pouvait se déterminer à rompre. Elle le méprisait pour ce qu'il lui avait fait et se méprisait presque autant de constater qu'il réussissait toujours à faire frémir en elle ce... cette chose inconnue et délicieuse que lui seul savait éveiller.

— Cela ne me suffit pas, Sophie.

Alors qu'il n'avait jamais songé au mariage, Matias se retrouvait à l'envisager concrètement — et à envisager d'épouser *la fille de son pire ennemi*. Mais il ne voyait pas d'autre solution. Car il n'avait pas l'intention de se contenter de faire des apparitions dans la vie de son fils ou de sa fille.

Il pensa à sa mère, qui se rétablissait dans la clinique privée londonienne où il l'avait fait hospitaliser. Elle serait terriblement frustrée de se retrouver grand-mère à temps partiel et de voir son petit-fils ou sa petite-fille ballottée entre deux parents en conflit permanent.

— Tu disais que le temps, c'est de l'argent, tout à l'heure, lui rappela Sophie. Alors, je ferais mieux de m'en aller.

— À ce moment-là, j'ignorais que tu portais mon enfant. Tu n'y peux rien, tu fais désormais partie intégrante de ma vie. Je veux être là pour mon enfant, vingt-quatre heures sur vingt-quatre. Alors, je ne vois qu'une solution : t'épouser.

— Tu plaisantes, je suppose ? s'exclama Sophie, abasourdie.

— Tu es peut-être venue me voir par obligation, ou par sens du devoir, mais je n'ai pas l'intention de te laisser sortir de ma vie parce que tu refuses de tirer un trait sur le passé et de considérer la situation présente en face.

— Je n'oublierai jamais que tu t'es servi de moi pour assouvir ta vengeance. Comment pourrais-je avoir confiance en toi ? Tu pourrais de nouveau m'utiliser, qui sait ?

— Sophie, c'est derrière nous, tout ça, soupira Matias. Il faut regarder devant.

Cependant, la remarque de Sophie le laissait perplexe. Dans quel but aurait-il bien pu vouloir se servir d'elle, à présent ? s'interrogea-t-il. Elle rougit, ses lèvres pulpeuses frémirent. Le désir palpitait entre eux, aussi puissant qu'autrefois. Davantage, même.

Il fit signe au serveur de lui apporter l'addition.

— Réfléchis bien. Je t'appellerai demain pour en reparler.

Quand il lui sourit, elle ne put réprimer un tressaillement qui le ravit.

— J'ai l'impression que nous avons tous les deux besoin d'un peu de solitude et de calme pour repenser à tout cela, tu ne crois pas ? demanda-t-il d'une voix douce.

8

Après avoir tourné et retourné l'incroyable proposition de Matias dans sa tête, bien pesé le pour et le contre, passé en revue tous les avantages et inconvénients, Sophie avait pris sa décision.

Ensuite, elle était allée voir Eric, dont la proximité silencieuse et paisible l'avait rassérénée. À le voir aussi heureux dans l'environnement où il se sentait en sécurité, elle avait oublié toutes ses craintes. Elle trouverait l'argent nécessaire pour lui permettre de rester dans cet établissement. D'une façon ou d'une autre. Dans l'immédiat, elle se débrouillerait avec ses économies personnelles.

Une interrogation continuait néanmoins de la hanter : était-elle égoïste et refusait-elle de regarder la réalité en face ? Son enfant serait-il plus épanoui avec ses deux parents ?

Non, elle ne pouvait s'unir à un homme en qui elle n'avait aucune confiance. Et de toute manière, un enfant profitait de la présence de ses deux parents seulement si ces derniers étaient unis par un lien véritable, par de l'amour, et non par une obligation. Or Matias ne l'aimait pas. Il se sentait responsable d'elle et de l'enfant qu'ils avaient conçu ensemble, mais il n'aurait jamais choisi de l'épouser s'il n'y avait été contraint.

Cependant, elle avait beau lui avoir donné sa réponse sous la forme d'un « non » ferme et catégorique trois semaines plus tôt, cela n'empêchait pas Matias de l'inviter à déjeuner ou à dîner presque quotidiennement. Et quand elle refusait, il parvenait toujours à la faire changer d'avis, si bien qu'ils se voyaient très souvent.

Mais elle ne céderait jamais à sa proposition, parce qu'il ne s'agissait pas uniquement d'elle et de leur enfant. Le bonheur de son frère était en jeu. Ce frère dont Matias ignorait l'existence et pour lequel Sophie était prête à tout. Y compris à résister à l'insistance forcenée de celui qui la faisait vibrer tout entière dès qu'il s'approchait d'elle.

Arrivée avant lui dans le petit restaurant ultrachic où il lui avait donné rendez-vous, elle le regarda s'avancer vers elle de sa démarche déterminée et fluide. Elle se détesta de ne pouvoir contrôler les souvenirs qui défilèrent aussitôt dans son esprit. Ces images troublantes qui refusaient de disparaître et revenaient la tenter sans cesse.

Nous n'en sommes plus là, se répéta-t-elle. *Ce chapitre est clos. Pour de bon.*

Émergeant de la délicieuse torpeur qui s'était emparée d'elle, Sophie comprit qu'Art suivait Matias. Elle ne l'avait pas revu depuis le week-end passé dans le Lake District. Elle se leva en souriant quand il se dirigea vers elle. Matias les observait, remarqua-t-elle. Une main enfoncée dans la poche de son pantalon, tenant sa veste avec nonchalance sur l'épaule, il était incroyablement sexy…

Quand il vit un grand sourire illuminer les traits de Sophie — sourire destiné exclusivement à Art —, Matias réalisa que cela faisait un sacré bout de temps qu'il ne lui avait pas vu l'air aussi détendu. Aussi heureux. De son côté, après avoir essuyé un refus poli mais ferme à sa proposition de l'épouser, il avait vite compris que ce n'était pas en insistant qu'il arriverait à ses fins. Il n'était pas prêt pour autant à accepter de la laisser sortir de sa vie.

D'autre part, il n'oubliait pas qu'elle avait couché avec lui dans le but de l'encourager à investir dans l'entreprise de son père. Cependant, son bon sens lui conseillait de renoncer à ses griefs, ce qu'il s'efforçait de faire. Parce qu'il était hors de question qu'il joue son rôle de père à temps partiel.

En observant Sophie et Art bavarder comme de vieux amis, alors qu'ils s'étaient rencontrés deux fois en tout et pour tout, il fut soudain assailli par un sentiment totalement inconnu — et très désagréable.

Il comprit alors qu'il était jaloux. Et lorsque Sophie éclata de ce rire mélodieux qui lui avait tant plu autrefois, il eut l'impression de recevoir un coup de poing dans le ventre. Il s'approcha d'eux et interrompit leur conversation. Il annonça avec calme à Sophie qu'Art ne déjeunerait pas avec eux.

— Quel dommage, soupira-t-elle en souriant gentiment à celui-ci.

Matias eut du mal à desserrer la mâchoire. Son ami le dévisageait d'un air interrogateur qui ne contribua pas à le calmer.

— Je ne voudrais pas te retarder, lui dit-il d'un ton brusque.

Art lui adressa un sourire éclatant, puis se pencha pour embrasser Sophie sur la joue avant de s'en aller.

— Tu t'es montré affreusement grossier ! s'exclama Sophie une fois Art sorti. J'étais si contente de le revoir ! Je ne me doutais pas que vous étiez aussi proches, tu aurais dû me le dire. Je n'en reviens pas : vous avez grandi ensemble.

Oui, Art était comme un frère pour lui. Et vice versa. Et cela ne datait pas d'hier, en effet. Au fil des années, leur amitié n'avait fait que croître.

— J'ignorais que je devais te raconter ma vie dans les moindres détails au simple motif que tu portes mon enfant.

Il s'assit en face d'elle. Seigneur, elle était si sexy dans cette robe à larges rayures bleues et blanches ! Un nouvel accès de jalousie le submergea. C'était complètement stupide, irrationnel, mais il n'y pouvait rien.

— Tu ne m'avais pas dit non plus que tu avais parlé de moi à ta mère…

— Je n'allais tout de même pas prendre le risque qu'elle apprenne par quelqu'un d'autre que tu portais mon enfant !

— Elle a dû être déçue, répliqua calmement Sophie. De penser que son fils va avoir un enfant sans fonder une vraie famille. Enfin, pas dans le sens traditionnel du terme.

Il la laissa continuer sans l'interrompre, et sans l'aider à trouver les mots pour dépeindre leur situation. Le fait d'être allé voir sa mère et de lui en avoir parlé n'avait fait que renforcer sa certitude que la meilleure solution pour tout le monde était le mariage.

— Oui, murmura-t-il. Elle aurait préféré un scénario plus classique, avec amour et grand mariage à la clé.

— Mais tu lui as expliqué la situation ?

Matias ne répondit pas. Il n'avait rien *expliqué* à sa mère, il avait *décrit*.

— Ta grossesse commence à se voir, dit-il en s'appuyant contre son dossier. Ton corps change. Tu portes des vêtements plus fluides, plus amples. Tes seins ont grossi ?

— Matias ! protesta Sophie.

Lors de leurs dernières rencontres, il avait été moins direct... Néanmoins, une merveilleuse chaleur se déploya en elle. Ses seins, qui avaient grossi en effet, frémirent ; leurs pointes durcirent aussitôt. Son sexe se mit à palpiter.

— Le fait que tu portes mon enfant résulte d'un processus très intime auquel j'ai participé, répliqua-t-il. Alors, pourquoi t'étonner que je m'interroge sur les changements qui s'opèrent en toi ? C'est naturel, et j'en suis responsable à cinquante pour cent.

— Cette conversation est déplacée ! Nous n'en sommes plus là. Notre relation n'a plus rien d'intime, à présent.

— Ah ! Et elle est comment, au juste ?

— Eh bien... amicale. Ou tout du moins, c'est ce que nous devrions viser. Nous en avons déjà parlé et nous étions d'accord sur le fait que notre enfant sera plus heureux si nous restons en bons termes.

— Oui, je m'en souviens.

— Il s'est passé beaucoup trop de choses entre nous pour que nous puissions penser à...

— Mais dis-moi, coupa Matias en se redressant, qu'envisages-tu de faire concernant le désir qui continue de vibrer entre nous sans nous demander notre avis ?

Elle en resta un instant sans voix.

— Je ne comprends pas ce que tu veux dire, répliqua-t-elle enfin.

— Menteuse, murmura-t-il. Si je tendais la main et te touchais, là, maintenant, tu fondrais aussitôt.

— Tu te trompes complètement, affirma-t-elle en secouant

la tête. Je ne pourrais jamais être attirée par un homme qui s'est servi de moi comme tu l'as fait !

— Non, bien sûr, ironisa-t-il.

Sophie songea à Eric, de toutes ses forces.

— Matias...

— Je t'écoute.

— Je sais que tu le fais exprès, pour me mettre mal à l'aise.

— Je pense à toi tout le temps, Sophie. Et depuis que je t'ai aperçue tout à l'heure, je me demande à quoi ressemble maintenant ton corps sous cette robe à rayures.

— Tais-toi ! Nous n'en sommes plus là, répéta-t-elle.

Elle se concentra sur le menu, sous le regard caressant de Matias. Il n'avait même pas besoin de la *toucher* pour la faire fondre...

— Il n'y a que les imbéciles qui ne changent pas d'avis. Au fait, j'ai pris mon après-midi.

Un frisson brûlant traversa Sophie.

— Pourquoi ?

— Dois-je te donner une raison ? Et arrête de me regarder en fronçant les sourcils. Tu devrais être ravie à la perspective de passer quelques heures en ma compagnie. Et fais-moi plaisir, ne me redis pas encore une fois que « nous n'en sommes plus là. »

— Je ne peux pas laisser Julie en plan !

— Elle va devoir s'habituer à se passer de toi, quand tu te décideras enfin à m'écouter et que tu cesseras de travailler. Et puis elle se débrouille très bien toute seule, tu l'as dit toi-même.

— Je ne peux pas arrêter de travailler, Matias.

— Tu n'as pas besoin d'argent.

Sophie se raidit. Ils n'en avaient pas encore discuté, mais il avait déjà dit clairement que son enfant et elle ne manqueraient de rien. Or elle ne pouvait envisager de dépendre financièrement de Matias. Non seulement sa fierté ne supportait pas cette idée, mais encore Sophie craignait de commettre une erreur en s'en remettant à lui. Par conséquent, il était hors de question qu'elle renonce à son travail et à son entreprise. Elle s'arrêterait le temps de son congé maternité, mais pas davantage.

Pourquoi s'obstinait-elle à refuser *tout* ce qu'il lui proposait ? s'interrogea Matias, agacé. Quels autres arguments avancer pour qu'elle accepte de l'épouser ? On aurait dit qu'une vie plus facile et plus agréable lui répugnait.

— J'ai pris mon après-midi parce que j'ai une surprise pour toi.

— Je déteste les surprises, décréta-t-elle.

— Je sais. Je ne les adore pas non plus, mais j'espère que celle-ci te plaira. C'est une maison.

— Une maison ? répéta-t-elle en écarquillant les yeux.

— Oui, pour toi.

La surprise fit place à une expression méfiante.

— Tu m'as acheté une maison ? Et pourquoi aurais-tu fait une chose pareille ?

— Parce que, répondit-il avec calme, tu n'élèveras pas notre enfant dans une maison minuscule dont la cuisine a été aménagée en fonction de tes activités professionnelles.

— Elle est très bien, ma maison ! protesta Sophie avec force.

— Ne nous disputons pas là-dessus, riposta-t-il, péremptoire. Tu as refusé de m'épouser, contre tout bon sens. Tu ne veux pas de mon aide financière. Tu tiens absolument à travailler, quitte à faire des journées doubles, alors que cela pourrait très bien nuire à notre enfant. Alors, tu ne vas pas me déclarer la guerre parce que...

— En quoi ai-je pris des risques par rapport à notre enfant, s'il te plaît ? l'interrompit-elle, l'air furieux.

— Tu n'as pas à travailler jusqu'à minuit pour préparer des gâteaux d'anniversaire.

— Je l'ai fait *une* fois !

— Ni, poursuivit Matias sur le même ton, à passer trois heures en voiture pour aller livrer un repas de quatre plats à un dîner de fête.

— Cela fait partie de mon travail.

— Tu te fatigues trop. Tu dois ralentir le rythme.

Sophie exhala un long soupir, mais... quelqu'un s'était-il jamais soucié d'elle ? Enfin, il ne s'agissait pas d'*elle*, naturellement, mais du précieux enfant qu'elle portait. Elle aurait été stupide de se faire des illusions. Mais quand même...

— Je sais que tu n'en as pas après mon argent, Sophie. Alors, inutile de t'évertuer à me le prouver à chaque instant.

— Ce n'est pas ce que je fais.

— Ah ? De quoi s'agit-il, dans ce cas ?

— Je ne veux pas dépendre de toi sur le plan matériel. Je ne peux pas. Je dois préserver mon indépendance.

— Eh bien, nous allons devoir trouver un compromis, ne t'en déplaise, assena-t-il fermement.

Leurs regards se croisèrent, restèrent soudés l'un à l'autre. Matias tendit la main et lui effleura le coin des lèvres.

— Il y avait une petite miette, dit-il d'une voix rauque.

Sophie tressaillit. L'espace d'un instant, elle s'était penchée vers lui. Son corps tout entier s'embrasait. Seigneur, la façon dont il la regardait, un éclat prédateur au fond des yeux…

— Tu ne connais pas mes goûts en matière d'immobilier, dit-elle en se ressaisissant.

Mais son cœur battait toujours la chamade. *Respire !* s'ordonna-t-elle.

— Je vais être très claire, reprit-elle plus fermement. Ta propriété du Lake District est superbe et ta maison fabuleuse, mais je ne pourrais jamais vivre dans ce genre d'endroit.

Elle revit en pensée la magnifique demeure, la cuisine immense et bien équipée, la chambre sublime où ils avaient fait l'amour, où Matias lui avait fait découvrir les plaisirs de la chair…

— Ce que je veux dire, poursuivit-elle, c'est que nous n'avons manifestement pas les mêmes goûts en la matière ; par conséquent, la maison que tu as achetée pour moi risque fort de ne pas me plaire.

— Je ne l'ai pas encore achetée. Je suis peut-être arrogant, mais j'ai néanmoins pensé que tu pourrais avoir ton mot à dire dans le choix de ta maison.

Sans détacher le regard du sien, il fit signe au serveur et se leva. Sa haute silhouette emplit tout l'espace. Inexorablement attirée par lui, Sophie se demanda comment elle pouvait demeurer sensible à son charme après ce qu'il lui avait fait. Il s'agissait peut-être de réactions purement hormonales…

En tout cas, elle aurait mieux fait de s'en aller sans un regard en arrière et de retourner travailler avec Julie au lieu de le dévorer des yeux comme une idiote !

Le chauffeur n'attendait pas Matias comme d'habitude. Celui-ci avait pris sa voiture pour venir, constata Sophie en sortant du restaurant.

— Elle est où, cette maison ? demanda-t-elle une fois qu'ils furent à bord de la Maserati.

La voiture avait été réparée, l'aile endommagée remplacée, si bien que le capot ne gardait pas la moindre trace de l'accrochage avec sa vieille voiture.

— Tu vas devoir patienter, fit-il en tournant brièvement la tête vers elle. Je te l'ai dit : c'est une surprise.

Ils roulèrent un bon moment et quittèrent peu à peu les rues animées du centre de Londres. Immeubles et maisons s'espacèrent, laissant place à des espaces verts de plus en plus étendus. Soudain, Matias se gara devant une adorable maison située en retrait par rapport à la rue. Des branches de glycine couraient sur le mur de devant et le petit jardin séparant la maison de la rue semblait à l'abandon.

— Il y a pas mal de travaux à faire, dit Matias en se retournant pour prendre sa veste.

Il en sortit un trousseau de clés qu'il fit tourner autour de son doigt et ouvrit sa portière.

— Et elle est inhabitée depuis plusieurs mois, d'où l'état du jardin.

— Je ne m'attendais pas à ce genre de maison, reconnut Sophie.

Elle sortit de la Maserati à son tour. Médusée, elle inspecta du regard la bâtisse à l'allure coquette qui se dressait au milieu d'un petit terrain bordé de haies sur trois côtés. Matias l'observait en silence, un sourire légèrement moqueur aux lèvres. Sophie s'avança vers la porte qu'il venait d'ouvrir.

Le vestibule donnait sur des pièces de chaque côté, de ravissantes pièces carrées aux proportions parfaites. Il y avait deux salons, un bureau et une cuisine spacieuse, prolongée par une véranda qui s'ouvrait sur un second jardin — où poussaient divers arbres et arbustes qui avaient grand besoin eux aussi que l'on s'occupe d'eux.

La peinture défraîchie et le papier peint passé démodé ne gâchaient en rien le charme de la maison. Ils rehaussaient au contraire l'atmosphère intime qui régnait dans chacune des pièces, songea Sophie.

— L'ancienne propriétaire était une vieille dame qui a quasiment toujours vécu ici, expliqua Matias. Elle n'avait pas d'enfants, si bien qu'à sa mort, c'est un parent éloigné qui a hérité de cette maison. Et comme il vit à l'étranger, il a mis un certain temps à s'occuper de la vendre.

Sophie allait de pièce en pièce et regardait autour d'elle sans faire de commentaire. Mais son silence en disait long. Elle ne s'agaçait pas, ne se plaignait pas. De toute évidence, se réjouit Matias, il avait *enfin* remporté une victoire. Et il avait bien l'intention de remporter toutes les autres !

Adossé au mur du vestibule, il attendit qu'elle ait terminé son troisième tour de la maison.

— D'accord, dit-elle en venant le rejoindre, les joues roses. Tu as gagné.

— Je sais.

Elle roula des yeux, mais ceux-ci pétillaient de malice. Matias eut même droit à un sourire.

— Je ne me contenterai pas de cela, murmura-t-il.

— Matias, non...

Sa voix disait oui. Ses seins aussi, remarqua-t-il en voyant les pointes saillir sous l'étoffe.

— Pourquoi persistes-tu à lutter contre le désir que nous ressentons toujours l'un pour l'autre ?

— Parce que nous ne pouvons pas y céder.

— Tu reconnais enfin qu'il existe !

— Cela ne signifie rien. Et surtout pas que j'ai l'intention de me jeter à ton cou.

Et si je te prenais dans mes bras, tu ne fondrais pas ?...

Sophie se répéta qu'il ne fallait pas qu'elle craque. Qu'elle devait résister. Mais ce fut plus fort qu'elle : lorsque Matias pencha le visage vers le sien, elle agrippa la chemise blanche et fondit dès que leurs bouches se rencontrèrent.

Au début, le baiser fut doux, puis la langue experte de Matias enlaça la sienne tandis qu'il refermait les mains sur ses seins et en caressait les mamelons gonflés à travers le tissu.

— Ils ont grossi, il n'y a aucun doute, affirma-t-il d'un ton gourmand.

— Matias...

— Caresse-moi, murmura-t-il en guidant la main de Sophie vers son érection.

— On ne peut pas faire l'amour ici !

Matias redescendit sur terre et s'efforça de brider sa libido. Il inspira à fond, exhala lentement, puis noua les doigts sur la nuque de Sophie. Se concentrant toujours sur sa respiration, il appuya le front contre le sien et ferma les yeux. La sensation de la peau satinée l'enivrait, le ravissait — sans apaiser le feu qui le consumait.

— Non, dit-il doucement. Mais maintenant, tu ne pourras plus nier que tu me désires autant que je te désire.

Il avait raison, reconnut Sophie *in petto*. Et elle brûlait de capituler. Sur tous les plans. Cependant, elle n'oubliait pas qu'il lui offrait cette maison uniquement parce qu'elle portait son enfant. En outre, il ignorait toujours l'existence d'Eric. Le moment était-il venu de lui parler de son frère ? Pouvait-elle vraiment avoir confiance en Matias Rivero ?

— Allons chez moi, suggéra-t-il.

— Je ne t'épouserai pas, chuchota-t-elle.

Au lieu de protester comme elle s'y attendait, il laissa glisser les mains sur ses épaules et l'embrassa avec une douceur exquise, jusqu'à ce qu'elle s'abandonne contre lui. Complètement.

Puis il s'écarta d'elle.

— On y va ?

Mais il ne s'agissait pas d'une question, évidemment. Matias savait qu'il avait gagné. Une fois de plus.

9

Durant le trajet, ils échangèrent à peine quelques mots. Ce n'était pas la peine. Le courant brûlant qui passait entre eux était suffisamment éloquent. Le mobile de Matias sonna plusieurs fois, mais il l'ignora.

Sophie avait de plus en plus de mal à se reprocher d'avoir cédé. À Matias et à son propre désir. Elle n'en pouvait plus de résister à l'attirance qu'elle ressentait pour lui. Elle pensait à lui sans cesse, nuit et jour. Alors peut-être qu'en assouvissant son désir, elle se débarrasserait de cette obsession…

Cependant, elle avait fini par céder à condition d'aller chez elle. Là, elle serait plus maîtresse d'elle-même, se répétait-elle pour se rassurer. Tandis qu'en acceptant d'aller chez Matias, elle aurait eu l'impression de s'avouer vaincue.

Et lui, à quoi pensait-il ? se demanda-t-elle en regardant son beau profil à la dérobée. Il ne l'aimait pas, mais il la désirait encore. En outre, elle n'avait plus à lui prouver que sa fortune ne l'intéressait pas, avait-il dit. Mais était-il sincère ? La croyait-il toujours coupable d'avoir couché avec lui dans le but de l'encourager à investir dans l'entreprise de James ? Ignorant l'existence d'Eric, il ne pouvait pas comprendre pourquoi elle avait eu besoin de l'argent de leur père.

Or elle hésitait toujours à lui parler de son frère, parce qu'elle ne pouvait prendre le risque de bouleverser l'existence de celui-ci.

Il était 16 h 30 passées quand ils arrivèrent chez elle. Julie était comme prévu partie organiser une soirée chez des particuliers, aidée d'une assistante embauchée pour l'occasion.

Comparée à la ravissante maison qu'ils venaient de visiter, la sienne paraissait presque minable. Quant au quartier, Matias devait le trouver carrément miteux. Mais quand elle se retourna vers lui et vit qu'il l'observait en silence, les yeux mi-clos, elle oublia toutes ses interrogations, tous ses doutes.

— La maison est vide ? demanda-t-il en refermant la porte derrière lui.

Sophie hocha la tête.

— Oui. Julie travaille à Dulwich. Elle ne reviendra ici que demain. Matias, je suis contente que tu m'aies emmenée visiter...

— Chut, murmura-t-il en lui posant un doigt sur les lèvres.

Puis il l'enlaça et l'embrassa doucement. Longtemps. Avant de dévorer sa bouche avec passion.

Sans interrompre le baiser, Matias souleva Sophie dans ses bras et trouva sans difficulté la chambre. Après avoir grimpé les marches de l'escalier étroit avec son précieux fardeau, il poussa au hasard l'une des deux portes qui se présentèrent à sa vue et constata qu'il avait visé juste.

L'occupante des lieux avait rivalisé d'astuces pour meubler au mieux l'espace restreint, qui pouvait à peine accueillir un lit, une commode et une armoire. Cependant, une impression d'harmonie et de douceur émanait de l'ensemble, renforcée par l'utilisation de teintes chaudes et d'étoffes exotiques.

Matias l'allongea délicatement sur le lit, mais Sophie se redressa aussitôt en s'appuyant sur les coudes et regarda son amant tirer les rideaux.

— Cela faisait trop longtemps, dit-il d'une voix rauque.

Après être resté quelques instants immobile à la contempler, il se déshabilla rapidement.

Il était d'une beauté somptueuse. Scandaleuse. Tout en muscles déliés et fermes. Jamais elle ne se lasserait de le regarder. Elle ferma à demi les paupières tandis qu'il faisait glisser le boxer sur ses cuisses à la peau hâlée.

— Je n'ai pas besoin de te dire que je te désire comme un fou : tu en as la preuve devant les yeux.

Sophie s'assit sur le lit, approcha le visage de la superbe érection et la lécha du bout de la langue avant de la prendre dans sa bouche. Comment avait-elle pu se priver aussi longtemps d'un tel plaisir ?

Le goût de Matias lui faisait l'effet d'un aphrodisiaque. Elle s'en délectait, s'en grisait...

Elle adorait les petites plaintes qui s'échappaient des lèvres de son amant, la sensation de ses doigts lui agrippant les cheveux. Elle le désirait avec une telle intensité, une telle force qu'elle brûlait de s'offrir à lui tout entière.

Matias se décida à la repousser doucement : il craignait de céder trop tôt à la jouissance. Il avait rêvé trop longtemps de ces instants pour les gâcher. Ses mains tremblaient d'impatience lorsqu'il lui ôta ses vêtements à la hâte.

— Matias..., murmura-t-elle en se laissant retomber sur le lit.

Seigneur, ses seins étaient d'une beauté à couper le souffle ! Il les avait toujours adorés, mais, à présent, il les trouvait encore plus fabuleux et plus excitants qu'auparavant.

— Oui ? fit-il en caressant les pointes durcies dressées fièrement. Tu voulais me dire quelque chose ?

— Tu sais ce que je..., haleta-t-elle, les joues en feu. Ce que j'aime.

— Oh oui, je le sais, ma belle !

Il aspira un mamelon entre ses lèvres en même temps qu'il prenait les seins épanouis à pleines mains. Il la connaissait par cœur. Il avait l'impression de faire l'amour avec elle depuis toujours.

Non seulement ses seins étaient plus volumineux, mais encore les mamelons avaient pris une nuance plus foncée. Quant à son ventre, il était à peine plus rond. N'ayant jamais envisagé de devenir père, Matias n'avait jamais fait attention aux femmes enceintes qu'il croisait de temps à autre ; mais Sophie portait son enfant, et elle était incroyablement sexy.

Il lui glissa une main entre les cuisses pour caresser la chair frémissante de désir, puis la pénétra d'un doigt. Sophie poussa aussitôt une douce plainte et creusa les reins pour mieux s'offrir à lui. Et lorsque Matias lui titilla le clitoris, elle laissa échapper un petit cri qui exacerba son désir. Mais il tint bon, jusqu'à ce qu'elle le supplie de la prendre.

— Non, pas encore, chuchota-t-il.

Lentement, il laissa descendre ses lèvres sur la peau soyeuse, puis entreprit de la goûter. Il la lécha, la caressa, la faisant tour à tour haleter et gémir de plaisir.

— Je vais jouir, lâcha-t-elle d'une voix hachée. Mais je ne veux pas. Pas comme ça. Je veux te sentir en moi.

Se redressant, il tendit automatiquement la main pour prendre un préservatif dans son portefeuille, avant de se rappeler qu'ils n'avaient plus besoin de protection.

— Et moi, je vais te sentir autour de moi, sans que rien nous sépare...

Quand il la pénétra, la sensation fut divine. Sophie était plus que prête. Matias ferma les yeux pour mieux savourer l'instant. Mais il n'y avait plus de temps à perdre...

Il donna un puissant coup de reins tandis qu'elle refermait les jambes autour de ses hanches. Il se retira, s'enfonça de nouveau en elle, la chevaucha avec une ardeur qui leur arracha à tous deux des cris rauques. Puis elle arqua le dos et s'envola dans la jouissance en même temps que lui.

Épuisée, haletante, Sophie redescendit des hauteurs vertigineuses où Matias l'avait transportée. Et quand il se retira, elle referma d'instinct les mains sur ses reins pour le retenir.

Il roula sur le côté en l'entraînant avec elle.

— J'espère que tu ne regrettes rien..., susurra-t-il avec un petit sourire en coin.

Il lui repoussa une mèche sur le front avant de l'embrasser doucement sur les lèvres. Presque avec tendresse.

Reprends tes esprits ! s'ordonna Sophie. Où étaient passés les rapports amicaux qu'elle avait résolu d'établir entre eux après avoir refusé catégoriquement de l'épouser ? Que se passait-il en elle, là, maintenant ? Pourquoi se sentait-elle aussi bien et avait-elle la sensation que ce qu'ils venaient de partager était... *juste* ?

Parce qu'elle l'aimait.

Oui, c'était la réponse. La seule et vraie réponse. Petit à petit, cet homme arrogant et impitoyable s'était immiscé en elle, dans sa vie, et lui avait dérobé son cœur. Elle avait beau ne pas avoir confiance en lui, redouter qu'il ne se serve à nouveau d'elle, Sophie ne pouvait s'empêcher de l'aimer.

— Alors ? demanda-t-il. Ce n'était pas bon ?

— C'était bien, murmura-t-elle.

— Bien ? *Bien ?* répéta-t-il, l'air incrédule. Tu plaisantes ?

— OK, c'était formidable, admit-elle en rougissant.

— C'est déjà mieux. Mais je préférerais « fabuleux ».

— C'était fabuleux.

— Quand tu es venue m'annoncer la nouvelle, ajouta-t-il d'une voix douce, cela m'a fait un drôle de choc, je le reconnais. Or je désire vraiment cet enfant, Sophie. Tu persistes à refuser de m'épouser, arguant que nous n'avons pas ce qu'il faut pour faire fonctionner un couple ; mais nous nous désirons passionnément et c'est déjà beaucoup, tu ne crois pas ? Tu dis que tu n'es pas prête à faire des sacrifices. Moi si, parce que je trouve que ça en vaut la peine, pour notre enfant. Nous voulons tous les deux ce qui est le mieux pour lui, non ? Et nous ne pouvons pas revenir en arrière, je sais, mais nous pouvons dépasser ce que nous avons vécu de... désagréable. Et faire en sorte que cela ne nous empêche pas d'avancer.

Sophie l'écoutait, le cœur battant à tout rompre. Elle était tellement tentée de le croire. De regarder résolument en avant, sans plus songer au passé. En était-elle capable ? Pouvait-elle faire confiance à Matias au point de se lier à lui pour la vie ? Était-ce raisonnable pour leur enfant ?

— Tu as peut-être raison, dit-elle en soutenant son regard. Je désire moi aussi ce qui est le mieux pour notre enfant, bien entendu, et c'est mieux de grandir avec deux parents qu'avec un seul, je suis d'accord avec toi là-dessus.

Et peut-être qu'avec le temps, elle aurait suffisamment confiance en lui pour lui parler d'Eric...

Matias plissa les yeux. À quoi Sophie songeait-elle donc quand elle le dévisageait ainsi en silence, d'un air aussi sérieux ? Cela lui arrivait souvent, sans qu'il parvienne à comprendre ce qui la préoccupait. Car il y avait quelque chose, il en était certain.

De son côté, il ne pouvait plus nier qu'il avait besoin de Sophie. Et pas seulement physiquement. Il aimait être avec elle, discuter avec elle. Depuis qu'il savait qu'elle portait son enfant, il avait même cessé complètement de se méfier d'elle. Il ne pensait plus au passé.

— Conclusion ? insista-t-il.

— Nous n'avons pas besoin de nous marier...

Elle s'interrompit un instant, inspira à fond.

— ... mais nous pouvons vivre ensemble.

Sa proposition ne déplut pas à Matias. Ce n'était pas ce qu'il désirait, mais pourquoi pas ?

Pour l'instant. En attendant mieux.

Sophie l'appela au moment où il s'apprêtait à quitter le bureau.

— Je suis désolée, Matias, mais je ne pourrai pas aller dîner avec toi ce soir. J'ai un empêchement.

— Que se passe-t-il ?

Il s'empara de sa veste, qu'il enfila. Il se retourna pour prendre l'écrin qui contenait le bracelet en diamants commandé pour Sophie trois jours plus tôt et le fourra dans sa poche.

Depuis quelque temps, il avait pris l'habitude de lui offrir de petits cadeaux. La première fois, il s'était agi d'un livre sur l'art culinaire à l'époque victorienne, aperçu par hasard dans la vitrine d'une librairie ancienne alors qu'il regagnait sa voiture après un rendez-vous d'affaires. Quand il l'avait donné à Sophie, elle l'avait gratifié de l'un de ses sourires ravis pour lesquels il aurait été prêt à décrocher la lune.

Un peu plus tard, il lui avait acheté tout un assortiment de casseroles appropriées au type de cuisinière qu'elle avait accepté qu'il fasse installer dans la nouvelle maison. Cette fois-là aussi, il avait eu droit à un sourire radieux.

Le bracelet en diamants représentait le cadeau le plus onéreux qu'il lui ait offert jusqu'à présent, et Matias espérait de tout son cœur qu'elle ne le refuserait pas.

— Où es-tu ? insista-t-il en sortant de l'ascenseur au rez-de-chaussée.

Il ne pouvait s'empêcher d'être inquiet. Quand il l'avait vue la veille, elle allait bien. Alors, pourquoi cette panique ? Parce qu'elle paniquait, il l'entendait à sa voix.

— Je dois te laisser, Matias. Le taxi va arriver d'une minute à l'autre. Je... Ah, le voici !

— Le taxi ? Quel taxi ? Je t'interdis de raccrocher, Sophie, tu m'entends ? Pourquoi prends-tu un taxi ? Tu as des problèmes avec ta voiture ? Où vas-tu ?

— Non, non. La voiture n'a rien. Mais j'ai pensé que...

Sa voix se brisa. De toute évidence, elle retenait ses larmes. Que lui cachait-elle, bon sang ?

— Sophie, parle-moi !

— Excuse-moi, je dois vraiment y aller.

— Dis-moi où ! À moins qu'il ne s'agisse d'un secret ?

— OK ! s'exclama-t-elle avec impatience. Je vais à l'hôpital de Charing Cross.

Matias, figé, s'arrêta à un mètre de sa voiture.

— Je te rejoins là-bas, dit-il en déverrouillant la portière.

— Non !

Il s'immobilisa de nouveau, s'interdisant de s'interroger sur ce refus catégorique.

— Très bien...

— On se retrouve ce soir à la maison. Je ne sais pas à quelle heure je rentrerai, mais je te tiendrai au courant par SMS. Enfin, j'essaierai, tu sais comment ça se passe parfois, dans les hôpitaux.

— Il s'agit aussi de mon enfant. Je veux être avec toi si...

— Mais non, il n'y a pas de problème de ce côté-là. Ne t'inquiète pas.

Il ne la croyait pas. Elle n'allait pas bien, c'était évident. Sinon, pourquoi cet affolement dans sa voix ?

Sans hésiter une seconde, il appela son chauffeur — il pressentait qu'il ne pourrait pas se garer sur le parking de l'hôpital, surtout à cette heure-là. Et cette fois, il était fermement déterminé à obtenir de Sophie qu'elle s'engage à l'épouser. Il en avait soupé de ces petits jeux stupides.

Après avoir mis un temps fou pour arriver à l'hôpital à cause des embouteillages, Sophie régla la course, descendit du taxi et se précipita vers les portes vitrées ? Lorsqu'elle déboucha dans le hall, elle aperçut...

Mon Dieu !

Matias faisait les cent pas, le regard fixé sur l'entrée. Il se dirigea aussitôt vers elle, le front plissé et l'air inquiet.

— Écoute, je...

— Je t'accompagne, dit-il d'un ton sans appel. Tu ne m'en empêcheras pas, je te préviens.

— Je n'essaierai pas, ce n'est pas le moment, répliqua-t-elle en fonçant vers les ascenseurs.

— Sophie !

Il lui prit le bras pour la forcer à s'arrêter.

— Parle-moi !

Après avoir soutenu son regard impérieux quelques secondes, Sophie soupira, puis dit avec calme :

— D'accord. Mais je te demande de patienter encore un peu.

10

Matias se dirigea avec Sophie vers les ascenseurs sans plus poser de questions, puis entra à sa suite dans le premier qui ouvrit ses portes. Elle semblait à peine consciente de sa présence et pas du tout pressée de lui parler, aussi fut-il bien forcé de prendre son mal en patience. Ce qui ne faisait pas vraiment partie de ses habitudes — il détestait être laissé ainsi dans l'incertitude.

— Que se passe-t-il ? demanda-t-il d'une voix tendue en la suivant dans un long couloir.

— Tu le sauras bientôt ; et ensuite je te dirai tout, je te le promets.

Sur ces mots, elle s'arrêta devant une porte et la poussa doucement.

Matias ne savait pas à quoi s'attendre, mais quand il vit un jeune homme allongé sur le lit tourner maladroitement la tête vers eux, il se figea, stupéfait. Dès que le jeune malade aperçut Sophie, son visage mince s'éclaira d'un grand sourire affectueux.

Complètement dérouté, Matias restait figé sur le seuil de la chambre avec l'impression très désagréable d'être de trop. Sophie ne fit pas de présentations. Le jeune homme alité le remarqua à peine. Cette situation étrange dura dix bonnes minutes : Sophie, assise à côté du lit, s'adressait gentiment au malade en lui tenant la main et en lui parlant à voix basse.

Soudain, elle lui caressa le front et l'embrassa sur la joue avant de se lever. Ensuite, elle contempla durant quelques instants le jeune homme qui avait fermé les yeux et respirait paisiblement. Il s'était endormi, comprit Matias.

Elle se retourna alors vers lui en posant un doigt sur ses lèvres, puis s'avança vers la porte tandis qu'il reculait dans le couloir.

— Tu t'interroges…, dit-elle avec calme après avoir refermé la porte sans bruit.

— C'est le moins que l'on puisse dire, lâcha-t-il un peu sèchement.

Sophie nota que Matias se passait nerveusement la main dans les cheveux. Elle l'aimait, à la folie, mais elle savait qu'après lui avoir parlé, elle ne pourrait plus revenir en arrière, quoi qu'il arrive. Elle avait repoussé le moment de lui parler d'Eric, redoutant sa réaction. Maintenant, elle était acculée. Elle devait lui dire la vérité.

— Je ne me déroberai pas, affirma-t-elle en le regardant dans les yeux. Mais l'hôpital n'est pas l'endroit idéal pour ce genre de discussion.

Un nouveau frisson d'appréhension traversa Matias. Il y avait un accent si grave, si résolu, dans la voix de Sophie…

— Allons chez moi, ce sera plus rapide que de traverser la moitié de Londres ; surtout à cette heure-ci.

Moins de cinq minutes plus tard, ils étaient installés à l'arrière de la voiture et se dirigeaient vers son appartement, où il avait rarement emmené Sophie. Le silence lui était insupportable, mais il savait d'instinct qu'il devait attendre avant de lui poser les questions qui lui brûlaient la langue.

Il tourna plusieurs fois la tête vers elle, contempla son profil à l'expression indéchiffrable et comprit qu'elle ne songeait pas à lui. Elle avait même complètement oublié sa présence.

Dès que le chauffeur s'arrêta devant l'imposante demeure géorgienne où Matias possédait un immense appartement avec terrasse, il ouvrit la portière d'un geste brusque, descendit de voiture et se dirigea rapidement vers la porte en chêne massif sans même s'assurer que Sophie le suivait.

Il ne se retourna qu'une fois entré chez lui et s'effaça pour la laisser passer avant de refermer la porte derrière elle.

Alors que, les quelques rares fois où elle y était venue, Sophie avait été impressionnée par le luxe de l'appartement, elle se dirigea vers le sofa en cuir couleur ivoire sans rien voir. Puis elle s'assit et, le dos et les épaules raides, regarda Matias s'installer en face d'elle dans un fauteuil club, l'air aussi crispé qu'elle.

— Alors ? fit-il, le regard fermé et dur. Vas-tu enfin me dire qui était ce jeune homme ? L'un de tes ex ?

— Pardon ? s'exclama-t-elle en écarquillant les yeux.

— Tu as très bien entendu, Sophie. S'agit-il de l'amour de ta vie ? A-t-il eu un accident ? de moto ? Je vous ai observés, tout à l'heure. Tu l'aimes, c'est évident. Depuis combien de temps est-il handicapé ?

— Oui, je l'aime, acquiesça-t-elle. Je l'ai toujours aimé.

Matias serra violemment la mâchoire. La douleur qui lui nouait l'estomac s'intensifia. Il n'avait pas l'intention de perdre son calme, mais il avait envie de frapper quelque chose. Très fort.

— Et il n'a pas eu d'accident. Eric est né comme ça.

Cette fois, il eut l'impression que son cœur s'arrêtait de battre.

— Eric est mon frère, Matias, reprit-elle avec calme.

— Ton frère !

— Oui. Il vit dans un établissement situé en proche banlieue. Ce matin, quelque chose l'a effrayé et il a eu une crise de panique, puis s'est comporté de façon bizarre. D'où son transfert à l'hôpital. Il s'est blessé au cours de sa crise, mais finalement il n'y a rien de grave, Dieu merci. C'était quand même suffisamment important pour le faire transporter à l'hôpital.

— Tu as un frère et tu ne me l'avais jamais dit...

— Je ne savais pas par où commencer. Mais si tu veux bien m'écouter tranquillement, je vais essayer de tout t'expliquer.

Il hocha la tête en silence.

— Mon père était en relation avec ma famille uniquement parce qu'il n'avait pas le choix. À la naissance d'Eric, ma mère a compris qu'elle ne pourrait jamais s'occuper de lui sans l'aide financière de James. Elle avait beaucoup de défauts, mais elle aimait profondément son fils et tenait à ce qu'on s'occupe de lui le mieux possible. Alors, elle a forcé James à lui donner de quoi lui permettre de placer Eric dans un établissement adéquat, et très onéreux. Quand elle est morte, j'ai dû la remplacer et veiller à ce que James continue à payer. Cela te choque sans doute, mais c'était le seul moyen d'assurer le bien-être d'Eric.

— Et tu m'as encouragé à investir dans l'entreprise de ton père pour qu'il puisse toujours t'aider financièrement, fit Matias comme s'il se parlait à lui-même, les yeux dans le vague.

— Oui, tu as tout compris.

Un soulagement immense envahit Sophie. Quelle que soit la réaction de Matias, elle lui avait enfin dit la vérité. S'il décidait de la quitter, tant pis. Elle en aurait le cœur brisé, mais elle s'en remettrait et réussirait à s'en sortir toute seule.

— J'avais toujours pris soin de mettre de l'argent de côté, poursuivit-elle, si bien que cela m'a permis de tenir le coup quand James m'a annoncé qu'il n'avait plus rien ou presque.

— Pourquoi ne pas m'en avoir parlé ?

— Comment aurais-je pu ? se défendit-elle. Tu t'es servi de moi pour confirmer tes soupçons vis-à-vis de mon père et tu as recommencé à me voir parce que tu n'avais pas le choix, c'est tout.

— Sophie...

— Non, laisse-moi terminer !

Elle devait être forte et aller jusqu'au bout, quitte à voir Matias se détourner d'elle.

— Je ne t'ai pas parlé d'Eric parce que tu ne songeais qu'à te venger de mon père. Je ne voulais pas prendre le risque que tu fasses allusion à l'existence de mon frère devant la presse, dans le but de salir encore plus la réputation de James. Je savais que dans ce cas, les journalistes iraient voir Eric, et que les conséquences seraient catastrophiques, parce qu'il ne le supporterait pas.

Horrifié, Matias réalisa à quel point elle se méfiait de lui. Et comprit en même temps qu'il l'avait blessée profondément. Elle avait enduré ses accusations alors que son seul crime était d'avoir cherché à aider son frère handicapé. Et maintenant, elle n'avait plus confiance en lui. Il ne réussirait jamais à la convaincre qu'il regrettait son attitude passée et ne se servirait plus jamais d'elle.

— Tu aurais dû m'en parler, dit-il d'une voix sourde.

— Ce n'était pas possible, répliqua-t-elle tristement. Je viens de t'expliquer pourquoi. Et puis, il y a autre chose.

— Oui ?

— Quand Alan, mon ex-petit ami, m'a quittée après l'avoir rencontré, une seule fois, Eric en a eu le cœur brisé et s'est senti responsable de cet abandon.

— Ce salaud ne te méritait pas. Tu devrais t'estimer heureuse qu'il t'ait quittée. Et ton frère peut se féliciter d'y avoir contribué.

— Tu as raison. Et je n'aimais pas Alan, de toute façon. Enfin, je l'aimais bien, mais je n'étais pas amoureuse de lui. Alors, oui, j'ai eu de la chance, je m'en rends très bien compte.

Matias prit une inspiration profonde et plongea son regard dans celui de Sophie.

— J'étais obsédé par le désir de me venger, depuis toujours, déclara-t-il, d'un ton presque solennel. C'était là en permanence dans ma tête. J'ai vite montré que j'avais par ailleurs soif d'ambition, et que j'étais déterminé à gagner beaucoup d'argent parce que j'avais souffert de ne pas en avoir. Et de voir mes parents se battre pour arriver à boucler les fins de mois. Mais j'étais conscient de ce que nous aurions dû avoir. Ton père était responsable de toutes nos difficultés, c'est devenu une sorte de mantra qui a animé la plupart de mes choix. Par la suite, je me suis pris au jeu et me suis investi à fond dans les affaires, jusqu'à ce que, comme je te l'ai dit, je découvre ces lettres dans les affaires de ma mère. Lorsque tu es entrée en scène, mon désir de me venger de ton père était à son paroxysme et tu t'es trouvée impliquée dans cette soif de vengeance. Alors que tu ne le méritais pas.

Sophie poussa un long soupir. C'était comme si un fardeau avait glissé de ses épaules. Matias semblait avoir *enfin* saisi qu'elle n'avait jamais agi par intérêt personnel.

— Et tu sais ce que j'ai pensé, poursuivit-il avec une pointe d'amertume dans la voix. Je t'ai prise pour une créature intéressée, prête à tout pour m'inciter à investir dans l'entreprise de ton père.

— Je comprends que tu l'aies pensé, puisque tu ignorais l'existence d'Eric. Tu ne pouvais pas deviner pourquoi j'avais besoin de son argent.

— J'ai vu rouge, acquiesça-t-il en hochant la tête. Je me suis senti utilisé, d'où ma réaction. Mais en réalité, je savais au fond de moi que tu n'étais pas ce genre de personne. Et toi, tu n'as pas eu suffisamment confiance en moi pour me parler de ton frère. Et ça, j'avoue que j'ai du mal à l'encaisser. Même si je sais que je n'ai à m'en prendre qu'à moi-même. J'avais espéré que tu pourrais tourner le dos au passé, sans me rendre compte que je t'avais blessée trop profondément pour que tu puisses y parvenir.

C'était la première fois que Matias s'ouvrait ainsi à elle, et Sophie voyait bien qu'il avait du mal à trouver ses mots. Il s'excusait et il lui fallait beaucoup de courage pour le faire. Son attitude l'émouvait.

— Je ne veux plus jamais te faire de mal, ma chérie. Et je veillerai toujours à ce que ton frère puisse bénéficier du meilleur environnement et des meilleurs soins possible. Je ne te demande qu'une chose, c'est de m'accorder une chance de te prouver à quel point je t'aime et combien je regrette de t'avoir amenée à ne pas avoir confiance en moi et à ne pouvoir me confier ton grand secret.

Son cœur battait si fort, si vite, que Sophie eut l'impression qu'il allait jaillir de sa poitrine. Avait-elle rêvé ? Avait-elle bien entendu ?

— Qu'est-ce que tu as dit ?... bredouilla-t-elle.

— Je t'aime, répéta-t-il avec calme. Je n'avais jamais cru tomber amoureux. Cela ne m'intéressait pas, mais tu es apparue dans ma vie et c'est arrivé, sans même que je m'en rende compte. Un jour, j'ai réalisé que je ne pouvais plus vivre sans toi. Lorsque nous nous sommes séparés, après ce week-end où tu as travaillé pour moi, et durant lequel nous avons partagé des moments si intenses, c'était comme si une partie de moi m'avait été arrachée. Je ne comprenais pas ce qui m'arrivait, mais je réalise maintenant que tu occupais déjà une place essentielle dans mon existence.

— Pourquoi ne me l'as-tu jamais dit ? demanda Sophie dans un souffle.

— Je ne pouvais pas, répondit-il avec un petit sourire espiègle.

Matias se leva de son fauteuil et vint s'asseoir à côté d'elle sur le sofa, mais sans l'attirer dans ses bras. Il lui prit simplement la main et enlaça ses doigts aux siens.

— Je le savais à peine moi-même, poursuivit-il. L'amour m'est tombé dessus à mon insu. Il m'a pris par surprise.

— Moi aussi, avoua Sophie d'une voix tremblante. La première fois que je t'ai rencontré, je t'ai détesté d'emblée.

Il la regarda en plissant les yeux.

— Mais cela ne t'a pas empêchée de me trouver terriblement sexy...

Elle voulut protester, mais ne put éviter de lui sourire.

— Je m'attendais à voir Art et, au lieu de cela, je me suis retrouvée face à un redoutable prédateur.

— Je suis ravi que tu n'aies pas eu affaire à Art, répliqua Matias d'un ton pince-sans-rire. Il aurait probablement réglé cette affaire en t'offrant une voiture neuve et en oubliant les dégâts que tu avais causés à la mienne. Tu as fait sa conquête, crois-moi.

— Sans lui, nous ne nous serions jamais rencontrés, lui fit-elle remarquer en rosissant.

— Alors là, tu te trompes, ma chérie. Parce que nos chemins *devaient* se rencontrer, même si tu m'as détesté d'emblée.

Une expression sérieuse se peignit sur ses traits.

— Quant à ton frère, je suis très heureux d'avoir fait sa connaissance.

Il marqua une pause.

— Avant de passer à un langage plus... charnel, j'ai encore une chose à te demander.

— Oui ? chuchota Sophie, aux anges.

— Tu veux bien te décider à franchir le pas et accepter de m'épouser ?

Elle éclata de rire et l'attira contre elle, avant de l'embrasser avec tout son amour. Longtemps et passionnément.

Puis elle écarta légèrement le visage du sien et murmura contre ses lèvres :

— Oui, mon amour. Mille fois oui !

Épilogue

La petite Luciana vit le jour à la date prévue, à 9 heures du matin, de la façon la plus naturelle du monde. Elle avait les cheveux de Matias et ses yeux. Sophie l'avait adorée au premier regard et, depuis, son amour n'avait cessé de croître. Quant au papa, il était littéralement fou de sa fille.

Et maintenant, alors que Luciana avait tout juste six mois, ils allaient enfin se marier.

Sophie contempla son reflet dans le haut miroir de l'hôtel où ses amis et elle, ainsi que la mère de Matias, avaient choisi de passer la nuit.

Rose Rivero était complètement rétablie à présent, et avait même confié à sa future belle-fille que dorénavant, il était hors de question qu'elle retombe malade. Un lien très puissant s'était en effet créé entre elle et sa petite-fille, dont elle s'occupait très souvent. D'autre part, Sophie s'était vite attachée à elle et la considérait comme une seconde mère.

— Tu es superbe ! s'exclama Julie en s'arrêtant à côté d'elle.

Rose hocha la tête, souriante.

— Vous allez l'avoir, votre mariage de conte de fées, renchérit sa future belle-mère en ajustant la couronne de petits boutons de roses.

Sophie éclata de rire.

— Et pourtant, notre histoire avait vraiment mal commencé !

— Si je vous avais connue à ce moment-là, je vous aurais dit que mon fils avait toujours eu des idées bien arrêtées. Mais, grâce à vous, il s'est assoupli de façon stupéfiante. J'avoue que je n'en suis pas encore revenue.

— Vous ne diriez pas cela si vous le voyiez arpenter la maison en pestant parce qu'il ne retrouve pas ses clés de voiture, qu'il s'évertue à poser à un endroit différent un jour sur deux !

Sophie s'avança vers la porte, suivie de Julie et Rose. Le reste de la petite assemblée les attendait au rez-de-chaussée. Après avoir échangé quelques mots, tous montèrent à bord des voitures, qui se dirigèrent vers l'église perchée au sommet d'une colline depuis laquelle la vue sur la mer était grandiose.

Jamais Sophie n'aurait imaginé vivre un tel bonheur. Elle s'en émerveillait chaque jour. Elle n'avait pas complètement renoncé à son travail et allait souvent donner un coup de main à Julie et aux trois assistantes qui géraient l'entreprise avec brio. Les nouveaux locaux étaient superbes et elles envisageaient d'ouvrir un restaurant où elles pourraient montrer leurs talents et tester de nouvelles recettes.

James Carney avait échappé au dur châtiment initialement prévu par Matias, mais il avait néanmoins dû changer radicalement de style de vie. Parti s'installer en Cornouailles, il y menait une existence modeste. De temps en temps, il envoyait un e-mail à Sophie, qui y répondait à l'occasion. Mais elle ne ressentait aucune affection envers son géniteur. Il avait fait trop de mal à sa mère, la forçant à aller quémander de l'argent chaque mois avant qu'elle-même ne soit obligée de prendre la relève après la mort d'Angela.

Quant à Eric, il procurait d'immenses joies à Sophie. Grâce aux encouragements de Matias, qui l'avait inscrit à un cours d'informatique adapté, il faisait des progrès incroyables et montrait des capacités insoupçonnées qui la sidéraient. Il ne vivait plus entièrement coupé du monde comme auparavant, quand il communiquait uniquement avec elle et le personnel s'occupant de lui. À présent, il cherchait à sortir de l'univers où il s'enfermait autrefois. La patience de Matias y était pour beaucoup, ainsi que l'innocence de la petite Luciana. Inlassablement, celle-ci gazouillait ses secrets à son oncle, qui l'écoutait d'un air ravi et fasciné.

Installée à l'arrière de la Bentley, Sophie songea à sa fille. Luciana assisterait au mariage, bien sûr, avec sa nounou. Et, plus tard, ses parents lui montreraient les photos en lui racontant l'histoire de leur amour.

Le cœur battant la chamade, elle descendit du véhicule qui s'était arrêté devant l'église. Elle se dirigea vers la porte grande ouverte et sourit à Art qui l'attendait. Après lui avoir fait un petit clin d'œil, celui-ci s'inclina avec respect devant elle, puis s'effaça pour la laisser passer.

Matias sentit la présence de Sophie et se retourna, comme tout le reste de l'assemblée ; au même instant, l'organiste se mit à jouer.

La dernière pièce du puzzle se mettait en place, songea-t-il en retenant son souffle. Il allait épouser la femme de sa vie, la mère de sa fille adorée. Il n'aurait pu être plus heureux et plus fier.

La gorge nouée par l'émotion, il contempla Sophie s'avancer lentement dans l'allée centrale. La robe ivoire moulait ses courbes ravissantes, si féminines qu'il lui suffisait de la regarder pour sentir le désir monter en lui. Elle portait un petit bouquet de fleurs aux teintes claires et son voile, très court, était fixé à l'aide d'une couronne de boutons de roses sur un chignon sophistiqué.

Elle était resplendissante. Et elle lui appartenait. Pour toujours.

— Tu es magnifique, mon amour, murmura-t-il quand elle s'arrêta à côté de lui.

— Toi aussi.

Matias tourna brièvement la tête vers l'autre amour de sa vie, endormie paisiblement dans les bras de sa nounou. Il sourit. Le lendemain matin, ils partiraient en voyage de noces, accompagnés de Luciana, de la nounou et de Rose.

Le prêtre toussota discrètement. Matias se concentra sur lui, alors qu'une brusque flambée de désir lui brûlait les veines en sentant le corps tiède de Sophie contre son flanc.

— Pourquoi souris-tu ? lui glissa-t-elle.

— Chut ! Je t'expliquerai plus tard. En tête à tête et avec les mains…